Sandra Regnier ist in der Vulkaneifel geboren und aufgewachsen. Nach der Schule und einer Ausbildung zur Beamtin wollte sie lange nach Frankreich auswandern. Stattdessen heiratete sie einen Mann mit französischem Nachnamen und blieb zu Hause. Heute ist Sandra Regnier selbstständig und versteht es, den schönen Dingen des Lebens den richtigen Rahmen zu geben. Das umfasst sowohl alles, was man an die Wand hängen kann, als auch die Geschichten, die ihrer Fantasie entspringen.

SANDRA REGNIER

DAS FLÜSTERN DER ZEIT

CARLSEN

Von Sandra Regnier außerdem bei Carlsen erschienen:
Das geheime Vermächtnis des Pan
Die dunkle Prophezeiung des Pan
Die verborgenen Insignien des Pan
Die Wellen der Zeit
Die Flammen der Zeit
Das Herz der Lilie

Für unsere Mütter
Rita und Luise

MIX
Papier aus verantwortungsvollen Quellen
FSC® C083411
FSC www.fsc.org

Veröffentlicht im Carlsen Verlag
Juli 2017

Umschlagbild: shutterstock.com © happykanppy/Ilona5555/pun photo
Umschlaggestaltung: formlabor
Corporate Design Taschenbuch: bell étage
Gesetzt aus der Figural
ISBN 978-3-551-31631-8
Printed in Germany

Prolog

Auch nach all den Jahren, die er bereits in diesem Zeitalter lebte, erstaunte es ihn immer wieder, wie sorglos die Menschen hier doch waren.

Alles war anders, und obwohl er sich schon an vieles gewöhnt hatte, gab es immer noch mehr, das ihn aufs Neue beeindruckte. Die Gerüche zum Beispiel. Hier roch fast alles gut und blumig. Die Frauen, die Seifen, die Wäsche, sogar die Toiletten.

Die Musik war seltsam rhythmisch, hart und exotisch. Sein Gehör hatte sich daran gewöhnt, aber mit dem modernen Tanzstil konnte er sich immer noch nicht anfreunden. Ganz im Gegensatz zu dem angenehmen Licht und den Mädchen, die in dieser Zeit wesentlich schöner waren als in der, in die er hineingeboren worden war. Heute Abend war die Musik lauter als normal und das Licht blinkte irritierend bunt über die Wände, verstärkt durch eine Spiegelkugel an der Decke.

Ein Mädchen mit langen, blonden Haaren lächelte ihn an. Ihre Lippen waren blutrot geschminkt und glänzten vielversprechend. Ihre Augen musterten ihn interessiert. Das war nicht ungewöhnlich. Sowohl in dieser Zeit als auch in seiner. Er hatte immer die Blicke der Frauen auf sich gezogen. Nur war in seiner Zeit ziemlich schnell eine Anstandsdame zwischen diese Blicke getreten.

Ja, er mochte die Frauen in diesem Zeitalter. Sie waren herrlich unkompliziert und entsprachen genau seinem Geschmack. Nicht wie die aus seiner Heimat, wo er höchstens mit den verheirateten hatte flirten können. Deren Töchter waren für ihn, den Zweitgeborenen, tabu gewesen.

Er lächelte zurück und sie begann sich im Takt der Musik aufreizend zu bewegen.

In seinem Innern zog sich etwas zusammen.

Das Mädchen tanzte langsam auf ihn zu. Ihr Blick war auf ihn fixiert. Sie bewegte ihre Hüften, ließ sie kreisen, hob die Arme über den Kopf. Das Shirt spannte über ihrer Brust.

Er spürte Flüssigkeit auf seine Hände tropfen.

Das Glas auf der Theke neben ihm war zersprungen. Das Bier lief durch die Scherben direkt auf seine Hände hinunter.

Er atmete tief durch und versuchte sich zu sammeln, damit nicht noch mehr Gläser zu zerspringen begannen.

»Hallo!« Die Blondine hatte ihn erreicht. Im schummrigen Licht konnte er sehen, dass ihre Wimpern unnatürlich dunkel und dicht waren. Aufregend. Sie roch nach einem schweren Parfüm, und obwohl sie schwitzte, roch sie sauber. Blumig. Angenehm.

»Wartest du auf jemanden?«

Er lächelte. »Nur auf dich.«

Sie krallte eine Hand in sein Shirt und zog ihn mit sich zur Tanzfläche. Dort schmiegte sie sich eng an ihn, die Arme auf seine Schultern gelegt. Er versuchte wie immer den direkten Hautkontakt zu vermeiden und umfasste deshalb die von einem engen Top umhüllte Mitte. Er hatte schon festgestellt, dass die meisten diese Berührung noch mehr mochten als Händchenhalten. Davon abgesehen vermied er das Händchenhalten immer.

Er versuchte ihren langsamen Schritten zu folgen, hob sie hoch, wie bei einer … Er stockte. Beinahe ließ er das Mädchen fallen. Das konn-

te nicht sein. Das war unmöglich. Hinter ihr, direkt ihm gegenüber schwebte eine Flasche über einer Musikbox.

»Wow, du bist ganz schön stark.«

Die Blondine umfasste seine von langen Ärmeln bedeckten Oberarme und drückte sie. Wenn sie wüsste, woher seine Muskeln stammten.

Er ließ das Mädchen in seinen Armen langsam zu Boden gleiten und zog sie dicht an seinen Körper. Im Schutz ihres langen, blonden Haares konnte er unter halb geschlossenen Lidern alles genau beobachten. Eine Hand griff nach der schwebenden Flasche. Eine zarte Hand. Sie gehörte dem Mädchen mit dunklem Pagenschnitt und einer dicken Brille. Er kannte sie. Er kannte sie seit seinem Eintreffen vor fünf Jahren, so wie er die meisten Menschen hier kannte. Sie war um einiges jünger als er und immer in Begleitung. Sie hatte nie besonders gewirkt. Bis jetzt. Er konnte sehen, wie sie sich besorgt umblickte und dann den Jungen an ihrer Seite in die Rippen knuffte.

Der Junge hatte ebenso dunkles, jedoch strubbeliges Haar und war einen Kopf größer als sie. Auch er war ihm bekannt. Das Mädchen, weit von der Schönheit entfernt, die sich eng an ihn schmiegte, aber doch irgendwie interessant, ließ die Flasche fallen. Doch anstatt dass sie am Boden zerbrach, blieb sie kurz vorher schon wieder in der Schwebe hängen. Abermals sah er das Mädchen den Jungen knuffen und jetzt schlug die Flasche auf den Boden auf. Wo sie vollkommen aufrecht stehen blieb. Das Mädchen bückte sich, wurde von jemandem angerempelt und verlor das Gleichgewicht. Die Flasche kippte um.

Er hätte gelacht, wenn die Situation nicht so brisant gewesen wäre.

Ihr Begleiter half ihr auf die Beine und er konnte genau erkennen, dass er dem Mädchen dabei nicht die Hand reichte, sondern sie über ihrem langärmligen Pulli am Ellbogen fasste und hochhob. Für jeden anderen musste es sehr behutsam wirken, aber für ihn, der etwas ahnte, schien es, als würde der Junge eine direkte Hautberührung vermeiden wollen. So wie er sie auch gern vermied. Er sah, wie der Junge sich zu dem Mädchen hinunterbeugte, als wolle er sie küssen.

Genau in diesem Moment ging das Licht aus, die Musik verstummte abrupt und in das Aufstöhnen der Anwesenden mischte sich ein Donnergrollen von außen. Auch das noch. Ein Stromausfall.

»Hast du Angst?«, fragte das Mädchen in seinen Armen, das er in der plötzlich eingetretenen Dunkelheit nicht mehr sehen konnte. Er spürte ihre Hand in seinem Haar und ihre Lippen an seinem Kinn. Bis jetzt waren es zum Glück nur die Lippen.

»Nein«, antwortete er nicht ganz ehrlich. Feuerzeuge flammten auf, aber deren spärliches Licht machte die Dunkelheit nur noch schwärzer. Dennoch nahm er wahr, dass das Mädchen mit der Brille und der dunkelhaarige Junge verschwunden waren.

Er schob die Blondine in seinen Armen zurück.

»Du brauchst keine Angst zu haben. Das ist nur ein Gewitter«, sagte sie und versuchte ihn wieder an sich zu ziehen. Dabei rutschte ihre Hand in seinen Nacken und sie berührte seine Haut. Er schüttelte sie ab, als habe ihre Berührung ihn verbrannt. Er musste weg. Er musste hier raus. Er musste das dunkelhaarige Pärchen finden.

Ein Donnerschlag krachte und er fühlte, wie er seine Kontrolle verlor. Panisch drängte er sich durch die Menge. Dabei konnte er den einen oder anderen Hautkontakt nicht verhindern. Bilder blitzten vor seinen Augen auf. Bilder, die er gern vermieden hätte. Und dann ertasteten seine den Weg suchenden Finger eine Hand. Im selben Moment donnerte es wieder mit voller Kraft. Die Wände schienen unter dem Knall zu beben. Die Feuerzeuge gingen aus. Und dennoch hatte ihn die Angst verlassen.

Die Empfindung, die ihn mit einem Mal durchströmte, war … schier überwältigend. Sanftmut. Reinheit. Ehrlichkeit. Aber vor allem ein überschwängliches Gefühl von Liebe, das sein Herz schier zerplatzen ließ. Wenn er vorhin noch gedacht hatte, er würde diese leichtlebigen Mädchen mögen, die sich unkompliziert und ohne große Gefühle auf kleine Abenteuer einließen, so widerrief dies seine eigene Einstellung schlagartig. Er fühlte Wärme und Geborgenheit, mehr als je zuvor in seinem Leben. Warum konnte er nicht erkennen, wer es war? Er konnte doch sonst immer die Gesichter sehen, die hinter den Empfindungen standen.

Jetzt donnerte es erneut und ihm wurde klar, dass dieses Gewitter eine besondere Kraft besaß. Eine Kraft, die seine schwächte. Ein zweiter Donner krachte, aber der Strom setzte wieder ein. Mit ihm die Musik und das Licht.

Gespannt blickte er zur Seite, doch neben ihm befand sich niemand mehr. Nur die Tür nach außen war angelehnt. Und die leere Bierflasche rollte auf dem Boden daneben umher.

Mit einem mulmigen Gefühl sah er zur Tür hinaus. Mulmig war noch zu nett ausgedrückt. Er fühlte eher einen Magenhieb. Es gab noch jemanden wie ihn. Jemanden, der sich als gefährlich entpuppen konnte. Und leider ließ es sich nicht ganz deutlich sagen, ob es sich um das Mädchen oder den Jungen handelte. Und welche Konsequenzen es für sein Dasein in dieser Zeit hatte.

1. Kapitel

Ich starrte in den Spiegel.

Sah ich anders aus? Fahrig strich ich über die paar verwirrten Strähnen in meinen schulterlangen Haaren, bis sie alle glatt und gleichmäßig lagen. Um es genau überprüfen zu können, setzte ich meine Brille auf und kontrollierte mein Spiegelbild, indem ich den Kopf einmal nach links und dann nach rechts drehte. Fast gleichmäßig. Die Strähne links drehte sich stets nach außen, nie nach innen. Ansonsten sah ich aus wie immer. Eine dunkelhaarige, nicht sehr spektakuläre Siebzehnjährige. Genau so wie vorgestern auch.

Allerdings fühlte ich mich nicht so.

Hätte nicht irgendwas anders sein müssen? Ein Leuchten? Ein Strahlen? Hinter den Gläsern meiner Hornbrille sah ich die gleichen grünen Augen wie immer. Kein besonderes Strahlen. Kein Funkeln. Nein, nichts leuchtete.

Warum auch? Ein Kuss löste ja keine wirkliche biologische oder chemische Veränderung im Körper aus.

Oder ich hatte einfach den Falschen geküsst.

»Meredith! Ich muss zur Arbeit! Bis heute Mittag!«

Mums Stimme tönte von unten und riss mich aus meinen Gedanken. Ein Blick auf die Uhr besagte, dass ich jetzt ebenfalls lossollte.

Ich schaute in den Spiegel. Wenigstens die Lippen hätten doch anders sein können. Ein wenig voller, Angelina-Jolie-mäßiger statt meines Kirsten-Dunst-Schmalmunds.

Enttäuscht wandte ich mich ab, schnappte mir meinen Rucksack, den ich wegen der vielen Hefte und Bücher nie zubekam, und lief die Treppe hinunter. Unten musste ich gleich wieder eine Vollbremsung hinlegen, denn sonst wäre ich mit Mum zusammengestoßen, die bereits an der Haustür stand. Und natürlich flogen durch den abrupten Halt sämtliche Bücher aus meinem Rucksack.

»Verdammt.«

»Man flucht nicht. Das bringt Unglück«, tadelte mich Mum sanft, bückte sich, sammelte die Bücher ein und schob sie so ordentlich in meinen Rucksack, dass er sich zum ersten Mal seit Wochen wieder schließen ließ.

»Ich gehe nur den halben Tag arbeiten«, erklärte sie dann und gab mir einen Kuss auf die Wange. »Mach's gut.«

Kaum war sie aus der Tür, eilte ich in die Küche, schnappte mir das von Mum bereitgelegte Sandwich und die Trinkflasche und verließ ebenfalls das Haus. Jetzt war ich wirklich knapp dran. Mist.

Unterwegs ließ ich den Samstag noch einmal Revue passieren und stolperte prompt über eine Unebenheit im Bürgersteig. Meine Trinkflasche fiel zu Boden.

»Man hört schon, wer da geht«, sagte eine wohlbekannte Stimme hinter mir. Ein helles Lachen folgte.

Dann holte Shakti mich ein. Ihre tiefschwarzen Haare fielen ihr glatt und glänzend bis auf den Po hinunter und ihre indische

Herkunft wurde wie immer durch die farbenfrohen Klamotten und großen Ohrringe unterstrichen. Shakti und ich kannten uns schon seit der Einschulung und waren seitdem gut befreundet. In der Secondary School waren wir sogar noch enger zusammengerückt. Ohne sie und den Rest unserer Clique wäre mein bisheriges Leben undenkbar langweilig gewesen.

»Meredith Wisdom, wann lernst du endlich beim Gehen auf den Boden zu schauen, statt mit dem Kopf in der nächsten Physikformel zu hängen?«

»Hab ich nicht«, antwortete ich und schob meine verrutschte Brille wieder zurück aufs Nasenbein.

»Bei jedem anderen Mädchen würde ich ja behaupten, sie denke an einen Jungen. Aber da du es bist, bleibt höchstens noch die Mathematik. Ehrlich, du entsprichst dem Prototyp des zerstreuten Professors. Ich möchte einmal einen Tag erleben, an dem du nichts umschmeißt oder stolperst.«

»Na, vielen Dank auch«, sagte ich und hoffte damit meine Verlegenheit überspielen zu können. Sie hatte ja keine Ahnung, wie sehr sie gerade mitten ins Schwarze getroffen hatte. Wenngleich der Junge, an den ich dachte, sie mit Sicherheit überrascht hätte.

»Nicht böse sein, Meredith.« Sie tätschelte mir jovial den Rücken. »Irgendwann kommt bestimmt auch für dich der Richtige. Der, der mit dir gemeinsam Einsteins Relativitätstheorie überarbeitet und mit dem du dann im Schweizer CERN atomare Teilchen beschleunigen kannst.«

»Eigentlich hatte ich vor, einen Engländer zu heiraten und drei Kinder in die Welt zu setzen, um denen dann bei den Hausaufgaben helfen zu können, die alle anderen nie hinbekommen.«

Ich hörte Shakti seufzen. »Das war ein Scherz, Meredith.«

Ich grinste. »Das weiß ich doch. Ich habe auch einen Witz gemacht.«

Sie sah mich an und grinste dann unsicher zurück. Obwohl sie nicht humorlos war, war jeglicher Sarkasmus in ihrer Gegenwart eine vollkommene Verschwendung.

»Trägt Michael dich noch auf Händen?«, wechselte ich das Thema. Auch wenn es etwas gemein war, es klappte jedes Mal, Shakti auf ihren aktuellen Freund anzusprechen, wenn man das Thema wechseln wollte. In jenen war sie nämlich immer schrecklich verliebt und nach ein paar Monaten ganz schrecklich unglücklich, nur um letztendlich einen neuen absolut wunderbaren Jungen kennenzulernen. Michael war zwei Jahre älter als wir und ihr Traumboy Nr. 5 – wenn ich richtig mitgezählt hatte. Als wir das College erreichten, hatte mir Shakti quasi in Echtzeit ihr letztes Telefongespräch mit ihm geschildert.

Im Schulgebäude herrschte viel Betrieb. Auch wenn manche Kurse erst später anfingen, meine A-Level-Kurse begannen – leider – alle pünktlich um halb neun. Genau wie an der Secondary School früher. Shakti konnte drei Mal die Woche länger schlafen, weil sie andere Kurse besuchte. Ich hätte mich vielleicht auch lieber in Richtung Rechtswissenschaften orientieren sollen. Aber andererseits … Mathe und Physik lagen mir. Dabei musste ich nicht lange nachdenken, es funktionierte einfach.

»Sag mal, Meredith, wir haben Frühjahr. Möchtest du nicht mal was Helles anziehen? Ich glaube, Orange würde dir gut stehen.« Jetzt, wo das Thema Liebe erst einmal wieder durch war, kam Shaktis Lieblingsthema Nummer zwei an die Reihe. Shakti war, obwohl extrem bunt, immer chic. Und würde mich am liebsten komplett neu einkleiden. Leider wäre ich mir in diesen Farben vorgekommen wie eine Banane unter lauter Äpfeln.

Auf unserer vorherigen Schule hatten wir alle hellblaue Blusen mit Krawatte auf dunkelblauen Faltenröcken tragen müssen. Und bei unseren Ausflügen nach London sogar quietschgelbe Sweatshirts auf lila Jeans. Das waren meine einzigen Ausflüge in die Welt bunter Klamotten gewesen. Zum Glück war die Zeit der Schuluniformen jetzt seit einem Dreivierteljahr vorbei und damit meine bunte Zeit, egal was Shakti mir auch riet.

Wir kannten uns nun schon seit über zwölf Jahren. Wir, das bedeutete nicht nur Shakti und ich, sondern auch der Rest unserer Clique: Rebecca, Chris und Colin.

Colin. Seit unserer Kindheit verbrachten wir beinahe jeden Tag zusammen. Niemand kannte mich besser als er. Von meinen vier Freunden stand er mir am nächsten.

Und jetzt war nichts mehr wie vorher.

»Alles klar, Meredith? Colin und du seid am Samstag so schnell von der Party verschwunden, dass wir uns kurzzeitig richtig Sorgen gemacht haben.« Rebecca holte zu mir auf. Sie hatte mir gerade noch gefehlt. Im Gegensatz zur verträumt-verliebten Shakti war Rebecca immer hellwach. Ihr entging nie etwas. Nie.

»Ich hatte Kopfschmerzen«, log ich. Prüfend blickte sie mir ins Gesicht, nickte dann aber verständnisvoll. Leider hatte ich oft Kopfschmerzen. Gut, dass sie mir zumindest mal als Ausrede dienen konnten.

Wo war Colin?

Sonst stand er jeden Morgen vor dem Collegegebäude, um auf

mich zu warten. Na bitte. Nichts war mehr wie sonst. Nicht mal auf seinen besten Freund konnte man sich verlassen.

»Ich glaube, ein Superhirn zu haben ist nicht immer einfach. Meine These ist ja immer noch, dass die grauen Zellen, von denen du mehr hast als andere, dir zu viel Druck bereiten, daher die Kopfschmerzen. Apropos graue Zellen: Hast du die Mathehausaufgaben fertig? Gibst du sie mir mal?«

Ich sah mich wieder um. Nichts. »Machst du je deine Hausaufgaben?« Ich war zu angespannt, um diplomatisch zu sein.

»Ich habe sie ja gemacht. Ich wollte nur vergleichen. Aber okay, dann frage ich halt jemand anderen.«

Eingeschnappt rauschte sie davon. Rebecca war schnell eingeschnappt, auch wenn es zum Glück selten länger als einen Tag anhielt. Letzteres lag wahrscheinlich an ihrem Vater, Vikar Hensley, der jeden Sonntag alles zum Thema Vergebung predigte.

Doch wo war Colin? Wieder schaute ich mich um.

Er sah mich zuerst.

Ich spürte seinen Blick im Rücken.

Das war nicht ungewöhnlich. Er war mein bester Freund und wir kannten uns so gut, dass ich oftmals schon wusste, wo er sich befand, bevor ich ihn überhaupt sah. Er war für mich wie der Bruder, den ich mir stets gewünscht hatte. Und ich hatte gedacht, ich sei für ihn die Schwester, die er gern gehabt hätte, anstelle seines dämlichen Bruders Theodor.

Hatte. Das war das entscheidende Wort.

Anscheinend *hatte* ich falsch gedacht.

Ich atmete tief durch und konnte nicht verhindern, dass mein Herz plötzlich schneller schlug.

Es ist doch nur Colin, versuchte ich mir einzureden, während ich mich umdrehte und ihn auf mich zukommen sah. Der gute alte Colin. Dein Colin.

Ich sah sein schwarzes Haar, wie immer etwas zu lang und zerzaust, unter dem die ein klein wenig abstehenden Ohren herauslugten. Aber seine blauen Augen blickten heute ganz anders und um seinen Mund spielte ein keckeres Lächeln als sonst. Normalerweise hätte ich angenommen, er amüsiere sich über etwas, doch dann sah ich das leichte Zucken seiner linken Augenbraue. Er war eindeutig nervös.

»Hey, Colin«, rief Shakti und jetzt erst wurde mir klar, dass sie immer noch neben mir stand. O Gott. Sie durfte keinesfalls erfahren, was vorgestern Abend geschehen war.

Doch es gab keine Zeit mehr, mich irgendwie vorzubereiten oder mir ein paar Worte zurechtzulegen. Ich ergriff Colins Ärmel und zog ihn in Richtung Chemieraum. Das Labor daneben wurde im Moment nicht benutzt, weil es umgebaut werden sollte. Der ideale Ort, um in Ruhe zu reden.

Am Türgriff blieb ich mit meinem Rucksackträger hängen. Ich versuchte ihn zu lösen und verhedderte mich noch mehr. Colin war es, der den Träger losmachte. Kaum befreit rannte ich förmlich ins Labor, zog Colin hinein und schloss die Tür hinter uns.

Jemand hatte vergessen die Jalousien hochzufahren, der Raum war dunkel und es roch nach ungesunden Chemikalien. Doch das war jetzt nebensächlich. Ich wandte mich Colin zu.

»Okay, Colin William Adams, lass es uns hinter uns bringen. Das mit Samstagabend. Kannst du mir bitte mal erklären, was das sollte?«

Das Zucken um seine Mundwinkel war verschwunden, wie auch das Lächeln in seinen Augen. O Gott, das war eindeutig zu überfallartig gewesen. Warum konnte ich nicht ein einziges Mal meinen vorlauten Mund halten? Aber Colin kannte mich besser als jeder andere. Er musste sich doch denken, dass er mich völlig aus dem Konzept gebracht hatte. Spätestens seit gestern, dem ersten Tag, an dem wir, seit wir im Besitz von Handys waren, nicht eine einzige WhatsApp-Nachricht ausgetauscht hatten.

»Meredith, ich …«

»Ich weiß schon. Diese Cola-Bier-Mischungen sind stärker als gedacht«, plapperte ich los. »Das liegt an dem Zucker der Cola. Er transportiert den Alkohol schneller ins Blut.«

»Du …«

»Aber ich habe aufgehört, als ich merkte, dass mir das Zeug zu Kopf stieg.«

»Ich …«

»Du hattest genau sechs. Mindestens vier zu viel. Offensichtlich. Aber ich hätte nie damit gerechnet, dass es dich dermaßen umhaut. Weißt du überhaupt noch was vom Rest des Abends?« Einen Moment lang setzte mein Herz aus. Was, wenn nicht? Daran hatte ich noch gar nicht gedacht. Vielleicht machte ich mich hier völlig umsonst zum Affen?

Er starrte mich an. Ein seltsames Gefühl breitete sich in meinem Magen aus. Das war doch wohl keine Enttäuschung, oder? Ich horchte erst gar nicht in mich hinein. »Na ja, vielleicht vergessen wir den Abend einfach. Jeder trinkt mal ein bisschen zu viel. Du kannst nur froh sein, dass es schon so spät war und dein Vater dich nicht erwischt hat. Ich bezweifle, dass ich dir um ein Uhr nachts noch zu Hilfe hätte eilen können. Abgesehen davon, dass Dr. Adams mir bestimmt lebenslanges Hausverbot erteilt hätte.«

Colins Vater, der einzige Arzt im Umkreis von fünfzehn Meilen, war bekannt für seine Strenge. Nicht nur seinen Kindern, sondern auch seinen Patienten gegenüber. Was er verordnete, wurde folgsam eingehalten. Sogar überzeugte Kettenraucher hörten nach einer Sprechstunde bei ihm schlagartig mit dem Rauchen auf. Er war eine Person, der man uneingeschränkt Respekt entgegenbrachte und mit dem man sich nicht anlegen wollte. Schon gar nicht als Sohn, dem wochenlanger Hausarrest drohte.

»Auf alle Fälle hätte dir dein Vater ein paar Wochen Hausarrest verordnet, wenn er dich erwischt hätte. Auf diesen Partys wird einfach zu viel Alkohol ausgeschenkt. Ich für meinen Teil werde beim nächsten Mal nur noch Bionade trinken, dann ist wenigstens gewährleistet, dass man genau weiß, was man tut und …«

»Meredith Sybill Wisdom, hör endlich auf zu schnattern!«

Ich verstummte und sah Colin groß an.

»Gib mir deine Hand.«

Womöglich wurden meine Augen noch größer. Colin berührte nur ungern jemanden. Auch mich nicht. Immer achtete er darauf, dass sich zumindest ein Stück Stoff zwischen ihm und den anderen befand. Das lag daran, dass er ein Geheimnis hatte.

Ein Geheimnis, das nur ich kannte. Nicht seine Mutter, nicht sein Bruder und schon gar nicht sein Vater. Ich war die Einzige.

Das hatte angefangen, als er zehn war. Er war bei seinem Großvater zu Besuch gewesen und erzählte mir im Nachhinein, dass jedes Mal, wenn sein Großvater ihn bei der Hand genommen hatte, er ihn reglos im Garten unter den Apfelbäumen liegen sah.

Jener hatte schnell gemerkt, dass Colin seine Berührung als unangenehm empfand. Zum Abschied hatte er ihm übers Haar gestreichelt und geäußert, der Junge werde wohl groß, weil er nicht mehr seine Hand halten wolle. Dabei hatte Colin bloß diese Vision vermeiden wollen. Ein halbes Jahr später fand Colins Mutter ihren Vater tatsächlich reglos unter den Apfelbäumen wieder. Er hatte einen Herzinfarkt gehabt und starb wenige Tage darauf im Krankenhaus.

Als Colin etwas später eine Vision von seiner Nachbarin hatte, die sich auch bewahrheitete, kurz bevor sie starb, konnten wir an keinen Zufall mehr glauben. Wenn Colin die Haut eines anderen Menschen berührte, sah er ihn so, wie er kurz vor seinem Tod aussehen würde.

Meistens sah er die Menschen ein paar Tage vor dem Sterben, wie sie im Altenheim oder im Bett lagen. Aber manchmal sah er auch Schlimmeres. Daher mied Colin die Berührung von Menschen, aber es klappte eben nicht immer.

Ich wusste, dass er auch mich so sehen konnte, aber er hatte mir darüber nur verraten, dass ich kurz vor meinem Tod weiße Haare haben würde. Mein einziger Kommentar dazu war, dass ich irgendwann dann wohl zu schwach oder zu doof zum Haarefärben wäre, und damit war das Thema erledigt gewesen.

Ich wollte es eigentlich gar nicht wissen. Aber die weißen Haare beruhigten mich schon irgendwie.

Dennoch berührte Colin mich selten. Er sagte, er wolle lieber miterleben, wie ich alt werde, und es nicht jetzt schon sehen. Und wenn es nur für den Bruchteil einer Sekunde sei.

»Bitte, Meredith, gib mir deine Hand«, sagte Colin noch einmal. Zaghaft legte ich meine Finger in seine. Er umfasste sie. Sein Griff war warm, fest und angenehm.

Ich konnte ihm ansehen, dass er in sich hineinhorchte. Und dann war da auf einmal wieder dieses Lächeln. Nicht nur in seinen Augen. Auch auf seinem Mund. Noch immer hielt er meine Hand, doch jetzt zog er mich näher an sich heran. Dicht. So dicht, dass ich sehen konnte, dass er sich heute Morgen rasiert hatte. Ich konnte es sogar riechen. Er benutzte seit neuestem ein Aftershave mit einer etwas herberen Note. Es war ein wenig ungewohnt.

Colins andere Hand legte sich um meine Taille. Jetzt fühlte ich auch seine Körperwärme und mit einem Mal begann mein Herz unkontrolliert schnell zu klopfen.

»Colin? Was hat das zu bedeuten?« Meine Stimme überschlug sich ein wenig, denn nun beugte er sich zu mir herunter und ich konnte deutlich die hellen Punkte auf seiner Iris ausmachen, die seine Augen so intensiv blau schimmern ließen.

»Ich war nicht betrunken und ich weiß noch ganz genau, was Samstagabend passiert ist, Meredith«, sagte er und seine Stimme klang mit einem Mal kehlig. »Ich brauchte nur ein wenig Mut, um endlich das zu tun, was ich schon lange hatte tun wollen.«

Und dann senkte er seinen Kopf und berührte mit seinen Lippen die meinen. O Gott, wir taten es schon wieder.

Das war jetzt bereits der zweite Kuss in drei Tagen, dabei war ich vorher noch nie geküsst worden. Ich war nicht der Typ Mädchen, den Jungs ansprachen. Vielleicht durch meinen eher praktischen Pagenkopf. Vielleicht weil ich ein bisschen schlauer war als die meisten anderen Schüler am College. Vielleicht aber auch, weil Colin ständig in meiner Nähe war.

Und wie schon am Samstag war dieser Kuss einfach … einfach …

Der Schulgong ertönte und ich erschrak so heftig, dass meine Stirn gegen seine knallte.

Wir torkelten auseinander, jeder rieb sich die Stirn.

»Entschuldige«, sagte Colin und lächelte schief.

»Schon okay«, murmelte ich und wusste nicht, wofür genau er sich entschuldigte.

»Ich denke, das sollten wir bald einmal wiederholen.«

Ich sah auf, direkt in sein lächelndes Gesicht, und schluckte. Genau das hatte ich vermeiden wollen und dennoch hatte ich nichts getan, um es zu verhindern. Was war nur los mit mir? In meinem Magen bildete sich ein Loch, ähnlich dem Gefühl, wenn man Hunger bekam. Allerdings war das kein Hungergefühl, das man mit Fish and Chips hätte bekämpfen können. Ich wusste nicht, ob es überhaupt etwas gab, das es füllen würde.

Er griff nach meiner Hand und verschränkte unsere Finger. »Wir haben eindeutig viel zu lange damit gewartet.«

Ich wollte etwas erwidern, aber meine sonstige Redegewandtheit hatte mich komplett im Stich gelassen. Colin schien jedoch keine Probleme damit zu haben. »Ich kann es immer noch nicht glauben«, sagte er. »Aber ich sehe dich völlig normal, wenn ich dich berühre. Das hat wohl der Kuss ausgelöst.« Er wirkte dabei so froh, wie ich ihn sonst nur erlebte, wenn wir mit seinem Hund im Wald unterwegs waren.

Unbefangen, erleichtert, heiter. Ich fühlte das Loch in meinem Magen noch größer werden.

»Du siehst es nicht mehr?«, fragte ich schließlich dumpf.

Colins Geheimnis begleitete ihn nun schon seit nahezu acht Jahren. »Wieso nicht? Ist das nicht ungewöhnlich?«

»Du fragst mich allen Ernstes, ob es nicht ungewöhnlich ist, dass ich keine Zukunftsvisionen mehr habe?«

Colin sah mich mit hochgezogenen Brauen an.

»Ja. Für *dich* ist es ungewöhnlich …«

»Sagt die angehende Physikerin, die sonst immer alles wissenschaftlich erklärt haben muss«, unterbrach er mich noch immer grinsend.

»Du weißt genau, dass ich deine Visionen immer ernst genommen habe und das auch ohne wissenschaftlichen Beweis.«

Jetzt war ich beleidigt. Wieso musste nur jeder auf meiner Vorliebe für Erklärungen herumreiten?

»Ich würde gern wissen, wieso du auf einmal von jetzt auf gleich keine Visionen mehr hast. Wie kann das so plötzlich abhandenkommen? Setzen Lippen eine chemische Reaktion frei?«

Colin rollte mit den Augen und seufzte laut.

»Mere, hörst du dich reden? Du analysierst schon wieder. Ich genieße es einfach. Die Bilder sind ja auch nicht gänzlich verschwunden. Ich sehe sie nur anders. Ich habe gestern Morgen Mum umarmt und ihr einen Kuss gegeben. Das Bild, das ich dabei sah, zeigte sie ganz normal, wie ich sie täglich sehe. Zum ersten Mal seit acht Jahren hatte ich sie nicht mit eingefallenem Gesicht, fehlenden Zähnen und Schläuchen in den Armen vor Augen. Bei Theo das Gleiche. Ich berührte ihn und sein Bild zeigte mir nur sein unverändert süffisantes Grinsen. Zwar nicht am Esstisch, an dem er eigentlich saß, sondern im Garten und in anderen Klamotten, aber immerhin.«

Ich verdrehte die Augen. Was Colin freundlicherweise als »süffisant« bezeichnete, nannte ich »hämisches Frettchengesicht«. Seinen Bruder Theodor wollte ich auch, ohne Visionen von Sterbenden zu haben, nicht anfassen.

Doch Colins Aussage schockierte mich. Nicht, dass ich es mir für ihn nicht wünschte. Seine eigene Mutter altersschwach mit Schläuchen an den Armen auf dem Sterbebett liegen zu sehen kam sicherlich einem Albtraum gleich. Oder Theodor – egal wie wenig ich ihn mochte – als erwachsenen Mann mit entstelltem Gesicht und starrem Blick in einer fremden Umgebung vor sich zu haben. Das Fehlen der schrecklichen Zukunftsvisionen war ungewöhnlich für Colin und verursachte mir eine Gänsehaut.

»Aber sonst ist alles in Ordnung mit dir?«, fragte ich besorgt.

»Es ging mir nie besser«, verkündete er, schulterte seinen Rucksack und griff mit der freien Hand nach meiner.

Ich entzog sie ihm. Colin sah mich stirnrunzelnd an.

Verlegen räusperte ich mich. »Lässt du mich bitte erst mal über die ganze Sache klar werden, Colin? Das war alles sehr … sehr plötzlich für mich.«

Ich sah ihn schlucken und konnte nicht sagen, ob er es wirklich verstand oder gar enttäuscht war. Das sollte er nicht sein. Ich wollte ihn nicht enttäuschen.

»Du hast mich damit überrascht«, versuchte ich mich zu verteidigen. Ich nahm meinen Rucksack an mich und wollte ihn gerade aufheben, doch er flutschte mir durch die Finger und der Inhalt verteilte sich über den Boden.

Typisch, dachte ich und bückte mich, um alles mit fahrigen Bewegungen zusammenzuraffen. Wieso passten die Hefte und

Bücher schon wieder nicht hinein? Sie hatten doch vorher gepasst.

Colin kniete sich neben mich, griff nach den Büchern und sortierte sie akribisch in den Rucksack hinein. Bei ihm passte alles wunderbar – wie bei Mum. Ich würde es wohl nie lernen. Das nervte mich. Das und dass ich nicht wusste, was Colin dachte.

»Heißt das, du magst mich nicht?«, fragte er leise, während seine Hände ein paar Kaugummi- und Bonbonpapierchen aufsammelten, die ebenfalls herausgekullert waren.

Ich starrte auf seinen Rücken. Das war so … *unfair*! Er wusste genau, dass ich ihn mochte. Das *musste* er wissen. Ich würde doch nicht zwölf Jahre lang beinahe täglich jede freie Minute mit jemandem verbringen, den ich nicht leiden konnte. Im Gegenteil! Theodor mochte ich nicht und das konnte jeder, der mich auch nur ein wenig kannte, direkt erkennen.

Colin war so was wie mein Seelengefährte. Er war das, was bei den meisten Mädchen die beste Freundin verkörperte. Nur, dass wir uns nicht über Jungs, Make-up oder Klamotten unterhielten. Daran hatte mir nie etwas gelegen – wie Rebecca und Shakti nie müde wurden mir vorzuhalten.

Mit Colin hatte ich den Wald erobert, Geschichten gelesen und nachgespielt, Filme geschaut. Wir hatten Experimente durchgeführt und die Bibliotheken durchstöbert, als wir das mit seinen Visionen entdeckten – und die anderen Fähigkeiten, die parallel zu den Visionen aufgetreten waren. Er hatte mir immer alles anvertrauen können. *Immer.* Aber das, was er am Samstag von sich preisgegeben hatte – beziehungsweise vorhin –, darüber hatte er nie ein Wort verloren.

Colin und ich hatten immer alles geteilt, uns alles erzählt.

Und trotzdem hatte es da etwas gegeben, das ich nicht gewusst, ja nicht einmal geahnt hatte.

»Colin, du weißt genau, dass ich dich mag.« Das Aber musste ich nicht hinzufügen. Das hörte er heraus.

Colin richtete sich auf und sah mir direkt ins Gesicht. »Aber nicht so?«

»Nein«, sagte ich und korrigierte mich sofort. »Vielleicht. Ich bin … überrascht. Ich meine, du hattest genügend Zeit, dir darüber Gedanken zu machen, und ich …«

»… und du hast mich immer nur als eine Art Bruder gesehen?« Colin richtete sich zu seiner vollen Größe auf.

Wie immer, wenn er das tat, fühlte ich mich richtig klein. Colin war groß. Größer als die meisten Schüler am College.

Ich war mit meinen 1,72 Meter ziemlicher Durchschnitt, Colin jedoch ragte mehr als einen ganzen Kopf über mich hinaus. Meistens machte er sich ein bisschen kleiner als er war, damit es nicht so extrem auffiel, aber wenn ihn etwas ärgerte, reckte er sich. Das war noch nicht oft vorgekommen. Genau genommen erinnerte ich mich an zwei Situationen. In unserem dritten Jahr in der Grundschule – schon damals hatte er alle überragt – hatten ein paar Jungs die kleine Sarah Atkins verprügelt. Colin hatte sich dazwischengeworfen, die Jungs auseinandergezogen und sich dann zu voller Größe aufgerichtet. Da war er zum ersten Mal mit Respekt behandelt worden, weil er sich bis dahin immer nur geduckt und so ruhig verhalten hatte.

Beim zweiten Mal hatte ein älterer Schüler Shakti beleidigt. Das war bereits in der Secondary School gewesen. Der Idiot hatte sie eine indische Schlampe genannt und ihr Sachen an den Kopf geworfen, die niemand von uns je wiederholt hätte. Nicht einmal Rebecca. Als sich Colin vollkommen aufrecht vor Shakti stellte, hatte sich der Schüler sofort verkrümelt und seither einen weiten Bogen um uns gemacht.

Das hier war die dritte Situation. Und sie zeigte mir, wie aufgewühlt er war.

Ich fühlte mich mit einem Mal furchtbar mies. Aber Moment, warum sollte ich mich mies fühlen? Ich hatte ihn doch nicht um diesen Kuss gebeten!

»Colin, du bist mein bester Freund«, sagte ich verzweifelt. »Du hast beschlossen, dass daraus mehr werden soll, und ich bin einfach überrumpelt worden. Ich habe Angst, dass du unsere Freundschaft dadurch aufs Spiel setzt.«

Hinter mir klirrte es. Erschrocken drehte ich mich um. Ein Reagenzglas lag in seiner Holzfassung zerbrochen am Boden. Die darin enthaltene Flüssigkeit verbreitete eine größere Pfütze, als man nach dem Glas zu urteilen hätte annehmen können. Hier trat Colins zweite Fähigkeit zu Tage. Er konnte manche Gegenstände bewegen, ohne sie zu berühren. Nicht alle, aber sehr viele. Warum einige nicht, hatten wir noch immer nicht herausgefunden.

»Lass uns lieber rausgehen«, sagte Colin und öffnete die Tür.

O ja. Colin war definitiv aufgewühlt. Es war wirklich besser, das Labor schnell zu verlassen. Im Regal neben der Tür befanden sich noch viel mehr gefüllte Reagenzgläser.

2. Kapitel

Ich stand den ganzen Vormittag über neben mir. Die Geschehnisse im Labor wollten nicht in meinen Verstand und aus meinen Gedanken heraus.

Ich konnte in Chemie nicht die Eigenschaften von Benzol benennen und bei der Integralrechnung in Mathe versiebte ich die Aufgabe. Dinge, die ich normalerweise im Schlaf beherrschte.

Der Gong zur Mittagspause war Fluch und Segen zugleich. Ich liebäugelte zum ersten Mal in meinem Leben damit, mich krank zu stellen und nach Hause zu gehen. Aber dann würde Colin darauf bestehen, mich zu begleiten. Und die Lehrer würden das unterstützen, weil er mich *immer* nach Hause brachte. Was es nicht besser machte. Also trottete ich brav zur Cafeteria und belud mein Tablett mit dem üblichen Sandwich und Salat.

»Mann, war das ein Gewitter am Samstag.« Rebecca schien unseren morgendlichen Zusammenstoß vergessen zu haben und setzte sich mit ihrem mitgebrachten veganen Essen an unseren Tisch. »Als ich nach Hause kam, lag mein CD-Regal am Boden. So sehr hat's gescheppert.«

Wir starrten sie groß an.

»Ja, ihr könnt mich ruhig so anschauen. Mein signiertes Amy-Winehouse-Album ist hinüber. Dafür gibt's keinen Ersatz mehr«, fügte sie düster hinzu. Das erklärte ihre schlechte Laune heute.

»Laut unserem Nachbarn Mr James entlud sich das Gewitter hauptsächlich über dem Steinkreis«, sagte Shakti. »Da soll sogar ein paarmal der Blitz eingeschlagen haben. Ob die Steine noch alle stehen?«

»Wenn nicht, bekommt Vikar Hensley die Krise.« Colin ließ sich an meiner Seite nieder. Mein Magen machte einen unvorhergesehenen Hüpfer und meine Hand stieß Shaktis Cola um.

Shakti und Rebecca sprangen hektisch auf. »O Mann, Meredith!«

Ich kramte in meiner Tasche nach Papiertaschentüchern. Doch als ich sie endlich gefunden hatte, war schon alles aufgewischt und Colin entsorgte gerade die nassen Lappen im Müll.

Er sah sehr zufrieden aus, als er sich wieder setzte.

Schnell wandte ich mich meinem Essen zu. Leider zitterte ich immer, wenn ich aufgeregt war. Deswegen bekam ich jetzt auch kaum etwas auf die Gabel. Ständig rutschte der Salat runter.

»Was ist mit dir los?«, fragte Rebecca irritiert.

»Ich glaub, ich bekomme die Grippe«, log ich.

Sofort legte Shakti mir eine Hand auf die Stirn. »Aber heiß fühlst du dich nicht an. Du machst dir doch wohl keine Gedanken um die A-Level-Prüfungen, oder?«

Natürlich nicht. Aber was sollte ich sagen? Ich zuckte einfach mit den Schultern und legte die Gabel beiseite.

Dabei spürte ich Colins durchdringenden Blick auf mir und sah aus den Augenwinkeln, dass sich Rebecca und Shakti einen ratlosen Blick zuwarfen.

»Seid ihr eigentlich noch in das Gewitter geraten? Ihr seid doch irgendwann um diese Zeit von der Party aufgebrochen«, fragte Shakti besorgt. »Stellt euch vor, euch hätte ein Blitz getroffen!«

Rebecca lachte. »Ach, dann würde unser Superhirn vielleicht endlich normal ticken.«

»Die wird nie normal«, höhnte hinter ihr eine leider allzu bekannte Stimme.

Shelby Miller. Heute mit grünem Lippenstift, Pandabäraugen und zur Lippenstiftfarbe passenden Strähnen im Haar. Ansonsten war sie komplett in Schwarz gekleidet. Sofern man eine überaus durchsichtige Netzstrumpfhose noch schwarz nennen konnte.

»Suchst du was?«, fragte ich frostig. »Deine Hose zum Beispiel?«

Shakti starrte mit großen Augen auf Shelbys Lederrock, der die Breite eines Tafellineals hatte.

»Du würdest Mode nicht mal erkennen, wenn sie dir auf einem Teller serviert würde. Sieh dir nur deine Brille an!«, fauchte Shelby gehässig.

»Mode?« Ich schob meine Brille, die wieder mal bis zur Spitze heruntergerutscht war, zurück auf die Nase und begutachtete Shelby von oben bis unten. »Das Wort ›Mode‹ bezeichnet eine zeitgemäße Geschmacksauffassung von Kleidung, Musik und Ansichten. Du trägst den Stil eines Punks. Das heißt, einen Kleidungsstil, der in den Siebzigern erfunden und vor allem in den Achtzigern gelebt wurde. Von einem *zeitgemäßen* modischen Verständnis kann bei dir absolut keine Rede sein. Also, lass uns doch bitte in Ruhe essen. Und bück dich besser nicht. Der Anblick deines Slips ist sicherlich nicht sonderlich appetitanregend.«

Um uns herum machte sich Gelächter breit. Shelbys Auftritte

zogen immer viele Blicke auf sich. Das verdankte sie nicht nur ihrem Aussehen, sondern auch ihrem ordinären Wesen. Wenn sie nicht so herausragende Noten gehabt hätte, wäre sie schon lange geflogen.

»Ich trage keinen Slip, sondern einen String. Und deinem Freund scheint der Appetit gerade erst gekommen zu sein«, sagte sie süffisant, warf die Haare zurück und ging weiter wie ein Hollywoodstar auf dem roten Teppich.

»Ich hab nicht geguckt, ich schwör's!« Colin hob beide Arme, als würde er mit einer Waffe bedroht werden.

Rebecca grinste. »Du fällst noch immer auf Shelbys Attacken rein. Wann merkst du endlich, dass sie auf dich steht?«

Colin errötete leicht.

»Ich glaube, mein Vater würde Krämpfe bekommen, wenn sie je bei uns zu Hause auftauchen sollte«, murmelte er, inzwischen knallrot.

»Sag mal, stehst du etwa auf sie?« Rebecca musterte ihn eingehend.

Ehe er es abstreiten konnte, meldeten sich aus unseren Jackentaschen und Rucksäcken unsere Handys. Wir hatten alle die gleiche WhatsApp-Nachricht bekommen.

Und zwar von Chris, dem Letzten aus unserer Runde. Er schrieb, er habe seine Fahrprüfung bestanden und würde uns nach der Schule abholen und nach Hause fahren, was ein großes Hallo auslöste.

Christopher Harris hatte sich heute vom Unterricht befreien lassen, weil er seine Führerscheinprüfung machte. Zum zweiten Mal, da er die erste Prüfung vor einem Jahr versiebt hatte. Seine

Fahrerlaubnis und der Tag seiner Volljährigkeit sollten am nächsten Samstag groß gefeiert werden. Vor allem weil er zu diesem Anlass ein Auto geschenkt bekommen hatte.

In unserem Freundeskreis war er damit der Erste mit Fahruntersatz. Zwar hatten Rebecca und ich schon den Führerschein, aber leider kein Auto. Chris' Wagen versprach uns allen eine lang ersehnte Freiheit.

»Was schenken wir Chris eigentlich zum Geburtstag samt bestandener Fahrprüfung?«, fragte Colin.

»Ob sein Dad dieses Mal da ist?«, fragte Shakti. »Ich habe ihn seit mindestens zwei Jahren nicht mehr gesehen.«

»Wenn er da ist, machen wir ein Bild von ihm, damit du ihn dir öfter ansehen kannst.« Rebecca zwinkerte Shakti zu. »Schlecht aussehen tut er ja nicht …«

»Wittere ich da Ehefrau Nummer fünf?«, fragte ich scheinheilig.

Shakti schüttelte sich. »Solange Chris mein Stiefsohn wäre, niemals!«

Wir kicherten alle.

»Noch mal zurückzukommen auf Chris' Geschenk …«, brachte Colin wieder in Erinnerung.

»Ich bin für einen Tankgutschein«, schlug Rebecca vor. Ihre Dreadlocks waren wieder einmal kunstvoll aufgesteckt, passend zu dem grellbunten Outfit, das ich immer mit einer Mischung aus Bewunderung und Widerwillen betrachtete. Irgendwie ergab es bei Rebeccas Erscheinung einen Sinn. Aber die Klamotten allein waren extrem flippig.

»Wie langweilig«, sagte Shakti mit gerümpfter Nase. »Er hat

endlich den Führerschein bestanden und wird achtzehn. Nicht dreißig.«

»Mach doch einen besseren Vorschlag. Etwa ein Buch?«, sagte Rebecca schnippisch. Sie war wie immer sofort auf hundertachtzig.

»Jetzt macht doch mal halblang«, sagte ich. »Es geht ja nur um ein Geschenk.«

»Dann sucht ihr halt eins aus. Meine Meinung ist ja anscheinend nicht gefragt.« Rebecca lehnte sich mit gekreuzten Armen im Stuhl zurück und starrte uns finster an. »Und davon abgesehen, Colin, wann lässt du dir die Haare schneiden? Die sind eindeutig zu lang und zu strubbelig. Sonst bekommst du an deinem Geburtstag einen Friseurbesuch geschenkt. Und wenn ich den Gutschein allein kaufe.«

Ich rollte mit den Augen. Rebecca war heute extrem mies gelaunt. Und der arme Colin war doch viel zu gutmütig, um sich zur Wehr zu setzen. Das konnte ich gar nicht vertragen.

»Hast du's bald?«, fragte ich sie direkt. »Wenn du schon von strubbelig redest, sieh mal selber in den Spiegel.«

Rebecca sprang auf und stürmte aus der Cafeteria.

»Lass gut sein, Meredith«, sagte Colin ruhig. »Sie hat ja Recht. Meine Matte nervt sogar mich selbst.«

Zur Bestätigung blies er seinen zu langen Pony aus dem Gesicht. Colin hatte sehr dichtes Haar und es wuchs so üppig wie Unkraut im Garten. Leider war sein Vater ein Verfechter von Familienehre und Colin durfte sich die Haare nur im Friseursalon seiner Tante schneiden lassen. Die hatte vor gefühlten fünfzig Jahren eine Lehre beim Friseur gemacht, den Laden nach zwei

Jahren von ihrem Meister übernommen und nie mehr Zeit gefunden, irgendeine Fortbildung zu besuchen.

Die älteren Semester aus Lansbury besuchten ihren Salon noch immer regelmäßig und gaben sich mit Dauerwellen und den Schnitten von anno dazumal zufrieden. Ich selber ging zugegebenermaßen auch dorthin. Weil ich Mrs Jones mochte und es einfach praktisch war. Sie wohnte nur zwei Straßen weiter und ich bekam noch immer einen Lutscher nach jedem Schnitt, genau wie bei meinem ersten Besuch bei ihr, mit fünf Jahren.

Shakti seufzte. »Zurück zu den Vorschlägen. Meredith, hast du eine Idee, was wir Chris schenken könnten?«

Ich lächelte. »Ich habe tatsächlich eine. Wie wär es mit einem CD-Wechsler? Oder sonstigem Schnickschnack fürs Auto?«

»Ich bin für einen Wackel-Dackel«, erklärte Colin und grinste.

»Ich weiß was noch Besseres! Ich habe letztens einen Wackel-Darth-Vader gesehen!«, rief Shakti entzückt.

Colin lachte. »Gute Idee. Den verpacken wir als Witzgeschenk und dazu dann noch … einen CD-Wechsler?« Er schüttelte den Kopf. »Nein, Chris hat bestimmt eine Dockingstation in seinem Auto. Sind die heutzutage nicht serienmäßig?«

Ich zuckte die Schultern. »Keine Ahnung. Da ich mir noch kein Auto leisten kann, habe ich mich nicht damit beschäftigt.«

»Das ist wohl eher ein Jungsding.« Shakti verdrehte die Augen und warf einen Blick auf ihre Uhr. »Pause vorbei.«

Wir erhoben uns seufzend.

Kurz bevor wir zurück in den Unterricht mussten, ging ich noch aufs Klo. Das war mehr eine Flucht, denn ich wollte mir in Ruhe über etwas klar werden.

Colin war in mich verliebt. Anscheinend schon lange. War ich es auch in ihn? Der erste Kuss hatte mich überrascht. Der heute Morgen im Labor nicht. Er hatte aber auch nichts in mir ausgelöst.

Ich nahm mir fest vor, mich den Rest des Schultages auf den Unterricht zu konzentrieren. Wenn mir das gelänge, wäre ich einen Schritt weiter und mir über meine Gefühle vielleicht sogar im Klaren. Nur hoffentlich war das kein Schritt mit Ende. Dem Ende meiner Freundschaft zu Colin.

Die letzten zwei Schulstunden zogen sich quälend langsam hin. Quälend für alle anderen, weil draußen endlich die Frühlingssonne schien und lockte. Die Wärme im Klassenraum machte uns ein wenig schläfrig, obwohl wir unsere Pullis und Westen ausgezogen hatten und nur noch im T-Shirt dasaßen. Die Zeiger der Uhr krochen langsamer als eine Schnecke in der Wüste.

Allerdings hatte ich mich wieder im Griff. In Mathe konnte ich problemlos verschiedene Aufgaben von Binomialverteilung aus George Udny Yules Theorien ausrechnen und in Naturwissenschaften die exogene Kraft von Salzsprengung verfolgen. Das brachte mich zu einer weiteren Erkenntnis. Zu zwei Erkenntnissen genau genommen. Erstens: Salzverwitterte Steine glichen einer Honigwabe. Zweitens: Ich konnte keinesfalls in Colin verliebt sein, wenn ich wieder so klar denken konnte. Zumal es da doch eigentlich jemand anderen gab, für den ich schwärmte. Von dem wusste aber nur ich. Wenn ich es jemanden erzählt hätte, wäre nur Colin in Frage gekommen. Doch der schied aus offensichtlichen Gründen jetzt endgültig aus.

Es war unkomplizierter, über Yule nachzudenken. Er hatte interessante Analysen und war tot.

Als es endlich zum Schulschluss klingelte, wünschte ich mir fast, nachsitzen zu müssen. Erst als Logan Cooper, der diesjährige Preisträger für den deofreisten Schüler am Stone Circle College, sich an mir vorbeidrängte und eine Schweißfahne hinterließ, die beinahe meine Brillengläser zum Beschlagen brachte, kam ich wieder zur Vernunft.

Was war nur los mit mir? Es war Colin. Der gute, alte Colin!

Und natürlich stand er bereits neben unserem gemeinsamen Tisch und wartete geduldig, bis ich meine Tasche umständlich zusammengepackt hatte.

3. Kapitel

Wir sahen Chris schon von weitem. Er lehnte lässig an einem blinkend schwarzen Sportwagen und schaute Miranda Hayes, einer Schülerin aus Colins Biologiekurs, tief in die Augen. Colin und ich wechselten einen Blick und grinsten gleichzeitig.

Neben Colin rollte Rebecca die Augen. Mit ihrem üblich stapfenden Schritt marschierte sie auf Chris zu.

»Glückwunsch zum Führerschein. Ich setz mich nach vorn. Hinten muss ich immer kotzen.«

Sie tätschelte seine Schulter und ließ sich auf den Beifahrersitz nieder.

Miranda schenkte Chris ein letztes, mageres Lächeln und suchte das Weite.

Chris charmantes Lächeln verflog schlagartig. »Rebecca, hättest du nicht ein wenig rücksichtsvoller sein können?« Er steckte den Kopf zur Fahrertür hinein.

»Nein. Ich habe ein weiteres Opfer vor dir gerettet. Aber das ist eine echt coole Karre. Können wir fahren? Ich will hören, welchen Sound der Motor hat.«

Chris drehte sich hilflos zu uns um.

Wir gratulierten ihm und bestaunten seinen neuen Vauxhall. Colins Augen glänzten, als der die Sportausstattung im Inneren sah.

Rebecca hatte bereits einen Fuß auf dem Armaturenbrett vor sich und kaute auf ihrem Kaugummi herum. Chris beugte sich durch die Fahrertür zu ihr.

»Wenn du nicht die nächsten zwei Wochen hinken willst, nimmst du den Fuß da runter, Sonnenschein.«

Rebecca setzte den Fuß ab.

»Tolles Auto, Chris«, sagte ich mit ehrlicher Bewunderung.

»Das ist ein VXR8 GTS.« Colin umrundete fast ehrfürchtig den Wagen. »584 PS und ein V8-Motor.«

»Was immer das auch heißen mag«, sagte ich grinsend. »Aber klasse sieht er aus. Richtig sportlich. Und 584 PS? Wo kann man die fahren?«

Chris grinste. »Am besten nachts auf der A303, wenn kaum jemand unterwegs ist. Also zwischen drei und vier.«

Shakti und ich starrten Chris groß an.

»Du bist doch nicht …«, begann Shakti stockend.

»Klar. Dad war dabei. Na los, steigt ein, ich fahre uns nach Hause.«

Wir drei quetschten uns auf den Rücksitz, wobei Colin Probleme hatte, seine langen Beine unterzubekommen.

»Weißt du, Rebecca, sollte Chris bremsen müssen, verliere ich alle Zähne«, sagte ich.

»Wieso?«, fragte Rebecca gedankenverloren, weil sie den Bordcomputer inspizierte.

»Weil Colins Knie an meinem Kinn hängt und er vorne sitzen sollte«, erklärte ich säuerlich. Sie drehte sich nicht einmal zu uns um, sondern begutachtete die Sonnenblende mit beleuchtetem Spiegel.

»Ihr wollt nicht wirklich erleben, was passiert, wenn ich hinten sitze.« Rebecca strich neugierig über das verchromte Armaturenbrett und öffnete das Handschuhfach.

»Finger weg!«, rief Chris noch, doch: zu spät.

Es wippte auf und ein paar eingeschweißte, viereckige Plastiktütchen fielen zu Rebeccas Füßen. Wir drei vom Rücksitz beugten uns alle gleichzeitig vor, um eine bessere Sicht zu haben. Was nicht nötig war, denn Rebecca hielt ein Tütchen mit breitem Grinsen in die Höhe.

»Also *dafür* hast du das Auto bekommen«, sagte sie anzüglich. »Damit du die Mädchen nicht erst mit nach Hause nehmen musst …«

»Tu's zurück, ja? Wer weiß, ob ich es nicht schon bald brauche.« Chris zuckte mit den Schultern.

»Träum weiter«, sagte ich und riss Rebecca das Päckchen aus der Hand.

»Das kannst du nicht wissen«, widersprach Chris. »Das Mädel vorhin …«

»Das meine ich nicht. Hier ist nicht genug Platz, um eine Liegesitz-Position hinzubekommen. Ich beweise es dir.« Ich riss die Verpackung des Kondoms auf und begann es wie einen Luftballon aufzublasen. Shakti neben mir zog entsetzt ihren Kopf zurück. Ihre Haare wurden bereits elektrisch.

»Wow, Chris, du alter Angeber«, rief Rebecca und betrachtete kichernd das schon bowlingkegelgroße Kondom. »Die XXL-Formate?« Rebecca zückte ihr Handy.

»Die haben Einheitsgrößen, du Anfängerin«, brummte Chris und sah argwöhnisch zu, wie ich das Kondom noch weiter aufblies.

»Was soll das werden, Meredith?«

Ich hörte auf und verknotete die Enden.

»Also, eine Theorie besagt, dass nur dort, wo ein aufgeblasenes Kondom fliegen kann, man auch Platz zum Sex hat.« Ich gab dem aufgepusteten Präservativ einen Klaps und es blieb an den Kopfstützen hängen. »Chris, du wirst dir in den Kofferraum eine Luftmatratze legen müssen«, sagte ich in einem mitleidigen Tonfall.

»Das hast du doch jetzt erfunden«, sagte Chris und zerrte an dem Ballon, der quer vor meiner Nase zwischen den Stützen hin und her schaukelte. Die Werbung hatte nicht zu viel versprochen. Es war extrem widerstandsfähig.

»Vielleicht. Vielleicht wollte ich auch nur deine neue Freundin auf dein Vorhaben hinweisen.«

Ich deutete aus dem Fenster, wo sich sämtliche Mitschüler des Colleges versammelt hatten und lachend ins Innere blickten.

Miranda stand auch dabei und man konnte ihr deutlich ansehen, dass sie nicht wusste, ob sie lachen oder verärgert sein sollte.

Rebecca schaffte es, den Ballon zu befreien, ließ die Scheibe an ihrer Tür herunter und rief dem Mädchen zu: »Das ist seines!« Dabei deutete sie mit dem Daumen rückwärts auf Colin. Das aufgeblasene Kondom bekam einen weiteren Klaps und flog zum Fenster raus, wo sich sofort ein paar Schüler darauf stürzten und es in die Menge schlugen.

Chris startete den Motor.

»Ehrlich, Leute, ihr seid peinlich.« Shakti war unter ihrer walnussbraunen Haut knallrot geworden.

Colin und ich grinsten uns an. So verliebt Shakti auch immer war, dank ihrer Erziehung war sie gleichzeitig auch erzkonservativ.

Allerdings hatte sich das tatsächliche Problem dadurch noch immer nicht gelöst. »Rebecca, würdest du mit Colin tauschen? Er hat hier hinten keinen Platz.«

»Wenn ich hinten sitze, muss ich immer kotzen«, wiederholte sie standhaft. »Und diese Tütchen im Handschuhfach können keinesfalls das auffangen, was dann rauskommt.«

»Sie bleibt vorn sitzen«, bestimmte Chris.

»Schon okay, Mere. Es geht doch«, sagte Colin leise, obwohl es nach dem Gegenteil aussah. Wir saßen dicht an dicht und ich wusste erst nicht, wohin mit meinen Händen, um Colin eine Berührung zu ersparen, bis er von sich aus einen Arm um meine Schultern legte und dabei seine Finger meinen Nacken streiften. Erst jetzt fiel mir wieder ein, dass diese düsteren Visionen von ihm der Vergangenheit angehörten. Das machte mir Mut.

»Tu die Beine hier rüber«, sagte ich und legte meine über seine. So konnte er sich wenigstens etwas strecken. Chris fuhr an und ich registrierte Colins Daumen, der an meiner Schulter ruhte – direkt auf meiner Haut, dort, wo der Saum des T-Shirts endete. Das war ungewohnt und wälzte wieder ein Problem in den Vordergrund, das ich so gern verdrängt hätte.

Ich wagte einen Blick zu ihm hin. Er betrachtete die verchromten Griffe der Innentür. Schnell schaute ich wieder nach vorn, was sich aber als Fehler herausstellte. Chris fuhr einen sehr rasanten Stil. Er beschleunigte das Auto und machte sich gleichzeitig am Radio zu schaffen.

»Chris!«, rief Shakti. Er war mit dem Wagen zu weit auf die

rechte Fahrspur gekommen und ein Lkw-Fahrer hupte wütend. Colins Finger krallten sich in meinen Oberarm, als Chris mit einem energischen Schlenker den Wagen wieder nach links zog. Mein Magen machte einen kleinen Hüpfer.

Colin und ich tauschten einen Blick.

»Sorry, Leute«, rief Chris gut gelaunt. »Ich finde nur den Sender nicht. Ich wollte euch doch diese verdammt gute Anlage vorführen.«

»Du darfst Schlenker fahren, so viel du willst, solange du nur dabei auf die Straße schaust. Ich suche das passende Lied«, erklärte Rebecca und verscheuchte ihn vom Radio.

»Hoffentlich wird das kein Requiem«, murmelte ich. Colin lächelte matt. Wir drei auf der Rückbank waren alle blass.

Rebecca dagegen strahlte genauso breit wie Chris. »Das ist sooo toll, dass wir jetzt einen Wagen haben! Lasst uns am Wochenende nach Swindon ins *The Vic* fahren!«, schlug sie vor.

»Da spielt David Bowie!«, rief Shakti aufgeregt.

»David Bowie, ich bitte dich. Ich wollte doch nicht mit meinem Dad da hingehen«, schnaubte Chris. »Wir könnten auch nach London fahren.«

Auf einmal waren wir alle ganz aufgeregt. London! Nicht nur raus aus dem Kaff Lansbury, sondern raus aus Wiltshire! Das bot ungeahnte Möglichkeiten.

»Das darf ich meinem Dad dann allerdings nicht erzählen.« Colin zog die Augenbrauen zusammen.

»Keine Bange.« Chris grinste ihn im Rückspiegel an. »Wir sagen einfach alle, dass wir in Swindon waren. Die fünfzehn Meilen Entfernung werden dir doch erlaubt sein, oder? Und

Rebecca vermeidet jeglichen Arztbesuch in den nächsten fünf Wochen, damit sie es nicht versehentlich ausplaudert.«

Ich sah in Colins zweifelndes Gesicht und wusste genau, was ihn beschäftigte. Dr. Adams war niemand, den man leichtfertig hinterging. Er konnte sehr unangenehm werden, sobald es nicht seiner Auffassung nach lief.

Chris fuhr im gleichen schnittigen Tempo um die letzten beiden Kurven und machte eine Vollbremsung vor meinem Zuhause. Vermutlich waren jetzt schwarze Bremsstreifen auf dem Asphalt.

Wir machten uns daran, aus dem Wagen zu steigen, aber weil Colins und meine Beine so ineinander verschlungen waren, brauchten wir ein paar Minuten. Und ich konnte nicht wirklich entscheiden, ob meine Beine sich so merkwürdig anfühlten, weil sie eingeschlafen waren, oder ob es einen anderen Grund gab, dass sie die Konsistenz von luftleeren Ballons angenommen hatten.

»Du brauchst nicht auszusteigen, Colin, ich fahr dich heim«, erklärte Chris, als Colin seine Tasche ebenfalls aus dem Kofferraum holte.

»Ich habe noch was mit Meredith zu klären.« Colin nickte ihm zu. »Ehrlich, ein tolles Auto!« Er schloss die Tür und winkte. Chris rauschte davon. Der Motor röhrte tief und ich spürte mein Rückenmark vibrieren. Keine Frage, ab heute waren wir mobil.

Sofort wurden meine Knie noch wackeliger.

»Wollen wir einen Kaffee trinken? Oder hast du jetzt Angst vor mir?«

Colin sah mich groß an. Wenn es nicht Colin gewesen wäre, hätte ich geschworen, er wolle mich damit beeinflussen. Aber ich kannte Colin schon so lange. Er manipulierte nicht, vermutlich wusste er nicht einmal, wie man das machte.

»Wieso sollte ich Angst vor dir haben? Ich glaube, wir haben schon mehr als einen Kaffee gemeinsam getrunken und wir werden wohl auch noch viele mehr zusammen trinken.« Ich schulterte meinen Rucksack. »Aber erst muss ich nach Hause. Und ich denke, du auch. Dein Vater kriegt sonst die Krise.«

Ein Schatten huschte über sein Gesicht. »Ja, dann sagen wir in einer Stunde? Im Circlin' Stone?«

Ich schüttelte den Kopf. Heute Nachmittag ging nicht. Da war etwas, was ich noch erledigen musste. Meine Mutter und ich schoben es nun schon seit Wochen vor uns her. »Mum hat ihren freien Nachmittag«, sagte ich. »Ich komme dich heute Abend abholen, okay?«

Colin nickte, streckte seine Hand aus und berührte kurz die meine. Dann lächelte er und ging.

Ich drehte mich um, aber die ungewohnte Berührung kribbelte, bis ich im Haus war.

4. Kapitel

»Bin in der Küche!«, schallte es mir entgegen, sobald ich die Tür geöffnet hatte.

Ich hängte meine Jacke auf und folgte dem Klang des Radios. Mum saß am Küchentisch und sah nicht auf, als ich eintrat. Ihr Blick war auf das Sammelsurium vor ihr konzentriert.

»Na, was sagen die Karten heute? Aber ich warne dich, Mum. Wenn du irgendwann mit Turban hier sitzen solltest, ziehe ich aus.«

Sie kicherte.

Ich warf meine Tasche in die Ecke und schaute in die Mikrowelle. Fisch und Kartoffelbrei. Annehmbar.

»Weißt du, Meredith, das Blatt heute macht mir Sorgen. Irgendwie kommen ständig die gleichen Karten zum Vorschein.«

Ich schaltete die Mikrowelle an, schenkte mir etwas Saft ein und setzte mich zu Mum an den Küchentisch, auf dem ihre Tarotkarten ausgelegt waren. Ich hatte sie seit jeher als gruselig empfunden. Nicht nur auf Grund ihres seltsam mittelalterlichen Aussehens, sondern auch wegen ihrer Namen: der Tod, der Gehängte, der Teufel.

»Siehst du das? Ich habe die Karten nur gefragt, was du wohl nächsten Sommer machen wirst. Dann hast du die A-Levels in der Tasche, und was dann? Für ein Studium reicht das Geld nicht.«

»Mum, wir hatten das doch schon oft. Ich werde ein Stipendium beantragen«, erklärte ich geduldig. Mit Dads Geld als Fernfahrer und Mums kleinem Gehalt als Verkäuferin im Drogeriemarkt konnten sie den Kredit für das Reihenhäuschen gerade eben so abbezahlen und leben. Manchmal legte Mum die Karten für jemand anderen und bekam dafür eine kleine Zuwendung. Nicht viel, aber sie legte es sparsam auf die Seite. Das war's auch schon. Ein teures Schulgeld war da nicht drin. Ich hätte ja gern zum Unterhalt beigetragen, aber Dad und Mum wollten nicht, dass ich einen Nebenjob annahm. Sie waren sehr stolz auf meine schulischen Leistungen und hatten Angst, dass etwas weniger Freizeit meine Noten absacken lassen würde. Mum sah das Glas immer halb leer.

»Mag sein, aber die Karten zeigen was anderes. Die sind sich nicht sicher, ob das mit dem Studium etwas wird.«

Ich hob eine Augenbraue. »Können die Karten voraussehen, ob ich die A-Levels schaffe? Und wenn ja, kannst du sie auch nach den Prüfungsaufgaben befragen?«

Mum warf mir einen strengen Blick zu. »Mach keine Scherze. Die Karten lügen nicht.«

»Nein, aber sie sagen auch nicht ganz die Wahrheit.«

»Meredith, du weißt genau, dass es so nicht funktioniert. Ich kann nur ihre Signale deuten. Sieh mal, hier der Tod …«

»Steht für eine Änderung, etwas Neues, ich weiß.«

»Und die Sieben Schwerter stehen dafür, dass dich jemand über den Tisch ziehen will.«

Die Mikrowelle bingte. Ich stand auf und setzte mich mit dem dampfenden Teller wieder an den Tisch.

»Erklär den Karten, dass ich vorhabe in Bath Physik oder Naturwissenschaften zu studieren und das auch durchziehen werde.«

Mum mischte die Karten und legte sie akribisch genau vor sich hin. »Zieh sieben«, befahl sie mir. Ich griff halbherzig mit der rechten Hand zu, während ich mit der linken zu essen begann.

Von den sieben Karten, die wenig später offen auf dem Tisch lagen, erkannte ich nur den Tod. Obwohl meine Mutter seit Jahren Tarotkarten legte, hatte ich mir nie merken können, wofür welche Karte stand. Bis auf den Tod. Den hatte ich immer so schaurig gefunden.

Mum schüttelte den Kopf. »Siehst du? Schon wieder. Genau die gleichen Karten. Und das jetzt zum vierten Mal. Und du glaubst noch immer nicht daran?«

Ich zuckte mit den Schultern. Das war mir ein wenig zu abgedreht. Und unheimlich. Ich befasste mich lieber mit Fakten, Tatsachen und Dingen, die man logisch erklären konnte.

»Hast du es mal mit Hellsehen probiert? Denk dran, für die Prüfungsaufgaben in Mathe wäre ich sehr dankbar. Und wenn du so magnetische Felder aufbauen würdest, könnten wir Strom sparen«, schlug ich vor.

Mum kicherte. »Mit vollem Mund spricht man nicht«, sagte sie, aber dann verdunkelte sich ihr Blick sofort wieder. »Meredith, ich mach mir Sorgen. Es geschieht etwas in der nächsten Zeit. Pass auf dich auf, ja?«

»Mach ich doch immer.« Ich lächelte sie an. Meine Mutter arbeitete hart, ihre Schichten in der Drogerie waren anstrengend, und auch wenn sie mir manchmal mit ihren Karten auf die Nerven ging, hatte sie sich dieses harmlose Vergnügen wirklich verdient. Auch wenn ich mir für sie ein Hobby gewünscht hätte, das ihr nicht noch mehr Kummer bereitete.

»Wann kommt Dad nach Hause?«, fragte ich und räumte den leeren Teller in die Spüle. Mum beugte sich wieder über die Karten, als würden sich deren Bilder verändern, wenn man sie länger anstarrte oder hin und her schob.

»Wenn keine unvorhergesehenen Staus oder ein platter Reifen auftreten, ist er Freitag gegen fünf hier.«

Ich drehte mich zu ihr um und holte tief Luft. »Mum?«

»Ja?« Ihre Stimme war mit einem Mal zittrig.

»Ich treffe mich später noch mit Colin. Wir hätten jetzt drei Stunden Zeit. Sollen wir es hinter uns bringen?«

Mum hielt in ihrer Bewegung inne. Endlich nickte sie.

»Ja«, sagte sie tonlos, raffte das Blatt zusammen und erhob sich. »Lass uns fahren.«

5. Kapitel

Die Fahrt hatte uns beide enorm aufgewühlt, so kurz der Besuch auch immer war. Mum war danach immer sehr deprimiert. Sie hatte mich gebeten, auf dem Weg nach Hause das Steuer zu übernehmen. Wie immer, seitdem ich den Führerschein hatte. Sie saß dann daneben, starrte unbewegt aus dem Fenster, während Tränen über ihre Wangen liefen. Auf der Rückfahrt hatte es zudem in Strömen zu regnen begonnen und das Aquaplaning sowie die zwei Unfälle mit ungesicherten Stellen auf der Autobahn hatten meine ganze Konzentration gefordert.

Ich war kurz davor, Colin abzusagen, aber dann würden weder er noch ich diese Nacht schlafen können, so viel war mir klar. Nicht, solange wir uns nicht in Ruhe unterhalten hatten.

Aber warum hatte ich Depp nicht gesagt, wir würden uns direkt im Circlin' Stone treffen? Warum hatte ich darauf bestanden, ihn von zu Hause abzuholen? Auf seine Familie hätte ich heute wirklich verzichten können.

Ich atmete einmal tief durch, ehe ich energisch den Türklopfer betätigte.

Zwei, drei Sekunden lang geschah nichts, dann hörte ich, wie sich Schritte näherten. Die Tür wurde geöffnet und Mrs Adams sah mich mit ihrem üblichen herablassenden Blick an.

»Meredith.«

»Mrs Adams, ich bin mit Colin verabredet.«

Sie nickte und ließ mich an der offenen Tür stehen. Das war ihre normale Reaktion mir gegenüber. An guten Tagen.

Ich trat ein, schloss die Haustür und wollte schon nach Colin rufen, als ich leise klassische Musik aus dem Wohnzimmer hörte. Natürlich war Dr. Adams um diese Uhrzeit zu Hause. Also zog ich meine nasse Jacke und die Schuhe aus und machte mich auf den Weg nach oben zu Colins Zimmer.

Schon auf halber Treppe rannte mir Wall-E entgegen, Colins Beagle. Er wedelte mit dem Schwanz und sprang erfreut an mir hoch, verfehlte dabei eine Stufe, fing sich wieder und leckte dann meine ausgestreckte Hand mit Begeisterung ab.

Eine Tür öffnete sich im Flur oben. Statt Colin steckte Theodor, sein sechs Jahre älterer Bruder, den Kopf heraus. Als er mich sah, stellte er sich in die Tür und lächelte. Sofern man das ein Lächeln nennen konnte. Ich empfand es immer als ein unterdrücktes Zähnefletschen.

»Hallo, Meredith. Neue Brille?«

»Nicht wirklich, Theodor«, antwortete ich so cool wie möglich. »Was machst du hier?«

»Ich wohne hier«, entgegnete er mit hochgezogenen Brauen.

»Aber nur noch sporadisch. Was macht dein Studium in Oxford?« Niemand konnte mir vorwerfen, ich würde mich nicht wenigstens bemühen.

»Ich könnte es dir zeigen, Meredith. Du müsstest nur einmal meinen kleinen, langweiligen Bruder in Ruhe lassen und dich mit mir beschäftigen.«

Deswegen mochte ich Theodor nicht. Er hackte immer auf

Colin rum. Früher hatte er auch auf mir rumgehackt, aber seitdem ich BHs trug, hatte sich das geändert. Seither musste ich mir zweideutige und äußerst zweifelhafte Komplimente anhören.

Mir wäre es lieber gewesen, er würde wieder auf mir rumhacken. Ich stieg die restlichen Stufen hinauf und wollte mich in Colins Zimmer flüchten.

Theodor schnitt mir den Weg ab und trat dicht vor mich. Er musterte mein Gesicht mit verengten Augen.

»Ich weiß nicht, Meredith. Diese hässliche Brille macht aus dir einen richtigen Streber. Wieso trägst du keine Kontaktlinsen? Die würden deine grünen Augen noch mehr leuchten lassen. Mit dieser Brille wirkst du schrecklich altklug. Nicht besonders attraktiv. Und Brillengläser haben die lästige Eigenschaft, im entscheidenden Moment zu beschlagen.«

Er beugte sich vor und sein Gesicht kam mir bedrohlich nahe. Was zum Teufel hatte er vor?

»COLIN!«, schrie ich, so laut ich konnte. »Ich bin da!«

Vor Schreck machte Theodor einen Satz rückwärts. Eine weitere Tür flog auf und Colin kam in den Flur, sein Ellbogen halb in seinem Jackenärmel verfangen.

»Alles klar. Wir können los!«, rief er und sah jetzt erst seinen Bruder. Colin stutzte.

Theodor grinste hämisch. Mit einem letzten zweideutigen Zwinkern in meine Richtung tapste er an seinem größeren, aber jüngeren Bruder vorbei in sein Zimmer.

»Was ist mit dem?«, fragte Colin überrascht.

»Ihm gefällt meine Brille nicht«, entgegnete ich knapp. Als ich mich umdrehte, um die Treppe wieder hinunterzugehen, fühlte ich zwar Colins neugierigen Blick auf meinem Rücken, aber er hakte zum Glück nicht weiter nach.

6. Kapitel

Das Circlin' Stone war brechend voll. Wie eigentlich zu fast jeder Tageszeit. Obwohl es eine Viertelstunde entfernt vom College lag, kamen sämtliche Schüler hierher. Es war eine Art Collegetreffpunkt geworden. Tagsüber Café und abends Cocktailbar.

Wie immer glitt mein erster Blick zur Theke. Brandon war da. Er füllte gerade Cola in Gläser.

Ich hatte es nie jemandem erzählt, nicht einmal Colin, aber jedes Mal, wenn ich Brandon sah, gab es mir einen Stich ins Herz. Er war breitschultrig und muskulös, hatte blonde Haare und graublaue Augen. Außerdem hatte er ein wunderschönes Lächeln. Wenn nicht zwei seiner Zähne etwas schief stünden, hätte er mit all diesen Hollywoodstars mithalten können. Aber gerade diese Zähne machten sein Lächeln auch auf eine ganz bestimmte Art umwerfend, so dass mir jedes Mal ein angenehmer Schauer über den Rücken lief.

Ich wusste, er lächelte jede Frau im Café mit diesem Lächeln an. Sein Trinkgeld musste höher ausfallen als sein Stundenlohn. Er war sicherlich auch der Grund, weshalb das Circlin' Stone seit fünf Jahren – seit seinem Arbeitsbeginn hier – so gut besucht war. Er musste für Matt Godfyn, den Inhaber, wie eine Offenbarung erschienen sein.

Aber Brandon war nun einmal etwas ganz Besonderes für mich. Er war der erste Mann gewesen, der mich wie eine Erwachsene behandelte.

Er hatte mich »Miss« genannt und mir nicht vorgeschrieben, was ich bestellen sollte, so wie es die meisten Kellner taten, wenn man als Zwölfjährige die Menükarte studierte.

Stattdessen hatte er sich mir gegenüber genauso verhalten wie meiner Mutter gegenüber: höflich, respektvoll und mit einem kleinen Schäkern. Und das hatte sich nie geändert.

Als Zwölfjährige war ich ihm mit Haut und Haaren verfallen gewesen. Während meine Mitschülerinnen Poster von Stars wie Taylor Lautner oder Zac Efron aufhängten, schmachtete ich ein heimlich und sehr undeutlich geknipstes Handyfoto von Brandon an.

Mittlerweile wusste ich natürlich, dass er sich seines guten Aussehens absolut bewusst war. Er hatte nie eine feste Freundin, aber viele Verehrerinnen, die regelmäßig an seiner Seite wechselten. Beziehungsweise den Platz an der Theke. Im Moment saß eine hübsche Blondine mit hüftlangen, glatten Haaren dort, die ich unwillkürlich glühend darum beneidete. Noch einen Tick mehr, als sie Brandon über die Theke hinweg einen Kuss auf die Wange hauchte.

Schnell wandte ich den Blick ab. Schließlich war ich keine zwölf mehr. Dann beeilte ich mich, Colin einzuholen, der auf einen freien Tisch in der Nische neben den Klos zusteuerte. Er sah sich ein letztes Mal um, dann setzte er sich.

»Der letzte freie Platz«, entschuldigte er sich.

»Kein Problem.«

»Ich wäre mit dir ja lieber zur Abtei gegangen, aber das Wetter hat mir einen Strich durch die Rechnung gemacht.«

Die Abtei war eine Ruine mitten im Wald. Als Heinrich VIII. die Klöster aufgelöst hatte, hatte sie an Bedeutung verloren und war verfallen. Als Kinder hatten Colin und ich sehr viel Zeit in der Ruine zugebracht und auch jetzt gingen wir noch oft dorthin. Vor allem wenn wir unsere Ruhe haben wollten.

»Kein Problem«, wiederholte ich. »Alles ist besser als bei dir zu Hause.«

Er nickte. Manchmal kam es mir vor, als hätte Colin einen noch größeren Widerwillen seiner Familie gegenüber als ich. »Sollen wir …« Doch ehe er die Frage zu Ende bringen konnte, tauchte jemand an unserem Tisch auf.

»Bitte?«

Verblüfft starrten wir das fremde Mädchen an, das in der Uniform des Circlin' Stone vor unserem Tisch stand und uns erwartungsvoll ansah. Wo war Erica, die andere Bedienung?

Die neue war jedenfalls bildhübsch. Lange, leuchtend rote Locken, grüne Augen so hell wie ein Frühlingsblatt und ein so ebenmäßiges Gesicht wie die Madonna von Michelangelo.

»Du bist neu hier«, stellte Colin zu ihr gewandt fest. »Ich hätte gern den Apfelkuchen und einen Kakao.«

Sie sah ihn stirnrunzelnd an. »Ka-ka-o?«

Colin und ich wechselten einen Blick. »Äh, eine heiße Schokolade.«

Jetzt nickte sie verständnisvoll und notierte sich alles gewissenhaft. Mit einem Seitenblick auf ihren Block konnte ich sehen, dass sie eine Zwei hinter Colins Bestellung krakelte. »Nur einmal bitte«, erklärte ich bestimmt. Ich fand sie nicht sonderlich sympathisch. »Ich möchte einen Cappuccino und einen Doughnut.«

Sie sah mich an, als hätte ich sie nicht mehr alle.

»Doughnut. D.O.U.G.H.N.U.T.«, buchstabierte ich langsam. Mit einem weiteren Blick auf ihren Block konnte ich sehen, wie sie »Dognut« aufschrieb. *Hundenuss.*

Dann las sie, was sie geschrieben hatte, und runzelte die Stirn.

»Sicher?«, fragte sie.

Ich fing Colins amüsierten Blick auf. Er hatte ebenfalls mitgelesen. Ich wollte gar nicht wissen, was sie aus dem Wort »Cappuccino« gemacht hatte. Dieses Wort konnte ich überhaupt nicht mehr entziffern. Aber okay, zu dieser unfassbaren Schönheit wäre Intelligenz auch wirklich kaum zu ertragen gewesen.

»Doughnut«, wiederholte ich langsam und übertrieben deutlich, aber jetzt wesentlich freundlicher.

Sie schrieb wieder etwas auf ihren Block und jetzt fiel mir auf, wie seltsam sie den Kugelschreiber umklammert hielt. Verkrampft und ungelenk. Sie musste jeden Buchstaben regelrecht *malen*, weil der Kugelschreiber in dieser Haltung schwer zu handhaben war.

»Elizabeth!« In diesem Moment tauchte Brandon hinter ihr auf. »Das muss schneller gehen. Du darfst dich nicht so lange an jedem einzelnen Tisch aufhalten.«

»Das war meine Schuld«, sagte Colin schnell. Er nahm immer und jeden in Schutz. »Ich fürchte, ich habe ihr den Kugelschreiber kaputt gemacht. Hier, nimm den Bleistift.«

Er kramte aus der Innenseite seiner Jacke tatsächlich einen Bleistift heraus. Das Mädchen nahm ihn mit spitzen Fingern und jetzt konnte ich sehen, dass ihr das Schreiben leichter fiel.

»Hast du die Bestellung?«, fragte Brandon.

Anstatt zu antworten, hielt sie ihm den Bestellblock hin. Brandon las irritiert, dann wandte er sich mit dem für ihn so typischen umwerfenden Lächeln an mich.

»Was möchtest du wirklich?«

Ich wiederholte meine Bestellung. Brandon nickte und zog anschließend die neue Bedienung sanft am Oberarm mit sich.

»Mal sehen, ob sie deine *Hundenuss* erkennt, wenn sie sie serviert.« Colin grinste. Dann sah er mich an und sein Blick wurde ernster. Oha. Den Blick kannte ich. Wir waren wieder beim ursprünglichen Thema angelangt. Mir wurde mulmig. Ein seltsames Gefühl in Gegenwart meines besten Freundes.

Ich räusperte mich. »Was tun wir hier genau, Colin?«

»Das weißt du doch, Meredith.« Er griff über den Tisch hinweg nach meiner Hand und umschloss meine Finger mit den seinen.

Sofort wurden meine Wangen heiß.

Ich fühlte seine feinen, langgliedrigen Finger über meinen Handrücken streichen.

»Was siehst du?«, fragte ich leise.

»Dich«, sagte er ebenso leise. »Genau so, wie du jetzt bist. Mit deinen Haaren, der Strähne, die sich nicht den anderen anpassen will, und den wachen, grünen Augen, die hungrig und voller Leben alles um sich herum aufnehmen. Ich sehe dich genau so, wie ich dich mag. Mit diesem leicht verlorenen Blick, den du manchmal hast. Ich sehe dich …«

Ich ließ ihn nicht weiterreden und entzog ihm meine Hand.

»Meredith …« Colins Tonfall war flehend und bedauernd.

Nein. Ich erinnerte mich wieder an das, was mir den ganzen

Tag durch den Kopf gegangen war. Das hier ging nicht. Nicht mit Colin.

»Ich hoffe sehr, die Schönheit kommt gleich nicht mit *Frolic*«, versuchte ich die Situation zu entschärfen und sah zur Theke. Ein Fehler, denn Brandon schaute in genau diesem Moment zu mir herüber und zwinkerte mir zu. Ich spürte, wie Hitze in meine Wangen stieg.

Als mein Blick zurück zu Colin glitt, hatte er einen seltsamen Gesichtsausdruck. Wachsam und irgendwie … sauer.

»Jetzt verstehe ich«, sagte er langsam.

»Was?«, fragte ich. Mein Gesicht glühte mittlerweile.

Colin warf einen betonten Blick zur Bar, wo Brandon immer noch in unsere Richtung schaute, dann sah er wieder mich an.

Doch ehe er irgendeine Bemerkung machen konnte, tauchte die neue Bedienung an unserem Tisch auf und stellte die Getränke und den Doughnut ab.

Colins Kakao zierte ein Klecks Sahne mit etwas Kakaopulver drauf und neben der Tasse lag ein Stück Schokolade.

Ich dagegen bekam einen Kaffee. Schwarz und ohne Schokolade am Tellerrand.

Ich wollte mich gerade beschweren, da kam ein junger Mann an unseren Tisch. Er hielt eine Tasse in der Hand.

»Ich glaube, das ist mein Kaffee.«

Ich reichte ihm meine Tasse und erhielt meinen bestellten Cappuccino.

Auch hier fehlte die Schokolade.

Der junge Mann blieb allerdings stehen und sah mich an. »Du bist doch das Mädchen mit dem Kondom.«

Ich verengte meine Augen. Da mühte man sich seit Jahren ab, um einen guten Eindruck zu hinterlassen und ein Stipendium zu bekommen, und dann das. Von einem Moment auf den anderen war man abgestempelt.

»Ja. Und ich habe keins mehr. Davon abgesehen handelte es sich dabei um das XXL-Format. Und wenn ich mir deine Nase ansehe, wäre es zu groß für dich.«

»Meine Nase?«, wiederholte er mit großen Augen. »Was hat denn meine Nase damit zu tun?«

»Es heißt doch: Wie die Nase des Mannes …«

Er lachte schallend. »Ich habe auch gehört, dass du sehr schlau sein sollst. Aber dann müsstest du wissen, dass nicht die Nase ausschlaggebend ist, sondern die Füße. Übrigens habe ich Größe 46«, fügte er anzüglich zu der rothaarigen Bedienung gewandt hinzu, die unsere Unterhaltung mit großen Augen verfolgt hatte. Dabei sah er ganz provokant zu Boden, wobei sein Blick an Colins Quadratlatschen hängenblieb.

»48«, sagte Colin und streckte seine langen Beine mit einem überheblichen Lächeln aus, dass man seine Füße richtig gut sehen konnte. »*Und* ich kann damit übers Wasser laufen.«

Das Mädchen kicherte und der Typ verzog sich endlich. Sie warf Colin noch ein Lächeln zu und eilte dann zur Theke.

Zurück blieben Colin, der seine Beine wieder einzog, und ich. Aber diese kleine Unterbrechung hatte gereicht, um mir Mut zu machen. Er war noch da, mein bester Freund, mein Kamerad, mit dem ich mich blind verstand.

Ich musste jetzt nur die richtigen Worte finden, um ihn nicht zu verletzen.

»Hör mal, Colin, zu heute Morgen und Samstagabend …«, begann ich.

Er schnitt mir einfach das Wort ab. »Ich träume schon davon, seit du vor zwölf Jahren hierhergekommen bist. Seit wir zusammen eingeschult wurden.«

»Du wolltest mich schon damals küssen?«, fragte ich verblüfft.

»Eigentlich habe ich mich schon damals in dich verliebt«, korrigierte er mich sanft. Dann fügte er grinsend hinzu: »Spätestens als du Theo den Saft auf die Schuluniform gekippt hast, weil er mir Kaugummi in die Haare geklebt hatte.«

Wir grinsten beide in Erinnerung daran. Das war an unserem zweiten Schultag gewesen. In der Pause hatte Theodor ihm den Kaugummi ins Haar geklebt, um sich vor seinen Mitschülern großzutun. Colin hatte sich nicht wehren können, denn zwei Klassenkameraden von Theodor hielten ihn dabei fest. Ich hatte kurzerhand meinen Orangensaft über Theos Haaren ausgekippt und ihn gegen das Schienbein getreten. Seitdem waren Colin und ich beste Freunde. Zumindest hatte ich immer angenommen, wir seien »nur« Freunde.

Er sah mich an und ich erkannte so etwas wie Trauer in seinem Blick. »Du empfindest nicht so, nicht wahr?«

»Du hast mich wirklich überrascht«, gestand ich ehrlich. »Und ich habe mir tatsächlich nie zuvor Gedanken darüber gemacht, wie es wäre, wenn wir mehr als nur Freunde sein würden. Auch wenn du es nicht gern hörst, aber du bist für mich tatsächlich wie ein Bruder gewesen.« Ich runzelte die Stirn. »Obwohl du verdammt gut küssen kannst. Wer hätte das gedacht?«

Jetzt grinste Colin breit und sichtlich zufrieden.

»Aber bitte sag mir nicht, du hättest dir von Theodor Tipps dazu geben lassen. Bei seiner Vorliebe für ausführliche Monologe …«, fügte ich mit einer Grimasse hinzu. Wir beide machten gleichzeitig »Bäh« und lachten dann.

In diesem Moment gingen ein paar wild gestikulierende Schüler aus dem oberen A-Level-Jahrgang an unserem Tisch vorbei.

»Habt ihr es schon mitbekommen? Neben dem Steinring ist ein neuer Kornkreis in Sherman's Field entstanden! Samstagnacht, während des Gewitters«, hörten wir eins der Mädchen erzählen.

Ich horchte auf und auch Colin hob den Kopf.

Das Mädchen blieb mit ihren Begleitern direkt neben unserem Tisch stehen. Offensichtlich warteten sie auf den Tisch gegenüber, an dem drei Gäste, auch Schüler, vor ihren leeren Gläsern saßen.

»Hatten die Neo-Druiden mal wieder Langeweile oder sind abermals Außerirdische gesichtet worden?«, frotzelte ein Junge und wandte sich dann an die Tischgruppe. »Seid ihr hier fertig? Können wir euren Tisch haben?«

»Ja.« Einer der Angesprochenen nickte. »Wir warten nur noch darauf, dass die Bedienung uns die Rechnung bringt.«

»*Du* wartest auf die Bedienung, du Schnarchnase. *Ich* hätte schon lange an der Theke bezahlt«, sagte das Mädchen neben ihm frustriert und schielte zu Brandon hinüber.

»Wir wissen auch alle, warum.« Ihre Freundin grinste. »Dir ist klar, dass der nichts anbrennen lässt, ja?«

Das Mädchen zuckte mit den Achseln. »Er ist trotzdem unglaublich süß.«

»Gebt der Neuen doch eine Chance«, sagte der Student, erhob sich dann aber dennoch und die drei trotteten in Richtung Theke davon.

Die Stehenden ließen sich auf die freien Stühle fallen. Einer von ihnen nickte mir grüßend zu. Ich kannte ihn vom College. Er war mittlerweile Anfang zwanzig und studierte Anthropologie. Um nicht den Eindruck zu erwecken, ich würde lauschen, beugte ich mich über meinen Doughnut. Aber ich wusste, dass Colin die Ohren genauso spitzte wie ich.

»Wieder mal ein Kornkreis?«, fragte er leise.

Ich nickte.

»Wenn es morgen nicht wieder regnet, sollten wir unbedingt zur Kifferbande gehen und uns das ansehen«, meinte er nachdenklich.

Wir beide hatten dem Steinkreis den Spitznamen *Kifferbande* gegeben. Erstens, weil er genau die gleiche Anzahl an Steinen aufwies wie die der Kifferclique an unserem College, und zweitens, weil die Neo-Druiden dort oft seltsame Räucherrituale abhielten. Wobei Weihrauch noch das Harmloseste war, was sie verbrannten. Schon als Kinder hatten wir uns einen Spaß daraus gemacht und sie dabei beobachtet. Je nachdem, woher der Wind wehte und wie stark die Rauchbildung wurde, waren die Möchtegern-Druiden dann wie hilflose Ruderboote bei heftigem Sturm zwischen den Steinen umhergetorkelt. Meistens hatten sie sich danach in den Armen gelegen und gemurmelt, wie lieb sie alles und jeden hätten und wie schön die Welt doch in all ihren bunten Farben war.

Aber das war jetzt nebensächlich.

»Wie war das mit dem Kornkreis? Ist Alex Parkins wieder involviert?«, fragte ein Mädchen mit einem flotten Kurzhaarschnitt nach. Alex Parkins war das Oberhaupt der Neo-Druiden und hatte sich selbst zum Hohepriester ernannt. Eigentlich stellte er eine Reinkarnation des engstirnigen blinden Mönchs aus »Der Name der Rose« dar. Nur leider war er weder blind noch alt. Er war erst Mitte dreißig, von Beruf Journalist und verfasste regelmäßige Kolumnen in sämtlichen angesehenen Zeitungen in ganz England. Nebenher recherchierte er viel und setzte sich für den Erhalt bronzezeitlicher Bauwerke ein. Wesentlich vehementer als die englische Denkmalschutzbehörde. Und die Kifferbande hatte es Alex Parkins ganz besonders angetan.

»Eben nicht«, erklärte der Junge mit den braunen Haaren. »Die Neo-Druiden waren nämlich überhaupt nicht anwesend. Aber die Form des Kornkreises ist sehr markant.«

»Welche Form hat der Kornkreis denn dieses Mal?«, fragte ein Mädchen mit langen blonden Haaren. Hatte die nicht vorhin noch an der Theke Brandon angehimmelt? Ich sah zur Theke. Tatsächlich. Sie musste es sein. Ihr vorheriger Platz war nun leer.

»Das ist es ja. Er hat keine richtige Form. Da sind nur verschieden große, allerdings bis auf den letzten Halm exakt geformte Kreise in unterschiedlicher Anordnung. Sie sind seltsam verstreut und ergeben kein richtiges Muster.«

»Da wird unser Bürgermeister aber enttäuscht sein«, lachte die mit dem Kurzhaarschnitt. »Mit einem schönen und abstrakten Zeichen hätte das wieder eine Menge Schaulustige angelockt, inklusive der Presse.«

Daraufhin wechselten die Schüler das Thema. Leider, denn Colin war fasziniert von allem, was den Steinkreis betraf. Und ich war für die Ablenkung dankbar gewesen.

»Sollen wir gehen?«, fragte er. Offenbar hatte er beschlossen das Thema, was uns beide betraf, nun doch ruhenzulassen. Oder zumindest nicht mehr darauf zu beharren, was mich unendlich erleichterte.

Ich nickte. »Einverstanden.«

Aber in diesem Augenblick kam die etwas zurückgebliebene, rothaarige Schönheit zurück und stellte den Apfelkuchen vor ihm ab. Colin, der gerade aufstehen wollte, streifte dabei versehentlich ihre Hand. Sie zuckte zusammen und ich bemerkte den entsetzten Ausdruck, mit dem sich die beiden anschauten.

Ein Blick auf ihre Hände bestätigte meinen Verdacht. Sie berührten sich immer noch.

Mir ging auf, dass die Schüler am Nebentisch die Situation ebenfalls beobachteten. Sie stießen sich gegenseitig zwinkernd die Ellbogen in die Rippen.

»Können wir zahlen?«, fragte ich das Mädchen leise.

Ihr Blick – noch immer unverwandt auf Colin gerichtet – flackerte, dann nickte sie und verschwand.

Fünf Sekunden später tauchte Brandon an unserem Tisch auf. Ich beglich die Rechnung, denn Colin schien völlig aus der Fassung zu sein. Er zitterte.

»Komm«, sagte ich. Ich hatte ihn schon ein paarmal in solch einer Situation erlebt und wusste, dass ich ihm helfen musste zu überspielen, was er durchmachte. Ich fasste ihn an seiner Schulter und deutete ihm dadurch an aufzustehen.

Er tat, was ich sagte, ließ seinen angefangenen Kakao und den unangetasteten Kuchen stehen und erhob sich sofort, wenn auch wie in Trance. Ich schob ihn zum Ausgang. Die neugierigen Blicke der Schüler verfolgten uns, bis wir das Circlin' Stone verlassen hatten.

Ich war irritiert.

Nicht so sehr wegen Colins entsetztem Ausdruck oder seinem Zustand. Das geschah hin und wieder, wenn er jemanden berührte, der keinen Tod im hohen Alter vor sich hatte. Ich war vielmehr verunsichert, weil das Mädchen den gleichen Ausdruck gehabt hatte. Und außerdem hatte Colin doch diese Visionen eigentlich nicht mehr, oder?

»Was war das?«, fragte ich ihn, sobald wir auf der Straße waren. »Ich dachte, du hättest keine Visionen mehr.«

»Mere, ich … ich …« Colin war noch immer kreideweiß im Gesicht und fuhr sich mit beiden Händen zittrig durch seine dichten Haare.

»Dieses Mädchen …«

Statt weiterzusprechen, ergriff er wieder meine Hand. Er sah mich an, dann schloss er konzentriert die Augen und schüttelte schließlich sichtlich erleichtert den Kopf. Ich konnte mir auf sein Verhalten absolut keinen Reim machen.

»Nein, du bist noch immer du«, murmelte er dann. »Ich sehe dich genau so, wie du jetzt bist. Aber sie …«

Wieder hielt er mitten im Satz inne und ich wartete.

»Colin, wenn du mir nicht endlich sagst, was los ist, hau ich dich!«

»Sie trug ein Kleid.«

»Na und?« Ja, sie hatte einen Rock getragen. Er war länger gewesen als unbedingt modern, aber nicht sonderlich auffällig.

»Nein, du verstehst nicht …«

»WEIL DU ES MIR NICHT SAGST!«

Endlich schien er zu sich zu kommen. Und er war sauer.

»Wie es scheint, sagst du mir ja auch nicht alles.«

Ich rollte die Augen. »Du kannst mir doch nicht vorwerfen, dass …«

Ich stockte. Wollte ich schon wieder das Thema aufgreifen?

»Dass was?«

Wie sollte ich ihm das erklären? Wie sollte ich mit ihm – ausgerechnet mit ihm – jetzt über Gefühle sprechen, die ich gegenüber einem anderen empfand, wo er mir doch heute sein Herz ausgeschüttet hatte. Zum Glück fasste sich Colin als Erster.

»Nein, ich werfe dir nichts vor«, sagte er ruhig. »Ich hatte nur gedacht, du würdest dich nicht von Brandon blenden lassen.«

»Was heißt blenden lassen?«, sagte ich verzweifelt. »Der Typ ist einfach nur … heiß.«

»Und ich bin's nicht. Das weiß ich. Ich wusste nur nicht, dass du – ausgerechnet du – auch auf *heiße* Typen stehst.«

Ich war so verdattert, dass ich jetzt erst merkte, dass meine Brille bis auf meine Nasenspitze heruntergerutscht war. Ich schob sie zurück zum Anschlag. »Das kann ich doch mit dir nicht besprechen«, erklärte ich in einem hoffentlich bestimmten Tonfall. Aber dieses Mal gab Colin nicht nach.

»Warum nicht?«, fragte er allen Ernstes.

»Weil du ein Junge bist.«

»Und er ist ein Mann?«

Ich starrte Colin fassungslos an. »Colin, bitte …«, flehte ich.

Sein Blick wurde weicher. »Schon okay, Mere. Ich werde nicht noch mal damit anfangen. Aber ich würde jetzt gern nach Hause gehen. Wir sehen uns morgen, ja?«

Ohne meine Antwort abzuwarten, lief er los. Und erst als er um die Ecke verschwunden war, ging mir auf, dass er mir nicht gesagt hatte, was er bei der Berührung der Rothaarigen noch alles gesehen hatte.

»Pass mal auf.«

Das Mädchen nahm den Jungen bei der Hand und deutete auf die Kerze auf dem Tisch vor sich.

»Was soll damit sein?«, fragte der Junge gelangweilt.

»Sieh genau hin«, forderte das Mädchen ihn auf.

Der Junge sah stattdessen sie an. Sie war so hübsch, wenn sie sich konzentrierte. Er würde sie viel lieber küssen.

Er überlegte, ob er es wagen sollte oder ob sie ihn zurückstoßen würde, und bekam deswegen nicht mit, was sie meinte.

»Siehst du! Ich kann es!«

»Was kannst du?«

Das Mädchen blies frustriert die Luft aus und deutete auf die Kerze.

Sie brannte.

Der Junge zuckte zusammen.

»Wie hast du das gemacht?«, fragte er verdutzt.

»Ich sagte doch, ich werde besser darin. Sieh hin. Ich kann sie auch ausmachen, ohne zu pusten.«

Der Junge starrte auf die Kerze. Die Flamme erlosch, als habe jemand ein Löschhütchen darübergestülpt.

Jetzt erschrak der Junge.

»Das ist Zauberei!«

Das Mädchen lächelte bescheiden. »Ich weiß. Aber bis jetzt funktioniert es nur mit Feuer. Soll ich sie noch einmal anzünden?«

Sie runzelte ihre Stirn und blickte angestrengt auf den Docht. Prompt erstrahlte eine Flamme. Der Junge sprang entsetzt auf.

»Sei kein Frosch. Dir geschieht nichts. Wir werden heiraten und ich bringe meinen zukünftigen Ehemann nicht um«, sagte das Mädchen und wollte ihn wieder zu sich auf den Boden ziehen.

Der Junge wich ihr aus und rannte zur Tür. »Nein. Niemals. Ich heirate keine Hexe.«

Dann verschwand er. Das Mädchen starrte auf die geschlossene Tür. Sie war erschüttert. Hexe?! Er hatte sie eine Hexe genannt. Aber sie konnte doch nichts dafür! Das gehörte nun mal zu ihr wie ihre Haare und ihre Augenfarbe. Hexe! Wenn sie eine Hexe wäre, würde sie ihn jetzt verfluchen. Eine dicke, haarige Warze neben seine Nase zaubern. Vor Wut entfachte sie eine Flamme im Kamin. Ein Feuer loderte lichterloh auf. Das Mädchen bekam Angst und erinnerte sich an die Worte ihres Vaters, niemals ihr Geheimnis preiszugeben. Jetzt wusste sie, warum. Traurig machte sie alle Flammen aus. Zum Schluss erlosch die Kerze.

7. Kapitel

Der nächste Schultag hätte trotz all der komplizierten Dinge, die zwischen Colin und mir passierten, nicht gewöhnlicher sein können. Chris scharwenzelte ständig um uns herum und schwärmte von seinem Auto. Rebecca und Shakti machten bereits Ausflugspläne fürs Wochenende. Colin verhielt sich wie immer. Auch mir gegenüber. Ich war richtig erleichtert. Und da er so tun konnte, als hätte es gestern nie gegeben, passte ich mich ihm an. Sogar das Thema »schöne Bedienung« ließ ich vorerst fallen.

Zudem hatten wir Glück, denn trotz schlechter Vorhersage regnete es am Nachmittag nicht, so dass Colin und ich unmittelbar nach der Schule zu Sherman's Field gehen konnten, um uns den Kornkreis anzusehen. Kornkreise hatte es in der Vergangenheit dort schon mehrere gegeben und in den letzten sieben Jahren fast jedes Jahr einen. Vor drei Jahren sogar zwei. Nicht wenige hatten dabei die Neo-Druiden im Verdacht, aber noch hatte man ihnen nichts nachweisen können. Mr Sherman, der Farmer, dem das Feld gehörte, hatte bereits geschworen, dass, wenn er die Schuldigen je erwischen sollte, er sie dort als Vogelscheuchen aufstellen würde.

Im Grunde machte auch ich einen Studentenstreich für die immer wieder aufkommenden Kornkreise verantwortlich, aber dieses Mal war etwas anders. Ich konnte nur noch nicht genau sagen, was. Wir betrachteten die umgelegten, aber nicht geknickten Halme des Kreises vor uns. Spätestens morgen würden sie sich wieder vollends aufgerichtet haben. Sie standen bereits jetzt schon halbwegs gerade.

Und wie immer fühlte ich mich unwohl in der Nähe der hoch aufragenden Megalithen hinter mir.

Colin ging den Rand des zweiten Kornkreises bereits zum dritten Mal ab. Es gab insgesamt neun Kreise in ganz unterschiedlichen Anordnungen. Der zweite Kreis war der größte und im Gegensatz zu allen anderen waren die Halme hier richtig umgeknickt worden. Insgesamt gab es kein geordnetes und aufwendiges Mandala, wie wir es sonst kannten, sondern nur einfache Kreise auf dem Feld. Das war bereits ungewöhnlich, aber irgendwie wurde ich das Gefühl nicht los, dass da noch mehr war.

»Spürst du was?«

Colin schüttelte den Kopf, sah sich um und hielt eine ausgestreckte Hand über die gebeugten Halme, als wolle er wie Harry Potter einen Besen aufheben.

»Nein. Nichts«, sagte er und bückte sich nach einem der Gerstenhalme.

»Kein Wunder«, sagte ich leise mit Blick zur Straße. »Die magnetischen Strahlen werden von unserem lokalen Medium gestört.«

Colin richtete sich auf und folgte meinen Augen. Alex Parkins, selbst ernannter Hohepriester und Oberdruide, kam in weiß flatterndem Umhang auf uns zu, gefolgt von seinen beiden treuesten Anhängern, die aus London extra zu jedem Vollmond anreisten. Und wie es schien, auch bei anderen besonderen Ereignissen. Sein Gesicht war Unheil verkündend – wie immer, wenn er mich sah.

Parkins hatte uns einmal dabei erwischt, wie wir mit einer Taschenlampe während eines ihrer Rituale ein Hologramm auf die Steine projizierten. Die anderen Neo-Druiden glaubten erst, die Naturgeister seien ihnen erschienen. Dummerweise hatte Parkins weniger geraucht als die anderen, so dass ihm das Funkeln unserer Taschenlampe auffiel. Und leider war ich nicht schnell genug gewesen. Während Rebecca, Chris und Colin entkamen, hatte Parkins mich erwischt. Viel hatte er nicht tun können. Es gab eine Standpauke und ich stand seither auf seiner schwarzen Liste.

»Verschwindet! Ihr stört den Magnetismus dieses heiligen Ortes«, rief er uns schon von weitem zu.

Colin und ich grinsten uns an.

»Wer sagt, dass du ihn nicht störst?«, fragte ich zurück. »Du bist doch das Medium mit den Schwingungen und Kräften. Wenn man zwei Magnete mit den falschen Polseiten zusammenkommen lässt, spielen sie verrückt. Was, wenn du ein Erdbeben auslöst?«

Parkins schaute mich an, als wolle er mir ins Gesicht springen. Seine beiden Anhänger wirkten verunsichert. Allerdings sahen sie auch aus, als müssten sie sich anstrengen ihre Augen offen zu halten. Hatten sie etwa auf der Fahrt von London hierher geraucht?

»Alex, was, wenn sie Recht hat?« Der Linke, der das sagte, nuschelte unüberhörbar. Tatsächlich. Sie waren bekifft.

Ich verkniff mir ein spöttisches Grinsen und setzte noch einen drauf. »Wer sagt denn, dass während des Gewitters nicht *du* hier warst und das alles verursacht hast, Alex?«

»Ich war während des Gewitters bei der jährlichen Versammlung der Hohepriester in Glastonbury. Ich habe erst heute Morgen davon erfahren und bin sofort zurückgekommen«, entgegnete er kalt.

»Na ja, die Steine stehen ja noch«, konnte ich mir nicht verkneifen zu sagen. »Deswegen glaube ich dir.«

Die Blicke von Alex und seinen Adjutanten glitten unwillkürlich zum Steinkreis hinter uns.

Wie doof musste man sein?

Ich sah die Mundwinkel des einen Anhängers zucken. Seine langen blonden Haare waren zu einem Pferdeschwanz gebunden und eigentlich wirkte er mit der fliehenden Stirn wie ein alternder Rocker und nicht wie ein Esoteriker. Anscheinend war der nicht ganz so zugedröhnt wie sein Kumpel.

»Was habt ihr beide hier überhaupt zu suchen?«, schnauzte Parkins. Offenbar hatte er meinen Hieb nun auch begriffen. »Du hast den Weisheiten der Erde noch nie den nötigen Respekt erwiesen.«

»Ich würde nie behaupten klüger als der Boden zu sein«, sagte ich ernsthaft. Der gab leider nicht nach. Dabei hätte ich Parkins nur zu gern auf Nimmerwiedersehen darin versinken lassen. »Lass uns gehen, Colin. Nicht, dass die Herren noch ein Opfer benötigen.«

Jetzt grinste der Blonde ganz offen.

»Wir nehmen nur Jungfrauen. Du wärst also prädestiniert. Es sei denn, du willst was daran ändern, Herzblatt«, raunte er mir zu, als wir an ihm vorbeigingen.

»Ihr wollt mir beim nächsten Vollmond die Kehle aufschneiden und mich ausbluten lassen? Nein danke«, sagte ich hoheitsvoll. Solchen Kerlen konnte man nur beikommen, in dem man sie extra missverstand.

Erst als wir die Straße erreicht hatten, brach Colin in Gelächter aus. »Ich fürchte, ihre Münder stehen noch immer offen.«

Ich lächelte, wurde aber gleich wieder ernst. »Hast du etwas herausgefunden?«

»Abgesehen von dem üblichen Unwohlsein, das die alten Steine ausstrahlen? Nein.«

Wieder einmal war ich überrascht, wie oft wir beide das Gleiche spürten und dachten. Obwohl ich ja eigentlich nichts Direktes *fühlte* beim Steinkreis. Es waren eher unliebsame Erinnerungen, die diese neolithischen Überreste in mir auslösten. Als Kind hatte ich mich nie in die Nähe der Kifferbande getraut. Die riesigen Megalithen hatten mir Angst eingeflößt.

»Mere? Alles okay?« Erschrocken sah ich in Colins besorgtes Gesicht.

»Alles bestens«, log ich rasch. »Sollen wir aufmalen, wie die Kreise angelegt sind? Vielleicht kann uns die Anordnung sagen, ob wirklich paranormale Kräfte am Werk waren oder ob Parkins einfach nur raffinierter ist als Mr Sherman.«

Das hielt Colin für eine gute Idee. »Hast du dir die exakte Lage der Kreise gemerkt?«, fragte er.

Ich schnaubte und er hob die Hand. »Okay, okay! Ich weiß schon, Miss Fotografisches Gedächtnis.«

»Ich werde sogar den genauen GPS-Standort bestimmen können, wenn ich fertig bin«, erklärte ich würdevoll. »Als ob ich je vergessen könnte, wo mir zum ersten Mal ein unsittlicher Antrag gemacht wurde.«

8. Kapitel

Ich hatte zwar eine Zeichnung mit der Lage der Kornkreise anfertigen können, nur brachte sie uns nicht weiter. Die Kreise waren einzeln und in seltsamen Abständen angeordnet – keiner glich dem anderen und jeder Kreis war unterschiedlich groß.

Wir hatten die Anordnung mit sämtlichen Konstellationen von neolithischen Bauwerken, keltischen Mustern und sogar mit der Struktur verschiedener chemischer Elemente verglichen. Nichts.

Vorläufig war das Projekt Kornkreis in Ermangelung von Fortschritten also beiseitegelegt worden. Stattdessen rückte die Frage um Chris' Geburtstagsgeschenk in den Vordergrund. Rebecca hatte sich geweigert weitere Vorschläge zu unterbreiten und Shakti schwebte mit Michael so hoch im siebten Himmel, dass man kaum ein vernünftiges Wort mit ihr wechseln konnte. Wir waren bereits gespannt, was ihre Eltern sagen würden, wenn sie von ihrer neuen Liebe erführen. Beim letzten Mal hatte es mächtigen Ärger gegeben und unsere Wochenenden waren auf langweilige Monopoly-Abende bei Shakti zu Hause beschränkt worden. Zwei ganze Monate lang.

Folglich blieb es Colin und mir überlassen, ein Geschenk zu besorgen. Also fuhren wir am Donnerstag nach dem College mit dem Bus nach Swindon und sahen uns dort in einem Elektroladen um. Als wir fertig waren, hatten wir tatsächlich einen

Wackel-Darth-Vader im Gepäck und dazu einen Gutschein für den Hochseilgarten im Lydiard Jungle Park.

Wir beschlossen unseren Erfolg bei einem Cocktail im Circlin' Stone zu feiern und fanden sogar sofort einen Tisch.

»Was mag sie dieses Mal verstehen?«, mutmaßte ich mit einem Blick auf unsere rothaarige Schönheit, die tatsächlich auch nach zwei Tagen noch hier arbeitete. »Ob sie mir wohl ein roh püriertes Steak bringt, wenn ich einen Bloody Mary bestelle?«

Colin lächelte nicht, sein Blick war fest auf das Mädchen gerichtet. Ich seufzte. Er hatte mir immer noch nicht erzählt, was er genau gesehen hatte. Ich hatte auf der Fahrt nach Swindon sogar nachgehakt, aber seine Reaktion war mehr als nur unwirsch gewesen. Allein das zeigte mir, dass Colin doch noch geknickt war. Beinahe hoffte ich, die Rothaarige würde ihn auf andere Gedanken bringen.

Nach ein paar Minuten entdeckte sie uns schließlich und kam mit einem zögerlichen Lächeln an unseren Tisch.

»Guten Tag«, sagte sie zu Colin gewandt. Ich wurde ignoriert.

Colin lächelte zurück. »Wie geht es … tja, ich weiß nicht einmal, wie ich dich anreden soll. Darf ich überhaupt *du* sagen?«

Ich starrte meinen besten Freund verblüfft an. Was war in ihn gefahren? Die war keinen Tag älter als wir, eher jünger. Aber anscheinend hatte er wieder ins Schwarze getroffen, denn mit einem Mal war ihr Lächeln aufrichtig und herzlich und sie entblößte ein paar perlweiße, gerade Zähne.

»Lad …« Sie biss sich sichtlich auf die Lippe und korrigierte sich dann rasch. »Elizabeth.« Mit einer anmutigen Geste streckte sie ihm die Hand entgegen.

Was hatte sie wirklich sagen wollen, bevor sie sich verbessert hatte?

Colin ergriff die ihm dargebotene Hand, ohne zu zögern. »Colin Adams. Sehr erfreut, Elizabeth.«

Wieder konnte ich beobachten, dass sich die beiden bei der Berührung groß anstarrten. Aber dieses Mal waren sie darauf vorbereitet und schon wenige Sekunden später lächelten sie sich wieder an. Noch immer Hand in Hand.

»Woher kommst du, Elizabeth?«, fragte Colin, als er seine Hand endlich zurückbekommen hatte.

Sie zögerte kurz, ging dann aber nicht auf seine Frage ein und zückte stattdessen ihren Block und Stift. »Was möchtest du trinken? Oder essen? Heute gibt es … ach, ich vergesse immer diesen spanischen Namen. Tampon oder so ähnlich.«

Ich verschleierte mein Lachen mit einem Husten und handelte mir damit einen leichten Tritt gegens Schienbein ein.

»Tapas. Nein, danke. Nichts essen. Aber ich hätte gern ein Bier.«

Sie begann zu schreiben und mir fiel auf, dass sie noch immer Colins Bleistift benutzte.

»Das ist übrigens meine Freundin Meredith«, stellte Colin mich vor, als sie fertig war. Bei dem Wort »Freundin« wurde ich das erste Mal richtig von ihr angesehen.

»Hallo«, grüßte ich und hielt ihr nicht die Hand hin. Erstens, weil ich mittlerweile etwas eingeschnappt war, und zweitens, weil ich dachte, wenn sie die gleichen Visionen hatte wie Colin – was ganz den Anschein hatte –, würde sie ebenfalls keine Berührungen mögen.

»Möchtest du auch ein Bier?«, fragte sie mich höflich und

lange nicht so herzlich wie eben bei Colin. Sie hatte einen eigenartigen Akzent. Nicht walisisch und auch nicht schottisch, ja nicht einmal gälisch. Einfach seltsam.

»Ich hätte lieber einen Apfelsaft«, erklärte ich ihr und sah zu, wie sie auch das sorgfältig notierte.

Dann verschwand sie und ich sah sie kurze Zeit später mit Brandon an der Theke reden. Er sah zu uns, bemerkte, dass ich ihn beobachtete, und lächelte leicht.

Sofort hüpfte mein Herz ein Stückchen nach oben.

Zu dumm, dass sie jetzt hier arbeitete. Sonst hatte Brandon diesen Bereich bedient.

»Sie hat deine Frage einfach ignoriert«, sagte ich zu Colin. »Genau wie mich.«

Er lächelte. »Das bist du nicht gewöhnt, was, Mere?«

»Es ist unhöflich«, sagte ich erbost. »Sag mal, verteidigst du sie etwa?«

Er zuckte mit den Schultern. »Warum denn nicht? Du kannst nicht sehen, was ich sehe, wenn wir uns berühren.«

Das versetzte mir wider Willen einen leichten Stich. Aber damit noch nicht genug. Als unsere Getränke kamen, raunte Elizabeth Colin zu: »Folge mir. Ich erzähl dir alles, was ich weiß. Ich habe eine Mußezeit von fünfzehn Minuten.«

»Reichen dafür fünfzehn Minuten?«, fragte ich schnippisch. Dass sie mich immer noch ignorierte, ging mir langsam gehörig auf den Senkel.

»Ihr würdet euch wundern, was man in fünfzehn Minuten alles bewerkstelligt bekommt«, lautete die sehr unbefriedigende Antwort.

Colin grinste breit und erhob sich.

Ich sah den beiden nach, während sie sich durch das volle Café drängten. Elizabeths Blick stand mir immer noch deutlich vor Augen. Wie sie Colin anhimmelte.

Ich nahm meinen ursprünglichen Gedanken zurück. Ich wollte *nicht*, dass sich Colin für sie interessierte. Jede andere, sogar Shelby Miller, aber keinesfalls diese arrogante, überhebliche, unverschämte, eingebildete, blöderweise wunderschöne … Verärgert griff ich nach Colins Bier und trank es in wenigen Zügen leer.

»Alles klar, Meredith?«

Ich zuckte erschrocken zusammen. Ich hatte Brandon absolut nicht kommen hören. Geschäftig griff er über meine Schulter hinweg und nahm mir das leere Glas aus der Hand.

»Du kennst meinen Namen?«, fragte ich ihn überrascht.

Er schürzte die Lippen. Zugegeben, die Frage war ziemlich überflüssig gewesen.

»Magst du noch was trinken? Oder soll ich dafür sorgen, dass sie nicht gemeinsam aufs Klo verschwinden?«

Ich wurde rot. »Ich glaube, du hast da was missverstanden. Colin und ich sind nicht zusammen.«

So. Jetzt wusste er es aus erster Hand. Leider sah ich keinen interessierten Funken in seinen Augen aufblitzen.

Aber eine deutliche Überraschung.

»Ach. Dann … seid ihr verwandt? Ihr hängt immer zusammen wie siamesische Zwillinge.«

Ich schnaubte. »In diesem Fall hätte Colins Vater längst einen Weg gefunden, um seine Gene zu ändern. Nein, wir sind Freunde. Sehr gute Freunde allerdings.«

Brandon nickte verständig. »Möchte denn Colins sehr gute Freundin noch was trinken? Oder ein Eis? Oder sonst etwas?«

»Ich nehme eine Cola«, erklang eine dunkle Stimme statt meiner. Jemand ließ sich auf Colins leeren Stuhl fallen. »Hey Meredith. Du musst mir mal helfen.« Es war Chris.

Brandon nickte mir zu und verschwand dann.

Ich sah ihm bedauernd hinterher. In meinem Kopf machte sich ein leichtes Schwebegefühl breit: *Er kennt meinen Namen.*

»Wenn du mir bei Physik hilfst, helfe ich dir mit dem Typen.«

Erschrocken starrte ich Chris an. »Was redest du da?«

Er lächelte überheblich. »Du musst mir nichts vorspielen. Ich erkenne verliebte Frauen, wenn ich sie sehe. Also, kannst du mir bei der Vektoraddition helfen? Ich kapier das einfach nicht.«

»Ich bin nicht in Brandon verliebt!«, widersprach ich fassungslos.

»Meredith, du sprichst mit *mi-hir*. Also? Vektoraddition?«

»Ja, klar«, blubberte ich gedankenverloren. War das so offensichtlich? O mein Gott! Was, wenn Brandon es auch bemerkt hatte?

Kurze Zeit später brachte Brandon Chris die Cola. Chris legte ihm direkt das Geld hin und lächelte mich an. Mit einem verführerischen Lächeln, das er sonst nur seinen diversen Flammen zukommen ließ.

Ich drehte mich um. Nein, keine Sheila oder Holly oder Molly.

Als ich Chris wieder ansah, rollte er mit den Augen. Brandon war schon wieder hinter der Bar verschwunden.

»Ehrlich, Meredith, du magst ja hyperintelligent sein, aber was das Menschliche anbelangt, bist du manchmal rumpeldumm.«

Chris trank einen Schluck. »Ich gebe dir jetzt mal ein paar hilfreiche Lektionen in Sachen Flirten und dann hilfst du mir mit den Vektoradditionen.«

»Will ich die haben?«, fragte ich misstrauisch.

»Unbedingt.« Chris zog seinen Stuhl näher an meinen heran. Mir entging nicht, dass er sich so ins richtige Blickfeld zur Bar brachte.

»Schau ihn nicht direkt an. Sieh in den Spiegel hinter den Gläserregalen und versuche dort seinen Blick einzufangen.«

»Chris, das ist doch lächerlich …«

Er hob einen Finger. »Ah ah. Du hast es bitter nötig, Schätzchen.«

»Nenn mich nicht so!«

»Entschuldige.« Trotzdem legte er seine Hand auf meine Stuhllehne und streifte mit seinem Zeigefinger mein Handgelenk. »Und? Sieht er her? Nicht ihn direkt anschauen. In den Spiegel, Meredith, in den Spiegel!«

Ich sah in den Spiegel und begegnete Brandons Blick. Er beobachtete uns tatsächlich.

Schnell blickte ich wieder Chris an. »Okay, nehmen wir mal an, ich wäre interessiert. Was müsste ich als Nächstes tun?«

»Diese dämliche Brille gegen Kontaktlinsen eintauschen«, lautete die prompte Antwort.

Befremdet nahm ich meine Brille von der Nase. Ich hatte sie in Swindon auf dem Flohmarkt gefunden und mich sofort in sie verliebt. Ein schwarzes Horngestell aus den Sechzigern. Ein echtes Original und kein Replikat, wie sie jetzt so angesagt waren. Außerdem konnte ich ohne nicht erkennen, ob Brandon mich im

Spiegel beobachtete. Ohne Brille war die Bar recht verschwommen und zu weit weg.

»Und schon siehst du ganz anders aus«, nickte Chris bestätigend. »Vielleicht wäre ein anderer Haarschnitt auch mal …«

»Keine Chance«, wehrte ich sofort ab. »Ich werde auf keinen Fall morgens eine Stunde früher aufstehen, damit ich so aussehe wie eine von deinen … *Freundinnen*.«

Chris grinste. Er wusste genau, wie wir seine *Freundinnen* betitelten. Er betrachtete mich und meinen Pagenschnitt eingehend. »Wie wär's mit ein wenig Lippenstift? Oder wenigstens den Pagenkopf ein wenig flotter geschnitten. Also hinten etwas kürzer und die vorderen Seiten länger. Und ein bisschen stufiger.«

Ich fasste an die besagten Seiten und schielte darauf.

»Hast du was in deinen Haaren?«

Erschrocken machte ich einen Satz nach vorne und kippte dabei Chris' Cola um. Colin war zurück und sah mich erstaunt an.

»Das ist auch eine gute Methode, um jemanden auf sich aufmerksam zu machen«, wisperte mir Chris zu. Ich wusste nicht, was er meinte, bis Brandon eine Sekunde später an unserem Tisch stand und die klebrige Cola aufzuwischen begann.

»Möchtest du eine neue?«, fragte er Chris. Sein Ton war zwar gleichbleibend höflich, aber seine Augen hatten sich verengt.

»Nein. Ich muss gehen. Kann ich auf dich zählen, Meredith?«

»Klar«, antwortete ich verlegen. Und dann wurde ich noch verlegener, denn Chris beugte sich vor und küsste mich auf die Wange.

Ich wusste nicht, wer verblüffter aussah, Brandon, ich oder Colin.

»Lass uns auch gehen«, sagte ich zu Colin und zog ihn am Ärmel hinter mir zum Ausgang.

»Und wer bezahlt?«, rief mir Brandon hinterher.

Herrje! Wie hatte ich das nur vergessen können. Peinlicher ging es wohl nicht.

Ich drehte mich zu Brandon um. Colin sah noch immer absolut verwirrt aus. Wie jemand, der über einem Tausend-Teile-Puzzle sitzt und noch nicht einmal den Rand findet.

Mit glühenden Wangen ging ich zu Brandon zurück und hielt ihm zerstreut einen Schein hin. Doch als ich mich schnell wieder umdrehen wollte, hielt er mich am Ellbogen fest.

»Das ist zu viel«, sagte er und sah mir in die Augen.

Mir wurde noch wärmer. »Behalt den Rest.« Vermutlich traten mir jeden Moment Schweißtropfen auf die Stirn. Ehe ich mir diese Blamage auch noch geben würde, drehte ich mich um, schnappte mir Colin und zog ihn aus dem Circlin' Stone.

»Was ist los, Meredith?«, fragte er, sobald wir auf der Straße standen. »Hat Chris etwa da drin mit dir *geflirtet*?«

»Nein. Er wollte, dass ich ihm in Physik helfe.«

Doch Colin gab sich damit nicht zufrieden. »Ach, komm schon. Ich habe doch diesen Gesichtsausdruck gesehen. Und den kennen wir alle zur Genüge.«

Ich stapfte schweigend weiter und spürte plötzlich, wie mich Verzweiflung überkam.

Ehrlich, seit letztem Samstag lief *alles* aus dem Ruder.

Meine heimliche Schwärmerei war nicht mehr heimlich und mein bester Freund hatte … Das brachte mich zu dieser Elizabeth. Ich blieb abrupt stehen und drehte mich zu Colin um.

»Was hast *du* denn mit dieser Elizabeth so lange gemacht?«

Statt einer Antwort sah er mich eindringlich an.

»Wir müssen uns noch einmal treffen. In der Abtei. Um neun. Okay?«

Damit hatte ich absolut nicht gerechnet. Ich hatte nervöses Gestammel oder eine sarkastische Bemerkung erwartet, keinesfalls diesen ernsten Blick. Außerdem sah ihm diese Heimlichtuerei überhaupt nicht ähnlich.

»Warum sagst du es mir nicht einfach jetzt?«

»Um neun in der Abtei. Dann erfährst du alles.«

»Colin, du sagst mir jetzt *sofort*, was los ist!«

»Du erfährst es heute Abend in der Abtei. Sei pünktlich.«

Damit ließ er mich stehen.

Ich sah auf meine Armbanduhr. Viertel nach acht. Was sollte das?

9. Kapitel

Die Ruine hatte Colin und mich von klein auf fasziniert. In unserer Kindheit stellten wir uns darin Geister von toten Mönchen vor, weiße Damen, die von Mitgiftjägern eingemauert worden waren, Überfälle von Normannen und Enthauptungen von Meuchelmördern. Es gab sogar einen geheimen Tunnel, der hinter dem ehemaligen Altar unter einer morschen Bohle versteckt lag. Er endete nach ein paar Metern im Geröll und war danach unpassierbar, aber allein der Gedanke, es könnten noch mehr Verstecke dahinter vorhanden sein, hatte die Abtei mit ihren fensterlosen Spitzbögen, dem noch vorhandenen Kreuzgang und den wenigen erhaltenen Räumen über Jahre zu unserem bevorzugten Abenteuerspielplatz werden lassen. Unsere Nachforschungen hatten ergeben, dass es sich um einen kleinen Ableger von der Abtei zu Glastonbury handelte, und wir kannten hier jeden Winkel besser als sogar unser College.

Unser Lieblingsplatz war allerdings eine kleine Seitenkapelle. Eine von sechs, um genau zu sein. Doch diese besaß als einzige ein Fenster in Sichthöhe mit zwei eingelassenen Steinbänken rechts und links und hier war es nicht ganz so zugig wie im Mittelschiff. Außerdem war sie die größte Kapelle und das Dach war noch intakt. Wahrscheinlich hatte das hier untergebrachte Grab des Abtes Aedelred deswegen weniger gelitten als die seiner Nachfolger. Der lebensgroße Stein-Abt auf dem Sarg war zwar schon arg verwittert – kein Wunder, er lag bereits seit 1145 hier –, aber noch vorhanden. In den anderen Kapellen waren nur noch Grabplatten oder leere Gräber zu sehen. Vor dieser Kapelle hatte sich einst auch der Mönch-Friedhof befunden, davon übrig waren nur noch sieben verkümmerte Steine im Gras zwischen der Kirche und dem Wald. In der Mitte stand ein Kreuz. Es war gedrungen und arg verwittert, aber es hielt sich nach wie vor gerade. Fast so, als müsse es tapfer die Stellung halten.

Colin hatte unsere Isomatten aus ihren Verstecken geholt und die Laterne angezündet. Ich schaltete meine Taschenlampe aus.

»Wo ist Wall-E?«, fragte ich, als ich nirgends den Hund entdecken konnte. Der Dogwalk führte zwar nicht direkt an der Ruine vorbei, aber wir hatten Wall-E trotzdem des Öfteren hierher mitgenommen. Vor allem abends. Das durfte natürlich niemand wissen, denn sollten wir je mit Wall-E abseits des Dogwalks erwischt werden, würde eine saftige Geldstrafe auf Colin zukommen. Und Dr. Adams würde mit Sicherheit darauf bestehen, dass der Hund weggegeben wurde.

»Er musste zu Hause bleiben. Er hätte mich sonst verraten.«

Damit war schon mal eine Frage beantwortet. Colins Eltern wussten nicht, dass er noch unterwegs war.

»Gib mir bitte deine Hand.«

»Was?«

Colin hatte sich vorgebeugt und hielt mir seine Hand hin.

»Ich werde dich jetzt nicht küssen«, sagte ich fest und fing, wie immer, wenn ich aufgeregt war, ein wenig zu zittern an. Schnell setzte ich mich auf meine Hände.

Colin schloss kurz die Augen und sah mich dann wieder eindringlich an. »Das habe ich schon verstanden. Hier geht es um etwas anderes. Bitte.«

Zögernd legte ich meine zitternde Hand in seine. Er sah mich noch einmal an und dann schloss er abermals die Augen, während sein Daumen beruhigend über meinen Handrücken strich.

Zehn, vielleicht auch dreißig Sekunden lang geschah nichts. Ich hörte meinen Atem, den Wind, der durch die Fensterhöhlen fuhr, das Rascheln von Blättern und die Rufe von ein paar Käuzchen.

Wieso hatte Colin mich eigentlich genau hier treffen wollen? Wieso hatten wir uns nicht schon an der Brücke verabredet, über die man zur Abtei kam?

»Was ...«, wollte ich gerade fragen, als ich es sah.

Es kam von draußen. Ungefähr zehn Meter vor dem Fenster, direkt über den Rasen, hinter dem der Wald anfing.

Mein Herz schlug auf einmal so heftig, dass ich an den Rippen das Pochen spürte.

Ein Licht, ein grelles, großes – nein, riesiges – Licht war dort. Und es breitete sich aus. Nein. *Es bewegte sich.*

Es bewegte sich auf uns zu, auf dieses Fenster, vor dem wir saßen. Aber das Licht war noch nicht einmal das Schlimmste. Viel schlimmer erschien mir der schwarze Fleck dahinter. Als würde er das Licht vor sich herjagen. Mit einem Mal wurde die Bewegung rasend schnell. Um mich herum war nun alles grellweiß, ich konnte nichts mehr sehen. Und dann verschluckte der schwarze Fleck alles. Panisch begann ich zu schreien.

»Meredith? *Meredith!*«

Jemand schüttelte recht unsanft meine Schulter.

»Meine Güte, du hast mir vielleicht einen Schrecken eingejagt.«

Verwirrt blinzelte ich. Vor mir saß meine Mutter und atmete erleichtert auf.

»Bist du jetzt endlich wach?«

Ich sah mich um. Mein Zimmer. Genau so, wie ich es verlassen hatte, ehe ich zu unserem Treffen aufgebrochen war.

Wie war ich hierhergekommen?

»Solche Albträume hattest du schon seit Jahren nicht mehr«, sagte Mum und strich mir sanft eine Strähne aus der Stirn.

Albträume? Das war kein Traum gewesen, sondern sehr real … oder etwa nicht?

Mum gähnte und erhob sich. »Morgen habe ich eine Zehn-Stunden-Schicht. Ist wieder alles in Ordnung?«

Ich nickte benommen. »Ja, geh ruhig wieder ins Bett«, sagte ich und sie verschwand.

Was war das gewesen?

Hatte ich wirklich nur geträumt? Es hatte sich so echt angefühlt! Ich sah auf die Uhr. Kurz nach elf. Zeit genug, um zur Abtei und wieder zurück zu kommen. Aber wie war ich zurückgekommen? Und hatte Colin mir nicht etwas Wichtiges mitteilen wollen? Ich konnte mich beim besten Willen nicht mehr erinnern, was es gewesen war. Ich war auch zu müde dafür. Viel zu müde. Meine Lider wurden schon wieder schwer.

Ich legte mich zurück in die Kissen und drehte mich zur Seite. Vor mir auf dem Kopfkissen lag etwas.

Es war eine Feder.

Ich erwachte, weil mich Adele aus dem Radiowecker anschrie, ich solle mich in der Tiefe wälzen. Viel zu gern. Mein Kopf dröhnte. Ich blinzelte und versuchte meine Gedanken zu ordnen.

Mein Blick fiel auf eine Feder. Die Feder von gestern Nacht. Sie lag auf meinem Kopfkissen.

Eine rotbraune Feder. Das vertrieb ein wenig meine Benommenheit und der Traum von letzter Nacht fiel mir wieder ein. Mühsam setzte ich mich auf. Das war gar nicht so einfach, denn mir wurde schwindelig und in meinem Kopf schien eine Bowlingkugel gegen die hintere Stirnwand zu prallen.

Ich brauchte wesentlich länger als sonst, um mich zu waschen und anzuziehen. Wo war Mum? Erst als ich das bereitgelegte Sandwich und die Wasserflasche auf dem Küchentisch erblickte, erinnerte ich mich, dass sie schon um halb acht hatte anfangen müssen, um Ware entgegenzunehmen. Ich durchsuchte das Medizinschränkchen nach Aspirin, fand aber keins. Wie war das mit des Schusters Kindern? Mum war jedenfalls eine Drogistin, die keine Kopfschmerztabletten im Haus hatte. Wie passend.

Vor dem Haus wartete Colin auf mich. Das war ungewöhnlich, denn normalerweise wohnte er in entgegengesetzter Richtung zum College.

»Meredith, geht es dir gut?«

Er sah mich besorgt an.

»Ich weiß nicht«, gestand ich ehrlich. »Ist denn bei dir alles klar? Was war das gestern Abend gewesen?«

Colin wirkte irritiert. »Gestern Abend?«

»In der Abtei. Das Licht und der schwarze Fleck.«

Colin sah mich mit einem seltsamen Blick an. »Aber du bist

gestern Abend gar nicht aufgetaucht. Dabei hätte ich wirklich mit dir reden müssen.«

Ich rieb mir den Kopf. Ich hatte mir bis eben überlegt zu Hause zu bleiben. Vielleicht hätte ich es auch tun sollen. Denn entweder träumte ich noch oder ich hatte gestern halluziniert. Nur waren die Schmerzen leider zu real für einen Traum.

»Du hast Schmerzen«, stellte Colin mit einem weiteren Blick in mein Gesicht fest. »Komm, wir schwänzen.«

»Nichts lieber als das, aber …«

»Vergiss den Naturwissenschaftstest. Du würdest ihn eh versieben. Na ja, wahrscheinlich nicht, aber trotzdem siehst du nicht gut aus.«

»Ich sehe nie gut aus«, murrte ich. »Frag Chris.«

»Für mich siehst du immer gut aus. Nur heute bist du kreidebleich. Na, komm schon.«

»Und was, wenn dein Dad das herausfindet?«, fragte ich vorsichtig.

Colin zögerte. Wir beide wussten genau, wie Dr. Adams reagieren würde. Colin hätte die nächsten fünf Wochen nichts zu lachen.

»Magst du dann nicht wenigstens zu Hause bleiben? Ich komme nach der Schule zu dir«, sagte er schließlich.

Ich schüttelte den Kopf. Ich wollte ein Stipendium, und das Gremium, das die Stipendien vergab, würde sich am Ende zwischen mir und Shelby entscheiden müssen. Und ein Stipendium für ein Studium nach den A-Levels würde höchstwahrscheinlich derjenigen zufallen, die regelmäßiger die Schule besuchte.

Colin seufzte ergeben.

»Kannst du mir nicht auf dem Schulweg erzählen, was los ist?«, fragte ich gepresst.

»Nein. Ich brauche deine komplette Aufmerksamkeit. Und niemand, wirklich niemand, darf etwas davon mitbekommen.«

Jetzt merkte ich erst, wie aufgewühlt er tatsächlich war.

»Lass uns in der nächsten Apotheke Schmerztabletten besorgen. Ich will wirklich alles hören, wenn du anfängst. Dich und, wenn es sein muss, auch die Autobahn in zehn Meilen Entfernung.«

Schweigend gingen wir weiter, und weil ich die ganze Zeit über auf den Boden starrte, sah ich plötzlich auch den kleinen Holzspan, der sich einen Meter vor uns bewegte.

Ich ahnte, dass Colin die Ursache dafür war, denn es wehte kein Wind.

10. Kapitel

Ich musste bis nach der zweiten Unterrichtsstunde warten, ehe die Apotheke geöffnet hatte. In meinem Kopf hatte sich ein solcher Druck aufgebaut, dass ich glaubte, er würde zerbersten, sobald ihn jemand mit einem spitzen Gegenstand berührte. Ich schielte ständig auf den Zirkel in meinem Mäppchen und überlegte, ob es nicht eher Erleichterung brächte.

Und auch mit den Tabletten dauerte es eine weitere halbe Stunde, ehe die verschwommenen Schemen sich wieder zu Bildern klärten.

Colin war mit mir zur Apotheke gegangen und danach hatten wir den Rest der Pause hinter dem Geräteschuppen des Hausmeisters verbracht. Hier war es ruhig und das brauchte ich jetzt. Zu einem Gespräch kam es letztendlich nicht mehr. Sogar Colins Atemgeräusche waren nur schwer zu ertragen, von Zuhören konnte keine Rede sein.

Erst auf dem Weg zu den Physikräumen war ich in der Lage, ihn auf den gestrigen Zwischenfall im Circlin' Stone anzusprechen.

»Nein, Mere«, sagte er fest. »Ich erzähle es dir, wenn du wieder du selbst bist. Im Moment stehst du neben dir und ich bin immer noch davon überzeugt, dass du nach Hause gehen und dich auskurieren solltest.«

»Wenn du mich noch länger hinhältst, werden meine Kopfschmerzen garantiert wieder schlimmer werden«, maulte ich. »Dabei kann ich doch gerade wieder alles scharf sehen. Zum Beispiel, dass du eine Stelle am Kinn vergessen hast zu rasieren.«

Er ignorierte meine Bemerkung – wie üblich, wenn ihm was gegen den Strich ging. »Wagen wir einen neuen Versuch. Um fünf heute Nachmittag in der Abtei. Einverstanden?«

Frustriert erkannte ich, dass Colin zum ersten Mal nicht mit sich handeln ließ. Das zeigte, wie wichtig ihm dieses Gespräch war. Und es ließ mich vor Neugierde fast platzen.

»Sollte ich nicht da sein, liegt das an den Kopfschmerzen, die wieder schlimmer geworden sind, weil ich so lange warten musste«, maulte ich.

»Dann nimm noch eine Tablette«, sagte Colin freundlich.

Ich verdrehte die Augen. Aua. Sogar das tat weh.

Als wir mittags die Cafeteria betraten, tätschelte mir Shakti mitfühlend den Arm.

»Geht's wieder?«

Rebecca beugte sich an ihr vorbei zu mir hin und sah mich an. »Du hast die Gesichtsfarbe von meinem Opa.«

»Dein Opa ist tot«, sagte Shakti verwirrt.

»Eben.«

Ich blickte fragend zu Colin. Er schüttelte leicht den Kopf. Also war es nicht ganz so schlimm, wie Rebecca behauptete. Ich fand, dass es an der Zeit war, das Thema zu wechseln. »Was sagt ihr zu dem Geschenk für Chris?«

»Darth Vader ist doch nur noch was für kleine Kinder«, murrte Rebecca.

»Dann passt er ja ganz prima. Seht mal. Der kleine Chris hat sogar jetzt schon ein neues Spielzeug gefunden.«

Alle folgten meinem Blick und sahen, wie er sich schmatzend aus einem Kuss löste. Das Mädchen in seinen Armen war eine Schülerin aus dem Biologiekurs aus dem Jahrgang über uns. Nicht Miranda. Wie es aussah, war die da sehr am menschlichen Körper interessiert. Sie wollte Chris überhaupt nicht mehr loslassen.

»Apropos Chris, da bist du mir auch noch eine Erklärung schuldig«, raunte Colin mir zu und ich fragte mich zum ersten Mal, ob er mir nicht auch deswegen etwas vorenthielt, weil er eifersüchtig war.

»Ich bin um fünf in der Abtei. Und wehe, du lässt mich warten. Ach, verflixt.« Ich schlug mir an die Stirn. »Das haben wir ganz vergessen. Heute ist Musikprobe.«

Colin zog eine Grimasse. Ich atmete innerlich auf. Also war es ihm doch wichtig, dass ich erfuhr, was ihn so durcheinandergebracht hatte. Doch die Musikprobe zu schwänzen würde einem Todesurteil gleichkommen.

In wenigen Wochen war das Konzert zum alljährlichen Sachsen-Festival, das Vikar Hensley als Touristenattraktion ins Leben gerufen hatte. Hunderte von Schaustellern in Druiden-, Sachsen- und Wikingergewändern würden rund um den Steinkreis herum Räucherstäbchen, Lederarmbänder und -taschen sowie schmiedeeiserne Dekowaffen anbieten. Außerdem würde eine Schlacht nachgestellt werden, die den Sieg der Angelsachsen über die Wikinger symbolisierte. Es war das Event des Jahres bei uns. Um den in dieser Schlacht so wichtigen König Alfred zu mimen, wurde sogar jedes Jahr ein Schauspieler von einer der Theaterbühnen

Londons engagiert, während Alex Parkins die Zähne fletschte. Wir waren uns nie ganz sicher, ob es daran lag, dass er noch nie für die Rolle eines druidischen Beraters von Alfred dem Großen in Betracht gezogen worden war oder weil seine heilige Steinkreis-Stätte innen und außen herum mit einem Touristen-Event entweiht wurde.

Aber das konnte er einem Vikar schlecht sagen. Egal was Alex Parkins dachte: Es war eben DAS Festival in ganz Wiltshire und Tausende von Besuchern, verkleidet oder nicht, würden erscheinen. Und unsere Brassband, in der Colin und ich seit acht Jahren mitspielten, gab immer ein Konzert.

Das war zwar ein wenig stilbrüchig mit den modernen Baritonen, Posaunen und Flügelhörnern, aber unser Dirigent hatte das mit dem Vikar und dem Festkomitee ausgehandelt und die Kasse des Vereins profitierte davon das ganze Jahr über.

Das Konzert war jedes Mal ein großes Ereignis und der Dirigent würde eher jeden einzelnen Musiker fiebernd aus dem Bett ziehen, als auf einen zu verzichten. Das galt auch für die letzten Proben. Vor allem wenn die Stücke noch nicht so klangen, wie sie sollten. Und das *Hello Dolly* hörte sich momentan noch ziemlich nach dem Puuh-Bär-Lied mit den Wolken und Bienen an.

Colin seufzte frustriert. »Nach der Probe. Dann gehen wir zur Abtei.«

»Du willst mich wirklich noch so lange auf die Folter spannen? Ernsthaft?«, fragte ich ungläubig. »Bis dahin könnte ich tot sein!«

Ohne Vorwarnung nahm er meine Hände in seine.

Das war noch immer ungewohnt und seltsam. Colins Hände fühlten sich gut an, keine Frage. Nicht zu weich und auch nicht schwielig. Aber ungewohnt halt, weil wir uns in all den Jahren unserer Freundschaft so selten berührt hatten.

Er lächelte mich an. »Keine Sorge. Du wirst es noch erleben.«

Verdrossen zischte ich: »Deine Visionen haben aufgehört. Das hat gar nichts mehr zu bedeuten. Lass uns zurück in den Unterricht gehen. Mal sehen, ob Chris' Biologiestudentin ihre Anatomiestunde beendet hat.«

Der Rest des Tages zog sich wie Kaugummi.

Ausgerechnet heute wollte unser Dirigent Mark länger mit uns üben, weil die Tenorhörner die Läufe nicht auf die Reihe bekamen. Es war nach zwanzig Uhr und die Probe wäre normalerweise schon seit einer Viertelstunde vorüber gewesen und nun dauerte es noch geschlagene zehn Minuten, ehe der Dirigent endlich zufrieden war.

Ich warf mein Flügelhorn regelrecht in den Koffer, als Mark endlich das Ende der Probe bekannt gab. Ungeduldig stand ich neben Colin, der noch umständlich seine Posaune verstaute.

Und dann – endlich – machten wir uns auf den Weg zur alten Abtei.

Es wurde bereits dunkel und trotz der warmen Sonnenstrahlen heute Nachmittag war es empfindlich kühl geworden. Als wir auf unserem Weg zur Abtei dem dort verlaufenden Bach folgten, fröstelte es mich richtig. Das Wasser strahlte noch mehr Kälte aus.

Aber die letzte Woche voller Sonnenschein hatte die Natur aufleben lassen. Der Waldboden war zu dieser Jahreszeit übersät von den langsam verblühenden »Bluebells«, die aus dem sonst grünen Waldboden einen blauen Teppich machten. Direkt darüber lag ein leichter Dunst und ließ alles so unscharf wirken, als befände sich die Welt hinter einem Organzavorhang.

»Es würde mich nicht wundern, wenn wir gleich im Nebel versinken«, sagte Colin und blickte besorgt zu den über dem Bach aufsteigenden Schwaden.

»Untersteh dich und mach jetzt einen Rückzieher«, warnte ich ihn bibbernd. »Ich will endlich wissen, was du gesehen hast und was es mit dieser Elizabeth auf sich hat. Du könntest mir auch jetzt schon was erzählen.«

Aber Colin hörte mir nicht zu.

Er blieb abrupt stehen.

»War da was?«

Er sah sich um.

Ich mich ebenfalls, aber ich konnte nichts erkennen. Der Bach plätscherte leise und die Vögel waren verstummt. Nur das übliche Rascheln von kleinen Tieren im Unterholz war zu vernehmen. Ansonsten war es totenstill.

Ein stiller Wald war immer beklemmend. Egal zu welcher Tageszeit. Und wenn nicht einmal mehr die Amseln abends sangen, war er regelrecht unheimlich.

Die alte Abteiruine tauchte vor uns auf, und genau wie Colin vorausgesagt hatte, hingen dichtere Nebelschwaden schon über der Wiese davor. Wir hörten unsere Schritte nun überlaut im Gras. Ich erschauderte.

»Na, jetzt bin ich aber gespannt.« Ich konnte nicht einmal sagen, ob ich damit Colins Erklärung meinte oder ob ich befürchtete, dass sich meine Vision bewahrheiten könnte.

Der seltsame Traum von letzter Nacht war überaus realistisch gewesen. Und zu allem Überfluss sah es hier im Moment auch genau so aus, wie ich es geträumt hatte.

Nervös starrte ich in das Dickicht gegenüber dem ehemaligen Dormitorium.

»Kneif mich mal.«

»Wieso? Du kannst doch erkennen, dass ich nicht Chris bin.«

Genervt trat ich gegen einen Stein, der daraufhin mehrere Meter weiterflog. »Hör auf damit.«

»Seit wann willst du was von dem?«

»Colin, wir sind hier, um über Elizabeth zu reden!«

»Siehst du, du weichst mir aus.«

»Vergiss es. Wenn ich morgen wieder mit den gleichen Kopfschmerzen aufwache, ist es allein deine Schuld«, fauchte ich. Wir hatten mittlerweile unseren Lieblingsplatz erreicht und ich ließ mich erschöpft auf der Steinbank nieder.

Allerdings war mir jetzt mehr als nur mulmig zu Mute.

Ich sah in der Nähe einen Ast über den Rasen hüpfen. Anscheinend war Colin nicht halb so entspannt, wie er vorgab zu sein.

»Lass uns ein für alle Mal etwas klären«, sagte ich fest und setzte mich auf. »Ich bin nicht an Chris interessiert. Er hat sich nur in den Kopf gesetzt, ich könnte Hilfe gebrauchen.«

»Hilfe? Du?« Colin sah skeptisch aus. »Sag nicht, er glaubt, jetzt Physik besser zu können.«

Ich grinste leicht. »Nicht in schulischen Belangen. Er meinte, ich könne ein paar Stylingtipps vertragen und vielleicht auch lernen, wie man flirtet.«

Jetzt sah Colin sehr missmutig drein. »Das hast du nicht nötig.«

Ich zuckte die Schultern. »Ich weiß nicht. Vielleicht doch. Können wir jetzt zu dem kommen, weshalb wir hier sind? Mir ist kalt.«

Colin kam näher und setzte sich dicht neben mich. Dann legte er einen Arm um meine Schultern. »Mir auch. Wärmen wir uns ein wenig gegenseitig.« Er nahm mit der anderen Hand die meine und umschloss sie. Sie war schön warm und seine Finger so lang, dass sie meine Hand fast komplett umschlossen.

Ich sah zu ihm auf und wieder lag ein leises Lächeln um seine Lippen.

»Nichts?«, fragte ich leise.

»Nichts«, antwortete er zufrieden und ich dachte daran, wie sehr ihn diese Gabe immer belastet hatte. Als es mit zehn begann, hatte er sich immer mehr zurückgezogen, aus Angst, es könne ihn jemand versehentlich berühren.

Ich war die Einzige, der er sich geöffnet hatte. Das brachte mich auf einen Gedanken.

»Steckte hinter dem zweiten Kuss eigentlich mehr?«, fragte ich laut.

»Mehr?«

»Na, hast du mich im Abstellraum noch einmal geküsst, weil diese Todesvisionen verschwunden waren und du dich absichern wolltest, dass sie nicht mehr wiederkommen?«

Colin sah aus, als hätte ich ihm eine Ohrfeige verpasst.

Sofort ließ er seinen Arm fallen und meine Hand war plötzlich auch allein. Mir wurde augenblicklich bitterkalt.

Mist, Mist, Mist. Das war Colin. Nicht Chris. Nicht einmal ansatzweise einer der anderen Jungs, die so was ausnutzen würden. Es war *Colin*!

»Entschuldige«, sagte ich und schmiegte mich wieder an ihn. »Meine Gedanken gehen mit mir durch.«

Zögernd legte er wieder den Arm um mich.

»Elizabeth«, half ich ihm auf die Sprünge.

»Ja, Elizabeth.« Er holte tief Luft. »Sie hat die gleiche Gabe wie ich. Oder den gleichen Fluch. Ich konnte es sehen. Sie ist die Einzige, bei der ich seit der Gewitternacht noch eine richtige Vision hatte. In dieser Vision war sie seltsam gekleidet. In ein Kostüm aus der Tudor-Zeit. Sie hatte einen Kragen um den Hals und ihre Haare waren aufwendig unter einer Haube aufgesteckt.«

»Vielleicht stirbt sie auf einer Bühne oder bei einem Filmdreh?«, mutmaßte ich.

Colin schüttelte den Kopf.

»Nein. Das war anders. Die Haare waren seltsam frisiert und gepaart mit dem Kleid und der Umgebung, in der sie sich befand … ich hätte schwören können, es sei an diesem Sarkophag gewesen.«

Wir blickten beide zu dem liegenden Abt aus Stein.

»Und dann konnte ich erkennen, dass auch sie mich sehen konnte …« Er stockte. Ich sah zu ihm auf. Und weil wir so nah beieinandersaßen, sah ich, wie hart er die Zähne aufeinanderbiss.

»Du konntest sehen, dass sie dich sah?« Das war … verblüffend.

»Ja. Beängstigend, ich weiß. Ich habe überlegt, ob unsere Gaben sich gegenseitig verstärken oder so was. Auf alle Fälle konnte ich mich durch die Berührung zum ersten Mal selber sehen. Ich war älter und …«

Er stockte und ich wagte kaum zu atmen. Diese Vision musste erschütternd gewesen sein.

»Und was, Colin?«, fragte ich vorsichtig, als er nicht weitersprach.

»Mir fehlten an der rechten Hand zwei Fingerkuppen.«

Ich starrte ihn entgeistert an.

»Bist du sicher? Ich meine … wie willst du dir sicher sein? Nein, du *kannst* dir überhaupt nicht sicher sein. Du siehst nie auf die Hände. Du siehst immer in die Gesichter der Menschen. Die Haare, die Haltung. Aber deren Hände …?«

»Mere, ich bin mir sicher«, sagte er leise. »Ich hielt in der Vision eine Tasse. Ich konnte meine beiden Hände deutlich erkennen.«

Ich nahm Colins Hand in die meine und betrachtete seine Finger. Wie gesagt, angenehme Hände. Lange Finger. Feingliedrig mit sauber gestutzten Nägeln. Das hatte lange nicht jeder Junge an unserem College.

Na ja, Chris schon. Aber der ging auch zur Maniküre, wie er uns mal verraten hatte.

Aber Colins Hände waren mindestens genauso gut gepflegt. Und außerdem hatte er, ehe er mit der Posaune begonnen hatte, auch Klavier spielen müssen. Ich würde es nie laut sagen, weil Colin das Klavier so verhasst war, aber er besaß die perfekten Pianistenhände. Der Gedanke, diese Hände würden irgendwann verstümmelt werden, war grausam.

»Glaubst du, die Vision könnte sich bewahrheiten? Ich meine, du hast ja sonst keine mehr.«

»Ja, das stimmt und das mit Elizabeth ist auch noch eine sehr ungewöhnliche Vision gewesen. Ich begreife sie nicht ganz. Diese Visionen machen mir *immer* Angst.«

Das konnte ich gut verstehen. Ich erinnerte mich sehr gut an den Tag, als man Mrs Shapiro, Colins Nachbarin, tot in ihrer Einfahrt auffand. Colin war völlig verstört gewesen. Eben dort hatte er sie davor liegen sehen. Allerdings hatte sie in seiner Vision noch gelebt und sich nur nicht rühren können.

Ein Schlaganfall, hatte man diagnostiziert. Mrs Shapiro war letztendlich erfroren, weil man sie erst am nächsten Tag entdeckt hatte.

»Was denkst du, sollen wir jetzt tun?«, fragte ich und zitterte plötzlich stärker. Mittlerweile nutzte auch Colins wärmender Arm nichts mehr. Der Nebel war dichter geworden.

Hatte sich dort etwas bewegt? Angstvoll schielte ich zu dem Gebüsch, aus dem in meinem Traum der schwarze Fleck hervorgekommen war.

»Ich denke, wir sollten jetzt nach Hause gehen, damit du dich nicht erkältest«, sagte Colin und stand auf. Ich nickte und erhob mich. Obwohl sich in den letzten Minuten nichts verändert hatte, verstärkte sich plötzlich das unangenehme Prickeln auf der Haut, das ich schon die ganze Zeit über spürte.

»Hast du eigentlich auch das Gefühl, wir seien hier nicht mehr allein?«, fragte ich leise und schluckte. In diesem Moment trat eine dunkle Gestalt aus dem Gebüsch.

Ich schrie.

11. Kapitel

»Meine Güte, Meredith, ich bin es nur.«

Colin hatte mich an sich gepresst und ich konnte sein heftig schlagendes Herz spüren. Im Halbdunkel vor dem Spitzbogenfenster zeichnete sich die kräftige Figur Theodors ab.

Jener sah seinen Bruder höhnisch an. »Ich wusste gar nicht, dass sie so schreckhaft ist.« Ich löste mich von Colin und wollte dem selbstgefälligen Mistkerl eine scheuern. Colin hielt mich zurück. »Denk nicht mal im Traum daran«, sagte Theodor kühl. »Ich würde zurückschlagen. Ich bin kein Gentleman.«

»Was tust du hier, Theodor?«, fauchte ich ihn an. »Hatte Dr. Adams Angst, wir würden etwas Unsittliches tun?«

»Ja, ich glaube, genau das denkt er«, gab Theodor ungerührt zu. »Er hält dich für ein loses Flittchen, das versucht sich seine Zukunft zu sichern. Und wer wäre dafür besser geeignet als der naive Arztsohn?«

»Das ist Unsinn«, sagte Colin ruhig. »Hör auf, sie zu hänseln, Theo. Mere, du weißt genau, dass mein Vater nicht so denkt.«

Ich war mir da nicht so sicher.

»Aber eigentlich bin ich nur hier, um dich zu holen, weil du anscheinend den Besuch von Professor Gregory vergessen hast.«

Sogar im Dämmerlicht konnte ich sehen, wie bleich Colin wurde.

»Verdammt.« Er sah mich entschuldigend an. »Ich muss los. Theo, würdest du …«

»Wir gehen mit«, antwortete ich schnell. Ich würde keinesfalls mit Theodor allein durch den Wald gehen.

Colin nickte knapp und eilte mit Siebenmeilenstiefeln voraus. Ich hechtete hinterher, und obwohl Colins Bruder größer war als ich, konnte er kaum mithalten. Theodor hatte in Oxford einiges an Speck zugelegt. Das Studentenleben schien ganz schön bequem zu sein.

»Wer ist dieser Professor Gregory?«, fragte ich Colin, der jetzt einen Schlenker machte und querfeldein mitten in den Wald hineinrannte, um abzukürzen. Eine Todsünde in den Augen von Vikar Hensley, unserem Heimatschützer Nummer eins. Colin stapfte durch den blauen Teppich seiner Lieblingsblumen.

»Dads alter Prof und Doktorvater«, antwortete Theodor keuchend einen halben Schritt hinter mir. »Colin soll ihm heute vorgestellt werden, damit er bessere Chancen hat, in einem Jahr an der Uni in Bristol aufgenommen zu werden.«

Dr. Adams konnte sehr hartnäckig sein, wenn er etwas wollte. Und da sich sein ältester Sohn für ein Jurastudium entschieden hatte (sehr nützlich in den Augen von Dr. Adams, denn man konnte nie wissen, wann man einen gewieften Anwalt brauchte), musste natürlich der zweite Sohn die Praxis übernehmen, die sein Vater aufgebaut hatte.

Ein Familienbetrieb in altehrwürdiger Tradition, den man unter keinen Umständen aufgeben dürfte. Da spielte es keine Rolle, ob Colin Blut sehen konnte. Das würde er lernen, behauptete Dr. Adams immer.

»Und was ist, wenn Colin kein Arzt werden möchte?«, fragte ich mit lauter Stimme, weil mir Theodors Keuchen auf die Nerven ging. Außerdem begann er unangenehm zu riechen. Ob es in Oxford keine Drogerie gab, die Deos verkaufte? Ich warf einen Blick zurück. Auf Theodors Stirn und Oberlippe perlten Schweißtropfen.

Gepaart mit dem überheblichen Grinsen, das er jetzt wieder aufsetzte, war er zum Davonlaufen. Ich legte einen Zahn zu.

»Wieso sollte er das nicht wollen? Was sollte er denn sonst tun?«, hörte ich Theodor hinter mir sagen.

»Ich weiß auch nicht. Es gibt ja nichts anderes, außer Anwalt und Arzt«, zischte ich.

Umsonst. Theodor war einfach humorlos.

»Soll er etwa Lehrer werden?! Hey, pass doch auf!«

Ich hatte einen Ast beiseitegeschoben und ihn dann einfach losgelassen. Aber ich hatte leider nicht getroffen.

Colin gewann langsam an beträchtlichem Vorsprung. Ich wusste, dass er noch zu retten versuchte, was wahrscheinlich nicht mehr zu retten war. Dr. Adams würde stocksauer sein.

»Was ist gegen Lehrer einzuwenden?«, sagte ich über die Schulter hinweg. »Die bekommen ein Supergehalt und haben mehr Urlaubstage im Jahr als jeder Arzt oder Anwalt.« Und können kleinen Miesepetern wie dir das Leben zur Hölle machen. Ein großer Pluspunkt bei diesem Beruf, fügte ich gedanklich hinzu.

»Ach hör auf. Sie müssen mit lästigen kleinen Plagen arbeiten, die ständig knatschen, alles besser wissen oder dich in die Pfanne hauen wollen. Und wenn nicht die, dann ihre Eltern«, wehrte Theodor ab.

»Dann dürftest du dich doch ganz wohl mit ihnen fühlen«, entgegnete ich unschuldig.

»Colin ist viel zu gut für so was. Lehrer! Ich bitte dich. Das ist doch das Letzte heutzutage.«

Arroganter Winkeladvokat.

»Und was ist mit den anderen Alternativen?«, rief ich hinter mich.

»Du meinst Lkw-Fahrer, um die ganze Woche auf Achse zu sein und sich am Wochenende zu besaufen? Aua!«

Der nachfolgende Schrei war sowohl wütend als auch wirklich wehleidig.

Ich blieb stehen und drehte mich um. Theodor hatte das Laufen aufgegeben und hielt sich beide Hände vors Gesicht.

»Mir ist ein Zweig ins Gesicht geschlagen«, nuschelte er und nahm langsam seine Hände herunter. Der Zweig hatte einen rosa Striemen quer über sein Gesicht gezogen. »Das hast du extra gemacht«, warf er mir vor. Das süffisante Lächeln war verschwunden, er stierte mich wütend an.

»Ich habe überhaupt keinen Ast berührt«, verteidigte ich mich. Das war wahr. Allerdings hatte ich einen Verdacht, wer ihm den Ast übergebraten haben könnte. Ich drehte mich nach Colin um. Doch der war jetzt endgültig verschwunden.

In mir machte sich ein flaues Gefühl breit. Colin konnte seinen Bruder eigentlich nicht mehr gehört haben.

Theodor winselte ein wenig.

Der Typ war wirklich nervig.

»Hast du genug geheult? Können wir jetzt heim?«, fragte ich spitzer als sonst.

Ich hörte ihn leise fluchen. »Leg dich nicht mit mir an, Meredith.«

»Das klingt, als könnten wir endlich nach Hause. Mir ist kalt.«

Ohne abzuwarten, wandte ich mich ab und stakste wieder durch das Unterholz voran.

Ich hörte, wie er mir mit ein wenig Abstand folgte.

»Du und Colin seid seltsam«, sagte er laut. »Jedes andere Pärchen wäre zum Steinkreis knutschen gegangen. Oder in das alte Hünengrab am Kennet-Weiher, wenn es noch etwas intimer sein soll. Die Abtei ist doch irgendwie gruselig.«

Auf mich wirkte der Steinkreis seit jeher viel gruseliger. Und auf Colin auch, wie er letztens erst zugegeben hatte.

»Herrgott, Theodor, wir sind nicht zum Knutschen dahingegangen«, rief ich unwirsch. »Ich bin nicht mit Colin zusammen. Kapier das endlich!«

Hinter mir erklang ein peitschendes Geräusch. Theodor stieß einen weiteren schmerzhaften Laut aus, dicht gefolgt von dem Fluch: »Verdammt noch mal! Lass das!« Ich blickte über die Schulter. Wieder einmal war Theodor stehen geblieben und hielt sich die Hände vors Gesicht. »Hör auf, die Äste so knallen zu lassen, oder ich zieh dir auch einen über!«

Zwischenzeitlich war es so düster geworden, dass ich ihn nur noch als Umriss erkennen konnte. Außerdem hatte ich mittlerweile ein paar Meter Abstand zwischen uns gebracht. Mit einem mulmigen Gefühl im Magen ging ich zurück und betrachtete den tiefroten Striemen in Theodors Gesicht, der aussah, als hätte man ihn mit einer Reitgerte gepeitscht.

»Das. Ist. Nicht. Witzig.« Er sah aus, als überlegte er, ob er mir eine Ohrfeige verpassen solle. Genau auf die Nase hatte ihn der Ast getroffen. Sie schwoll bereits rot an.

»Nein. Ist es nicht«, gab ich zu. Auf seiner Wange klebte ein wenig Dreck, der mit dem Schweiß langsam zur Oberlippe rutschte. Anscheinend hatte Theodor doch so etwas wie männliche Hormone, denn das bisschen Dreck blieb über der Lippe in ein paar Bartstoppeln kleben. Er sah aus wie der unrasierte Barney Gumble von den Simpsons. Mit einer Krusty-Clown-Nase.

Schnell biss ich mir auf die Lippen.

Nicht lachen, Meredith, sagte ich mir. *Nicht lachen.*

»Du lachst«, warf er mir vor. Und jetzt grummelte er auch noch wie Hütehund Bitzer von Shaun das Schaf.

Ich schüttelte den Kopf. »Nein. Tut mir leid. Ehrlich. Ich war's nicht.«

Theodor musterte mich aus zusammengekniffenen Augen.

»Lass uns gehen. Ich will heim. Mir wird kalt und ich schwitze.«

Das roch man.

»Und wehe, du rennst wieder vor«, hielt er mich zurück, doch ich war schon wieder losgestürmt. Weniger aus Angst, dass er mir doch noch eine verpasste, als vielmehr, um dem unangenehmen Geruch zu entgehen. Ich würde Colin sagen, er solle seinem Bruder zum Geburtstag ein Deo schenken. Und ein Duschgel. Und ein Rasierwasser. Ein billiges für vier Pfund fünfundneunzig würde schon reichen.

Wir erreichten Lansbury schweigend. Mittlerweile war es dunkel und nur die Straßenlaternen gaben noch Licht. Der Nebel war dichter geworden.

Gerade als ich abbiegen wollte, stellte sich mir Theodor in einem der Lichtkegel in den Weg.

»Wie hast du das gemacht?«, fragte er und klang dabei nicht mehr ganz so nuschelig, obwohl seine Nase noch immer rot und dick leuchtete.

»Ich habe wirklich keine Äste flutschen lassen. Großes Indianerehrenwort. Da musst *du* was übersehen haben.«

»Hab ich nicht«, sagte Theodor schnell. »Der kam aus dem Nichts geschossen.«

»Glaubst du etwa, ich habe die Bäume zum Leben erweckt?« Vielleicht sollte ich ihn das glauben lassen. Dann hätte er ein wenig mehr Respekt vor mir. Obwohl … Theodor dachte noch logischer als ich (und das sollte was heißen) und würde auch dann noch eine physikalische Erklärung finden, wenn ein Baum ihn umfangen und fast erdrosselt hätte. Er sah nur das, was er sehen wollte, dachte ich oft. Wie sonst konnte man mit Colin zusammenleben und nichts von seinen Fähigkeiten mitbekommen?

Er war auf jeden Fall so hohl wie Shauns Hütehund. In diesem Licht und mit der geschwollenen Nase schienen seine Augen sogar noch enger als sonst zusammenzuliegen. Also genau wie bei Bitzer. Wieso war mir die Ähnlichkeit nicht schon früher aufgefallen?

Theodor seufzte theatralisch. »Ich gehe jetzt heim und sehe mir den Rest der Show ›Dad vs. Colin‹ an. Das Finale will ich um keinen Preis der Welt verpassen: Hausarrest, und du kannst ihn nur während der Schulzeit sehen. Keine Gelegenheit mehr zum Knutschen.« Das hämische Grinsen war zurück. Und als er schließlich ging, betonte er noch einmal: »Der Ast kam aus dem Nichts. So viel konnte ich noch sehen.«

»Glaub, was du willst«, rief ich ihm entnervt hinterher. »Du bist zu eitel für eine Brille, Theodor, du konntest kaum was sehen in diesem Licht.«

Ich machte mir aber im gleichen Moment bewusst, dass so ein Striemen gepaart mit der geschwollenen Nase niemals entstehen würde, wenn man nur gegen einen Ast lief.

Aber Colin war nicht in der Nähe gewesen. Da stellte sich doch unwillkürlich die Frage: Was hatte den Ast bewegt?

Oder sollte ich fragen: Wer?

Hatte Theodor etwa selbst ...?

Nein. Unmöglich. Nicht der pragmatische, lästernde, dämliche und vor allem *nüchterne* Theodor. Es war ausgeschlossen, dass er auch über besondere Fähigkeiten verfügte. Der hätte mit Sicherheit direkt einen Exorzisten beauftragt, um sich solche nicht wissenschaftlich erklärbaren Phänomene entfernen zu lassen.

Mich fröstelte unwillkürlich. War es möglich, dass Colins Kräfte stärker wurden, während seine Visionen verschwanden, und er das mit den Ästen einfach nicht unter Kontrolle hatte?

War das gut oder schlecht?

Zumindest war es beunruhigend.

Der Junge staunte. Der Vogel blieb über dem Bett schweben, auf dem er und seine Schwester lagen.

Mitten in der Luft. Als würde er fliegen.

»Kannst du auch seine Flügel ausbreiten?«, fragte der Junge. Das kleine Mädchen neben ihm nickte.

Der Vogel klappte die Flügel aus und schwebte ein wenig auf und ab. Dadurch sah es aus, als würde er mit seinen Flügeln schlagen.

»Unglaublich.«

Fasziniert sah der Junge zu, wie der Vogel begann kleine Kreise über dem Bett zu fliegen.

Etwas höher, etwas niedriger. Die Flügel wippten lustig mit.

Von unten hörte man Schritte die Treppe hochsteigen. Es waren schwere Schritte, müde Schritte. Der Vater kam hoch!

Sofort hörte der Vogel auf zu fliegen und fiel wie tot auf das Bett, genau auf die Brust des Jungen.

Die Tür öffnete sich.

»Ist hier alles klar?«, fragte der Vater und lächelte die beiden Kinder an.

»Alles klar«, sagte der Junge und winkte.

Der Vater lächelte. »Na dann. Weiter so.«

Die Tür schloss sich und der Junge stellte den Vogel zurück aufs Regal zu den anderen Stofftieren. Denn nichts anderes war er: ein Stofftier.

12. Kapitel

Ich wurde wach, weil mein Handy auf der weißen Kunststoffplatte des Nachttischs summte. Ein Blick auf den Wecker zeigte 6.30 Uhr. Es gab nur einen, der mich um diese Zeit stören durfte, und ich war heilfroh von ihm zu hören.

»Lust auf Gassi?«, las ich auf dem Display.

Armer Colin. Ich hatte ihm zig Nachrichten gesandt – über WhatsApp, Facebook, Skype und sogar per SMS. Bis eben ohne Erfolg. Es war nicht schwer zu erraten, warum. Dr. Adams war mit Sicherheit am Toben.

Zum Glück gab es Wall-E, der nun mal rausmusste.

Wir trafen uns an der Kifferbande, weil dort der Dog-Walk vorbeiführte. Es nieselte leicht und war für Ende Mai recht frisch.

Colin lächelte, als er mich sah. Allerdings war es ein bedrücktes Lächeln. Wall-E dagegen sprang kläffend und schwanzwedelnd an mir hoch und versuchte mein Gesicht abzulecken. Als ob er das jemals erreichen würde. Ich streichelte ihn ausgiebig und dann machten wir uns auf den Weg.

»Was sagt dein Vater?«, fragte ich nach zehn Metern vorsichtig.

Er zuckte die Schultern. »Du kennst ihn doch. Erst sagt er nicht viel und dann immer mehr. Für ihn bin ich der undankbarste, nichtsnutzigste und dümmste Sohn, den die Familie Adams je hervorgebracht hat.«

Wir hatten Sherman's Field erreicht.

Das Getreide war in den letzten vier Tagen gewachsen. Es reichte mir jetzt fast bis zur Hüfte.

Ich hätte so gern etwas über Dr. Adams und seine antiquierten Ansichten gesagt, aber ich verkniff es mir. Er war immerhin Colins Vater. Also sagte ich nur: »Tut mir leid. Glaubst du, du darfst heute Abend zu Chris?«

»Na ja, Dad war ... Was ist das?«

Colin blieb stehen und ich folgte seinem überraschten Blick.

»Was denn?«, fragte ich und konnte nichts sehen außer den leeren Stellen, wo die umgeknickten Halme hätten sein müssen. Die umgeknickten Halme ... die sich eigentlich wieder aufgestellt haben sollten.

Beide liefen wir auf das Feld in den ersten Kreis hinein.

Die Gerste, letzte Woche noch grün und sich schon wieder aufrichtend, lag schwarz und abgestorben, wie verbrannt auf dem Boden. Ein schwarzer Kreis, der wirkte wie ein Loch, so exakt rund, als hätte ihn jemand mit einem Zirkel ausgemessen und anschließend mit einer riesigen Fräse gebohrt.

»Meine Güte«, murmelte Colin. »Wie konnte das denn passieren? Wer könnte das getan haben?«

»Außerirdische«, antwortete ich spontan.

Colin sah mich an und dann lachte er.

»Ja, genau. Mit ihren Lasertriebwerken.« Es war schön, Colin lachen zu sehen.

»Und mit ein wenig Glück finden wir die verkohlten Überreste von Alex Parkins«, setzte ich hinzu.

»Damit hätte Vikar Hensley eine Sorge weniger, denn stell dir vor, Parkins will beim English Heritage das Sachsen-Festival verbieten lassen. Er hat sogar schon Flyer zum Denkmalschutz der Kifferbande gedruckt. Jetzt bemüht er sich um Interviews bei Zeitungen und im Fernsehen«, sagte Colin grinsend. »Rebeccas Vater ist am Toben. Er war sogar bei Dad, um ihn um Unterstützung zu bitten.«

Wie geschickt vom Vikar. Sollte Dr. Adams tatsächlich sein Engagement zeigen, hätte das Festival einen seriösen Befürworter. Noch seriöser, als der Vikar es war. Dr. Adams genoss einen sehr guten Ruf, der weit über unser Dorf hinausging.

»Hat dein Vater zugesagt?«

Colin schnaubte. »Du kennst doch Dad. Er ist nur an seiner Arbeit und seinen Büchern interessiert. Er will mit nichts anderem belastet werden.«

Ja, genau so war Dr. Adams. Für ihn zählten nur seine Arbeit, seine Bücher und seine Söhne, speziell Colin, seit Theodor einen anderen (wenn auch, wie gestern Abend sehr deutlich von ihm bekundet, *erstrebenswerten*) Weg eingeschlagen hatte.

»Glaubst du, Alex Parkins hat hier nachgeholfen?«, fragte Colin und beugte sich vor, um etwas von der verkohlten Gerste aufzuheben.

Er wurde zurückgezogen und plumpste unelegant auf den Hintern.

»Was ist?«, fragte ich erstaunt.

»Wall-E.«

Ich sah zu dem Hund. Er saß mit voll ausgezogener Leine vor dem Kornkreis. Ganz so, als hielte er Abstand.

Abstand von was? Verkohltem Korn?

»Hast du das mitbekommen?«, fragte Colin und riss mich aus meinen Gedanken. Wall-E schaute irgendwie erwartungsvoll und … besorgt aus.

»Was mitbekommen?« Ich folgte Colins Blick.

»Da, die Maus.« Er deutete nach links. Ich starrte angestrengt in die Richtung, immer wieder einen Blick auf Wall-E werfend. Der Hund saß noch regungslos da und sah uns zu. Als Colin einen Schritt in die angedeutete Richtung machte und die Leine stramm zog, presste er sein Hinterteil nur noch fester auf den Boden.

»Was stimmt denn mit Wall-E nicht?«, fragte Colin erstaunt.

»Was war los mit der Maus?«, fragte ich Colin.

»Die wollte in den Kreis huschen, hat eine Pfote gehoben und sie direkt wieder zurückgezogen. So, als wäre das Korn noch heiß. Das ist es aber nicht. Es ist einfach nur nass.« Zur Bestätigung hielt er mir seine Hand hin. Die war ganz verschmiert.

»Es fühlt sich auch nicht verbrannt an, eher als wäre es von innen heraus abgestorben«, erklärte er. Davon wollte ich mich selbst überzeugen und nahm meinerseits etwas von der Gerste in die Hand.

»Autsch!« Ich ließ sie augenblicklich wieder fallen.

»Was ist? Hat dich was gestochen?«

Ich betrachtete meine Fingerspitzen, die das schwarze Korn berührt hatten.

»Das ist so heiß wie eine Herdplatte. Hier sieh!« An der Fingerkuppe meines Mittelfingers bildete sich bereits eine Blase.

Colin starrte verwundert auf meine Hand. »Aber … ich fühle doch nichts.« Er griff erneut nach dem Korn und zerrieb es zwischen seinen Fingern. »Nichts. Nur nass, glitschig und bröselig. Ob es jemand angezündet hat, und du hast versehentlich in den letzten Rest Glut gegriffen?«

Ich suchte den Boden nach etwas Dampfendem ab, fand aber nichts.

»Lass uns gehen. Du musst das kühlen.«

Ich nickte und verzog das Gesicht, denn es brannte immer stärker.

Wir gingen zum Bach, der bis zur Abtei führte. Kaum hatten wir uns von dem Kornkreis entfernt, trabte Wall-E fröhlich voraus, als sei nichts geschehen. Am Bach angekommen hielt ich meine Hand ins kalte Wasser.

»Du hast meine Frage noch nicht beantwortet. Darfst du jetzt heute Abend zu Chris?«

Colin lächelte gequält. »Was glaubst du wohl? Natürlich darf ich. Weil es Chris ist.«

Ja, klar. Weil es sich um Chris handelte, den Sohn von Mr Harris, einem der reichsten Unternehmer von Wiltshire. Über ihm stand nur noch das Cromwell Logistics. Aber Cromwell Logistics stand so ziemlich über jedem Konzern in England. Chris war Einzelkind und Dr. Adams hatte seinen chronischen Keuchhusten geheilt, woraufhin Mr Harris ihm quasi umsonst den Rohbau seines Hauses hingestellt hatte.

»Geht es wieder?«, fragte Colin.

Ich zog die Hand aus dem Wasser. Eine fette Blase hatte sich an der Fingerkuppe gebildet und die Stellen, die ebenfalls mit dem Korn in Berührung gekommen waren, hatten eine dunkelrote Farbe angenommen.

»Ja«, seufzte ich und schüttelte das Wasser ab. »Wieso hast du dich nicht verbrannt?«

Colin zuckte mit den Achseln. »Vielleicht hast du in Brennnesseln gefasst.«

Ich hielt ihm zur Antwort meinen Mittelfinger hin. »Nicht falsch verstehen. Sieh dir die Brandblase an.«

Colins Augen weiteten sich erschrocken.

»Vielleicht eine allergische Reaktion?«

»Vielleicht«, antwortete ich nicht überzeugt.

Es brannte noch immer und ich tauchte die Hand wieder ins Wasser. Wall-E begann an der Leine zu zerren.

»Meredith, er muss mal …«

»Geh nur. Ich halte meine Hand weiter ins Wasser und warte hier auf dich.«

»Wir gehen nur bis zum Waldrand, okay?«

Ich nickte und er verschwand. Das Wasser tat gut. Ich legte die Hand auf einem der glatten Bachkiesel ab, was noch besser kühlte.

Eine allergische Reaktion … Irgendetwas ganz anderes, Seltsameres ging hier vor sich. Und es konnte einfach kein Zufall sein, dass der Kornkreis in der Nähe der Megalithen zu finden war.

Ich warf einen Blick zurück auf die Kifferbande. Warum mussten wir ausgerechnet in der Nähe eines Steinkreises wohnen? Mum behauptete immer, er sorge dafür, dass Lansbury nicht so trostlos sei wie die anderen Dörfer der Umgebung. Zugegeben, durch den Steinkreis kamen ständig Touristen vorbei, vor allem während der Ferienzeit, das war manchmal recht praktisch. Die

Damen des Kirchenvereins nutzten das zum Beispiel, um im Sommer Kaffee und selbst gebackenen Kuchen zu verkaufen. Mit dem Erlös unterstützten sie den Kindergarten, die Bücherei und der Altar bekam jedes Jahr drei neue Tücher. Auch das Sachsen-Festival hatte riesigen Zulauf und brachte viel Geld ein. Und doch wäre es mir lieber gewesen, wir würden in einem Dorf ohne Steinkreis wohnen.

Apropos. Da zwischen den Megalithen bewegte sich etwas. Das Blau einer Jacke blitzte auf.

Wer kam denn freiwillig an einem Samstagmorgen um diese Uhrzeit zu den Steinen? Und bei diesem Wetter?

Das Nieseln ging langsam, aber sicher in Regen über. Meine Ponyhaare hingen mir bereits nass über die Augen und ich musste sie zurückstreichen, um besser sehen zu können.

Dabei hob ich den Kopf und konnte einen Vogel am Himmel erkennen. Das war nicht weiter ungewöhnlich, selbst nicht bei dem Regen, aber der Vogel änderte so jäh die Richtung, dass es doch auffällig war. So abrupt, als stünde er kurz vor einer Wand.

Verblüfft folgte ich ihm mit den Augen und dabei streifte mein Blick wieder die blaue Jacke. Es war ein Mann, so viel konnte ich sehen. Er schien schon länger unterwegs zu sein, denn seine Haare waren ganz nass und klebten ihm am Kopf. Sein Gesicht konnte ich auf diese Entfernung nicht erkennen, vor allem weil meine Brille mittlerweile Scheibenwischer brauchte.

Als in diesem Moment Wall-E direkt hinter mir zu bellen anfing, wäre ich vor Schreck beinahe ins Wasser gefallen. Nur Colins schnelle Reaktion bewahrte mich davor.

Die blaue Jacke verschwand zwischen den Steinen.

»Was tut denn Brandon hier?«, fragte Colin und starrte zum Steinkreis rüber.

Das war Brandon gewesen? Unwillkürlich fing mein Herz schneller zu klopfen an.

»Lass es uns herausfinden«, sagte ich, richtete mich auf und steuerte kurzerhand auf die Steine zu.

Unterwegs versuchte ich die Gläser meiner Brille zu reinigen. Das klappte nur bedingt. Der Regen wurde stärker und mein Pony hing auch schon wieder über meinen Augen.

Wir gingen zu der Stelle, an der wir ihn gesehen hatten. Nichts. Außer dem üblichen Unbehagen, das mir bei der Kifferbande wie immer den Rücken hinaufkroch.

Ich betrachtete den Megalithen, hinter dem ich Brandon zuerst gesehen hatte.

Jeder der Steine hatte eine andere Form, eigentlich hatten sie nur eines gemeinsam: die aufrechte Position. Und diese schmalen von oben nach unten sauber untereinander aufgereihten Löcher. Seit Jahren rätselten Forscher, was die Löcher in den Megalithen zu bedeuten hatten. Sie stachen unwillkürlich ins Auge, wenn man näher trat.

Was konnte hier sein, für das Brandon so früh aufstand?

»Der hat mit Sicherheit gestern seine aktuelle Freundin hier verführt und sucht jetzt ihren Slip«, sagte Colin. Ich sah ihn überrascht an. So bitter war er doch sonst nicht. Er war also noch immer eifersüchtig.

»Mit Sicherheit«, stimmte ich seufzend zu und gab die Suche auf. Ich wollte keinen Slip finden. Oder wer weiß was noch. Dann fiel mein Blick auf eins der kleinen Löcher im Megalithen vor mir.

Etwas ragte daraus hervor.

Ich trat näher und wischte wieder über meine Brille.

Nein, ich hatte mich nicht verguckt. Etwas Rotes hing aus dem schmalen, runden Loch. Ich zog daran. Es war eine ungefähr zwanzig Zentimeter lange Haarsträhne, umwickelt mit einem Samtband. Das Band war wohl einmal grün gewesen, jetzt war es nur noch fleckig.

»Ich weiß nicht, ob ich enttäuscht oder erleichtert sein soll«, sagte ich und hielt die Strähne in die Höhe.

»Was meinst du?«, fragte Colin erstaunt.

»Erleichtert, weil es kein Slip ist«, erklärte ich nüchtern, »oder enttäuscht, weil deine Elizabeth ihm nach nicht mal einer Woche auf den Leim gegangen ist.«

Colin nickte düster. »Lass uns heimgehen, ehe wir durch und durch nass werden. Ich will nicht auf der Fete heute Abend mit triefender Nase rumhängen.«

Den Rest des Weges liefen wir schweigend nebeneinanderher. Erst als wir uns trennten, rief Colin mir nach: »Und übrigens: Sie ist nicht *meine* Elizabeth.«

Ich grinste. Wie typisch für ihn, manche Dinge erst später zu schnallen.

Aber andererseits war das alles nebensächlich, wenn man bedachte, was so ein Gassigehen mit sich brachte: eine verbrannte Fingerkuppe, Barkeeper, die in Herrgottsfrühe um die Steine streunten, und Tiere, die die Richtung änderten, um die Kreise nicht zu betreten. Irgendetwas stimmte hier ganz und gar nicht.

Ich verbrachte den Rest des Tages mit der Vorbereitung für ein Physik-Referat und half meiner Mum im Haushalt. Dad war im Laufe des Vormittags von einer Fernstrecke nach Hause gekommen und hatte sich nach einem hastigen Mittagessen ins Bett gelegt.

Ehe ich mich auf den Weg zur Party machte, suchte ich im Internet nach verkohltem Korn und dessen Ursachen. Ich konnte nichts dazu finden. Rein gar nichts. Ein paar wenige Seiten zeigten archäologische Funde mit schwarzem Getreide, aber ansonsten: niente.

Es gab natürlich lauter Schädlinge und Krankheiten, aber selbst damit sah kein Getreide aus, als wäre es verbrannt worden.

Ich nahm mir vor, Mr Sherman bei Gelegenheit danach zu fragen. Vielleicht wusste der Farmer ja mehr. Eventuell hatte er auch nur ein besonderes Düngemittel verwendet, damit sich die flach gedrückten Halme schneller aufrichteten. Damit wären meine ganzen Verschwörungstheorien natürlich hinfällig.

Nur ungern machte ich mich schließlich zum Treffpunkt auf, bei dem Colin bestimmt schon auf mich wartete.

13. Kapitel

Unzählige Autos hielten vor der Villa der Harris. Da Chris' Haus in direkter Nähe des Firmengeländes von der Hoch- und Tiefbaufirma seines Vaters untergebracht war, lag es etwas außerhalb von Lansbury. Gewöhnlicherweise war die Straße um diese Uhrzeit gähnend leer.

Schon drang das Bum-Bum eines voll aufgedrehten Basses zu uns herüber. Ein selbst gemaltes Schild mit Luftballons am Gartentor wies uns den Weg.

»Ich habe eigentlich gar keine Lust auf eine Riesenfete«, murmelte ich. Lieber wäre ich mit Colin ins Circlin' Stone gegangen und hätte all die seltsamen Vorfälle der letzten Tage gemeinsam erörtert. Zumal wir über die Vision von Elizabeth ja auch nicht mehr gesprochen hatten.

»Alles gut, Mere. Wir trinken etwas und können dabei reden. Bei dem Krach versteht uns eh niemand.«

»Was hast du gesagt?«, schrie ich.

Er stupste mich grinsend an.

Irgendwie war ich dennoch dankbar für diese Party, denn die Samstagabende verbrachten wir immer mit Shakti, Rebecca und Chris. Wenn Colin und ich abgesagt hätten, wäre es auffällig gewesen, und wären wir nur zu fünft unterwegs, hätten unsere Freunde sofort gemerkt, dass ich in Gedanken woanders war.

Die Musik und die Bässe kamen aus einem der Lagerhäuser, und als wir dessen Tür öffneten, drang uns eine warme Wolke aus Alkoholdunst und dem aktuellen Hit von *Maroon 5* entgegen.

Das Lagerhaus war brechend voll. Chris hatte es sogar geschafft, eine Discokugel aufzutreiben, inklusive bunter Scheinwerfer.

»Wow! Ist das cool«, schrie mir Colin ins Ohr.

Das war es wirklich. Chris' Vater hatte richtig was springenlassen, es gab sogar einen DJ. Wir kannten ihn nicht, und so wie der Sound klang und das riesige Mischpult aussah, war er angeheuert worden.

»Endlich! Ich dachte schon, ihr kommt nicht mehr.«

Chris hatte sich von hinten zwischen uns gedrängt und legte mir einen Arm um die Schultern.

»Hier.« Ich überreichte ihm unser Geschenk. »Das ist von uns allen. Rebecca und Shakti sind bestimmt schon da, oder?«

Er nahm mit der freien Hand die Geschenktüte entgegen. »Danke. Rebecca tanzt und Shakti ist beschäftigt.«

Ich folgte seinem Blick. Shakti stand in einer dunklen Ecke neben der Bühne und knutschte wild mit …

»Das ist nicht Michael«, stellte Colin fest.

»Nö, das ist Ethan.«

Das konnten wir sehen. Ethan Dexter war der Star des Fußballteams. Nicht nur dem vom College, sondern von der Bezirksliga in Wiltshire.

»Aber ich habe eine Überraschung für dich, Meredith.« Chris grinste. »Colin, dahinten stehen die Getränke, bedien dich. Dad hat mir Whiskey und Wodka verboten, aber Bier gibt's im Überfluss. Ich werde unsere kleine Streberin heute mal beglücken.«

Er zog mich mit sich in Richtung Tanzfläche. Ein Blick zurück zu Colin sagte mir, dass der genauso wenig wusste, was vor sich ging, wie ich.

Auf der Tanzfläche hielt Chris an, zog mich ein wenig näher und begann sich im Rhythmus der Musik zu wiegen.

»Ein Tanz mit dir? Eine echte Überraschung«, sagte ich, als er meine Hände nahm und wild hin und her schwenkte.

»Nicht doch. Sieh mal nach drei Uhr.«

Ich drehte den Kopf.

»Entschuldige. Für dich neun Uhr.«

Und dann sah ich ihn. Brandon.

»Verdammt, Chris.« Ich wollte mich aus seinem Griff befreien, aber er hielt mich grinsend fest. Genau das hatte ich, seit er über Brandon Bescheid wusste, befürchtet. Fünf Jahre lang hatte ich meine Schwärmerei für Brandon geheim gehalten, und jetzt wusste es Chris seit gerade mal zwei Tagen und schon begann er zu kuppeln.

Dabei wollte ich das doch gar nicht. Mir war es lieber, Brandon aus der Ferne anzuhimmeln.

Oder etwa nicht?

»Stell dich nicht so an, Meredith. Das ist deine Chance.«

Das Lied wechselte und es begann etwas Ruhigeres. Sofort schlang Chris seine Arme um meine Hüften und presste mich an sich.

»Hör auf damit«, zischte ich und wollte ihn wegstoßen.

Er hielt mich fest.

»Halt still. Er sieht her.«

Ich wagte einen Blick. Tatsächlich!

Er hatte uns entdeckt und lächelte mich an.

Ich lächelte schwach zurück. Was mochte er jetzt von mir denken?

Chris legte seine Wange an meine und raunte mir ins Ohr: »Wenn er gleich auf dich zukommt, wirst du nicht sofort mit ihm tanzen, sondern etwas trinken wollen. Und dann – nach dem Drink – darf er dich zu einem Tanz einladen.«

»Chris, er …«

»Na, na«, winkte er ab und sah mir dabei wieder so innig in die Augen wie im Circlin' Stone.

»Was tust du da?«, fragte ich entsetzt, als er sich langsam vorbeugte. Es sah aus, als wolle er mich küssen.

»Meredith, Schätzchen, versuch doch mal so zu tun als ob, ja?« Er hauchte mir einen ganz zarten Kuss auf die Wange.

»Hi!«, sagte neben uns eine wohlbekannte männliche Stimme.

»Hi«, quiekte ich erschrocken und trat Chris mit voller Wucht auf den Fuß. Er verzog das Gesicht, ehe er sich Brandon zuwandte.

»Schön, dass du Zeit gefunden hast heute Abend. Ich hoffe, es gefällt dir.«

»Es ist klasse. Danke noch mal für die Einladung.« Brandons Blick wanderte zu mir. »Kann ich dich mal für einen Moment sprechen?«

»Äh …«

»Wir tanzen gerade. Meredith ist jetzt erst eingetroffen …«

»Ich bringe sie dir gleich zurück.«

Chris sah tatsächlich so aus, als müsse er seine neueste Flamme einem Rivalen übergeben. Er sollte Schauspieler werden.

»Aber nur kurz, ja?« Chris ließ mich los. »Bis gleich, Ditty.«

Er schob mich zu Brandon und ich starrte ihn fassungslos an. *Ditty?* Das war mein Spitzname gewesen in einer Zeit, in der ich noch nicht richtig sprechen konnte. Also lange bevor wir nach Lansbury gezogen waren …

Ich wurde aus meinen Gedanken gerissen. Brandon umfasste meinen Oberarm und führte mich von der Tanzfläche.

»Möchtest du was trinken?«

»Du bist hier nicht im Dienst«, antwortete ich, ohne zu überlegen und Chris' Ratschlag völlig missachtend.

Jetzt lächelte er. »Ich weiß. Aber ich bin höflich.«

Er besorgte uns zwei Bier und zog mich hinter einen Lautsprecher. Genau neben die knutschende Shakti.

Mir wurde plötzlich ganz warm zu Mute. Nervös umklammerte ich die Bierflasche mit beiden Händen, aus Angst, ich würde alles verschütten, sobald ich daraus zu trinken versuchte.

Wer hätte gedacht, dass Chris' Plan so gut aufging?

»Ich beobachte dich jetzt schon eine Weile«, sagte Brandon.

Erstaunt sah ich ihn an.

»Dich und deinen Freund, um genau zu sein. Er war letztens sehr nett zu Elizabeth, unserer neuen Bedienung.«

Was sollte das? Fragte er mich jetzt etwa über Colin aus? War Brandon vielleicht … Nein. Nicht bei der Anzahl Mädchen, die sich auf dem Barhocker abwechselten.

»Weißt du, Elizabeth ist etwas unbeholfen. Ich habe gehofft, du könntest ihr vielleicht ein wenig unter die Arme greifen.«

Schlagartig ließ mein Zittern nach.

»Braucht sie Nachhilfe in Mathe? Oder in Physik?«, fragte ich und versuchte nicht so enttäuscht zu klingen, wie ich mich fühlte.

Er sah mich erstaunt an. »Was? Nein, weder noch. Sie geht nicht aufs College. Ich dachte, du und Elizabeth, ihr habt in etwa die gleiche Kleidergröße. Sie hat nicht viele Klamotten und ... könntest du ihr helfen was Nettes zum Anziehen zu finden?«

Er fragte mich ernsthaft, ob ich mit dem Mädchen shoppen gehen könnte?

»Wieso? Ich dachte, Jungs gehen gern mit ihren Freundinnen einkaufen.«

»Sie ist nicht meine Freundin«, widersprach er verdattert. Und das kam so schnell, dass ich ihm sogar glaubte.

»Ist sie deine Cousine oder so was?«, hakte ich nach.

Er zögerte und sagte dann: »Ja.«

Ich wusste sofort, dass er log. In seinen Augen flackerte es.

»Und warum ich? Wenn ich an die wechselnde Besetzung an der Theke im Café denke, sehen die eher aus, als wüssten sie, was man unbedingt kaufen sollte.«

Brandon lächelte mich an. Sofort kam das Zittern zurück.

»Ich habe im Gefühl, dass ich Elizabeth eher dir anvertrauen kann als einer meiner anderen weiblichen Bekannten. Ich würde es ja selber tun, aber ich habe absolut keine Ahnung.«

Sein Blick schweifte über meinen Kopf hinweg.

»Du kannst deinen Freund – Colin, richtig? – auch mitnehmen. Ich glaube, Elizabeth mag ihn.«

Wachsam drehte ich mich um, und tatsächlich. An der gegenüberliegenden Wand standen Colin und Elizabeth und unterhielten sich angeregt. Ich konnte durch die tanzende Menge hinweg sehen, wie Elizabeth über eine Äußerung von Colin lachte und dabei ihren Kopf zurückwarf. Ganz genau wie Noreen Dawson aus dem Mathekurs, wenn sie mit Chris sprach.

Hieß das, Elizabeth *flirtete* gerade mit Colin?

»Vielleicht sollte Colin allein mit ihr einkaufen gehen«, brummte ich ein wenig frustriert. Ich hatte noch nie ein Mädchen mit Colin flirten sehen. Colin war … na ja, Colin eben. Schwarzes, dichtes Haar, das immer flach in die Stirn fiel, Segelohren, die darunter hervorlugten, eine schlaksige, hochgewachsene Figur, keine Spur von breiten Schultern oder einer gut durchtrainierten Brust, wie es bei Chris der Fall war. Oder Brandon …

Kein Mädchen hatte Colin je so angesehen, wie sie alle Chris oder Brandon ansahen.

Bis jetzt.

»Ich dachte, er ist für dich wie ein Bruder.«

Brandon sah mich durchdringend an.

»Ja, das ist er. Ich bin nicht eifersüchtig, wenn du das meinst.« Allerdings fiel mir unser Kuss ein, der alles andere als brüderlich gewesen war. Ich biss mir auf die Lippe.

Brandon hob eine Augenbraue.

»Nein, wirklich nicht«, versicherte ich ihm schnell. »Es ist nur … ungewohnt.«

Brandon zuckte mit einer Schulter und lächelte dann wieder.

»Und? Wirst du es tun?«

Unschlüssig hob ich die Bierflasche zum Mund, aber sie entglitt meinen zitternden Fingern und knallte zu Boden. Brandons und meine Beine wurden mit Bier getränkt.

»Entschuldige«, sagte ich schnell und bückte mich, um die rollende Flasche aufzuheben. Als ich sie zu fassen bekam, ging ein Junge an uns vorbei und stieß gegen mich. Ich kippte vornüber und wäre mit Sicherheit auf dem Boden gelandet, wenn Brandon mich nicht aufgefangen hätte.

»Entschuldige«, wiederholte ich, wahrscheinlich hochrot im Gesicht und noch immer in seinen Armen.

Ich wusste nicht, ob die in mir aufsteigende Hitze von meiner peinlichen Aktion herrührte oder weil ich Brandon mit einem Mal so nah war.

Er roch gut.

Na ja, vielleicht ein wenig zu sehr nach *Axe Excite*. Colin benutzte das gleiche Deo, aber wesentlich schwächer dosiert. Oder es kam bei ihm einfach anders zur Wirkung.

Das war äußerst verwirrend. Schnell löste ich mich und ging zwei Schritte rückwärts. Weiter kam ich nicht, denn ich stand mit dem Rücken an der Wand.

»Möchtest du ein neues Bier?«, fragte Brandon und deutete auf die leere Flasche in meiner Hand.

»Lieber nicht. Wer weiß, wohin du die sonst bekommst«, antwortete ich und stellte die Flasche schnell auf der Box neben uns ab.

»Meredith, mein Schatz, ich muss jetzt unbedingt mit dir tanzen.« Chris war neben mir aufgetaucht und schlang einen Arm um meine Hüfte. »Du entschuldigst?«, wandte er sich an Brandon. »Das ist unser Lied.«

Ohne Brandons Antwort abzuwarten, zog er mich mit sich auf die Tanzfläche zu einem Song, den ich überhaupt nicht kannte.

»Was soll das?« Ich versuchte seine Arme, die sich auf einmal wie die Saugnäpfe eines Kraken anfühlten, abzuwehren.

»Bei dir ist echt Hopfen und Malz verloren.« Chris rollte mit den Augen. »Die Hausaufgabenüberprüfung in Physik gestern hat mir eine super Note beschert und ich habe beschlossen dir das zu vergelten. Jetzt zier dich mal nicht so und lass dir von einem Profi unter die Arme greifen.«

»Unter die Arme greifen ist gut. Deine hängen an meinem Hintern.« Ich versuchte mich aus seiner Umarmung herauszuwinden, aber Chris war einen halben Kopf größer als ich und wesentlich muskulöser. Ergebnis seiner regelmäßigen Fitnessstudio-Besuche plus Fußball- und Schwimmkurs am College.

»Meredith, du brauchst Hilfe. Unbedingt. Ich habe dich beobachtet. Du kannst doch kein Bier über dem Typ auskippen! Brandon ist sehr stolz. Der nimmt dir so was übel.«

»Das habe ich doch nicht extra gemacht«, verteidigte ich mich und versuchte wieder seine Finger höher zu schieben. Chris nahm meine Bemühungen überhaupt nicht wahr. »Und davon abgesehen wollte er nur mit mir reden, weil er meine Hilfe braucht.«

Jetzt hatte ich Chris' Aufmerksamkeit.

»Ach, ist er auch schlecht in Physik?«

Ich schnaubte. »Nein, er braucht Hilfe mit seiner neuen Angestellten. Elizabeth.«

Chris bekam ein Leuchten in den Augen. »Warum bittet er mich nicht um Hilfe?«

»Weil ich mit ihr einkaufen gehen soll. Klamotten, Mädchenkram. So was halt.«

»Warum bittet er dann *mich* nicht um Hilfe?«, wiederholte Chris mit breitem Grinsen. Na ja, eigentlich eine gute Idee. Chris wäre bestimmt geeigneter dafür. »Ich mache dir einen Vorschlag. Ich gehe mit euch beiden mit. Bei meiner Beratung kann nichts schiefgehen.« Er warf über meinen Kopf hinweg einen Blick in die Richtung, in der Elizabeth zuletzt noch mit Colin geredet hatte.

»Wir kaufen keine Dessous«, sagte ich in gespielt strengem Tonfall.

»Meredith, Meredith, du bist absolut vers…«

Doch Chris vollendete den Satz nicht, denn irgendwas spielte sich hinter meinem Rücken ab.

Ich drehte mich um und sah Elizabeth ohnmächtig am Boden liegen. Colin beugte sich über sie und dann wurde mir die Sicht versperrt, weil andere sich um sie scharten. Unter anderem Rebecca.

Chris kämpfte sich durch und ich hängte mich dicht an ihn dran. Elizabeth lag mit geschlossenen Lidern in den Armen von Michael, Shaktis aktuellem Traumtyp. Ups. Nein, nicht mehr, wenn ich daran dachte, was wir bei unserem Eintritt gesehen hatten. Unwillkürlich fragte ich mich, ob Michael Shakti schon entdeckt hatte. Hoffentlich nicht.

Colin half ihm sie hochzuheben. Rebecca war an Michaels anderer Seite und half mit.

»Was ist passiert?«, fragte ich Colin leise.

»Wir bringen sie raus an die frische Luft. Ihr ist schwindelig geworden. Michael, würdest du uns eine Cola besorgen? Sie braucht Zucker.«

Er übernahm das Mädchen nun allein, während Michael zurück zur Bar drängte. Ich war mir nicht sicher, aber hatte Colin Rebecca soeben zugezwinkert?

Im gleichen Moment tauchte Brandon neben uns auf.

»Lass mich mal«, sagte er und wollte Colin die schlaffe Elizabeth aus den Armen nehmen.

»Es geht schon.«

Colin bugsierte Elizabeth durch die Partygäste hinaus vor die Tür.

»Was ist mit ihr?«, fragte ich. Die Menge machte uns bereitwillig Platz und Brandon und ich gingen neben Colin her. Dabei wunderte ich mich, dass Elizabeth trotz des Kreislaufzusammenbruchs immer noch diese roten Wangen und noch röteren Lippen behielt. Entweder hatte sie ein besseres Make-up als Shakti drauf oder sie war mit Schneewittchen verwandt. Im Tod noch genauso frische Wangen, als wäre sie lebendig. Obwohl Elizabeth mit dieser Mähne eher mit Disney's Merida verwandt sein musste.

Schon hatten wir den Ausgang erreicht, ich öffnete die Tür und sofort umfing uns ein kühler, angenehmer Windhauch.

Die Tür ging zu, der Geräuschpegel verstummte und augenblicklich schlug Elizabeth die Augen auf.

»Was wird hier gespielt?«, fragte ich scharf. Die Tür öffnete sich wieder und fiel erneut ins Schloss.

»Hab sie!«, erscholl Rebeccas Stimme hinter uns.

Sie hatte Shakti im Schlepptau, die große Augen machte.

»Was ist mit ihr? Ist ihr schlecht?«, wollte Shakti wissen, als sie Elizabeth in Colins Armen sah.

»Nicht wirklich«, antwortete Elizabeth trocken und wurde auf ihre eigenen Füße gestellt. Zum Glück sah Brandon genauso verdattert aus, wie ich mich fühlte.

Rebecca schubste Shakti. Nicht gerade sanft, denn sie torkelte zwei Schritte zurück.

»Blöde Kuh. Du hast beinahe eine Schlägerei ausgelöst.«

Shakti rieb sich die Stelle, an der Rebecca sie geschubst hatte. »Was soll das alles hier?«

So langsam zählte ich allerdings eins und eins zusammen.

»Hat Michael Shakti gesehen?«, fragte ich Colin.

Er schüttelte den Kopf. »Zum Glück nicht. Wir haben nur mitbekommen, dass er Shakti suchte, und irgendein Idiot erzählte, er habe sie neben den Lautsprechern gesehen. Elizabeth hat direkt geschaltet und Michael abgelenkt.«

In diesem Moment flog die Tür auf. In einem Schwall aus Zigarettenqualm und lauter Musik erschien Michael vor uns. Die Tür fiel wieder zu, es wurde erneut ruhiger. Michael reichte Elizabeth eine Cola und beugte sich dann besorgt in Shaktis Richtung.

»Ist mit dir alles in Ordnung? Ich habe dich mit Rebecca rausgehen sehen und dachte, dir ist vielleicht auch etwas schummrig. Hier ist noch eine Cola. Sicherheitshalber.«

Shakti lächelte ihn zitternd an. »Mir geht es gut«, sagte sie.

»Vielleicht solltest du sie nach Hause bringen«, schlug Rebecca vor und sah Shakti vielsagend an.

»Ja, natürlich.«

Michael legte sofort einen schützenden Arm um Shaktis Schultern und beide verließen das Firmengelände.

»Puh, das war knapp«, stöhnte Rebecca. »Ich brauch jetzt 'nen Drink. Hey, Geburtstagskind, das ist eine wirklich geile Fete. Wie wär's mit einem Tanz?«

Chris grinste und öffnete die Tür.

»Gern. Was willst du zuerst, trinken oder tanzen?«

»Beides zusammen!«

Sie verschwanden zu den Klängen von Robin Thickes *Blurred Lines* im Innern der Halle.

Zurück blieben Brandon, Colin, Elizabeth und ich. Und ich sah, dass Elizabeth, obwohl sie wieder auf eigenen Beinen stand, sich noch immer an Colins Schulter festhielt, als brauche sie eine Stütze.

Das schien auch Brandon zu bemerken.

»Ich denke, wir gehen ebenfalls«, sagte er in einem Ton, der keinen Widerspruch zuließ.

»Aber …«, wagte es Elizabeth dennoch. Ein einziger Blick auf Brandons starres Gesicht ließ sie endlich die Hand von Colin nehmen.

»Ähm. Dann … bis bald, ja?«

Colin lächelte sie warm an. »Bis bald, Elizabeth.«

Brandon nickte uns noch einmal zu und schob Elizabeth dann mit einer Hand im Rücken vor sich her.

Kein Lächeln für mich, kein letzter Blick, nichts.

Ich sah Colin an und stellte fest, dass er den beiden versonnen nachstarrte. Augenblicklich boxte ich ihn gegen die Schulter, die Elizabeth noch vor wenigen Sekunden umkrallt hatte.

»Was war das?«, fragte ich ihn.

Colin sah mich irritiert an. »Was war *was*?«

»Na das? Mit dem Rotschopf? Was läuft da? Und seit wann bist du so stark?«

Jetzt grinste Colin zu mir herunter.

»Weißt du, Meredith, wenn ich dich nicht besser kennen würde, würde ich sagen, du seist eifersüchtig.«

Ich lächelte Colin gelassen an. »Na, wie gut, dass du mich kennst. Also wie sieht's aus? Bist du für heute damit fertig, sämtliche Frauen zu retten? Darf ich mit dem Held was trinken gehen?«

»Nur, wenn du nicht mit mir tanzt. So stark bin ich dann doch nicht.«

Aber eine rothaarige Schönheit quer durch eine Menge tragen kannst du, schoss es mir durch den Kopf. Doch ich verkniff mir den Spruch. Der klang wirklich eifersüchtig.

Wir gingen wieder rein und den Rest des Abends forderten mich weder Chris noch ein anderer Junge zum Tanzen auf. Stattdessen stand ich mit Colin an der Theke und beobachtete Rebeccas waghalsige Tanzschritte.

Außerdem fiel mir auf, dass Colin den Rest des Abends über nicht mehr als zwei Bier trank. Wahrscheinlich, um sicherzugehen, mich nicht wieder küssen zu wollen.

14. Kapitel

Als ich nach Hause kam, lief im Wohnzimmer noch der Fernseher. Eine Werbesendung für dubiose Callgirls flimmerte über den Bildschirm. Dad schnarchte lautstark im Sessel und schaffte es sogar, das Gestöhne zu übertönen.

Neben ihm auf dem Boden standen oder lagen zehn Flaschen Bier und eine Flasche Jim Beam, die nur noch einen Rest aufwies.

Es stank beinahe genauso muffig nach Alkohol wie in der Lagerhalle, die ich eben erst verlassen hatte.

Angewidert schaltete ich den Fernseher aus und ging nach oben. Noch bevor ich die Zähne fertig geputzt hatte, hörte ich die Werbesendung erneut, und zwar noch lauter als zuvor.

An Schlaf war so nicht zu denken. Ich überlegte, ob ich mir bei Mum ein paar Ohropax besorgen sollte. Andererseits war ich aber auch einfach zu aufgedreht, um einzuschlafen.

In diesem Moment brummte mein Handy. Aha. Colin ging es genauso wie mir.

Ich warf einen Blick aufs Display. Obwohl ich kurzsichtig war und mein Handy auch ohne Brille gelesen bekam, war ich mir dieses Mal nicht sicher, ob ich richtig las. Ich kniff die Augen zusammen und sah noch einmal darauf. Sicherheitshalber zog ich die Brille auf und las tatsächlich:

Schlaf gut. Brandon G.

Ich kam aus dem Starren nicht mehr raus.

Brandon G.?

Urplötzlich zitterten mir wieder die Finger und ich war hellwach.

Du auch, schrieb ich zurück.

Ich wartete auf eine weitere Antwort, aber es blieb still. Sollte ich … Nein, das sähe zu anbiedernd aus. Obwohl, eine kurze WhatsApp-Nachricht hinterher … nee, lieber nicht. Noch während ich das Für und Wider abwog, brummte mein Handy erneut. Blitzschnell sah ich aufs Display. Aber es war nur Colin auf WhatsApp.

Auch noch wach?

Enttäuscht atmete ich tief ein.

Dann tippte ich ein *Ja*.

Spiel?

Warum nicht? Ich schlief ja doch noch nicht.

Seit wir die Handys besaßen, halfen wir uns gegenseitig bei Einschlafschwierigkeiten mit einem kleinen Spiel. Jeder stellte sich selber in einer Szene vor und mit weiteren Hinweisen schmückten wir die dann aus.

Denke an eine Villa mit Pool, schrieb ich.

Lasse mich im Pool treiben, kam zurück.

Prompt stellte ich mir Brandon in Badeshorts im Pool vor.

Wasser ist warm. Schirmchencocktail wartet am Rand, schrieb ich.

Sonne scheint. Sehe einen Vogel über mir.

Fliegt unbeholfen, schrieb ich zurück. *Eichelhäher. Kackt gleich ins Wasser.*

Es dauerte einen Moment, ehe die nächste WhatsApp-Nachricht kam. Ich wusste, er lachte. So wie ich Colin kannte, hatte er sich eher einen Bussard oder einen Adler mit weit aufgespannten Flügeln vorgestellt.

Er verliert was. Feder. Landet neben meinem Kopf. Schlucke Wasser. Erleichtert, las ich und tippte daraufhin zurück: *Fast ersoffen. Hunger.*

Sofort kam die Antwort: *Riesengrill steht am Rand. Nehme Spareribs und Burger.*

In der Richtung war er doch ein typischer Junge. Er konnte nie genug Fleisch bekommen. Obwohl sein Vater ein absoluter Verfechter vegetarischen Essens war.

Für mich 1 Burger. Mit 2-fach Käse, schrieb ich.

Mochte Brandon Burger? Oder auch lieber Spareribs? Was mochte er überhaupt? Vor meinem inneren Auge schwamm er noch immer mit kräftigen Zügen durch den Pool. Ich stellte ihn mir in einer feuerroten Badehose und mit Chris' muskulösem Oberkörper vor, denn den kannte ich zumindest von unserem Schwimmkurs am College. Obwohl der Oberkörper in meiner Vorstellung auch der von Henry Cavill sein könnte.

Das Wasser in meiner Vorstellung teilte sich und eine Feder wippte auf den Wellen.

Hey! Ich schwimme da! Nicht Brandon! Und was ist das für eine bescheuerte rote Badehose, die er da anhat?!, las ich auf meinem Display. Ich ließ das Handy fallen, als hätte es Aceton an sich.

Woher wusste Colin, woran ich gedacht hatte? Wie konnte er das wissen?

Das, was als Scherzspiel begonnen hatte, nahm plötzlich eine unheimliche Wendung. Ich griff wieder nach dem Handy und überprüfte unsere letzten Einträge. Da stand es schwarz auf weiß. Ich fühlte, wie sich die Härchen auf meinen Armen aufstellten.

Colin sah in meine Gedanken! Zum ersten Mal? Was, wenn nicht?

Meine Hände begannen zu zittern.

Das Display leuchtete noch ein paar Sekunden und erlosch.

Nur um sofort wieder aufzuleuchten. Erschrocken versuchte ich mich darauf zu konzentrieren, was darauf stand.

Colin rief an.

Mein Daumen zitterte so stark, ich musste die zweite Hand zur Hilfe nehmen, um das Gespräch anzunehmen.

»Mere?«

Es war Colins Stimme. Sie klang besorgt.

»Ja?« Meine war schwach.

»Mere, was geschieht hier?«

»Woher zum Teufel soll ich das wissen? Du bist der mit den übernatürlichen Fähigkeiten.«

»Abtei?«

Ich schüttelte den Kopf. Dann ging mir auf, dass er das nicht sehen konnte. Oder vielleicht doch?

»Lieber nicht. Mir ist gerade nicht nach düsterem Wald. Vor allem wenn ein Theodor darin umherstreunt«, versuchte ich zu scherzen.

Colin ging nicht darauf ein.

»Dann der Spielplatz.«

Der lag in unmittelbarer Nähe des Steinkreises.

»Ich weiß nicht, da treffen wir heute Nacht sicherlich auf Alex Parkins.«

»Mere, heute ist Vollmond, also wird er mit seiner Truppe da sein und uns trotzdem nicht wahrnehmen.«

Da war was dran. An Schlaf war ohnehin nicht zu denken. Normalerweise hätte ich mich lieber vor den Fernseher gelegt und versucht bei einer Wiederholung von *Pretty Little Liars* einzuschlafen, aber der Fernseher war blockiert, wie man unschwer hören konnte.

»Okay, in einer Viertelstunde.« Da Colin genau entgegengesetzt vom Steinkreis wohnte, wäre es ein Umweg gewesen, ihn oder mich zuerst abzuholen.

Dad sägte wieder ganze Wälder ab, als ich an ihm vorbeischlich.

Der Jim Beam war leer.

Es war eisig kalt draußen und den Vollmond konnte man nicht erkennen. Die Wolkendecke war zu dicht.

Ich war kurz davor, Colin eine WhatsApp-Nachricht zu senden, ich bliebe im Bett, aber er war mit Sicherheit schon unterwegs. Also klappte ich den Kragen meiner Jacke hoch wie ein Detektiv in einem Edgar-Wallace-Krimi und stapfte in Richtung Spielplatz.

Als ich das freie Feld erreichte, konnte ich die Fackeln der Neo-Druiden erkennen, die im Steinkreis ihr Ritual abhielten. Vor dem Altarstein hatten sie ein Lagerfeuer entzündet und Alex Parkins' Stimme hallte bis hierher.

Er redete in einer mir unbekannten Sprache. Vermutlich versuchte er sich mal wieder am Gälischen oder Altenglischen.

Colin saß auf einer Schaukel. Er hielt etwas in der Hand.

Als ich näher kam, erkannte ich, dass es eine Feder war. Wieso hielt er eine Feder in der Hand? Aber egal, wir hatten jetzt Wichtigeres zu besprechen.

»Also?«

»Ich weiß nicht, was los ist. Ich hatte auf einmal das Bild von Brandon vor Augen, der in einer roten Badehose durch den Pool schwimmt, und ich wusste, dass ich ihn durch deine Augen sah, denn ... bitte halt mich jetzt nicht für verrückt ... aber die Empfindungen, die ich dabei verspürte, waren ... waren ...«

Er musste es nicht aussprechen. Ich wusste genau, was ich gefühlt hatte, als ich mir den halb nackten Brandon vorstellte. Das Unheimliche war, dass Colin es jetzt auch wusste.

Peinlich.

»Ich bin nicht andersrum. Ehrlich nicht. Ich weiß, dass es deine Empfindungen waren.«

»Woher willst du das wissen?«, fragte ich.

»Weil ich weiß, was ich empfinde, wenn ich an dich denke.«

Er sah mich an und ich las in seinen Augen, dass er sehr viel für mich empfand.

Anscheinend konnte er in meinen Augen sehen, dass ich diese Empfindungen nicht erwiderte, denn seine Miene verdüsterte sich.

»So etwas ist mir noch nie passiert. Was geschieht hier?«, fragte er schließlich.

»Ich weiß es nicht«, antwortete ich. »Deine außergewöhnlichen Fähigkeiten gab es sicherlich schon in der Vergangenheit. Es muss also auch hierfür etwas geben. Wir müssen nur nachforschen.«

»Was könnte es für eine Erklärung dafür geben, wenn ich durch deine Augen hindurch deine Gedanken sehe? Und das über die Entfernung von rund einer Meile hinweg? Willst du das etwa mit einer Vektorgleichung nachrechnen? Oder indem du den Radius des Stromkreises eines nahe liegenden Kraftwerks ermittelst? Das konnten weder Nostradamus und auch kein Uri Geller. Hör auf dir was vorzumachen, Mere.«

»Und was schlägst du vor? Sollen wir uns dort drüben den Druiden anschließen und sie bitten unsere Energien auszuloten?«

Es *musste* eine Erklärung für diese plötzlich auftauchende Fähigkeit von ihm geben. Vielleicht war so was schon irgendwann irgendwo einmal vorgekommen, nur hatten wir noch nichts darüber gelesen. Natürlich steckte keine physikalische Kraft mit irgendeinem Kraftfeld dahinter, aber wer sagte denn, dass Colin nicht einfach meine Gedanken *erraten* hatte? Auf eine rote Badehose zu kommen konnte doch so schwer nicht sein.

Wir kannten uns seit unserem fünften Lebensjahr und waren seither unzertrennlich. Er war mein Seelengefährte, mein bester Freund, er war witzig, er war besonnen, er war mein ruhiger Pol. Wir hatten immer für alles eine Erklärung gefunden, dann würden wir das jetzt doch auch schaffen.

»Lass uns das Ganze doch mal objektiv angehen«, schlug ich vor. »Was denke ich jetzt?«

Ich sah ihm in die Augen und dachte an jenen ersten Schultag, als Shelby mir meinen Talisman abgenommen und das Klo hinuntergespült hatte.

Den Talisman hatte mir Mum gegeben, damit ich den Tag meisterte. Ich erinnerte mich nicht mal mehr richtig an die Form, nur an das leuchtende Blau, aber ich erinnerte mich sehr gut an Mums Gesicht, als sie ihn mir in die Hand gedrückt hatte. Sie hatte Tränen in den Augen gehabt und sehr eindringlich meine Hand darum geschlossen, als hätte sie mir den Schlüssel zu den Kronjuwelen überreicht.

Ich dachte an diesen Tag. Ich versuchte mich an die Form des Talismans zu erinnern.

»Du denkst an eine Feder«, sagte Colin nach einer Weile. »Glaube ich zumindest.«

»Falsch.« Irgendwie war ich erleichtert. »Du hältst eine in der Hand. Das hast du auf mich projiziert. So ähnlich war es sicherlich auch mit Brandon. Da hätten wir eine These. Eine sehr plausible sogar, die uns noch nicht einmal aus dem Bett hätte holen müssen. Seit Chris, diese Tratschtante, von meiner heimlichen Schwärmerei weiß – wirklich Colin, ich habe da nie irgendwelche Hoffnungen oder dergleichen gehegt – also, seit Chris Lunte gerochen hat, glaubst du, ich sähe in allem Brandon. Du bist eifersüchtig. Das ist die ganze logische Erklärung.«

Ich fühlte Colins Unsicherheit und ich wusste, dass ihm diese Antwort viel weniger behagte als eine paranormale.

Eifersucht war nicht nur eine banale Antwort, sondern auch eine unangenehme. Nur, dass er die rote Badehose gesehen hatte, deckte es nicht so ganz.

Colin sah aus wie ein geprügelter Hund.

»Entschuldige«, sagte ich leise.

»Du musst dich nicht entschuldigen. Du hast Recht. Ich bin eifersüchtig.« Er zuckte mit den Schultern. »Ich kann nichts dagegen tun. Ich mag ihn nicht. Ich mochte ihn noch nie.«

Das war mir nicht neu. Ich hatte es immer auf eine Art Neid geschoben. Brandon war so … sicher und selbstbewusst und seine wechselnden Freundinnen waren allesamt echte Sahneschnitten. Alles, was Brandon tat, wirkte männlich. Sogar Gläser polieren. Seit er vor fünf Jahren im Circlin' Stone zu arbeiten angefangen hatte, war das Café jeden Tag voll gewesen. Er hatte in unserer Region einen Ruf wie Prinz Harry. Ohne dessen ausgeflippte Ideen. Fast jeder Junge war auf ihn neidisch und sah gleichzeitig bewundernd zu ihm auf. Allein deswegen hatte ich meine Vorliebe vor Colin immer geheim halten wollen.

»Aber Eifersucht ist da nicht alles«, sagte Colin. »Ich habe bei Brandon immer das Gefühl, er verberge etwas.«

»Was soll das sein? Glaubst du, er kann die Gläser nur durch sein Lächeln zum Glänzen bringen?«

Colins Grinsen fiel sehr einseitig aus. In diesem Moment begannen die Neo-Druiden zu singen. Sehr laut, sehr schief und sehr asynchron. Das war beinahe noch gruseliger als ein plötzlich auftauchender Theodor.

»Können wir zurück ins Bett?«, fragte ich fröstelnd. Alex Parkins war in Hochform. Sein seltsames Angelsächsisch klang schauderhaft und seine Stimme war hoch und schrill.

»Klingt, als würde er kastriert«, meinte auch Colin und wir drehten uns beide zum Steinkreis um.

Das Feuer in der Mitte war jetzt größer und die Fackeln brannten heller. Wie hatten sie das gemacht? Ich hätte schwören mögen, es handele sich um normale Pechfackeln.

In drei Wochen würden zu dem Sachsen-Festival Hunderte dieser Fackeln hier überall entzündet werden. Die Vorrichtungen waren bereits angebracht worden, was die Druiden immer dankbar annahmen. Hatten sie noch mehr Fackeln herbeigeholt? Nein. Colin neckte mich oft, ich hätte ein fotografisches Gedächtnis. Das hatte ich nicht, aber die Anzahl und Anordnung von Dingen hatte ich mir schon immer gut merken können. Deswegen konnte ich mit Bestimmtheit sagen, dass hier nicht eine Fackel mehr an war. Trotzdem loderten alle Feuer stärker. Mich schauderte.

Ich erhob mich. »Colin, ich gehe ins Bett. Jetzt.«

»Ich denke auch, es wird Zeit.«

Er stand auf und in diesem Moment knallte es im Steinkreis. Erschrocken drehten wir uns um und sahen statt des Lagerfeuers eine riesige Qualmwolke. Die Fackeln waren verlöscht, doch der Mond hatte sich durch die Wolkendecke gedrängt und stand über dem Steinkreis. Das fahle Licht schien genau auf den Altarstein in der Mitte. Genau auf Alex Parkins, der darauf kniete. Rund um den Altarstein hatte sich Qualm gebildet. Die Gesänge waren verstummt und nur schattenhaft konnte man die erstarrten Silhouetten der Neo-Druiden ausmachen. Es sah aus, als seien sie schockgefrostet.

»*Das* ist unheimlich«, raunte Colin.

Ich klammerte mich an seinen Ärmel und zerrte daran. »Lass uns abhauen.«

»Warte«, hielt er mich zurück. »Was ist, wenn denen was passiert ist?«

»Willst du jetzt allen Ernstes da hingehen? Nach all diesen schauerlichen Gesängen und – wer weiß? Vielleicht ist der Qualm giftig.«

»Eben. Wir müssen ihnen helfen. Du könntest nicht mit der Schuld leben, nicht mal was versucht zu haben, wenn da wirklich was sein sollte.«

Ach, Mist. Er hatte Recht. Natürlich würde ich mir ewig Vorwürfe machen.

»Gehen wir.«

Aber noch ehe wir den Spielplatz verlassen hatten, sahen wir die Silhouetten Konturen annehmen und hustend aus dem Qualm torkeln.

Sie wirkten ein wenig orientierungslos. Wir hörten heisere Rufe. Also alles wie immer. Der Qualm zog zu uns herüber und wir rochen das Kräutergemisch, mit dem sie das Feuer versetzt hatten.

»Ist da Marihuana drin?«, fragte ich schnuppernd. Es roch so süßlich.

Colin hob die Nase und schüttelte dann den Kopf. »Ich rieche Salbei, Rosenblüten und Holunder. Und noch etwas anderes, kein Marihuana.«

»Nicht schlecht, das hätte ich niemals herausfiltern können. Wie gut, dass deine Mum ihren Garten so liebt. Aber warum haben sie sich dann nicht bewegt?«, fragte ich.

»Das liegt an der Kräutermischung«, erklärte Colin. »Die kann einen kurzfristig lähmen. Ich muss Dad noch mal nach diesem sogenannten Hexenkraut fragen. Ich bin mir sicher auch das gerochen zu haben, komme aber jetzt nicht auf den Namen.«

»Woher kennst du es dann?«, fragte ich neugierig.

»Dad hat vor zwei Jahren einen der Neo-Druiden behandeln müssen, der genauso roch. Der hat allerdings einen Asthmaanfall dadurch bekommen. Ich habe ihn auch nie wieder unter den Druiden gesehen.«

»Kann diese Mischung ein Feuer verstärken?«, überlegte ich weiter.

Colin zuckte mit den Schultern. Das bedeutete bei ihm, dass er das eher bezweifelte, aber nicht ausschließen wollte.

Zumindest gab es für die Starre jetzt eine Erklärung und so, wie sich die Weißgewandeten nun in den Armen lagen, sah wieder alles normal aus.

Erleichtert atmete ich auf und sagte: »Ich gehe jetzt.«

Colin ging mit.

Als wir den Spielplatz verließen, drückte er mir die Feder in die Hand.

»Hier. Die soll für ein Versprechen stehen.«

Ich sah ihn an.

»Meine Eifersucht soll sich nicht zwischen uns stellen. Niemals. Du bist mir zu wichtig.«

Ich schloss die Finger um den weichen Flaum der Feder.

»Ich werde gut auf sie achten.«

»Das ist jetzt dein Talisman«, fügte er augenzwinkernd hinzu.

Mit der Feder in der Hand ging ich nach Hause. Und erst im Schein der nächsten Straßenlaterne sah ich dann auch, um was für eine Feder es sich handelte. Es war die eines Eichelhähers.

Als ich dann *endlich* im Bett lag und kurz vorm Einschlafen war, ging ich unser Gespräch noch einmal Schritt für Schritt durch und dabei schoss mir durch den Kopf, dass Colin auf eine nicht laut hervorgebrachte Erklärung von mir geantwortet hatte.

Woher hatte er wissen können, dass ich glaubte, Colin sei auf Brandon neidisch?

Ich war plötzlich wieder hellwach, aber mein Handy blieb tot. Den Rest der Nacht war an Schlaf nicht mehr zu denken.

Sonntagmittag halfen wir Chris beim Aufräumen der Lagerhalle. Die Party war wirklich der Knaller gewesen. Colin fand einen Stringtanga im Kühlwagen und den Rest des Tages rätselten wir, wer ihn verloren hatte.

»Wie viele Leute waren überhaupt da?«, fragte Rebecca und schnürte den siebten Müllsack zu.

»Ungefähr dreihundert«, rief Chris von der Leiter herunter, wo er gerade dabei war, die Discokugel abzuhängen.

»Wow«, sagte ich beeindruckt. »Hast du auch jeden gekannt, der hier war?«

»Nein, ungefähr hundert waren Begleitpersonen von Begleitpersonen. Aber hey, danke für euer Geschenk. Der Hochseilgarten ist eine tolle Idee. Und wenn ihr Mädels oben in den Seilen hängt, werden wir überprüfen, wem der String gehören könnte.«

»Vorausgesetzt, wir tragen einen Rock«, antwortete ich. »Womit du bei mir schon mal weiter im Dunkeln tappst.«

Chris lachte. »Ach, Meredith, ich werde die Hoffnung bei dir einfach nicht aufgeben. Eines Tages wirst auch du deine weibliche Seite entdecken und einen Rock tragen.«

»Ich habe schon Röcke getragen«, rief ich.

»Das waren Schuluniformen, Meredith, keine Röcke«, korrigierte mich Rebecca.

»Uniform mit Rock.«

»Nein, ein dunkelblauer Faltenrock zählt nicht. So einen trägt auch die Mutter meiner Ex-Stiefmutter Heather, und glaub mir, daran ist nichts Weibliches.« Chris schüttelte den Kopf. »Shakti hat schöne Kleider. Und immer so farbenfrohe.«

Auch jetzt trug sie ein ultramarinblaues Kleid, das jeder andere von uns eher zu einem festlichen Anlass angezogen hätte.

»Aber das hier ist doch etwas dunkler, falls ich mich schmutzig mache«, rechtfertigte sie sich.

»Du meinst, es ist nicht pink oder orange«, korrigierte sie Rebecca.

Shakti grinste.

»Was war eigentlich gestern Abend mit dir los? Ich dachte, Michael sei dein Traummann«, eröffnete Chris das Verhör.

Shaktis Grinsen erlosch und sie wurde rot. Das konnte man sogar in der dämmrigen Lagerhalle und trotz ihres dunklen Teints deutlich erkennen.

»Das ist er«, versicherte sie schnell. »Michael war so rührend um mich besorgt …«

»Und Ethan Dexter?« Ich hob meine Augenbrauen. »War er auch besorgt? Wollte er testen, ob deine Mandeln noch an Ort und Stelle sind?«

Shakti ersparte sich die Antwort, lächelte nur ein Mona-Lisa-Lächeln und machte sich daran, leere Flaschen in eine Kiste zu räumen.

Chris und ich wechselten einen erstaunten und gleichzeitig amüsierten Blick.

»Dass kein Skandal aus deiner Unbekümmertheit wurde, hast du übrigens Elizabeth zu verdanken«, sagte Colin und kletterte die andere Seite der Stehleiter empor, um Chris bei der Kugel zu helfen.

»Wer ist Elizabeth?«, fragte Shakti ratlos.

»Die hübsche Rothaarige, die ein Auge auf unseren Colin geworfen hat«, sagte Rebecca grinsend.

Colin verfehlte eine Sprosse und der Schraubenzieher fiel ihm aus der Hand. Im Affekt ließ Colin ihn schweben. Zum Glück stand ich unmittelbar daneben und ergriff ihn. Für jemanden, der nicht genau hinsah, musste es aussehen, als hätte ich ihn aus dem Fall aufgefangen. Zumindest hoffte ich das.

»Donnerwetter, Meredith, deine Reaktionen werden immer besser«, rief Chris von oben.

Ich warf den Schraubenzieher zu einem Salto in die Luft und fing ihn wieder auf. »Tja, irgendwann muss ich auch mal ein paar Fertigkeiten bekommen.« Blöderweise verhedderte sich in dem Moment das Werkzeug zwischen meinen Fingern, glitt mir aus der Hand und schlug hart auf dem Boden auf.

Alle lachten.

»Aber du lenkst ab. Was war los, Shakti? Wie kommst du an Ethan Dexter?« Rebecca brachte es wieder auf den Punkt. »Ich meine: Ethan Dexter! Der heißeste Typ der Schule.«

»Hallo?!«, rief Chris empört von oben.

»Nach dir, Chris. Du bist mit Abstand der heißeste«, beschwichtigte Rebecca überschwänglich. »Und jetzt lass Shakti endlich mal zu Wort kommen. Also, noch einmal zurück zu Ethan Dexter!«

Shakti, deren Gesicht gerade wieder einen etwas normaleren Teint angenommen hatte, wurde prompt wieder rot.

»Ach, ich weiß auch nicht … er hat mich zum Tanzen aufgefordert und mir dann gestanden, dass er mich … na ja. Ich glaube, ich hatte zwei Bier zu viel.« Sie stotterte. Ganz eindeutig. Das fiel ihr auch auf, denn sofort schwenkte sie um. »Aber ich habe gesehen, wie Chris mit Meredith getanzt hat. Was läuft denn da zwischen euch beiden?«

»Wie konntest du das denn sehen?«, fragte ich schnippisch. »Du warst schon beschäftigt, als Colin und ich eintrafen.«

»Meredith hat endlich meinem Werben nachgegeben«, überging mich Chris. »Aber, Meredith, wärst du sehr sauer, wenn ich gestehe, dass mir Colins neue Flamme besser gefällt und ich über dich versuche an sie heranzukommen?«

»Chris, ich bin zu Tode beleidigt. Colin, sag doch auch mal was!«, forderte ich ihn auf.

»Ich bin zu Tode beleidigt«, wiederholte Colin meine Worte abwesend.

Chris und ich grinsten uns an.

Colin hatte augenscheinlich nicht zugehört.

»Wann wirst du mit dieser Elizabeth shoppen gehen?«, fragte Chris ohne jeglichen Sinn für Sensibilität.

Ich stieß scharf die Luft aus, denn ich wusste genau, was jetzt kam.

»Shoppen?«, rief Rebecca fassungslos. »Meredith und shoppen?«

Shakti sah genauso verblüfft aus.

»Sonnyboy Brandon hat sie darum gebeten«, erklärte Chris und am liebsten hätte ich die Leiter umgestoßen.

»Oooh«, machte jetzt Rebecca anzüglich.

»Chris, du bist eine alte Tratschtante«, erklärte Colin, der wieder zu uns zurückgefunden hatte. Er kletterte mit der gelösten Discokugel im Arm die Sprossen hinunter. Ich konnte sehen, dass ihm die neu angenommene Richtung des Gesprächs genauso wenig behagte wie mir. Wenn auch aus anderen Gründen. Gründen, die unsere Freunde noch weniger kennen sollten als meine Schwärmerei für Brandon.

»Brandon hat *dich* darum gebeten?«, wollte jetzt Shakti wissen. »Wieso fragt der nicht mich?«

»Vielleicht, weil du mit Ethan Dexter beschäftigt warst?«, mutmaßte ich laut und hoffte das Gespräch damit zu beenden. Umsonst.

»Aber für Brandon würde ich sowohl Ethan als auch Michael jederzeit sausenlassen.«

»Loyalität steht nicht unbedingt auf deiner Prioritätenliste«, stellte Chris trocken fest. »Was habt ihr alle mit diesem Brandon?«

»Er ist heiß«, antworteten Shakti und Rebecca unisono.

Sowohl Chris als auch Colin machten saure Gesichter und wandten sich ab.

»Wo war eigentlich dein Dad?«, fragte Rebecca Chris nach einer Weile.

»Mit einer Bekannten in London«, erklärte Chris. »Ich glaube, da fand gestern so eine Wohltätigkeits-Gala statt. Stuart Cromwell und andere Firmenchefs wurden dorthin gebeten, um ihre Konten zu erleichtern.«

»Wow, Stuart Cromwell?«, rief Shakti aufgeregt. »Da fällt mir ein: Mr Vines, unser Dozent für Ökonomie und Soziologie, hat für das College eine Führung durch Cromwell Logistics organisiert. Ich habe mich eingetragen. An der Führung kann jeder teilnehmen. Wollt ihr nicht auch mitkommen? Rebecca hat sich ebenfalls angemeldet. Nach der Führung wird noch das STEAM Eisenbahnmuseum besichtigt und wir haben danach frei.«

Es interessierte mich nicht wirklich, aber Chris' und Colins Augen funkelten begehrlich, als das Wort »frei« fiel. Und sogar die von Rebecca. Obwohl Rebecca sich wohl eher einen Blick auf den reichsten Mann von Wiltshire erhoffte.

Da alle drei sich eintragen wollten, stimmte ich auch zu. Noch mal eine Unterrichtseinheit mit allen gemeinsam wie in Zeiten der Secondary School wäre schon cool. Und der frühe Schulschluss lockte ebenfalls.

»Ich bin auf die Führung echt gespannt.« Shakti kam mit einer vollen Kiste leerer Flaschen zurück.

»Ich auch. Außerdem habe ich gehört, dass Shelby sich für die Führung angemeldet hat, Colin«, sagte Rebecca anzüglich.

»Echt? Will sie wissen, wie normale Menschen arbeiten?«, fragte ich scheinheilig. Rebecca schien sich in den Kopf gesetzt zu haben, Colin mit Shelby zu verkuppeln.

»Das ist gemein, Mere«, sagte Colin. »Kein Mensch kann etwas für seine Herkunft. Ich bewundere Shelby dafür, dass sie versucht diesem Milieu zu entkommen. Sie hat es weiß Gott nicht leicht mit ihrer Mutter und den Geschwistern.«

Es war kein Geheimnis, dass Shelbys Mutter ihre sieben Kinder von fünf verschiedenen Männern hatte, die allesamt mit dem Gesetz im Konflikt lagen – sowohl Väter als auch Kinder. Inklusive Shelby, die einen Joint als normale Zigarette betrachtete und deswegen schon mehrmals mit der Polizei aneinandergeraten war. Aber lernte sie daraus? Nein. Ihre Mutter hatte zwei Entziehungskuren abgebrochen und lebte seit Jahren auf der Couch oder bettelnd vor dem Supermarkt. Wobei jeder wusste, dass sie regelmäßig Geld vom Sozialamt bekam. Aber das reichte anscheinend nicht für den Fusel, den sie täglich brauchte.

»Du machst mir damit kein schlechtes Gewissen«, entgegnete ich ungerührt. »Sie oder ich. Und so, wie sie sich aufführt, bin ich für mich.«

»Ich auch«, stimmten mir Rebecca und Chris zu.

»Mensch, Colin«, fuhr ich fort. »Sie tut uns allen bis zu einem gewissen Grad leid, aber sie verhält sich auch wirklich unmöglich. Wusstest du, dass sie letzte Woche von der Polizei mit ein paar Pillen erwischt wurde?«

»Hatte sie Kopfschmerzen?«, fragte Colin unschuldig. »Wird man deswegen schon verhaftet?«

Wir rollten alle mit den Augen und ließen den Satz unkommentiert.

Wir brauchten noch drei weitere Stunden, um die Lagerhalle wieder vorzeigbar zu machen. Als wir fast fertig waren, rief Mum an und bat mich nach Hause zu kommen, weil Dad schon jetzt zu seiner nächsten Fahrt aufbrach und mich vorher noch sehen wollte.

Ich beeilte mich, aber Dad war trotzdem schon fort, als ich nach Hause kam, und Mum hockte unglücklich über ihren ausgebreiteten Karten am Küchentisch. Auch wenn ihre Ehe nicht unbedingt die beste war, nahm es sie jedes Mal mit, wenn er für eine weitere Woche verschwand. Ich wusste manchmal nicht einmal mehr, warum sie so sehr an ihm hing: War es die Liebe zu ihm oder die Erinnerung an eine einst glückliche Familie?

Auf alle Fälle brachte ich es nicht über mich, zurück zu Chris zu gehen und sie allein zu lassen. Also schlug ich vor, gemeinsam eine DVD anzusehen. Dem stimmte sie zu.

Traurig und unseren Gedanken nachhängend verbrachten wir den restlichen Abend auf der Couch und sahen uns die x-te Folge von Dr. Who an.

15. Kapitel

In den kommenden Tagen merkten wir alle immer deutlicher, dass die A-Level-Prüfungen näher kamen. Die Lehrer sorgten dafür, dass wir den ganzen Tag beschäftigt waren. Ausgerechnet am Montag nach Chris' Fete war das besonders bitter, denn es gab niemanden, der nicht an uns vorbeiging, ohne uns und insbesondere Chris auf seine Party anzusprechen. Nur blieb leider kaum Zeit für mehr als ein paar Worte, denn die Pausen waren kurz und wir hasteten ständig von einem Klassenraum zum nächsten.

Dadurch blieb nicht einmal mehr Zeit, um mit Colin in der Bibliothek nach Gedankenlesen und dergleichen zu forschen. Und weil Colins Vater noch immer sauer war wegen des verpassten Termins mit seinem Professor – Dr. Adams konnte sehr nachtragend sein und hatte ein Gedächtnis wie ein Elefant –, durfte Colin erst wieder zum Gassigehen mit Wall-E das Haus verlassen. Wir hatten uns an unserer üblichen Straßenecke verabredet. Die Abende waren derzeitig merklich länger, und als ich um acht unseren Treffpunkt erreichte, war es noch hell. Nur stand Colin nicht an der vereinbarten Stelle.

Ich wartete fünf Minuten, dann machte ich mich auf den Weg zu Adams Haus.

»Colin ist noch nicht so weit«, sagte Mrs Adams, als sie mir die Tür öffnete.

»Bitte sie herein, Doris«, hörte ich Dr. Adams' heisere Stimme im Hintergrund.

Mrs Adams machte einen Schritt zur Seite und schloss dann die Tür hinter mir.

»Im Wohnzimmer«, sagte sie und verschwand ihrerseits in der Küche.

Mrs Adams war schon niemand, mit dem ich gern zusammen war. Sie hatte mir seit jeher deutlich gemacht, dass ich für ihren Sohn kein Umgang sei. Aber Dr. Adams war schlimmer. Er verursachte mir immer ein wenig Übelkeit.

Zum Glück begegnete ich ihm nicht oft, weil er von seinen Patienten so eingebunden war oder seine freie Zeit mit Lesen verbrachte. Meistens waren Colin und ich an der Abtei oder bei mir. Im Adamshaus war es immer – eisig.

Dr. Adams saß in dem Sessel, in dem er immer saß, wenn ich ihm im Wohnzimmer begegnete.

Colin saß auf dem Sofa daneben, die Hände im Schoß gefaltet, und ich konnte an seinem gepressten Lächeln erkennen, dass die allmonatliche Predigt wieder fällig gewesen war.

»Meredith«, grüßte Dr. Adams mit einem Nicken und deutete auf den Platz der anderen Couch – Colin gegenüber.

»Wir besprachen gerade die berufliche Zukunft von euch jungen Leuten.«

Ich setzte mich und versuchte so aufmerksam wie möglich auszusehen.

»Das trifft sich doch gut. In drei Tagen fahren wir mit interessierten Schülern nach Swindon und besichtigen Cromwell Logistics«, antwortete ich, so fest ich konnte.

Ich setzte mich auf meine Hände, denn ich spürte das übliche leichte Zittern, das immer kam, wenn ich aufgeregt war.

Dr. Adams Blick durchstach mich. »Ich fragte nicht nach euren schulischen Veranstaltungen.«

»Genau genommen haben Sie gar keine Frage gestellt, Sir«, wagte ich anzumerken. Ein Fehler. Die Augen von Dr. Adams verengten sich und er griff nach seiner Tasse Tee.

Er nippte daran und stellte sie mit einem angewiderten Gesichtsausdruck wieder ab.

»Doris?«, rief er und ich wunderte mich nicht zum ersten Mal, dass seine heisere Stimme in diesem Haus überall vernommen wurde, denn eine Zehntelsekunde später erschien Mrs Adams.

»Ja?«

»Der Tee ist nicht richtig durchgezogen. Du weißt doch, wie lange er ziehen muss?«

»Sechs Minuten, aber Mabel, die Nachbarin, kam gerade während dieser Zeit an die …«

Dr. Adams reichte ihr wortlos die Tasse mit einem Gesichtsausdruck, als handele es sich um Urinproben aus seinem Labor.

Mrs Adams beeilte sich die Tasse entgegenzunehmen und verschwand. Sofort rückte ich wieder in den Mittelpunkt von Dr. Adams Aufmerksamkeit.

»Dann werde ich meine Frage richtig formulieren. Was gedenkst du nach der Schule zu tun? Wie steht es um deine Noten?«

»Meredith ist mit Abstand die Beste des Jahrgangs«, antwortete Colin mit nicht wenig Stolz in seiner Stimme.

»Sie kann selber sprechen. Das hat sie gerade bewiesen.«

Colins Mund klappte zu.

»Ich bin mir noch nicht ganz sicher«, antwortete ich und rutschte unruhig auf meinen Händen hin und her. Das Zittern wurde blöderweise stärker.

»Ich hoffe auf ein Stipendium an der Universität in Bath, St. Andrews oder Oxford. Es wird wohl in Richtung Physik und Naturwissenschaften gehen. Aber einen konkreten Beruf habe ich noch nicht ins Auge gefasst.«

Ich konnte nicht sagen, ob mein Studienwunsch auch bei ihm die übliche Überraschung auslöste, wie er es sonst bei anderen Leuten tat.

»Und was gedenkst du zu tun, wenn du das Stipendium nicht erhältst?«

Am liebsten hätte ich jetzt geantwortet: *Dann besaufe ich mich und gehe auf den Strich* – aber das tat ich nicht.

Erstens, weil Dr. Adams diese Art von Humor nicht verstand und mir damit für die nächste Zeit mit Colin jeglicher Umgang außerhalb der Schule verwehrt worden wäre. Und zweitens, weil es absolut unwahrscheinlich war, dass ich kein Stipendium erhielt.

Also senkte ich die Augen und zuckte mit den Schultern.

»Ich könnte dir eine Ausbildung als Arzthelferin in meiner Praxis anbieten.«

Ich staunte. Ich hätte Dr. Adams nicht für so großzügig gehalten, auch wenn es ziemlich an meiner Berufswahl vorbeiging.

Noch ehe ich darauf antworten konnte, betrat Mrs Adams das Wohnzimmer, stellte den frischen Tee auf dem Beistelltisch neben dem Sessel ihres Mannes ab und verzog sich wieder.

Dr. Adams roch und nippte dann zustimmend am Tee, ehe er sich wieder mir zuwandte.

»Natürlich könntest du dann nicht länger hier bei uns im Haus ein und aus gehen. Ich wahre eine strikte Trennung zwischen meinen Angestellten und meinem Privatleben.«

Aha. Daher wehte der Wind.

»Das ist ein sehr großzügiges Angebot, Dr. Adams«, sagte ich förmlich.

Er nickte huldvoll. »Denk darüber nach. Das wäre wesentlich besser, als im Supermarkt Regale einzuräumen oder putzen gehen zu müssen.«

Seltsamerweise wurden meine Hände mit einem Schlag ruhig. Das Zittern hörte so plötzlich auf, wie es gekommen war.

»Zumal du zu Colin eh keinen großartigen Kontakt mehr haben wirst, wenn er nach Bristol geht, um Medizin zu studieren.«

Colin auf dem Sofa mir gegenüber straffte sich, schien sich dann aber nicht zu trauen seinem Vater zu widersprechen.

»Ach, du möchtest Medizin studieren?« Ich tat, als wäre ich überrascht.

Colins Blick war verzweifelt.

»Du kippst doch jedes Mal um, wenn du Blut siehst. Hat sich das gebessert?«

Es konnte ja nicht schaden, Dr. Adams immer mal wieder daran zu erinnern, dachte ich. Aber es half nicht.

»Das legt sich während des Studiums«, winkte Dr. Adams mit heiserer und endgültiger Stimme ab.

»Mein Angebot steht, Meredith. Du kannst mir bis zu den Herbstferien Bescheid geben. Ich werde schon mal einen Vertrag aufsetzen. Und jetzt muss Colin weiter lernen. Doris wird mit dem Hund rausgehen. Auf Wiedersehen, Meredith.«

Colin und ich wechselten einen Blick. Er bedauernd und ich vor Wut kochend. Aber um Colin keine Unannehmlichkeiten zu bereiten, schwieg ich und ging.

16. Kapitel

Am nächsten Tag war es so heiß, dass Shakti, Rebecca, Colin und ich uns gegen die Mensa entschieden. Wir saßen draußen in der Sonne und warteten auf Chris, der nach seinem Fußballkurs wahrscheinlich noch unter der Dusche stand.

Die Wiese des Collegegeländes war bei diesem warmen Wetter gut gefüllt. Shakti hatte sich aus einem Blatt Papier einen Fächer gefaltet und Rebecca hatte ihr Shirt ausgezogen, mit der Behauptung, ein Top darunter zu tragen. Ein Top, das verdächtig nach Unterhemd aussah und damit wieder ihrem flippigen Stil entsprach. Im krassen Gegensatz zu ihrem Aussehen lud sie uns zu einem eher schicken Reitturnier kommenden Samstag ein.

Pferde waren Rebeccas Leidenschaft, seit sie von ihrem Vater vor fünf Jahren Salomon geschenkt bekommen hatte. Einen braunen Wallach, den sie heiß und abgöttisch liebte. Das war aber auch das Einzige, was sie noch mit dem kleinen blonden Mädchen mit Zöpfen verband, das sie einst war.

Für uns war es selbstverständlich, dorthin zu gehen. Wir gingen auch zu den Fußballspielen von Chris oder den Aufführungen der Bauchtanzgruppe von Shakti, und die anderen kamen zu den Konzerten von Colins und meiner Brassband.

Das war eine Art ungeschriebenes Gesetz und davon abgesehen machte es durchaus Spaß. Gerade die Bauchtanzaufführungen waren immer lustig. Meist endeten sie damit, dass wir mittanzten.

Ich hatte Shakti und Rebecca von Dr. Adams großzügigem Angebot erzählt und beide hatten sich vor Lachen gekringelt.

Mir selber war aber nicht zum Lachen zu Mute.

Die Musikprobe am Abend zuvor war zäh gewesen. Mark, unser Dirigent, wurde langsam nervös, da einzelne Passagen noch nicht funktionierten. Allem voran bekamen die Tenorhörner seine schlechte Laune ab, weil sie die Läufe nicht richtig beherrschten. Es war das wichtigste Konzert des Jahres für unsere Band und Mark hatte einen Hang zum Perfektionismus, der uns alle nicht wenig nervte. Andererseits wollten wir im Nachhinein natürlich wie jedes Jahr gesagt bekommen, dass unsere Brassband eine der besten der Umgebung sei. Nur deswegen ertrugen wir auch Marks gereizte Stimmung.

Colin und ich waren anschließend noch eine Runde mit Wall-E gegangen, um über Mark, die Tenorhörner und das Sachsen-Festival zu schimpfen. Obwohl Letzteres eigentlich nicht so schlimm war. Im Gegenteil. Es war nach Weihnachten das Highlight für jede Familie in Lansbury. Mum hatte mir erzählt, dass Mrs Gibbons in ihrem Stoffgeschäft bereits alle dunklen und erdfarbenen Stoffe ausverkauft hätte und nun in größter Eile weitere Kostüme für das Festival schneiderte.

»Ich freue mich auf das Fest«, sagte Shakti. »Ich finde dieses grüne Kleid so herrlich. Es glänzt so schön und betont die Augen, einfach traumhaft.«

»Du hast doch immer etwas Glänzendes an.« Rebecca wies auf

Shaktis langen, roten Rock, den sie heute zusammen mit einer weißen Tunikabluse trug.

»Ich meinte doch nicht meins, sondern Merediths Königinnengewand«, stellte Shakti klar. »Und ich bin gespannt, wer dieses Jahr ihren König Alfred spielt. Der von letztem Jahr war ja wirklich sehr adrett.«

»Das war er. Er sah ein wenig aus wie Alexander Skarsgård«, seufzte Rebecca. Dann musterte sie mich und ich wusste genau, dass sie sich mich gerade im Sachsenkleid vorstellte. »Weißt du, Meredith, wenn du mal nicht immer diese unförmigen Hornbrillen vom Flohmarkt tragen würdest, sondern Kontaktlinsen, könnten dir die Männer viel besser in die Augen schauen und würden auch eher mal mit dir flirten.«

»Kann man das mit Brille nicht?«, tat ich erstaunt. »Mir tun sich neue Welten auf. Es liegt an meiner Brille!«

Ich nahm sie ab und betrachtete sie staunend.

»Oh! Ihr habt Recht! Jetzt sehe ich alles verschwommen, wie durch einen Schleier. So könnte ich sogar das arrogante Auftreten übersehen, das der letztjährige *Alexander Skarsgård* hatte. So verschwommen hätte ich nicht mitbekommen, dass er sich an allen Ständen heimlich etwas zu essen oder zu trinken mitnahm. Stimmt! Ohne Brille hätte ich das alles nicht wahrgenommen und mit ihm flirten können.«

»Er hat was?«, fragte Rebecca und sah richtig entsetzt aus.

Das schadete ihr nicht. Ihr ständiges Herumnörgeln an meiner Brille oder Colins Frisur ging mir auf die Nerven. Deswegen machte ich weiter. »Hatte ich das nicht erzählt? Aber ich nehme es schon gar nicht mehr wahr. Jetzt wo ich meine Brille abgesetzt habe, sehe ich vieles in einem anderen Licht. Shelby zum Beispiel sieht aus wie Christina Aguilera, und Colin – Mensch, ohne Brille bist du ein wahrer Orlando Bloom!«

Alle drei lachten, weil Colin auch verschwommen noch weit von einem Orlando Bloom entfernt war.

»Was ist denn hier los?« Chris war zu uns gestoßen.

»Oh! Da kommt Jensen Ackles.« Im Gegensatz zu Colin und Orlando Bloom kam dieser Vergleich ziemlich gut hin. Ich sah hinter Chris einen Ball durch die Luft fliegen und spann das Ganze weiter. »Und mit ihm ein UFO. Übernatürliche Phänomene? *If there's something strange in your neighbourhood who you gonna call?*«

»GHOSTBUSTERS«, riefen Shakti, Rebecca und Colin im Chor.

»Habt ihr was geraucht?«, fragte Chris und ich setzte meine Brille wieder auf.

»Mir ist nur gerade gesagt worden, ich könne ohne Brille besser flirten«, klärte ich ihn auf.

»Nenn mich weiterhin Jensen Ackles und es klappt«, sagte er grinsend. Seine Haare waren noch feucht und er hielt etwas hinter seinem Rücken.

»Was hast du da?«, fragte ich, jetzt wieder im Vollbesitz meiner Sehkraft.

»Ist euch nicht warm?«, fragte er unschuldig.

»Doch«, gestand Shakti und fächelte sich mit ihrem Blatt Luft zu.

»NEIN!«, rief ich, weil ich ahnte, was jetzt kommen würde. Zu spät.

Chris hatte eine volle Flasche Wasser hinter seinem Rücken hervorgezogen und spritzte uns damit nass.

Shakti und Rebecca sprangen kreischend auf, während Colin in seine Tasche griff, eine weitere Wasserflasche hervorholte und zurückspritzte. Ich half ihm.

Innerhalb weniger Sekunden sah ich wieder alles verschwommen, weil meine Brillengläser nass und fleckig waren.

Ich nahm die Brille ab, um sie sauber zu wischen, und bekam die nächste Ladung Wasser übergekippt.

Mein zu langes Ponyhaar hing mir weit über die Stirn, doch als ich es zurückschob, fiel mir etwas ins Auge.

Ich sah zwei Gestalten vorübereilen, die Sachsenkostüme mit Kapuzen trugen und miteinander sprachen. Verblüfft blinzelte ich, denn sie gingen geradewegs durch den nächsten Wasserstrahl hindurch, den Chris verspritzte, *und blieben trocken*!

Dann drehte sich einer von den beiden um, wobei ihm die Kapuze herunterrutschte – er trug diese nicht sehr schmeichelhafte Mittelalterfrisur auf dem Kopf, bei der nur ein Haarkranz übrig blieb – und sah mir direkt in die Augen. Er hatte grüne Augen. Genauso grüne Augen wie ich.

Wie konnte ich das überhaupt ohne Brille auf die Entfernung von sechs Metern erkennen?

Ich blinzelte, ein weiterer Wasserstrahl traf mich, und als ich die Brille wieder aufsetzte, waren die beiden verschwunden. Wie vom Erdboden verschluckt. Und das, obwohl wir mitten auf der Wiese waren, fünfzig Meter von jedem Hindernis entfernt.

»Meredith, denk wirklich mal über Kontaktlinsen nach«, hörte ich Chris rufen. »Die beschlagene Brille verzögert auch deine Reaktionen. Du bist über und über nass.«

17. Kapitel

Der Mathekurs fiel aus, weil Miss Doyle in der zweiten Stunde schlecht wurde und sie nicht mehr schnell genug die Toilette aufgesucht bekam. Da nicht jeder Klassenmülleimer dran glauben sollte, hatten wir eine Freistunde.

Ich wollte sie nutzen und meine Physikhausaufgaben fertig machen. Aber nicht mit dem Spülwasserkaffee aus der Mensa. Der Gedanke an einen Cappuccino aus dem Circlin' Stone ließ mich meinen Rucksack schultern und lostraben. Die zehn Minuten Weg waren es wert, der Schwimmunterricht begann ohnehin erst wieder in zwei Stunden.

Im Circlin' Stone angekommen suchte ich nach einem geschützten Platz und hatte Glück. Genau in diesem Moment wurde eine kleine Tischgruppe hinter der riesigen Yuccapalme in der Ecke des Raums frei.

Die Palme war total verstaubt und nicht unbedingt appetitlich, aber man konnte sich hinter ihr verstecken und trotzdem einen Teil der Bar überblicken. Einen in meinen Augen sehr sehenswerten Teil der Bar. Brandon spülte und polierte dort die Gläser. Mein Herz schlug ein wenig schneller bei seinem Anblick.

Ich breitete meine Physiktabellen über statisch elektrische Felder auf der Tischplatte aus und begann mit der Zeichnung von Feldlinien und Punktladungen, als ich jäh unterbrochen wurde.

»Hallo, Marybeth. Möchtest du wieder eine … einen Kakao?«

Ich seufzte. Trotz meines sorgfältig ausgewählten Sitzplatzes hatte genau die Person mich gefunden, der ich eigentlich hatte ausweichen wollen. Elizabeth. Ehrlich, ich mochte sie nicht. Obwohl sie ungefähr so alt wie ich sein musste, verkörperte sie all das, was ich an Erwachsenen schon als Kind gehasst hatte. Es fehlte nur noch, dass sie mir die Wange tätschelte.

»Ich möchte einen Cappuccino. Danke.«

Ohne sie weiter zu beachten, beugte ich mich über meine Zeichnungen.

Und schaute auch dann nicht auf, als sie mir fünf Minuten später eine Tasse auf den Tisch stellte, sah aber aus den Augenwinkeln, dass der Keks fehlte.

Was nicht nur mir aufzufallen schien.

»Der Keks fehlt«, sagte eine mir wohlbekannte Stimme, deren Eigentümer sich mir gegenüber auf den Stuhl fallen ließ.

Jetzt sah ich doch auf.

»Ich muss arbeiten, Theodor.«

»Du musst immer arbeiten«, entgegnete er ungerührt. »Ich nehme auch einen Cappuccino.« Elizabeth nickte und verschwand in Richtung Theke. Theodor sah ihr nach. »Eine neue Bedienung? Hübsch.« Bei Theodor reichte es üblicherweise, nichts zu sagen. Er führte gerne Monologe. Und weil ich auch denen nicht meine Aufmerksamkeit schenken wollte, wandte ich mich wieder meinen Zeichnungen zu. »Die ist noch nicht lange hier. Hat sie einen Freund? Bei der Figur bestimmt. Und diese Haare. Früher hat man ja Frauen wegen solcher Haare verbrannt, aber ich war schon immer der Ansicht, dass die nur verbrannt wurden, weil die Inquisitoren bei solchen Frauen keine Chance hatten.«

Ich nahm einen großen Schluck von meinem Cappuccino und versuchte das monotone Gelaber auszublenden. Umsonst. Theodor begann eine Geschichte über eine Prozessakte aus dem sechzehnten Jahrhundert zu erzählen. Wie immer schien es ihn nicht sonderlich zu interessieren, ob man ihm nun zuhörte oder nicht. Warum studierte er bloß Jura? Er wäre perfekt als Professor, der seine Thesen doziert und dem es egal ist, ob die Studenten aufpassen oder nicht.

Ich konnte mir Theodor einfach nicht in einem Gerichtssaal vorstellen. Weder als Staatsanwalt noch als Richter und vor allem nicht als Verteidiger. Die Geschworenen würden einschlafen, noch ehe das Plädoyer fertig vorgetragen war. Allerdings war seine Stimme auch wie ein Tinnitus im Ohr. Nervig und immer auf einer Höhe. Ich konnte mich absolut nicht auf die Physikaufgaben vor mir konzentrieren.

»Was willst du, Theodor?«, unterbrach ich schließlich seinen Monolog und sah ihn direkt an.

»Dad hat dir ein Angebot gemacht, habe ich gehört.« Blödmann. Ich hätte voraussehen müssen, dass er irgendwann darauf herumreiten würde. »Ich habe Dad auch sofort erklärt, dass du das nie und nimmer annehmen wirst.«

»So, hast du.« Ich trank den Rest meines Cappuccinos in einem Zug leer. Ich hätte mir besser einen Irish Coffee bestellt.

Theodor nickte gewichtig, während Elizabeth mit seiner Tasse erschien. Und meine leere sah.

»Möchtest du noch einen, Marybeth?«

»Ja, bitte.«

Sie verschwand wieder und Theodor grinste höhnisch.

»Wieso nennt sie dich Marybeth?«

»Sie ist leider etwas zurückgeblieben.«

Er blickte den wallenden Locken nach, die an den besetzten Tischen vorbeiwippten.

»Man kann wohl nicht alles haben. Schönheit und Intelligenz. Womit wir wieder bei dir wären.«

Ich sagte ja: Blödmann.

»Ich weiß von Vikar Hensley, dass du dich für das Stipendium an der Uni in Bath beworben hast und deine Chancen sehr gut stehen. Das habe ich Dad versucht zu erklären. Nur – du kennst ihn.« Er zuckte entschuldigend mit den Achseln. »Er ist davon überzeugt, dass du ihm für den angebotenen Job dankbar sein solltest. Weil es dem Umfeld entspräche, aus dem du stammst.«

»Dem Umfeld, aus dem ich stamme?«, wiederholte ich ungläubig.

»Er betonte vor allem, es sei eine Steigerung zu den Berufen, die deine Eltern ausübten.«

Beide hatten wir Elizabeth nicht kommen sehen.

»Hier, Marybeth.«

»Meredith. Sie heißt Meredith«, sagte Theodor zu ihr. Ganz langsam, als wolle er es im nächsten Moment buchstabieren.

Elizabeth sah erst ihn und dann mich an und wurde schließlich knallrot im Gesicht.

»Ich hatte gedacht, Colin hätte dich Marybeth genannt.«

Sah so etwa ihre Entschuldigung aus? Wenn ja, musste sie in dieser Richtung noch üben.

»Colin? Meinst du etwa Colin Adams?«, fragte Theodor und sah mich an. Ich war kurz davor, mit den Augen zu rollen. Nicht nur, weil er Elizabeth nun tatsächlich behandelte wie eine Beschränkte, sondern weil er jetzt auch noch eifersüchtig zu sein schien. Er wandte sich wieder dem Mädchen zu und streckte ihr die Hand entgegen.

»Ich bin Colins Bruder Theodor. Ich studiere Jura in Oxford.«

War das etwa sein Anmachspruch? *Ich studiere Jura in Oxford?* Vielleicht sollte er auch mal Unterricht bei Chris nehmen.

»Du bist neu hier. Wenn du Hilfe brauchst, kannst du dich an mich wenden. Soll ich dir meine Nummer aufschreiben?«

Ohne ihre Antwort abzuwarten, nahm er ihr den Bestellblock und Stift (Colins Bleistift) aus der Hand und kritzelte in seiner winzigen Schrift eine Handynummer drauf.

»Und es ist üblich, dem Cappuccino einen Keks beizulegen. Bring ihn noch nach.«

Elizabeth starrte ihn und dann mich an.

»Hast du nicht was vergessen?«, fragte ich Theodor und fühlte mich mit einem Mal etwas besser.

»O ja. Hier.«

Er reichte den Bestellblock und den Stift zurück und Elizabeth verschwand.

»Ich hatte eigentlich mehr an das Wörtchen *Bitte* gedacht.«

Theodor sah noch immer den roten Locken nach.

»Ich werde gleich Danke sagen. Das muss reichen.«

Wenn er meinte.

»Kommen wir doch einfach noch mal zu dem Punkt, was du hier willst. Von mir.«

Theodor schüttete sich drei Teelöffel Zucker in seine Tasse und begann wieder mit dieser monotonen Stimme von meinem Stipendium zu reden.

»Theodor!«, unterbrach ich ihn ungehalten. *»Was willst du hier?«*

»Hab ich doch gesagt. Ich habe Dad erklärt, dass du sein Angebot ausschlagen wirst. Du sollst nur wissen, dass er trotzdem versuchen wird deinen Umgang mit Colin zu unterbinden.«

»Das ist mir auch schon vorher klar gewesen«, sagte ich mürrisch. Das war es, aber es ausgesprochen zu hören war trotz allem bitter.

»Ich wollte dich nur wissen lassen, dass Dad dich nicht gut genug kennt. Er ist kein schlechter Mensch. Er ist halt nur …« Er suchte nach dem richtigen Wort.

»Stur?«, half ich ihm weiter. Theodors Miene verfinsterte sich.

»Du redest immerhin von meinem Vater, Meredith. Und von Colins Vater, falls ich dir gleichgültig sein sollte. Denk einfach daran, was dein Vater ist, und dann wirst du meinen wohl kaum verurteilen können.« Er nippte an seinem Cappuccino und stellte die Tasse dann angewidert ab. Dabei sah er Dr. Adams zum ersten Mal verblüffend ähnlich. Gleiche Mimik, gleiche Geste.

»Der schmeckt hier einfach nicht. Es geht nichts über den Kaffee im *Vaults & Garden* in Oxford. Den werde ich ab morgen wieder genießen.« Damit erhob er sich endlich und ich schob ihn gedanklich mit Tritten in sein Hinterteil zur Tür hinaus. Doch vorher drehte er sich noch einmal zu mir um. »Ich weiß, dass du Dads Angebot ausschlagen wirst. Du solltest dir aber wirklich darüber im Klaren sein, dass Colin der Umgang mit dir schwer gemacht werden wird. Und du kennst Colin. Er konnte Dad noch nie die Stirn bieten.«

»Im Gegensatz zu dir?«, vergewisserte ich mich und schob meine verrutschte Brille zurück auf den Nasenrücken.

»Im Gegensatz zu mir«, bekräftigte Theodor und setzte sein Frettchengrinsen auf. »Zwar ist kein Adams schwach – wie Dad uns immer wieder eintrichtert –, aber es gibt eben noch stärkere. Du solltest dir den richtigen Adams aussuchen.«

»Der Keks.« Elizabeth war erneut am Tisch aufgetaucht.

Theodor stopfte ihn sich auf einmal in den Mund und spuckte ein paar Krümel beim »Danke« heraus. Dann legte er abgezählte zwei Pfund zwanzig hin und ging. »Du kannst den Rest behalten.«

»Der Cappuccino kostet zwei fünfzig«, sagte Elizabeth zu mir gewandt.

Frustriert kramte ich die restlichen dreißig Pence aus meinem Geldbeutel.

»Heißt du wirklich Meredith?«, wollte Elizabeth wissen, als sie das Geld entgegennahm.

Ich nickte.

Sie lächelte ein wenig zaghaft. »Ich bring dir auch noch einen Keks.«

Kurz darauf sah ich sie hinter der Theke mit Brandon reden. Den hatte ich wegen Theodor ganz vergessen. Er sah zu mir herüber und grinste breit.

Mir wurde heiß und ich beugte mich schnell über meine Zeichnungen. So fest ich konnte, konzentrierte ich mich auf das Bild des homogenen elektrischen Feldes vor mir und war wenig später wieder darin eingetaucht.

Erst als ich einpackte, entdeckte ich den Keks am Rand meiner leeren Tasse. Vielleicht würde ich ihr doch eine zweite Chance geben. Trotzdem hoffte ich, Brandon würde vergessen, dass ich mit ihr shoppen gehen sollte.

18. Kapitel

Der Donnerstagmorgen brachte ein wenig Aufregung. Zumindest was die Busfahrt in Richtung Cromwell Logistics betraf. Sie glich einem Schultag mit meinen Freunden zu Secondary-School-Zeiten und wir hatten herrlich viel Spaß dabei.

Den Rundgang durch das Logistikunternehmen selbst stellte ich mir recht langweilig vor, aber der anschließende Besuch des STEAM Railway Museums, wo Teile der Serie *Warehouse* 13 gedreht worden waren, und dem auf dem Gelände befindlichen Designer Outlet klang vielversprechend.

Das gigantische Logistikzentrum stellte sich dann aber – auch wenn es mich zuerst nicht interessiert hatte – als ziemlich beeindruckend heraus. Stuart Cromwell war vor neun Jahren in Swindon aufgetaucht und hatte eigentlich nur eine kleine Ein-Mann-Firma gegründet. Er hatte mit einem Lkw angefangen und innerhalb von sechs Jahren ein wahres Imperium auf die Beine gestellt. Vor drei Jahren hatte er die Tochter eines Scheichs aus Dubai geheiratet und sein Unternehmen noch weiter vergrößert.

Die Dame, die uns durch die Hallen führte, erklärte, er habe es geschafft, in neun Jahren zwanzig Länder zu bedienen, und langweilte uns dann mit den genauen Zahlen, wie viele Lkws, Flugzeuge und Mitarbeiter Cromwell Logistics inzwischen beschäftigte.

Die Anzahl der Havarieschiffe bekamen wir nicht mit, weil Rebecca lauthals gähnte und das so ähnlich wie »Angeber« klang.

Sie erntete dafür einen tadelnden Blick von unserem begleitenden Lehrer Mr Vines. Zumindest unsere Stimmung hatte sie damit gehoben.

Das Gebäude war ultramodern. Viel Glas, viel Alu, viel Grau. Und auch die Frau, die uns durch die Räume führte, war eine ultramodern herausgeputzte Businessfrau in passend farblosem Kostüm auf Stöckelschuhen mit Absätzen von mindestens zehn Zentimetern. Die hätten auch unter eine Lederkorsage auf Netzstrumpfhosen gepasst.

Die Jungs in unserem Jahrgang glotzten sie die ganze Zeit über an. Ihre Haare waren zu einem perfekten Dutt aufgedreht und der Ausschnitt ihrer weißen Bluse vielversprechend. Anfangs hatte ich noch gedacht, ich sollte sie dezent auf den deutlich sichtbaren Ansatz ihres schwarzen Spitzen-BHs aufmerksam machen, aber weil sie Fiona aus meinem Mathekurs einen strengen Blick zuwarf, als sie die Hand hob, um etwas zu fragen, ließ ich es und den Jungs ihren Spaß.

»Ich wette, niemand hat ihr zugehört«, raunte ich Colin zu, als wir der Frau ins Callcenter folgten.

»Was sagst du?«, fragte Colin.

Ich stieß ihm in die Seite.

Das Callcenter war noch moderner und überall standen Figuren aus Glas und Marmor herum. Die Firma musste einen schrägen Sinn für Kunst haben, den ich nicht verstand. Aber Rebecca sagte immer, ich würde ohnehin nichts von Kunst verstehen.

»Meine Güte, ich fasse es nicht«, rief die Businessfrau auf einmal aufgeregt. Ihre Stimme wurde etwas schrill.

»Ihr habt das außerordentliche Glück, Mr Cromwell höchstpersönlich sehen zu können. Dort hinten steht er.«

Sie strich sich mit der flachen Hand über ihren Dutt und leckte sich die Lippen.

»Ob sie ihn fressen will?«, fragte ich Colin leise.

Natürlich starrten wir alle in die von ihr angegebene Richtung und sahen dort einen Mann in einem teuer wirkenden Anzug mit zwei weiteren Angestellten reden. Er war groß, hatte braune Haare und trug zu seinem sehr gut sitzenden Anzug eine goldgelbe Krawatte. Es war ein recht attraktiver Mann irgendwo um die dreißig.

Unsere Fremdenführerin bekam Schnappatmung, als er dann auch noch unsere Gruppe entdeckte und auf uns zukam.

Ich stieß Colin in die Rippen und deutete auf Shakti, die mit großen Augen und offenem Mund dastand. Anscheinend hatte die Ehrfurcht unserer Führerin auf sie abgefärbt.

Mr Cromwell seinerseits lächelte uns wohlwollend zu und begrüßte seine Angestellte mit Händedruck.

»Wenn sie jetzt knickst, kann ich mich nicht halten«, flüsterte ich Colin zu. Aber er befand sich nicht mehr neben mir. Ich sah mich um. Er stand neben Shelby, die aussah, als sei sie am Heulen. Nein, sie war am Heulen. Die Pandaringe um ihre Augen hatten sich in spitze Rauten verwandelt, die bis zur Kinnlinie reichten.

Was hatte ich da nicht mitbekommen? Und wieso kümmerte sich Colin darum?

Gerade reichte er ihr ein Taschentuch und redete beruhigend auf sie ein. Sie schnäuzte sich und die beiden sprachen leise miteinander. Ich konnte von meiner Position aus kein Wort verstehen. Das wunderte mich, denn im gleichen Augenblick fiel mir auf, wie ruhig es war. Außer Mr Cromwell sprach niemand. Meine Mitschüler starrten den Mann wie gebannt an. Nicht nur Shakti stand jetzt mit weit geöffnetem Mund da. Auch zwei Mädchen aus meinem Physikkurs, einer der Jurastudenten und – ich staunte nicht schlecht – Rebecca.

Sogar der sonst eher ungerührte Chris direkt vor mir schien beeindruckt zu sein. Neugierig betrachtete ich Mr Cromwell genauer. Er war eine sehr gepflegte Erscheinung und wirkte wie die Gentlemen, die man im Fernsehen in der Nähe der St. James Street in London sah.

Was mich am meisten verwunderte, war sein Alter. Ich hatte ihn immer auf ungefähr vierzig geschätzt. Jetzt sah ich, dass er zehn Jahre jünger war.

Mir fiel auf, dass er jedem seiner Zuhörer nacheinander in die Augen blickte. Mich schien er zu übersehen, da ich noch immer hinter Chris stand, aber ich verstand, warum ihm alle so gebannt lauschten. Er erweckte den Eindruck, als hätte er mit jedem von ihnen ein Gespräch unter vier Augen, als nähme er jeden als eigenständige Persönlichkeit wahr.

Daran sollte sich die Businessfrau mit ihrem langweiligen Monolog ein Beispiel nehmen.

Stuart Cromwell hatte eine fast schon elektrisierende Aura. Ich schaute mich um. Ob Colin das auch mitbekam?

Wo waren er und Shelby überhaupt hin?

Ich ging einen Schritt zurück, dann noch einen und noch einen, bis ich um die nächstliegende Ecke schauen konnte.

Nichts. Wo konnten sie nur hin sein?

Ich schlenderte wieder zum hinteren Rand der Gruppe, wo Cromwell noch immer alle in seinen Bann zog, und hörte seiner Rede zu, während meine Augen den Saal durchstreiften. Was er sagte, klang gar nicht mal so schlecht. Er pries sich und sein Unternehmen nicht wie die Business-Barbie in den Himmel, sondern erklärte sachlich, wie man sinnvoll wirtschaftete.

Dennoch konnte ich mich nicht mehr richtig konzentrieren. Meine Gedanken kehrten immer wieder zu Colin und Shelby zurück. Weshalb hatte sie geheult? Sonst war sie doch immer so taff. Ich glaube, ich hatte sie zum letzten Mal in der Grundschule heulen sehen. Und damals hatte sie sich einen Arm gebrochen.

Schließlich siegte meine Ungeduld. Ich machte wieder ein paar Schritte nach hinten und warf einen Blick in Mr Vines' Richtung. Jener hing an Cromwells Lippen. Kurzerhand huschte ich um die Ecke und lief den Gang bis zu seinem Ende entlang.

Dort öffnete ich die nächstbeste Tür. Wieder ein Gang. Mit einer Menge abzweigender Türen nach links und rechts. Wie in einem Horrorfilm, wo das Opfer an jeder Tür rüttelt, um dem Serienmörder zu entkommen.

Zum Glück hatten die Türen alle Schilder. Das erste, auf das ich sah, zeigte WC.

Warum nicht? Kurzerhand nutzte ich die Gunst der Stunde.

Als ich fünf Minuten später wieder in den Gang trat, war ich dort nicht mehr allein. Genau genommen rannte ich prompt in jemanden hinein.

Und zwar in Stuart Cromwell höchstpersönlich, der anscheinend gerade das Örtchen aufsuchen wollte, das ich verließ.

Er starrte mich an. Entsetzt.

Erschrocken betrachtete ich das Schild neben der Tür noch mal genauer. Ach herrje. Das Wort »Männer« hatte ich übersehen.

»Es tut mir leid«, sagte ich und wich zur Seite, um ihm Platz zu machen.

Er blinzelte zwei Mal, doch dann setzte er das charmante Lächeln von vorhin auf.

»Sie gehören zu der Schülergruppe, nicht wahr?«

Ich nickte. »Ich wollte nur gerade …«, und deutete auf die geschlossene WC-Tür.

»Verständlich und menschlich.« Also ehrlich, Cromwell war wesentlich sympathischer als seine Angestellten. »Es wundert mich nur, dass man sie hierhergeschickt hat. Hier beginnt die Management-Abteilung.«

Dumm gelaufen, Meredith. »Niemand hat mich geschickt, Mr Cromwell. Ich habe die nächstbeste Tür geöffnet und war drin.«

Jetzt hob er überrascht eine Augenbraue.

»Und woher kennen Sie den Sicherheitscode zu diesem Bereich?«

Jetzt starrte ich ihn an. Sicherheitscode? Was für ein Sicherheitscode?

»Sie sind mir schon vorhin aufgefallen. Sie standen ganz am Ende der Gruppe und sahen ein wenig gelangweilt aus. Hat unsere gute Diana wieder zu dick aufgetragen?«

Er wurde mir immer sympathischer.

»Ein bisschen. Aber Ihre Erläuterungen waren dafür sehr interessant. Sie sollten selber Besucher durch Ihr Werk führen.«

Cromwell lachte.

»Lieber nicht. Mich würden desinteressierte junge Menschen abschrecken.«

»Wenn Sie etwas zu sagen haben, bei dem es sich zuzuhören lohnt, wird das schon nicht passieren«, setzte ich dagegen.

Er kniff ein wenig die Augen zusammen. »Sie gefallen mir. Wie heißen Sie?«

»Komme ich dann auf die schwarze Liste beim Pförtner?«, fragte ich vorsichtig.

Jetzt lachte er schon wieder. »Nein, bestimmt nicht. Aber Menschen wie Sie kann ich immer gebrauchen. Aufgeschlossen, intelligent und nicht auf den Mund gefallen. Mal abgesehen von Dianas Aufschneiderei, wie gefällt Ihnen die Führung?«

»Ich bin beeindruckt«, gestand ich – aber vor allem war ich von ihm beeindruckt.

»Hätten Sie Interesse an einer Anstellung?«

Jetzt klappte mir die Kinnlade herunter.

»Ich habe so ein Gefühl, Sie könnten sehr gut in unser Team passen. Melden Sie sich nächste Woche am Donnerstagnachmittag bei meiner Sekretärin. Sagen wir so gegen siebzehn Uhr. Verraten Sie mir Ihren Namen?«

»Wisdom. Meredith Wisdom.«

»Sehr schön, Miss Wisdom. Dann hoffe ich Sie hier bald wiederzusehen.«

Er schüttelte erneut meine Hand. Sein Lächeln war einnehmend und merkwürdig vertraut.

»Aber jetzt würde ich gern da hinein.« Er deutete auf die Toilettentür hinter mir.

»Und ich muss zu meiner Gruppe zurück«, sagte ich schnell und machte mich auf den Weg zurück ins Callcenter.

An der Tür zum Gang drehte ich mich noch einmal um.

Er stand noch immer da, wo ich ihn verlassen hatte, und sah mir nach. Ein Kribbeln kroch meinen Nacken hoch. Allerdings war es nicht auszumachen, ob es ein angenehmes Kribbeln war oder eines, das Angst heraufbeschwor. Letzteres wäre durchaus möglich, weil ich diese Chance auf keinen Fall versieben wollte.

Draußen auf dem anderen Gang lief ich schnell dahin zurück, wo meine Mitschüler zuletzt gestanden hatten. Und sah gerade noch Mr Vines um die nächste Ecke biegen. Ehe ich hinterherhechtete, fiel mir aber noch etwas ein und ich warf schnell einen Blick zurück. Mist. Von hier aus konnte man nicht erkennen, ob an der Tür am Ende des Gangs ein Sicherheitscode angebracht war oder nicht.

Der Rest der Führung war dann wieder so langweilig, wie sie angefangen hatte. Chris und die anderen Jungs begannen irgendwann Wetten darüber abzuschließen, wie man die Businesspuppe zu einem Date überredet bekäme.

Indem man Einladungen mit Cromwell unterschrieb.

Oder die Jahresumsätze der Wirtschaftsunternehmen von Swindon auswendig lernte.

Vielleicht reichte es auch, wenn man behauptete, FedEx sei nur das zweitgrößte Logistikunternehmen der Welt.

Ich hörte nur mit halbem Ohr zu. Mein persönliches Treffen

mit Cromwell ließ mich noch nicht ganz los und Shelbys Verschwinden war noch immer wundersam. Vor allem weil Colin auch nicht wieder aufgetaucht war.

Außerdem fühlte ich mich extrem aufgekratzt. War denn wirklich niemandem mein Fehlen aufgefallen? Ich wollte jetzt mit irgendjemandem darüber reden, aber Shakti schien die Führung durchaus zu gefallen und Rebecca flirtete gerade mit einem Jungen aus Shaktis Ökonomiekurs.

Colin tauchte erst wieder auf, als wir in den Bus stiegen.

Shelby war nicht mehr dabei.

Er blockte alle Fragen nach ihr ab und schien die ganze Heimfahrt über in Gedanken zu sein.

Wenigstens wartete Mum zu Hause. Die würde mir bestimmt zuhören.

»Meredith, Liebes, sei so gut und geh direkt auf dein Zimmer. Ich habe einen Kunden in der Küche sitzen.«

Mum kam mir zu Hause schon im Flur entgegen und hatte vorsorglich die Küchentür geschlossen, damit ich den Kunden nicht sah.

»Schon wieder?«, fragte ich enttäuscht.

»Eine halbe Stunde. Dann bin ich für dich da, ja?«

Sie lächelte mich entschuldigend an und huschte zurück in die Küche. Ehe die Tür wieder ins Schloss fiel, konnte ich eine blaue Handtasche erkennen und einen Schlüsselanhänger aus Plüsch in Giraffenform. Sehr passend für jemanden, der sich die Karten legen ließ.

Ich trottete die Treppe hoch und sortierte lustlos die Bücher, die ich für die Hausaufgaben brauchen würde. Das dauerte keine fünf Minuten. Danach legte ich mich aufs Bett und starrte Löcher an die Decke. Zum Glück hörte ich wenig später die Haustür.

Ich sprang auf und ging in die Küche.

Mum hatte die Karten verstaut und holte einen vorbereiteten Auflauf, den sie in den Backofen schob, sowie eine Schüssel Salat aus dem Kühlschrank.

»Wer war das?«, fragte ich neugierig.

Sie warf mir einen vorwurfsvollen Blick zu. »Du weißt genau, dass ich nicht über meine Kunden rede.«

Tatsächlich nahm sie die Privatsphäre ihrer kleinen Nebenbeschäftigung so ernst wie ein Arzt das Patientengeheimnis.

»Ich hätte mich auch einfach am Fenster auf die Lauer legen können«, antwortete ich grinsend.

»Ich sage nichts.«

»Auch nicht, was die Kundin über ihre Zukunft wissen wollte?«

»Wer sagt, dass es eine Frau war?«

»Ich habe ihre Handtasche gesehen. Verrate mir wenigstens eine von den Karten, die sie gezogen hat. Nur eine. Du brauchst auch nicht die Bedeutung der Karte zu nennen.« Das war ein kleines Spiel zwischen uns und ich wusste genau, Mum würde nichts sagen. Aber sie ging immer gern auf das Spielchen ein.

»Es war der Mähdrescher. Und jetzt kannst du mir sagen, wofür der steht.«

Ich grinste. »Dass demnächst eine Veränderung stattfinden wird. Sie wird sowohl Schlechtes als auch Gutes in sich tragen. Schlecht, weil ein Mähdrescher erst einmal das Korn umbringt, und gut, weil es dadurch zu Mehl verarbeitet werden kann und uns ernährt.«

»Haha«, sagte Mum trocken, aber jetzt grinste sie. »Erzähl mir von eurem Besuch bei Cromwell Logistics. Ich bin noch immer fasziniert von diesem Mann. Er hat innerhalb kürzester Zeit einen riesigen Konzern aufgebaut. Ich wüsste gern, wie man das macht.«

»Stell dir vor, ich habe ihn persönlich kennengelernt.« Aufgeregt erzählte ich von meinem Gespräch mit Stuart Cromwell.

Mum schaute mich mit großen Augen an. »Das ist wirklich toll, Meredith«, sagte sie ein wenig steif. »Aber ich möchte, dass du die A-Levels gut schaffst. Ein Job zwischendurch könnte anstrengend werden.«

»Keine Sorge, Mum. Ich bin noch immer die Beste in Physik und Mathe. Ich kann mir ja einfach mal ansehen, was sie mir für einen Job anbieten, und dann kann ich mich immer noch entscheiden. Außerdem ist das Schuljahr bald zu Ende und im nächsten Jahr reduzieren sich die Fächer auf drei A-Level-Kurse. Das sollte also gut zu schaffen sein.«

Mum nickte, wenngleich sie noch immer skeptisch aussah. Ich wusste, sie wollte nur mein Bestes und würde selber lieber einen weiteren Job anfangen, als mich nicht studieren zu sehen.

Zum Glück vertraute sie mir genügend, um das Thema vorerst unter den Tisch fallenzulassen. Stattdessen begann sie eines, das mir nicht so sehr lag.

»Ich habe dein Kostüm aus der Reinigung geholt. Das Fest kann also kommen.«

Ich verzog das Gesicht. Es war in Lansbury Brauch, dass sich jeder – wirklich JEDER – für das Sachsen-Festival verkleidete, so dass die ganze Kleinstadt an diesem Wochenende in frühmittelalterlichen Klamotten herumrennen würde. Oder zumindest in Kostümen, die mittelalterlich aussehen sollten, denn nicht selten hatten die Frauenkleider Pailletten an ihren Borten.

Als kleines Kind hatte ich es toll gefunden, mich drei ganze Tage lang verkleiden zu können. Doch diese Zeiten waren vorbei. Seit zwei Jahren hatte ich ein »Frauenkleid«, bei dem sich Mum besonders viel Mühe gegeben hatte. Ich hatte sie zwar gebeten mir einfach eine Hose mit passender Tunika zu nähen, aber davon hatte sie nichts wissen wollen. Ihr einziges Kind sollte hübsch aussehen und das schönste Kleid von allen tragen.

»Soll ich dir dieses Jahr beim Kuchenverkauf helfen?«, fragte ich sie.

»Nein, nein. Vikar Hensley und Bürgermeister Bentley waren extra bei mir in der Drogerie, um sich zu erkundigen, ob du wieder auf der Tribüne sitzen könntest.«

Das brachte mich dazu, mein Gesicht noch mehr zu verziehen.

Mum sah mich erschrocken an. »Magst du etwa nicht? Die verlassen sich auf dich.«

Ich begann wortlos den Tisch zu decken.

»Wenn es dir zuwider ist, kann ich ihnen bestimmt sagen, du würdest lieber Kuchen …«

»Schon okay, Mum.« Der Vikar und der Bürgermeister baten mich, seit ich dieses Kleid hatte, jedes Jahr darum. Und genau genommen gefiel mir deswegen das Sachsen-Festival nicht mehr. Aber eben das konnte ich Mum nicht sagen. Sie hatte Monate an dem Kleid gearbeitet, die Borten selbst gestickt, Holzperlen eigenhändig eingefärbt und daraufgenäht und für den Schleier hatte sie wochenlang sämtliche Märkte in Wiltshire abgesucht, um einen nicht synthetischen Tüllstoff zu finden.

Mein Kostüm war das bei weitem aufwendigste und authentischste aller Teilnehmer und deswegen wurde ich seit zwei Jahren darum gebeten, beim Ritterturnier die Ehrendame zu spielen. Eine denkbar langweilige Rolle. Vorher hatte ich mit Colin und den anderen über den Platz streunen können, einen Standdienst übernehmen und das Festival genießen. Jetzt musste ich an der Seite von Vikar Hensley, dem Bürgermeister und dem Alfred darstellenden Schauspieler über das Gelände wandeln oder lächelnd auf der Tribüne sitzen. Ich hasste es. Aber zumindest Mum war glücklich. Sie schnitt danach wochenlang sämtliche Zeitungsartikel über das Fest aus, weil ich immer darauf abgebildet war. Also tat ich es ihr zuliebe.

»Wir müssen dieses Jahr die Drogerie offen lassen«, sagte sie nun und stellte den Ofen aus.

Ich starrte auf ihren Rücken. »Was? Wieso?«

»Unser Chef, Mr Darabont, hat es veranlasst. Er meinte, es würde sich lohnen, weil so viele Touristen in der Stadt wären. Es soll schönes Wetter an dem Wochenende geben und man rechnet mit achttausend Besuchern. Davon braucht immer mal jemand was an Medikamenten, Deos, Sonnencreme oder anderem Zeugs.«

»Aber ... das kann er doch nicht machen! Außerdem würde das der Vikar doch niemals zulassen!«

Das wäre das erste Mal, normalerweise hatten alle Geschäfte in Lansbury am Sachsen-Festival geschlossen. Ohne Ausnahme. Was unter anderem daran lag, dass die Angestellten auf dem

Festival helfen sollten. Wenn jetzt allerdings die Drogerie damit anfing, weil sie sich satte Gewinne davon versprach …

»Der Vikar war auch dagegen, aber der Bürgermeister hatte schon seine Zustimmung gegeben. Er glaubt, es würde den Einzelhandel ankurbeln und Lansbury als zukunftsorientierten Ort dastehen lassen.«

Ich schnaubte verächtlich.

»Als Zugeständnis hat Mr Darabont veranlasst, dass wir an diesem Tag auch Kostüme tragen statt unserer rosafarbenen Kittel.«

»Wie ätzend. An einer vollelektronischen Registrierkasse im Mittelalterkostüm. Wo sind wir denn? Auf dem Kölner Karneval?«

Mum zuckte mit den Schultern. Arme Mum. Das gefiel ihr wahrscheinlich gar nicht. Vor allem würde sie mich dann nicht sehen können, wenn ich an der Seite des vermeintlichen König Alfred auf der Tribüne glänzte.

»Ich könnte sie erpressen«, sagte ich langsam. »Ich könnte sagen, dass ich nicht die Ehrendame spielen werde, wenn du arbeiten musst.«

Mum seufzte und lächelte mich dann liebevoll an. »Das ist süß von dir, aber ich befürchte, sie werden sich dann einfach eine andere suchen. Lass dir diese Chance nicht entgehen, nur weil du deiner alten Mutter helfen möchtest.«

»Stimmt, Mum, mit fünfundvierzig ist es wirklich schon an der Zeit, sich einen Sarg auszusuchen.« Ich zwinkerte ihr zu, aber sie ging nicht auf mein Necken ein. Ihr Blick war leer.

»Nach unserer Fahrt letzte Woche hatte ich einen ähnlichen Gedanken, Liebes.«

»Mum …«

Doch sie unterbrach mich und tätschelte meine Hand. »Ich weiß, wie du es gemeint hast. Nicht böse sein. So ist es nun mal. Sei so lieb und ignorier es. Mach beim Sachsen-Festival mit, spiele deine Rolle. Mir zuliebe, ja?«

Ja. So war es. Seit Jahren schon. Und trotzdem war es bitter. Aber natürlich würde ich meine Rolle spielen. Ihr zuliebe. Wie immer.

19. Kapitel

Dad war Freitag nach Hause gekommen und bereits Sonntagvormittag wieder gefahren. Natürlich machte ich mir Gedanken darüber, warum Dad schon sonntagvormittags eine Tour fahren musste. Normalerweise fuhr er über Nacht, wenn die Autobahnen leer waren. Aber er begründete es damit, dass er auf dem europäischen Festland eine Lkw-Ladung in die östlichen Staaten zu bringen habe und nicht abgehetzt fahren wolle, wegen des ungewohnten Rechtsverkehrs und so. Das verstand ich schon. Außerdem hatte er dieses Mal eine längere Fahrt mit mehreren Stationen vor sich und wäre zwei Wochen weg. Wobei ich dann wiederum nicht verstand, warum man vor so einer Reise vorzeitig seine Familie verließ.

Mum sah am Sonntag so traurig aus, dass ich ihr vorschlug Lansbury für ein paar Stunden zu verlassen.

Wir fuhren nach Bath, sparten uns allerdings den überteuerten Eintrittspreis für die römischen Bäder und flanierten durch den Prior Park. Auf der Rückfahrt hielten wir an einem Steinkreis – einem anderen, nicht dem unseren – und setzten uns in ein nahe liegendes Café. Es war voller Touristen. Unser Steinkreis lockte ja auch regelmäßig Schaulustige an, aber es waren nicht so viele wie hier. Unsere Kifferbande war da kleiner und weniger spektakulär. Mit Sicherheit war das auch der Grund, weshalb sich Alex

Parkins ausgerechnet Lansburys Kultstätte für seine Rituale ausgesucht hatte. Weniger Touristen, mehr Raum für ihn. Die Touristen wären mir lieber gewesen.

Mum und ich sprachen kaum miteinander. Sie hing ihren schwermütigen Gedanken nach und ich versuchte sie weitgehend in Ruhe zu lassen. Stattdessen lauschte ich den Gesprächen an den Nebentischen.

Gerade als sich der Mann vom Tisch gegenüber lauthals darüber ausließ, wie viele Opfer wohl in dem Steinkreis ihr Leben gelassen hätten, klingelte mein Handy.

»Hallo. Spreche ich mit Meredith?«

Ich stutzte. Diese Stimme war unverwechselbar. Sofort begann mein Herz schneller zu schlagen.

»Ja. Hallo Brandon.«

Mum sah auf und lächelte. Wenigstens war sie nicht ganz fern.

»Hallo Meredith. Deine Freunde sitzen hier und du fehlst und da dachte ich, ich rufe dich schnell an.«

Hatte er gehofft, ich käme heute ins Circlin' Stone? Mir wurde warm. Und dann sogar richtiggehend heiß. Er vermisste mich! Mich! Moment mal. *Mich?*

Langsam roch ich den Braten.

»Du möchtest wissen, wann ich mit Elizabeth zum Shoppen gehen kann, richtig?«

»Wir beide haben am Dienstagnachmittag frei. Wann hast du Unterrichtsende?«

»Um vier. Du kommst auch mit?«, fragte ich perplex.

»Ich komme nach. Wenn ihr mit dem Bus fahrt, bringe ich sie zur Haltestelle …«

»Nicht nötig«, sagte ich schnell. »Ich komme sie mit dem Auto abholen.«

Brandon hörte sich erleichtert an. »Danke, Meredith. Sie wird vor dem Circlin' Stone auf dich warten. Wir sehen uns dann am Dienstag.«

Er legte auf, ohne meine Antwort abzuwarten.

Mum sah mich neugierig an.

»Mach dir keine Hoffnungen, Mum. Brandon möchte nur, dass ich seiner *Cousine*«, das Wort betonte ich extra, »beim Einkleiden helfe.«

Mum lächelte. »Wie nett. Das bedeutet, dass er dir vertraut.«

»Zumindest so weit, dass ich seine Cousine nicht abschleppe und ihr das Nachtleben von Swindon zeige. Ich würde eher sagen, er findet mich langweilig.« Langweilig genug, um sie meiner Obhut zu überlassen.

»Meredith, du siehst das ein wenig zu negativ. Du bist nicht hässlich und du bist klug. Wieso sollte er dich nicht interessant finden?«

Natürlich fiel mir auf, dass Mum mich als »nicht hässlich« statt »hübsch« bezeichnete. Das war mindestens genauso frustrierend wie Brandons Bitte.

Und trotzdem würde ich ihr nachkommen.

20. Kapitel

Ein wenig ratlos standen wir im Einkaufszentrum von Swindon. Elizabeth sah mich erwartungsvoll an, während ich mir etwas doof vorkam. Wohin genau sollte ich jetzt mit ihr hingehen? Brandon hatte mir hundert Pfund gegeben, damit ich ihr bei der Wahl von Schuhen, Hosen, Oberteilen, Unterwäsche und einer Winterjacke half. Die seien ja jetzt im Ausverkauf. Das Geld wäre bei einer Wohlfahrt besser aufgehoben gewesen als bei mir als Shoppingberaterin. Außerdem würde es niemals reichen.

Elizabeth hatte große Augen bekommen, als wir das Einkaufszentrum betraten. Anscheinend gab es in ihrer Region kein Kaufhaus. Das von Swindon war aber auch extrem modern. Cromwell Logistics hatte den Bau unterstützt und das merkte man der Architektur auch deutlich an.

Brandon wollte uns in einer Stunde im Eiscafé des Obergeschosses treffen.

Und jetzt standen wir hier in der Mall.

»Was brauchst du denn am nötigsten?«, fragte ich sie.

»Ich will da so was.« Sie zeigte auf das Schaufenster einer Edelboutique.

»Ich bezweifle, dass wir da was in unserem Budget finden.« Bezeichnenderweise waren dort nirgends Preisschilder zu entdecken.

Schließlich entschied ich mich, es ein Stockwerk drüber zu versuchen, und steuerte die Rolltreppe an.

Die stellte sich als echte Herausforderung raus. Man hätte meinen können, Elizabeth habe noch nie in ihrem Leben eine gesehen. Erst starrte sie die fahrenden Stufen mit offenem Mund an, dann wurde sie schneeweiß im Gesicht. Mir fiel Colins Vision ein, die er bei der Berührung mit Elizabeth gehabt hatte. Lange, wallende Tudorkleider.

Zumindest war offensichtlich, dass etwas mit dem Mädchen nicht stimmte.

Regungslos beobachtete sie die anderen Passanten eine ganze Weile lang, und als ich dann ihren Arm nahm und kurzerhand zu den ersten fahrenden Stufen führte, machte sie es genau wie die ältere Dame zwei Passanten über uns: einen Fuß nach dem anderen und mit beiden Händen das Geländer umklammernd.

In der oberen Etage fasste sie sich wieder und ging zielstrebig auf einen Shop mit Dessous zu.

»Das gefällt mir«, sagte sie und zeigte auf eine kirschrote Garnitur von Victoria's Secret.

Ich wollte ihr gerade erklären, dass damit Brandons Budget bereits komplett aufgebraucht wäre, als jemand hinter uns sagte: »Guter Geschmack. Das hätte ich auch gewählt.«

Ein paar Schritte von uns entfernt stand Chris und grinste Elizabeth breit an.

»Leider reicht das Geld nicht dafür. Wir brauchen auch noch Schuhe und eine Winterjacke«, sagte ich mit Nachdruck.

Aber Chris beachtete mich gar nicht.

»Möchtest du das haben?«, fragte er Elizabeth.

»Chris«, zischte ich warnend.

»Ja«, sagte sie und sah ihm tief in die Augen.

»Dann komm. Das bezahle ich.«

»Das kannst du nicht tun.« Ich hielt ihn am Arm fest.

»Wieso nicht, Meredith? Hättest du auch gern so was?«

Ich war kurz davor, ihn vors Schienbein zu treten. Er konnte manchmal unmöglich sein.

»Ist dir klar, dass er das auch an dir sehen will, wenn er es bezahlt?«, fragte ich Elizabeth.

Ihr Blick flackerte kurz.

»Nur wenn du es mir zeigen möchtest, Liebes«, sagte Chris und sah sie mit einem trägen Lächeln an. »Aber wenn nicht, reicht mir der Gedanke, eine schöne Frau in hübscher Wäsche zu wissen.«

»Und dir das an einsamen Fernsehabenden mit deiner Faust bildlich vorzustellen«, ergänzte ich scharf.

»Meredith, du kleines Luder, was unterstellst du mir da? Hattest du mich nicht um Hilfe gebeten?«

»Nein. Ich hatte dir nur von Brandons Bitte erzählt«, antwortete ich empört.

»Und ich hatte gedacht, das sei ein versteckter Ruf nach Hilfe gewesen.« Chris lächelte Elizabeth gewinnend an. »Meredith ist ein wenig …« Er wich meinem Schlag aus und brach den Satz ab.

»Ich glaube, du kannst mir wirklich behilflich sein«, sagte Elizabeth kurzerhand und musterte erst mich in meinen wie üblich dunklen Klamotten und dann Chris in seiner Designer-Jeans und dem grünen, hippen Shirt.

»Beim Dessouskauf? Das musst du ihm nicht zwei Mal sagen«, antwortete ich schnippisch.

»Na dann, schönes Kind, besorgen wir dir doch mal alles, was du so brauchst. Wie gut, dass ihr mich getroffen habt. Meredith, nichts für ungut, aber in Modefragen …« Er ließ den Satz unbeendet und ich folgte den beiden frustriert in den Shop. Den mit den Dessous wohlgemerkt.

»Wo ist sie?«

Brandon stand neben meinem Tisch und starrte fassungslos auf das Buch in meinen Händen und die leere Glasschale meines gerade beendeten Bananensplits vor mir. Ich hatte Chris und Elizabeth nach dem Dessousgeschäft allein gelassen. Das fünfte Rad am Wagen zu sein war doof. Vor allem bei einer Betätigung, die mir so gar nicht lag. Also hatte ich Chris gesagt, wo er nachher hinzukommen hätte, und mich abgeseilt.

»Shoppen«, sagte ich kurz und wandte mich wieder meinem Buch zu.

Eine Sekunde später starrte ich auf meine Hand. Das Buch war weg.

»Wo ist sie? Du solltest sie doch nicht allein lassen!«

Er war tatsächlich außer sich.

»Sie ist nicht allein«, versuchte ich ihn zu beruhigen. »Chris ist bei ihr.«

»Chris? Chris Harris?«

Brandon sah alles andere als beruhigt aus. Er sah eher aus, als wolle er jeden Moment losstürmen und alle Geschäfte in der Mall absuchen, um die beiden zu finden.

»Du brauchst dir keine Sorgen zu machen. Er wird gut auf sie aufpassen und er ist auf alle Fälle der bessere Berater. Setz dich.

Der Bananensplit ist göttlich.« Brandon sah mich an, als hätte ich gesagt, Elizabeth sei mit Hannibal Lecter in Urlaub gefahren. »Warum regst du dich so auf?«, versuchte ich es noch einmal. »Es ist Chris. Du kennst ihn doch.«

»Eben deshalb«, war die düstere Antwort.

»Weißt du, Brandon, für jemanden, der ständig den Platz vor der Theke an eine neue Flamme vergibt, bist du ganz schön kleinkariert, wenn es um andere geht.«

Er runzelte finster die Stirn.

»Nicht, dass es mich etwas angehen würde«, fügte ich beschwichtigend hinzu.

»Und für jemanden, der täglich mit jemandem zusammenhängt, der dich seit Jahren anbetet, bist du ganz schön flatterhaft.«

Ich hob die Augenbrauen. Diese Retourkutsche war so offensichtlich schlecht, die brauchte keine Erwiderung.

Das merkte er selber, denn er setzte sich. Und legte dabei mein Buch auf den Tisch.

»Entschuldige. Ich mache mir nur Sorgen.«

»Ja, das merke ich. Ich verstehe nur nicht genau, warum. Was genau ist Elizabeth für dich?«, fragte ich neugierig.

»Hab ich dir doch schon gesagt: meine Cousine«, war die prompte Antwort. Da ich sämtliche amerikanischen Ermittlerserien gesehen hatte, kam mir das sehr einstudiert vor.

»Aha«, sagte auch ich in einem Tonfall, der mein Misstrauen deutlich machte.

»Sie wollte nicht mehr zu Hause wohnen und sie wollte Geld verdienen. Da habe ich ihr einen Job im Circlin' angeboten.«

»Aha«, wiederholte ich nur. Das klang ja noch blöder.

Brandons Augen verengten sich. Er wusste, dass ich ihm nicht glaubte.

»Also gut. Und was ist dieser Chris für dich?«, fragte er und lehnte sich mit gekreuzten Armen zurück.

»Ein Freund«, erklärte ich mit einem vieldeutigen Lächeln.

»Du scheinst viele Freunde zu haben, Meredith.«

Ein leichter Schauer überlief meinen Nacken, als er meinen Namen aussprach. Er sagte ihn anders als alle anderen. Colin nannte mich die Hälfte der Zeit über nur Mere und Mum sagte manchmal noch Ditty.

»Auf alle Fälle ist Chris einer«, sagte ich mit den Achseln zuckend und spürte gleichzeitig, wie meine Handflächen schwitzig wurden.

Brandons Augen ruhten immer noch in meinen. Verlegen wollte ich an meinem Cappuccino nippen und streckte die Hand aus. Mist. Ich hatte gar keinen gehabt. Ich brach die Bewegung ab und kam dadurch an den aus der Glasschale herausragenden Eislöffel, so dass – ganz wie es kommen musste – die ganze Schale vom Tisch fegte.

Doch es klirrte nicht. Wie ein zuschlagendes Reptil hatte Brandon die Hand ausgestreckt und die Schale samt Löffel vor dem Fall gerettet.

»Gute Reaktion«, sagte ich ein wenig atemlos.

Er stellte die Glasschale wieder auf den Tisch. Außerhalb meiner Reichweite.

»Du wolltest mir gerade von dir und Chris erzählen«, überging er meinen Fauxpas kurzerhand.

»Äh … ich glaube nicht …«

»Hallo! Darf ich Ihnen was bringen?« Eine hübsche Kellnerin lächelte Brandon mit leuchtenden Augen an.

Ich musste zugeben, dass ihr Pagenschnitt wesentlich flotter war als meiner. Das hatte Chris also gemeint, als er mir vorschlug den Nacken kürzer und die Fransen am Kinn nicht stutzen zu lassen. Aber auch sonst sah das Mädchen sehr adrett aus. Dezent geschminkt, in grauen Röhrenjeans mit einem Shirt, das ihre linke Schulter frei ließ.

Sie war jemand, mit dem ich gern einmal shoppen gegangen wäre.

»Ich hätte gern ein Wasser und … möchtest du einen Cappuccino?«, wandte er sich mir zu.

Immerhin hatte er sich mein Lieblingsgetränk gemerkt. War das nicht ein gutes Zeichen?

Leider war mein für solche Eskapaden vorhandenes Budget für das Eis draufgegangen. Ich schüttelte den Kopf.

Brandon lächelte die Bedienung freundlich an. »Ein Wasser dann nur.«

Das Mädchen wollte die Eisschale mitnehmen, aber weil sie Brandons Blick erwiderte, griff sie daneben und dieses Mal war Brandon nicht schnell genug und das Glas zerschellte mit einem lauten Knall am Boden.

Erschrocken begann sie sich zu entschuldigen und die gröbsten Glasscherben mit der Hand aufzuheben.

Ich grinste. Wenigstens machte er nicht nur mich so nervös.

Die Kellnerin verschwand und kam wenig später mit Brandons Wasser und einem Handfeger zurück.

Ich konnte genau sehen, wie sie beim Fegen ständig in Brandons Richtung lächelte. Deswegen rammte sie ihren Daumen auch prompt in eine Glasscherbe. Es begann sofort stark zu bluten. Brandon war das natürlich nicht entgangen. Er sprang auf und half ihr sich auf seinen Stuhl zu setzen. Die Glasscherbe stach funkelnd und jetzt blutig aus ihrem Finger heraus. Mir wurde schlecht bei dem Anblick. Nicht so Brandon. Er zog sie heraus und griff gleichzeitig nach einer Serviette, die er stramm um den Daumen wickelte. Dann presste er seine Finger drauf. Im null Komma nichts war die Serviette blutdurchtränkt und ich reichte ihm wortlos eine weitere.

Das Mädchen war ganz bleich und ich saß ziemlich ratlos daneben.

»Meredith, würdest du uns eine Cola besorgen? Ich fürchte, ihr Kreislauf braucht etwas Schwung.«

»Was ist denn hier los?«

Neben uns waren Chris und Elizabeth aufgetaucht. Chris hielt in jeder Hand zwei Tüten und Elizabeth trug ebenfalls eine.

»Sie hat sich geschnitten«, erklärte Brandon kurz und schob ganz sanft den Kopf der Blondine in den Nacken.

Sie war jetzt nicht nur bleich, sondern aschfahl. Sie sah aus, als würde sie gleich umkippen.

Chris ließ entsetzt die Tüten fallen und auch von den Nachbartischen hatten sich ein paar zu uns umgedreht. Ein Mann stand auf und schob seinen Stuhl heran. Chris nahm die Beine der Blondine und legte sie auf den Stuhl des Mannes.

»Meredith! Die Cola!«, erinnerte mich Brandon scharf.

Ich löste mich aus meiner Starre, aber da war Chris schon unterwegs.

Unbeholfen begann ich stattdessen die Scherben aufzufegen. Elizabeth wühlte eilig in einer Tüte. Sekunden später zog sie ein neues, weißes Frotteehandtuch heraus und reichte es Brandon.

»Hier. Das ist besser als dieses Papierdings. Nicht, dass Fasern in der Wunde bleiben und sie sich entzündet.«

Brandon lächelte ihr zu und befolgte den Rat. Jetzt konnten wir sehen, dass das Handtuch nicht ganz weiß war. Rosa Playboy-Häschen zierten den Saum.

Es dauerte ungefähr eine Viertelstunde, ehe das Mädchen etwas Farbe im Gesicht hatte und aufstehen konnte. Kurz darauf kam ihr Bruder sie abholen und zum Glück legte sich damit die Aufregung um unseren Tisch herum wieder.

»Mannomann, schade, dass sie hier nichts Hochprozentiges verkaufen.« Chris zog sich einen leeren Stuhl vom Nachbartisch heran und ließ sich darauf fallen.

Brandon organisierte einen für Elizabeth, ehe er sich selber hinsetzte. Den Stuhl, auf dem bis eben noch die Beine der Kellnerin gelegen hatten, zierten nun die prall gefüllten Einkaufstüten.

»Wie ich sehe, wart ihr erfolgreich«, sagte ich mit einem bedeutungsvollen Blick zum Stuhl hin.

Elizabeths Augen begannen zu strahlen.

»Es war großartig! Hier gibt es eine so vielfältige Auswahl, ganz anders als …«

»Zeig mir mal, was du gefunden hast«, unterbrach Brandon sie ungewohnt scharf.

Kurz schien es mir, als hätte er Elizabeth im letzten Moment davon abgehalten, etwas Bestimmtes zu sagen. Etwas Entscheidendes, das vielleicht ihr Geheimnis lüften könnte. Aber vielleicht irrte ich mich auch.

Chris reichte ihr die Tüte, auf der *Zara* stand.

»Zeig das Grüne«, riet er mit einem onkelhaften Zwinkern.

Sie zog eine dunkelgrüne Tunikabluse heraus. Der Ausschnitt war nicht tief, zog sich aber bis in die Schultern, und als sie das Kleidungsstück hochhielt, konnte man sofort erkennen, dass sie mit ihren leuchtend roten Haaren umwerfend darin aussehen würde.

Ich warf Chris einen anerkennenden Blick zu, aber der beobachtete Brandon. Ich folgte seinem Blick.

Brandon starrte mit angespanntem Kiefer und vorgeschobenem Kinn auf die Bluse.

»Das sieht toll aus, Elizabeth«, sagte ich endlich.

»Wie viel hast du ausgegeben?« Brandons Stimme war kratzig.

»Chris hat alles bezahlt.«

Das war zu erwarten gewesen.

»Ich werde dir alles zurückzahlen. Und das nächste Mal gehst du mit mir einkaufen. Wir fahren jetzt zurück nach Lansbury. In zwei Stunden fängt unsere Schicht an.«

Brandon nahm die Tüten, umfasste Elizabeths Ellbogen und warf mir zum Abschied einen vernichtenden Blick zu.

»Was habe ich denn getan?«, fragte ich Chris erschrocken.

Chris lächelte mich beruhigend an. »Er ist eifersüchtig.«

»Auf mich?«

Chris rollte mit den Augen. »Auf mich, Dummkopf. Ich bin mir nur noch nicht sicher, in welcher Beziehung die beiden zueinander stehen. Ob er in sie verliebt oder nur scharf auf sie ist oder ob er sie einfach nur beschützen will.«

»Er hat mir erzählt, sie wäre seine Cousine«, erklärte ich. Brandon verliebt? Ui. Der Gedanke war … traurig.

All die hübschen Mädchen auf dem Barhocker an seiner Theke hatten bislang vergeblich darauf gehofft.

Allerdings war Elizabeth wirklich außergewöhnlich hübsch.

»Den Mist hat sie mir auch erzählt«, winkte Chris ab. »Das glaubst du mit deinem IQ von 130 doch nicht wirklich, oder?«

»Nein. Nicht wirklich.«

Ich sah noch einmal in die Richtung, in der Brandon und Elizabeth mit all den Tüten verschwunden waren.

Chris grinste mich zufrieden an. »Es wird wohl endlich mal ein wenig interessanter bei uns in der nächsten Zeit.«

Ich verkniff mir eine Antwort.

Interessanter? Ich würde eher sagen unruhiger.

21. Kapitel

Und wie unruhig es wurde.

Chris und ich hatten uns im Parkhaus verabschiedet, da ich ja mit Mums Wagen hier war. Als ich das Auto auf die Straße lenkte, war der Himmel über mir pechschwarz. Gleich würde es ein Gewitter geben.

Ich bog gerade auf die Hauptstraße ab, als es zu schütten anfing. Und damit meinte ich, es schüttete richtig. Der Scheibenwischer gab alles und ich konnte trotzdem kaum etwas erkennen. Wassermassen stürzten aus überquellenden Dachrinnen und vor mir hob sich ein Gullydeckel aus der Straße. Ich bremste erschrocken ab.

Grundgütiger! Beinahe wäre ich da reingefahren.

Es donnerte ohrenbetäubend.

In diesem Moment öffnete sich meine Beifahrertür mitsamt der Tür dahinter und zwei Personen stiegen ein. Ich schrie erschrocken auf.

»Beruhige dich«, sagte Brandon und wischte sich die nassen Haare aus dem Gesicht.

Elizabeth tat es ihm nach. Beide waren klatschnass.

Jetzt blitzte es und ihre Gesichter wirkten gespenstisch fahl.

Sogleich krachte der nächste Donner. Elizabeth zuckte zusammen.

»Meredith, kannst du uns bitte nach Hause bringen?«, fragte

Brandon mit gepresster Stimme. »Unser Bus ist nicht gekommen und bei so einem Wetter ist es an der Haltestelle etwas unangenehm.« Seine Augen flackerten unruhig.

Wer hätte gedacht, dass der coole Brandon Angst vor Gewittern hatte?

»Klar«, sagte ich, blieb aber stehen, denn wenn möglich regnete es jetzt sogar noch stärker. Hoffentlich begann es nicht auch noch zu hageln. Ein Hagelschaden am Auto wegen einer Shoppingtour würde meinen Dad stinksauer machen.

Der Regen prasselte jetzt so stark auf das Dach und die Scheibe, dass ich befürchtete, sie würden gleich bersten.

Ich beschloss es trotzdem zu wagen und fuhr langsam los.

»O Gott, Brandon, was ist, wenn wir verschluckt werden?«, hörte ich Elizabeth hinter mir raunen.

»Wir werden nicht verschluckt«, sagte Brandon beruhigend. »Willst du meine Hand halten?«

Er streckte den Arm nach hinten und tropfte dabei den Schaltknüppel und die Handbremse voll.

»Tut mir leid«, murmelte er und schälte sich sofort aus seiner Jacke.

Die war offensichtlich nicht wasserdicht, denn das T-Shirt klebte an seiner Brust.

»Muss es nicht«, murmelte ich und schielte auf seine Muskeln, die ich bislang immer nur hatte erahnen können.

Ich versuchte mich wieder auf die Straße zu konzentrieren.

Wer hätte gedacht, dass das so schwer sein könnte? Vor allem bei diesem Wetter, wo ich ständig noch Mülltonnen und alles, was nicht richtig verschraubt war, vorbeirollen lassen musste.

Elizabeth hatte währenddessen Brandons Hand abgelehnt – wahrscheinlich wegen des verächtlichen Blicks, mit dem ich sie im Rückspiegel taxierte.

Vorwärtskommen war nur im Schneckentempo möglich. Normalerweise brauchte man ungefähr zehn Minuten von Swindon nach Lansbury, heute waren wir nach dreißig Minuten immer noch nicht da. Dafür fegten Äste und Blätter über die Straße hinweg. Der Donner krachte immer lauter. Es war mittlerweile so dunkel, als wäre es Nacht, und schon begann der befürchtete Hagel niederzuprasseln.

»Ich muss das Auto unterstellen!« Auch ich bekam es so langsam mit der Angst zu tun. Wenngleich weniger wegen des Wetters als vielmehr beim Gedanken an einen Hagelschaden am Auto.

Ich brauchte eine Garage, einen Carport, eine Scheune, egal was. Dringend!

»Da! Der Baum!«, rief Elizabeth und deutete mit dem Arm an meinem Kopf vorbei.

»Spinnst du?«, quiekte ich. »Jeder weiß, dass man sich bei einem Gewitter auf keinen Fall unter einen Baum stellen darf!«

»Wieso nicht? Die Eiche da hat eine dichte und breite Krone«, ließ sie nicht locker.

»Und wassergefüllte Wurzeln, die den Blitz weiterleiten«, fauchte ich.

Und genau das tat sie auch. Direkt vor uns schlug ein Blitz in die massive Eiche ein. Wir schrien alle drei gleichzeitig auf. Ich trat auf die Bremse.

Es krachte, donnerte und dröhnte, wie wahrscheinlich die

Kanonen am D-Day in der Normandie gedonnert hatten. Und der Baum, die uralte Eiche, die Generationen von Lansburiern kommen und gehen gesehen hatte, fing Feuer und spaltete sich in zwei Teile.

»Raus hier!«, rief Brandon, riss die Tür auf, sprang aus dem Wagen und verschwand im Hagelschauer. Sekunden später sah ich ihn ums Auto herumflitzen. Dann blickte ich nach vorn und verstand, was er meinte. Ein Teil des brennenden Stammes senkte sich zeitlupengleich in unsere Richtung.

Elizabeth hatte nicht so lange gewartet, sondern war Brandons Beispiel gefolgt. Jetzt wurde meine Fahrertür aufgerissen und Brandon zerrte an meinem Arm. Aber ich war angeschnallt.

Ich versuchte den Anschnallgurt zu lösen, doch meine Hände zitterten zu stark. Es blitzte erneut. Funken flogen. Brandon beugte sich über mich, so dicht an mir vorbei, dass ich den Ansatz der heute Morgen rasierten Bartstoppeln sehen konnte. Vor allem aber berührten meine Hände jetzt seine breite, muskulöse Brust.

Unwillkürlich dachte ich an meine Badehosen-Fantasie zurück. Doch ehe ich den Gedanken zu Ende führen konnte, schrie Elizabeth: »BRANDON!«

Ich schielte an ihm vorbei, konnte aber nichts mehr sehen. Stattdessen hörte ich Brandon fluchen.

»Verdammt!«

Dann wurde mein Bein mit dem Fuß auf dem Gaspedal von ihm niedergedrückt. Volle Kraft. Das Auto machte einen Satz und schoss nach vorn.

Ich griff um Brandons Oberkörper herum, bekam das Lenkrad

aber nicht zu fassen, da er es bereits unter Kontrolle hatte. Die Autotür war noch immer geöffnet und der Hagel klatschte herein, volle Wucht auf meine rechte Seite. Brandon lenkte mit einer Hand den Wagen, mit der anderen drückte er auf mein Knie.

»Lass los!«, schrie ich ihn an.

»Der Baum kippt!«

»Lass los!«, wiederholte ich und wollte ihm soeben die Hand wegschlagen. Er drehte den Kopf, sah den Schlag kommen und zog seine Hand weg.

Ich gab Gas, wieder blitzte es, dann donnerte es und dann krachte es noch einmal – dieses Mal war es aber kein Donner. Im Rückspiegel konnte ich Flammen an der Stelle emporzüngeln sehen, wo wir gerade noch gestanden hatten.

»Elizabeth!«, murmelte Brandon und ich bremste so abrupt, dass er mich mit seinem vollen Gewicht in den Sitz drückte und mir für einen Moment lang die Luft nahm.

Brandon berappelte sich erstaunlich schnell und kroch aus dem Wagen.

»Elizabeth! Was stehst du da rum? Komm her!«, hörte ich ihn brüllen. Ich konnte mich blöderweise nicht mal aus dem Auto beugen. Der Anschnallgurt hatte sich bei der Bremsung festgezogen. Ich hätte aber auch dann nichts erkennen können, wenn ich mich hinausgebeugt hätte. Meine Brille war zwischenzeitlich so nass und beschmiert, dass ich nur Schlieren sah, genau wie durch die Windschutzscheibe vorhin.

Ich schnallte mich ab und nahm die im Moment vollkommen unnütze Brille von der Nase. Noch während ich sie verstaute, sprangen sowohl Brandon als auch Elizabeth auf den Rücksitz.

»Fahr los«, befahl Brandon und beugte sich zwischen den Sitzen zu mir nach vorn. »Egal wie sehr es hagelt, fahr nur los. Weg hier.«

»Der Steinkreis brennt«, sagte Elizabeth und klang dabei seltsam hohl.

»Nein, der Steinkreis brennt nicht«, sagte Brandon bestimmt. Ich konnte im Rückspiegel verschwommen erkennen, wie er sich fassungslos durch die Haare fuhr.

»Der Steinkreis brennt?«, wiederholte ich verblüfft. Meine Hände zitterten und ich fuhr weiter, nicht angeschnallt und halb blind.

»Steine brennen nicht«, erklärte Brandon, doch so wie er es sagte, war es eindeutig, dass er log.

»Aber Kornfelder. Also brennt Sherman's Field?«, hakte ich nach.

»Bitte, fahr uns nach Hause«, sagte Brandon nur noch. Er klang müde. Im Rückspiegel konnte ich auch ohne Brille sehen, dass er einen Arm um Elizabeths Schultern gelegt hatte und mit den Fingern zart über ihre Wange fuhr.

Sie schmiegte sich vertrauensvoll an ihn.

Doch jetzt kamen Hagelkörner in der Größe von Tennisbällen vom Himmel. Kurzerhand lenkte ich das Auto in den Hof von Mr Sherman, dem Farmer. Das Tor zu seiner Scheune stand sperrangelweit offen. Der Traktor war fort und das war mein Glück.

Zitternd stiegen wir drei aus dem Auto und traten an das offene Scheunentor, um dem Unwetter zuzusehen.

Von hier aus konnte man auch den Steinkreis erkennen. Dort brannte es tatsächlich, doch soweit ich das beurteilen konnte, stand nicht der Steinkreis, sondern, wie ich schon vermutet hatte, das Feld davor in Flammen. Verflixt. Colin und ich hatten noch immer nicht das Rätsel um das verkohlte Korn lösen können. Jetzt würden wir nichts mehr erfahren.

»Geht es dir gut?«, fragte Brandon und ich merkte erstaunt, dass er dabei mich ansah. Elizabeth stand frierend neben ihm und starrte zum Steinkreis hinüber.

»Ja. Und euch?« Ich deutete zu Elizabeth.

»Ich kann für mich selber sprechen«, sagte sie und sah mich an. »Ich mag keine Gewitter.«

Das war offensichtlich. Und nach dem, was wir gerade erlebt hatten, war auch mir zum ersten Mal richtig unheimlich zu Mute im Angesicht des tobenden Himmels.

»Tut mir leid, Meredith«, sagte Brandon leise. »Wenn ich dich nicht gebeten hätte mit Elizabeth zur Mall …«

Ich winkte ungeduldig ab. »Entschuldigst du dich jetzt auch für den Klimawandel, weil wir überhaupt das Auto genommen haben?«

Jetzt grinste er, und weil es in diesem Moment wieder heftig blitzte, wirkte es wie eine groteske Grimasse.

In diesem Moment klingelte das Handy in meiner Hosentasche, und als ich es hervorzog, sah ich, dass Chris per WhatsApp wissen wollte, ob wir gut angekommen wären. Er sei zu Hause. Kein Wunder bei seinem Fahrstil. Ich tippte schnell, wo wir uns befanden. Als die Nachricht versendet worden war, fiel mein Blick auf Brandons Nachricht von neulich abends.

»Wofür steht eigentlich ›G.‹?«, fragte ich.

»Was?«, fragte Brandon irritiert.

»G-Punkt zu schreiben ist ganz schön gewagt«, sagte ich in der

Hoffnung, die Situation mit einem Witz auflockern zu können, und grinste. Brandon runzelte die Stirn und antwortete, aber seine Worte gingen im Donner unter.

»Ich glaube, es ist gleich vorbei«, sagte Elizabeth und deutete auf den Horizont. »Da wird es heller.«

»G-Punkt. Das hätte ich mich nicht getraut zu schreiben«, nahm ich das Gespräch wieder auf. »Wofür steht es denn nun?«

»Grey.«

Ich starrte ihn an. Elizabeth starrte ihn genauso groß an. Aber im Gegensatz zu mir begann sie nicht zu lachen. Ich aber konnte nicht anders. Ich musste lachen. Ich konnte gar nicht mehr aufhören zu lachen. Vielleicht war es ein wenig hysterisch, weil wir gerade erst einem brennenden Baum entkommen waren, vielleicht war es auch, weil Elizabeth mich so ansah wie ich sie vorhin im Rückspiegel, aber Fakt war: Brandon hieß Grey mit Nachnamen. Mr Grey! Wie passend.

»Was ist daran so witzig?«, fragte Brandon, als ich mich langsam wieder einkriegte.

»Mr Grey wird Sie gleich bedienen«, wandelte ich den berühmten Satz ab.

Jetzt sahen mich beide an, als hätte ich einen Knall.

»O bitte! Ihr kennt doch *Shades of Grey*«, kicherte ich immer noch. Elizabeth war ratlos, aber in Brandons Augen blitzte es. Konnte allerdings auch von dem etwas schwächeren Blitz draußen herrühren.

»Genau aus dem Grund sage ich nur noch selten meinen Nachnamen«, murrte Brandon. »Wir können fahren. Das hier ist nur noch Regen.«

Tatsächlich. Der Hagel hatte aufgehört und es goss auch nicht mehr sintflutartig. Also stiegen wir wieder ins Auto. Ich fuhr rückwärts raus und lenkte den Wagen wieder auf die Straße. Jetzt konnten die Scheibenwischer den Regen auch bewältigen.

Ein paar Minuten später hörte ich Elizabeth Brandon leise fragen: »Grey? Zu mir meintest du, du hießest Grantham.«

Der Rückspiegel reflektierte Brandons zerknirschtes Gesicht.

»Grantham wie Lord Grantham von *Downton Abbey*? Hast du ein Faible für fiktive Charaktere?«, wollte ich wissen.

Jetzt wurde Brandons Gesicht verschlossen. Er lehnte sich zurück und schaute demonstrativ aus dem Fenster.

Wieso hatte er Elizabeth deswegen angelogen? Und war das nicht der endgültige Beweis dafür, dass die beiden nicht verwandt waren? Ich beschloss das Thema auf sich beruhen zu lassen. Fürs Erste.

Wenige Minuten später setzte ich die beiden direkt vor dem hinteren Eingang des Circlin' Stone ab. Interessant. Elizabeth wohnte bei Brandon in dessen kleiner Wohnung über dem Café. Die Cousine kauften weder Chris noch ich ihm ab, und dass sie ineinander verliebt waren, glaubte ich nach heute auch nicht. Aber sie waren definitiv sehr vertraut.

Doch für heute war mir nicht mehr nach Grübeln. Ich war erschöpft und fuhr nach Hause.

Dort parkte ich in unserer Garage und inspizierte das Auto. Zwei, drei Dellen waren auf der Motorhaube und dem Dach erkennbar, nicht mehr. Was für ein Glück.

In dem Moment erschien Mum in der Garagentür.

»Ist dir etwas passiert?«, fragte sie und musterte mich besorgt.

»Ich fürchte, das Auto hat was abgekriegt«, gestand ich kleinlaut.

»Das Auto ist mir egal«, sagte Mum. »Was ist mit dir geschehen? Du bist ganz nass. Und wo ist deine Brille?«

Meine Brille?!

Ich wollte sie wie gewohnt auf das Nasenbein hochschieben, aber da war nichts. Und schlagartig verschwamm wieder alles vor meinen Augen, als hätte sich ein Schleier darübergelegt.

Ich öffnete die Autotür und tastete in der Ablage nach meiner Brille. Da lag sie. Als ich sie aufsetzte, konnte ich wieder schärfer sehen, trotz der Flecken auf dem Glas.

Wieso hatte ich Maulwurf bei diesem miserablen Wetter ohne Brille gestochen scharf sehen können?

Abends erhielt ich wieder eine WhatsApp-Nachricht von Brandon. Er dankte mir noch einmal für … *alles*. Wortwörtlich. Ich nahm an, er meinte das Shoppen und das Heimbringen. Hinter seinen Namen hatte er einen Smiley gesetzt. Dieses Mal ohne G und Punkt.

Danach rief Colin an und fragte, wie es gelaufen war. Ich erzählte ihm von unserer abenteuerlichen Heimfahrt und von Brandons Nachnamen. Bei Colin brauchte ich nichts zu erklären. Er lachte genauso laut wie ich in der Scheune.

22. Kapitel

Neben der laufenden Woche waren uns nur noch zwei weitere Wochen bis zu den A-Level-Examen geblieben und die Lehrer übten einen enormen Druck auf uns aus. Der Unterricht wurde streng und strikt durchgezogen, und wer nicht mitkam, musste selbst zusehen, wo er blieb.

Chris war einer von denen. Er war hoffnungslos überfordert, was Mathe und Physik betraf. Wir wussten, dass sein Vater auf diesen beiden Fächern bestanden hatte, damit Chris irgendwann die Firma übernehmen konnte. Nur hatte Chris eher die Talente seiner verstorbenen Mutter, einer Olympionikin, geerbt. Er war extrem sportlich und gewann fast immer. Nicht im Triathlon wie seine Mutter, sondern im Fußball und im Schwimmen.

Aber nicht nur Chris hatte in der Schule Probleme. Auch Rebecca, Shakti und Colin kamen mit mindestens einem Fach nicht zurecht. Deswegen hatten wir uns am Tag nach dem unheilvollen Mall-Besuch kurzerhand zum gemeinsamen Lernen verabredet.

Rebecca, Chris und ich brüteten über Mathe, während Shakti Ökonomie büffelte und Colin über Anthropologie hockte. Es war wahrhaftig nicht ganz einfach, mit so vielen zusammen zu lernen.

»Chris, was tust du eigentlich im Unterricht?«

Ich konnte mir diesen Satz nicht verkneifen, nachdem ich mir seine kaum vorhandenen Notizen der letzten Stunden angesehen hatte.

»Flirten«, lautete seine spontane Antwort.

»Das merkt man. Flirte doch mal ein wenig mit dem Differenzialquotienten. Der kann durchaus attraktiv sein.«

»Zu wenig Busen«, lautete die unbefriedigende Antwort. Prompt starrte Chris mir auf die Oberweite.

»Lass das«, rief ich ihn zur Ordnung.

»Entschuldige. Das ist ein Reflex. Aber wenn wir schon mal dabei sind, probier das nächste Mal auch was von Victoria's Secret. Sollte dir stehen. Sogar die ohne Push-up.«

Ich schubste ihn. »Komm wieder zu dir.«

Wir saßen alle gemeinsam bei Chris zu Hause und wie immer war Chris' Vater unterwegs.

»Wo ist dein Vater noch mal?«, fragte Shakti, während sie auf ihrem Kugelschreiber herumkaute.

»In China«, antwortete Chris und streckte sich. »Oder in Amerika. So genau weiß ich das nicht.«

»Liegt ja auch so dicht nebeneinander. Das kann man schon mal verwechseln«, meinte Rebecca und radierte etwas in ihren Unterlagen aus.

»Ich weiß überhaupt nicht mehr, wie er aussieht«, meinte Colin. »Hast du ein Foto? Nicht, dass ich ihm eines Tages begegne und es nicht mal weiß.«

»Auf meinem iPhone«, sagte Chris, deutete neben sich und stand auf. »Mag noch jemand was zu trinken? Kaffee, Tee oder Cola?«

Wir entschieden uns für Kaffee und Cola und Chris ging in die Küche.

Shakti schnappte sich sein Smartphone, doch schon nach einer Minute legte sie es wieder hin. »Hier sind nur Fotos von Mädchen aus unserem College, Avril Lavigne, Stana Katić und dieser Elizabeth drauf.«

Rebecca musste sich ebenfalls davon überzeugen und griff nach dem Smartphone.

Nach ein paarmal Blättern kicherte sie. »Interessant. Hast du auch die Videoclips von Neil Patrick Harris gesehen?«

Wir grinsten. Chris und eine Neigung zur Homosexualität?

In diesem Moment kam er wieder rein und Rebecca spielte das Video deutlich hörbar ab. Eine Gesangseinlage zur Eröffnung der Tony Awards.

»Ätzend, nicht wahr?«, sagte Chris zu Rebecca. »Aber es hat gewirkt, um ein Date mit Leslie Anderson aus deinem Drama-Kurs rauszuhauen.«

Rebecca legte das Handy enttäuscht wieder auf den Tisch. »Natürlich. Alles andere wäre auch zu abstrus gewesen. Du hast übrigens kein Foto von deinem Dad im Archiv.«

»Kann sein, ich brauchte Speicherplatz, um die schöne Elizabeth voll einfangen zu können.« Chris nahm es ganz unbekümmert.

»Hiermit starte ich einen kleinen Wettbewerb«, sagte ich kopfschüttelnd. »Derjenige, der ab jetzt das erste Foto von Chris' Dad macht, bekommt am nächsten Disco-Abend alles bezahlt. Und Chris – du zählst nicht. Ich will keine Fotos von deinem Dad, während er schläft.«

»Oder unter der Dusche«, ergänzte Rebecca.

»Die Wette gilt«, rief Shakti.

Darauf schlugen wir alle ein, griffen nach dem nächstbesten koffeinhaltigen Getränk und konzentrierten uns wieder auf unsere Schulsachen. Ich ließ Chris mit seiner Matheaufgabe allein und vertiefte mich in Naturwissenschaften. Wenig später war es wieder ruhig und jeder von uns brütete über seinen Heften.

Bis jemand rief: *»Nicht da rein!«*

Ich sah auf. Shakti blies eine Strähne aus ihrem Gesicht und Rebecca zwirbelte an einer ihrer verfilzten Dreadlocks.

Colin hatte die Augen geschlossen, während seine Lippen lautlos den Inhalt seines Heftes wiederbeteten.

Ich sah auf seine Lippen und versuchte sie zu lesen.

Nein. Definitiv kein *»Nicht da rein!«*.

Wenn ich es recht überlegte, war das auch eine fremde Stimme gewesen.

»Chris? Ist dein Dad nach Hause gekommen?«

»Mh?« Chris sah von seinem Matheheft auf und rüber auf sein Handy, wo er mit Sicherheit Datum und Uhrzeit checkte.

»Nein. Er kommt erst am Festival-Wochenende. Er hätte mir eine WhatsApp-Nachricht geschickt, wenn er früher zurückkäme.«

Ich schüttelte den Kopf, nicht sicher, ob es wegen Chris' seltsamen Familienverhältnissen oder meiner immer noch andauernden Verwirrung war. Dann beschloss ich die Sache einfach zu vergessen. Ich würde mich jetzt auf meine Aufgaben konzentrieren und dann konnten wir die neue PS4 ausprobieren. Das hatte uns Chris nämlich versprochen.

»Bleib da weg. Der ist unheimlich. Man sagt, er verschlucke Lebewesen. Nicht mal ein Insekt geht da hinein und kein Vogel, und sieh dir den Hund an.«

Es knurrte.

Erschrocken sah ich mich um. Nichts. Alles wie vorher. Alle anderen saßen über ihren Aufgaben und Heften. Chris hatte keinen Hund.

»Ich brauche eine Pause«, sagte ich, sprang auf und lief über den Flur zur Toilette.

Dort spritzte ich mir kaltes Wasser ins Gesicht und ließ es eine Zeit lang über meinen Puls laufen.

Dann sah ich in den Spiegel. Normal. Alles war normal. Ich putzte sogar meine Brille, um ja ganz sicherzugehen, dass der winzige Fleck auf meiner Wange auch wirklich kein neues Muttermal war und ich also keinen Hautkrebs entwickelte, der Halluzinationen auslöste.

Nein. Es war nur Dreck. Alles gut.

Ich sah erneut in den Spiegel.

Mir blickte ein Mann entgegen. Ein Mann in einer braunen Kutte mit Kapuze. Seine hellgrünen Augen schauten direkt in meine.

Entsetzt sprang ich zurück und prallte gegen die geschlossene Tür. Mit zitternden Fingern entriegelte ich sie und stürzte in den Flur. Ausgerechnet jetzt machte ich mir beinahe in die Hose. Aber in diese Toilette würde ich keinen Fuß mehr setzen.

Ich hörte ein lautes Lachen. Erschrocken horchte ich. Was für ein Lachen war das? Ein fieses? So eine Art Killer-hat-Opfer-im-Visier-ohne-Möglichkeit-zu-entkommen-Lachen?

Aber dann hörte ich Chris' belustigte Stimme rufen: »Wenn Meredith gleich zurückkommt, werde ich ihr sagen, sie soll euch verhauen.«

Zum Glück hatten meine Freunde das Poltern gegen die geschlossene Tür nicht gehört. Es musste in ihrem Lachen untergegangen sein.

Am liebsten wäre ich ja sofort zu ihnen gestürzt, aber dann hätten sie gesehen, dass mit mir etwas nicht stimmte. Und was sollte ich ihnen dann sagen? Dass ich langsam verrückt wurde? Dass mich ein Mann in einem Sachsenkostüm aus dem Gästeklo-Spiegel der Harris' angestarrt hatte?

Ein Mann mit außergewöhnlich grünen Augen. Augen, die, wenn ich recht darüber nachdachte, meinen ähnlich sahen. Augen, die ich schon mal gesehen hatte: auf der Wiese vom College, als ich mit den anderen in der Sonne gesessen und wir uns nass gespritzt hatten.

Entweder tauchte diese unheimliche Gestalt immer dann auf, wenn sich Wasser in der Nähe befand oder wenn meine Freunde nicht weit waren. Blöderweise konnte ich auf keines von beiden verzichten.

Ich atmete ein paarmal tief durch und ging dann zurück ins Esszimmer.

Chris war gerade dabei, Colin vom Stuhl zu schubsen. Shakti und Rebecca feuerten ihn an. Ich hatte noch zwei Sekunden, ehe mich alle ansahen. Aber die reichten aus, um mir nichts anmerken zu lassen.

Abends hing ich erst mal den Spiegel in unserem Bad ab, ehe ich mir die Zähne putzte.

Sie brüllten und der Junge verkroch sich unter dem Tisch. Wieso konnten sie seine Schwester nicht in Ruhe lassen?

Ein Baby war doch etwas Schönes. Hatten sich seine Eltern nicht über das Baby von Mutters Cousine gefreut? Es bewundert, teure Geschenke überreicht und bedauert, dass sein eigener kleiner Bruder bereits fünf Jahre alt war und kein Baby mehr? Weshalb schimpften sie jetzt mit seiner Schwester? Da sie keinen Mann hatte, würde sie hier im Haus leben und das Baby ebenfalls, wenn es auf der Welt war.

Er selber ging in einem halben Jahr fort, zur Ausbildung in den Haushalt des Duke of Suffolk, um dort zu einem Ritter ausgebildet zu werden. Mit dem Baby hätten seine Eltern dann trotzdem noch ein Kind zu Hause. Das war doch schön.

Aber sein Vater brüllte und schlug mit der Faust auf den Tisch, unter dem er sich versteckt hatte. Sogar der Abt war gekommen, um seiner Schwester eine ganz private Predigt über Hölle und Fegefeuer zu halten.

Der Junge schloss die Augen und presste seine Hände auf die Ohren. Er wollte nichts mehr hören. Er hatte sich hier versteckt und ausgerechnet in dieses Zimmer mussten sie kommen. Er musste aus nächster Nähe hören, mit welch fiesen Schimpfwörtern sein Vater seine Schwester betitelte.

Jetzt klatschte es und seine Schwester fiel zu Boden.

Sie lag zusammengekrümmt da und weinte bitterlich. Und sie hatte ihn entdeckt. Einen winzigen Moment lang öffnete sie ihre Augen erschrocken, dann schloss sie sie. Der Junge konnte sehen, wie sein Vater sie trat. In den Rücken, in den Bauch. Auch seine Mutter hörte er jetzt laut schluchzen.

»Hört auf! Ihr bringt sie um!«, schrie sie und er konnte den Rocksaum sehen, der sich zwischen die Stiefel des Vaters und seine Schwester drängte.

»Bestimmt nicht, Mylady«, hörte der Junge die kühle Stimme des Abtes. »Aber mit etwas Glück wird sie den Bastard jetzt verlieren.« Seine Schwester starrte blicklos in seine Augen. Tränen flossen über ihre Wangen, aber sie gab kein Geräusch mehr von sich.

Unbändige Wut kochte in dem Jungen hoch. Er konzentrierte sich und wenig später hörte er das erwünschte Geräusch.

Die Fensterscheiben zerbarsten mit einem lauten Klirren. Seine Eltern schrien entsetzt auf. Der Abt rief: »Eine Hexe! Sie ist eine Hexe!«

Was? Nein! Das hatte er nicht gewollt. Das war doch nicht seine Schwester gewesen, sondern er! Nur er konnte das. Er musste sie retten.

Doch ehe er unter dem Tisch hervorkrabbeln konnte, hatte sein Vater seine Schwester hochgezerrt und mit den anderen den Raum verlassen.

Der Junge blieb inmitten eines zugigen Raums voller Scherben zurück.

23. Kapitel

Am Donnerstagnachmittag stand ich in meiner besten schwarzen Hose und einem dunkelgrünen Sweater vorm Spiegel und kämmte mir die Haare. Eigentlich machte ich mir nicht viel aus meiner Erscheinung. Aber auf Grund des Vorstellungsgesprächs bei Cromwell Logistics war ich letztendlich doch gezwungen mein Aussehen im Spiegel zu überprüfen. Als ich zufrieden war, machte ich mich in unserem Auto auf den Weg nach Swindon.

Während der Fahrt flatterten meine Hände leicht. Es kam nicht oft vor, dass man zu einem Vorstellungsgespräch bei einem der größten Konzerne Englands gebeten wurde. Und dann auch noch vom Chef persönlich.

Die erste Ernüchterung – oder vielmehr Erleichterung – kam, als ich mich am Empfang des Verwaltungsgebäudes anmeldete.

Mr Payne erwarte mich, teilte man mir dort mit.

Payne? Wer war das? Von einem Mr Payne hatte ich noch nie gehört.

Es stellte sich heraus, dass er der Abteilungsleiter für die Absatzlogistik war, sprich: Er hatte die Aufsicht darüber, dass sämtliche Güter zwischen der Fabrik und den Kunden ziel- und zeitgerecht transportiert wurden.

Das war schon mal ein spannender Ansatz.

Dachte ich, bis ich Mr Payne kennenlernte und er mir eröffnete, ich solle am Fließband kleinere Päckchen sortieren.

Ich war so verdutzt, dass ich erst mal nichts mehr sagen konnte.

Dafür hatte Mr Cromwell mich hierherbestellt? Was dachte der sich eigentlich?

»Sie sind Mr Cromwell positiv aufgefallen. Er hat sich gedacht, dass Sie bestimmt gerne die Grundzüge eines Konzerns wie Cromwell Logistics genauer kennenlernen möchten, und er bietet Ihnen deshalb die einmalige Chance, hinter die Kulissen zu schauen.«

Er lächelte mich wohlwollend an. »Normalerweise ist das nicht zulässig bei Personen, mit denen wir keinen Arbeitsvertrag abschließen, aber bei Ihnen macht er für die heutige Einführung erst mal eine Ausnahme.«

Das hörte sich für mich an, als sollte ich hier für lau arbeiten.

»Wenn Sie dann so weit sind, würde ich Ihnen Ihr künftiges Betätigungsfeld zeigen. Kommen Sie?«

Mr Payne erhob sich, noch immer nicht beachtend, dass ich nichts sagte. Ich folgte ihm auch jetzt widerspruchslos. Allerdings fing ich dabei an, mir verschiedene Namen für Cromwell und Cromwell Logistics auszudenken.

Dabei war *Kotzwell* noch das Netteste, das mir einfiel. Der Rest hatte nichts mehr mit dem Namen zu tun.

Wie ich vorausgeahnt hatte, führte mich Mr Payne an ein Fließband, wo zwei Frauen dabei waren, die Päckchen nach ihrer Größe herauszufiltern, ehe sie in eine weitere Maschine liefen.

»Das wäre dann Ihr Arbeitsplatz. Sie sehen, die Arbeit ist verantwortungsbewusst, denn die Größe des Päckchens kann eine ganze Lkw-Ladung beeinflussen – nicht zu vergessen unsere Schiffscontainer oder die für die Flugzeuge.« Er lachte, als hätte er einen Witz gemacht.

»Mr Payne, Mr Cromwell möchte Sie sehen.« Hinter uns war die Businessfrau von unserer Schulführung aufgetaucht. Mr Payne nickte plötzlich hochernst und wollte bereits losstürmen, als ich ihm wieder einfiel. »Erklären Sie unserer neuen Aushilfe doch noch den Rest unseres Unternehmens, ja? Ich bin auf dem Weg zu Mr Cromwell.«

Hier fingen anscheinend alle sofort zu laufen an, wenn Stuart Cromwell etwas von ihnen wollte. Schon war Mr Payne verschwunden. Zurück blieb Miss Schwarzer-Spitzen-BH. Entweder war das der gleiche, den sie bei unserer Führung getragen hatte, oder sie besaß einen Schrank voll von diesem Modell. Ob sie den auch unter einem Bikini trug?

Sie musterte mich von oben herab.

»Und Sie sind?«

»Meredith Wisdom«, sagte ich und sparte mir das freundliche Lächeln.

Hier würde ich eh nicht zu arbeiten anfangen. Auch dann nicht, wenn sie mir schließlich doch Geld dafür bezahlen würden.

»Ah ja. Miss Wisdom.« Sofort wurde ihr Blick interessierter. »Sie kennen Mr Cromwell persönlich, nicht wahr? Er hat Sie seit Ihrem Besuch letzte Woche bereits zwei Mal erwähnt.«

Das überraschte mich.

»Wieso?«, fragte ich auch prompt.

Jetzt konnte man sehen, dass sie überrascht war. »Ich dachte, Sie kennen sich vielleicht privat.«

Ich schüttelte den Kopf und sofort wurde der Blick der Blondine noch interessierter.

»Nun ja, hier wäre also Ihr Aufgabenfeld, und wenn Sie möchten, zeige ich Ihnen …«

»Tut mir leid, ich habe keine Zeit mehr«, sagte ich schnell. Auf gar keinen Fall hatte ich Lust auf eine zweite langweilige und auch noch private Führung mit ihr.

»Dann begleite ich Sie hinaus. Sie können sich dann nächste Woche am Montag bei Mr Payne melden, um einen anderen Termin auszumachen.«

Ich wurde bis ans Tor gebracht und atmete dort erst einmal tief durch.

Als ich den Konzern schließlich verließ, hatte ich das dumpfe Gefühl, beobachtet zu werden.

Ich sah mich möglichst unauffällig um und mir wurde bewusst, dass sich hier tatsächlich in jedem Winkel Überwachungskameras befanden. Doch das war es nicht. Ich konnte es nicht benennen. Es sah mir auch keiner der Fabrikarbeiter hinterher, aber das Gefühl verschwand nicht. Als ich das Tor endlich passierte, atmete ich erleichtert aus. Ich war froh, als das Gebäude schließlich weit hinter mir lag.

Die konnten auf mein »Melden« bis zum Sankt-Nimmerleins-Tag warten.

24. Kapitel

»Es war eine Katastrophe«, erzählte ich Colin am nächsten Morgen. Wir standen am Schwimmbecken und ich beschrieb ihm gerade mein »Vorstellungsgespräch«. Oder eher die *Kotzwell*-Katastrophe.

Den Schwimmkurs belegten Colin, Chris und ich zusammen. Ich hatte ihn hauptsächlich wegen Colin gewählt und Chris, weil er a) über ein enormes Schwimmtalent verfügte, b) beim Schwimmen in Badehose die Mädchen beeindrucken konnte und c) von halb nackten Mädchen umgeben war.

Schwimmen war eins der beiden Fächer, die Colin selber hatte aussuchen dürfen, aber das einzige der beiden, das die Zustimmung seines Vaters fand. Körperliche Ertüchtigung hielt Dr. Adams für sehr wichtig und gesund. Anthropologie hingegen nicht.

Colin und ich waren auch gut im Schwimmen. Chris war natürlich der Beste von uns, aber Colin und ich waren nah dran.

»Kennt dein Vater Stuart Cromwell?«, fragte ich ihn.

Er sah mich erstaunt an. »Nein. Wieso?«

»Vielleicht hat er ihn zu diesem Angebot überredet, damit ich doch lieber Arzthelferin werde«, antwortete ich düster.

»Wir üben heute die Kippwende.«

Unser Schwimmlehrer Mr Clarks legte das Klemmbrett zur Seite und musterte uns der Reihe nach.

Mr Clarks trug während des Schwimmunterrichts immer eine Badehose und schwamm zeitweise sogar mit, so dass Chris in ihm eine ernsthafte Konkurrenz hatte. Mr Clarks war Ende zwanzig, als Sportlehrer entsprechend durchtrainiert und hatte eine dichte, blonde Haarmähne, die ihm ein wenig verwegen ins Gesicht hing, wenn sie nass wurde.

Rebecca und Shakti hatten beide bereits angemerkt, dass wenn sie zum Collegebeginn gewusst hätten, dass Mr Clarks der Schwimmlehrer sein würde, sie das Fach auch gewählt hätten.

»Ich mache sie euch einmal vor, dann üben wir trocken die Technik und dann versucht ihr sie einzeln. *Roger?*«

Ah ja. Der einzige Minuspunkt bei Mr Clarks. Ob bewusst oder unbewusst, seine Zeit in der britischen Luftwaffe kam immer mal wieder durch. Er fragte nie »Alles klar?« oder »Verstanden?«. Nein, bei ihm war alles »Roger?«.

»Los, machen Sie schon. Mir wird kalt«, rief Shelby in einem verächtlichen Ton.

Sie war der zweite Minuspunkt beim Schwimmkurs. Eigentlich noch vor Mr Clarks »Roger?«.

Aber Mr Clarks ließ sich zum Glück niemals von Shelby aus der Ruhe bringen. Er stellte sich an den Beckenrand, zeigte uns die richtige Körperhaltung und sprang dann ins Wasser.

»Meine Fresse, ist der Typ ätzend«, zischte Shelby, sobald der Kopf von Mr Clarks unter Wasser war.

»Was hast du nur für ein Problem?«, fragte ich spitz. Ich fand es seit jeher ungewöhnlich, dass ausgerechnet Shelby Schwimmen als Kurs gewählt hatte. Immerhin zerstörte das Wasser ihr Make-up und ihre Frisur.

»Halt dich da raus, Wisdom«, fauchte sie mich an. Das hatte ich schon erwartet.

»Pass besser auf, was Mr Clarks da macht, ansonsten musst du es uns vorführen.«

»Leck mich.«

»Chris, übernimmst du das für mich?«, fragte ich süffisant.

»Nein«, antwortete Chris entschieden und leicht angeekelt.

Shelby starrte wütend von mir zu ihm. Die zehn anderen Kursteilnehmer kicherten. Also alle bis auf Colin.

»Wieso konnten wir nicht Mrs Seavers in Schwimmen bekommen?«, maulte Shelby weiter, als Mr Clarks abermals unter Wasser tauchte. »Die ist tausendmal besser als dieser arrogante Lackaffe.«

»Gehört er etwa nicht zu deinen Verehrern oder weshalb bist du auf Mr Clarks so schlecht zu sprechen?

»Halt doch einfach die Klappe, Wisdom.«

Shelby war echt sauer. Aber sie war immer sauer. Das war nichts Neues.

»Du könntest ihn ja auch einfach seinen Job tun lassen … Sieh mal, da ist er wieder.«

»Habt ihr gesehen, wie es gemacht wird?« Mr Clarks zog sich am Beckenrand hoch.

»Shelby will es unbedingt als Erste ausprobieren«, sagte ich schnell.

»Shelby, na dann …« Er lächelte Shelby an.

Sie warf mir einen finsteren Blick zu, wandte sich um und verließ ohne ein weiteres Wort die Schwimmhalle. Mr Clarks lief ihr nach. »Das geht doch nicht, Shelby, du musst …« Leider verstanden wir nicht, was sie musste, denn beide verschwanden hinter der Tür zu den Duschen.

»Ist ihm bewusst, dass er gerade die Frauendusche betreten hat?«, fragte ich, ohne jemanden speziell anzusehen.

»Mere, lass sie in Ruhe«, sagte Colin.

»Aber sie fängt doch immer an. Und außer mir traut sich niemand ihr Einhalt zu gebieten. Nicht mal die Lehrer.«

»Sie hat Recht, Colin. Shelby geht uns allen auf den Senkel«, sagte auch Chris. »Ich weiß, woher sie kommt und dass sie es nicht einfach hat, aber sie verhält sich wirklich unmöglich und nicht so, dass man sie auch nur annähernd mal freundlich behandeln könnte.«

Ich konnte Colin ansehen, dass er etwas zu Shelbys Verteidigung sagen wollte, aber in diesem Moment kam Mr Clarks zurück. Ohne Shelby.

»So, üben wir die Kippwende. Chris, fängst du bitte an?«

Mr Clarks sah noch immer entspannt aus und ich hätte wirklich gern gewusst, was er mit Shelby in der Frauendusche besprochen hatte. Die meisten Lehrer sahen nämlich nach einem Gespräch mit ihr immer nur genervt drein.

Chris sprang elegant ins Wasser und schwamm los.

»Was ist mit ihr?«, fragte ich Colin leise.

Er schüttelte nur den Kopf.

»Na los, mir kannst du es verraten.«

Jetzt sah er mich an. »Mere, wenn ich es dir verrate, würde ich ihr Vertrauen missbrauchen. Außerdem ist da nichts.«

»Ich habe es aber sehr wohl bemerkt, dass sie bei Cromwell Logistics geweint hat und ihr *zusammen* verschwunden seid.«

Colin sah mich lange an. Dann seufzte er und ich dachte schon, er würde mir endlich erzählen, was Shelbys Problem sei. Vielleicht wurde sie misshandelt. Oder ihre Mutter war todkrank. Wäre auch möglich, dass ihre Schwester von einem Zuhälter erpresst wurde. Keiner von uns wusste Genaueres über ihre Familienverhältnisse, kein Wunder, da Shelbys Mutter und Geschwister ständig mit einem Bein im Knast standen, bzw. ein Bruder und eine ältere Schwester schon beide Beine dort drin gehabt hatten.

Stattdessen sagte Colin Folgendes: »Ich habe sie versehentlich berührt und … na ja, sie sah nicht viel anders aus als jetzt, aber ihre Mutter und der Bruder … waren tot. Shelby lag neben den beiden und es war einfach ein furchtbares Bild, das ich seitdem versuche aus meinem Kopf zu bekommen.«

Ich überlegte. Das bedeutete wohl, dass Colin noch immer Visionen hatte, auch wenn es in dem Fall nicht das Sterbealter der berührten Person selber zeigte, sondern von deren Verwandten. Aber es erklärte nicht, weshalb Shelby bei Cromwell geheult hatte.

»Du hast ihr das doch nicht erzählt, oder?«, horchte ich nach.

»Natürlich nicht. Aber als wir uns berührt haben, hatte sie anscheinend auch eine Vision. Sie sagte nur, ich solle auf dich aufpassen. Mit dir würde etwas geschehen. Dann sagte sie noch etwas, aber das war wirklich etwas sehr Privates und hatte nichts mit einer Vision oder dir zu tun. Bitte belass es dabei. Wenn ich tratschen würde wie Chris, würdest du mich nicht mehr mögen.«

Da war was dran. Ich zwinkerte Colin zu. »Nur wenn du über

mich tratschen würdest. Die Geheimnisse von anderen darfst du mir ruhig alle weitererzählen.«

»Wenn du schon so anfängst, dann erzähl mir doch, seit wann du für Brandon schwärmst und wie es kommt, dass dir seine wechselnden Barhockerbesetzerinnen dabei nichts ausmachen.«

Ich seufzte frustriert. Er hatte mich voll erwischt.

Jetzt grinste er ehrlich.

»Weißt du, Mere, manches solltest du besser nicht wissen und manches mag ich eigentlich auch nicht über dich wissen. Belassen wir es dabei, ja?«

Wenn man es so sah, ja, dann beließen wir es besser dabei.

Nach dem Schwimmkurs war Mittagspause und wir trafen uns alle in der Cafeteria. Shelby saß ebenfalls dort. Natürlich nicht an unserem Tisch, sondern an einem entfernteren weiter hinten. Und wie immer hatte sie kein Tablett oder Essen vor sich stehen. Wenn sie sich nicht immer so giftig verhalten würde, hätte sie mir leidgetan.

Als ich gerade einen Schluck Cola nahm, sah sie zu uns herüber. Wobei ich mich korrigieren muss, denn sie sah zu Colin herüber, mit einem vollkommen leeren Blick. Als sie bemerkte, dass ich sie beobachtete, streckte sie mir die Zunge raus.

Nein, sie tat mir nicht leid.

»Denkt ihr noch an das Reitturnier? Samstag, also *morgen*, um elf Uhr«, erinnerte uns Rebecca zum ungefähr zehnten Mal diese Woche. Als wir die Augen verdrehten, seufzte sie und wechselte das Thema. »Dad wird immer nervöser wegen des Sachsen-Festivals. Sogar ich selbst werde nervös bei uns zu Hause. Ständig klingelt das Telefon oder es kommt jemand vorbei, um noch etwas zu besprechen. Das nervt. Erst gestern kam ich nur mit Handtuch und nassen Haaren aus dem Bad und da stand der Darsteller, der dieses Jahr den König Alfred verkörpert.«

Wir lachten.

»Nein, das war nicht lustig. Es ist ein kleiner, gedrungener Typ mit Halbglatze. Er behauptete, er würde zum Festival eine Perücke tragen und lasse sich einen Vollbart wachsen. Aber auch dann sähe er immer noch aus wie Ricky Gervais.«

»Vielleicht ist es Ricky Gervais«, mutmaßte Shakti.

»Glaub ich nicht. Jedenfalls hat er sich mit hochrotem Kopf umgedreht, als er mich gesehen hat. Schade, Meredith, ich hätte dir ja so einen Typen wie letztes Jahr gewünscht. Oder einen Michael Fassbender oder einen ...«

»Brandon«, warf Chris dazwischen und wackelte mit den Augenbrauen.

»Ja, auch den«, gab Rebecca augenzwinkernd zu. »Jetzt, wo du es ansprichst. Brandon habe ich noch nie im Kostüm gesehen. Wieso ist mir das noch nicht vorher aufgefallen?«

Gute Frage, und sie verdrängte auch Chris' taktlosen Einwurf.

»Vielleicht ist er einfach nur untergegangen oder hatte während des Sachsen-Festivals immer Urlaub«, mutmaßte Shakti.

»Vielleicht. Aber wenn ich so darüber nachdenke, er wäre ein wirklich grandioser Alfred der Große. Ich sollte das mal Dad vorschlagen.« Rebecca war von ihrer Idee ganz begeistert. »Und überleg doch, Meredith, dann würdest du die ganze Zeit als seine geliebte Gemahlin Elswyth an seiner Seite sein. Wer weiß, was sich da ergibt ...«

»Wir waren bei dem Gewitter neulich in der Scheune von Farmer Sherman. Ihr ahnt ja gar nicht, was sich da schon alles ergeben hat«, setzte ich spöttisch einen drauf.

Chris und Rebecca machten die erhofften großen Augen. Shakti klappte der Mund auf.

»Er und du im Heu?«, fragte Chris nach. »Ich hab dich doch noch angeschrieben.«

»Stimmt. Sehr lästig«, log ich und steckte mir eine volle Gabel in den Mund.

»Moment mal … du hast sofort zurückgeschrieben. Elizabeth muss dabei gewesen sein«, schlussfolgerte er und tippte sich mit dem Zeigefinger auf die Nase. »Jetzt hättest du mich beinahe reingelegt.«

»Gut. Ist damit das Thema Brandon erledigt?« Ich beugte mich wieder über mein Essen.

»Wieso? Es wird gerade interessant.« Ich musste nicht aufsehen, um Chris' breites Grinsen vor Augen zu haben.

»Dann sagen wir so: Entweder ihr hört auf oder *ich* fahre in Urlaub. Verstanden?«

Einen Moment lang herrschte absolute Ruhe, und das Geplapper und Klappern von Besteck und Geschirr von den Nachbartischen war überdeutlich.

»Du bist ganz schön empfindlich, Meredith«, sagte Rebecca eingeschnappt.

Und das ausgerechnet aus ihrem Mund.

Den Rest der Mittagspause verbrachten wir schweigend und jeder ging früher als nötig zu seinem Kursraum. Langsam wurde das Thema Brandon sogar mir zu viel.

25. Kapitel

Für das Reitturnier trafen wir uns direkt auf dem Gutshof der Veranstaltung, wo es schon vor Menschen wimmelte.

»Hier lebt unsere kleine Rebecca also ihren Mädchentraum aus«, sagte Chris und machte einen großen Schritt über ein paar Pferdeäpfel hinweg. »Schade, dass sie nie geträumt hat Prinzessin zu werden. So eine Veranstaltung wäre doch mal was anderes.«

Wir kicherten und stellten uns in diesem Moment wahrscheinlich alle Rebecca in einem rosafarbenen Tüllkleid vor. Das war so absurd, als wenn Justin Bieber auf einmal Chorknabe in der Westminster Abbey werden würde, samt Messdienerhemd und rotem Kragen.

Das Gelände des Reitstalls wimmelte vor Menschen. Alle Omas, Opas, Eltern und Geschwister wollten ihre Kinder heute zu Pferd glänzen sehen. Passend dazu waren die Pferde auch auf Hochglanz gestriegelt. Shakti vermutete, dass der ein oder andere mit Schuhwichse nachgeholfen hatte. Wir sahen sogar eines mit hellblauen Schleifchen in der geflochtenen Mähne. Die Reiter sahen ähnlich gelackt aus. Uns begegneten alle zwei Meter zehn- bis fünfzehnjährige Mädchen in weißen Reithosen und gebürsteten Jacken in Schwarz oder Rot.

Aber zu erkennen waren die Turnierteilnehmer in erster Linie anhand der Reitkappen, die keiner von ihnen abnahm. Na ja, die Mädchen zumindest nicht. Von den wenigen Jungen, die auch mitmachten, hatten wir bis jetzt erst zwei entdeckt, beide ohne Reitkappe, aber mit glänzenden Reitstiefeln. Gemäß der ausgehangenen Teilnehmerliste müssten es insgesamt zehn sein. Aber Colin hatte angemerkt, dass sie sich bestimmt verdrückt hatten.

»Entweder sind sie aufgeregt oder es ist ihnen peinlich, in diesen weißen Leggins rumzulaufen«, stimmte ich ihm zu und betrachtete kritisch die eng anliegende Reithose eines Mädchens, dessen Hintern nicht mehr von der Jacke verdeckt werden konnte. Die Blicke der anderen folgten meinem grinsend.

Das arme Pferd, aber der Reiterin schien das nichts auszumachen. Stolz tätschelte sie ihre Stute und blickte dabei unverkennbar sehnsüchtig in Chris' Richtung.

»Ich sehe schon«, sagte dieser gedehnt, »wir werden einen sehr netten Vormittag haben.«

Ich dachte zuerst, er meinte die hübsche Fünfzehnjährige hinter der Kräftigen, die ihm solch kokette Blicke zuwarf.

»Falsche Richtung, Meredith«, räusperte sich Colin neben mir. Ich drehte mich um.

Da kamen Brandon und Elizabeth auf uns zu.

Elizabeth sah umwerfend aus. Und das lag nicht mal so sehr an ihren neuen Klamotten – die ihr zugegeben sehr gut standen –, sondern vielmehr an ihr selbst. Ihre roten Haare leuchteten im Sonnenlicht und ihre Ausstrahlung war regelrecht greifbar.

Genauso schimmernd wie Brandon neben ihr. Mit seinen blonden Haaren und seiner stolzen Haltung fehlte ihm quasi nur noch eine Rüstung und er wäre der perfekte Lancelot gewesen.

Oder eben Alfred. Ich hatte beide seit dem Gewitter nicht mehr gesehen. Und anscheinend hatte ich auch vergessen, wie gut Brandon aussah, denn mein Herz machte unwillkürlich einen Satz und ich hörte mich selber laut einatmen.

Dabei spürte ich Colins durchdringenden Blick auf mir ruhen und zog seinen Kopf zu mir herunter.

»Ich verspreche, dass ich mich beherrschen werde. Ich werde nicht zittern und nicht blöd schauen, aber du bleibst bitte in meiner Nähe, ja?«, flüsterte ich ihm zu, damit Shakti und Chris es nicht hörten.

»Keine Sorge. Ich werde dich nicht mit ihm allein lassen.« Wieso klang das so bedrohlich?

Elizabeth sah aus, als hätte sie ihr eigenes Paradies betreten. Sie hatte einen staunenden Ausdruck im Gesicht und glich dabei einem Kind, das zum ersten Mal Hamleys Spielzeugwelt in London betrat.

Und das Strahlen wurde noch einen Tick leuchtender, als sie Colin entdeckte.

»Jetzt verstehe ich, was du meinst«, sagte ich langsam.

Colin lächelte zu Elizabeth hinüber und sagte dann zu mir: »Was soll ich denn meinen?«

»Wo Brandon ist, ist auch sie und damit auch du, oder hab ich was falsch verstanden?«

»Mere, du verstehst manchmal überhaupt nichts, außer mathematische Formeln und physikalische Gesetze«, lautete die unbefriedigende Antwort, bei der er mich noch nicht einmal ansah.

»Hallo, Colin«, grüßte Elizabeth mit einem strahlenden Lächeln.

Chris und Shakti sahen verblüfft von ihr zu Colin und wieder zu ihr.

»Hallo Elizabeth. Ich wusste nicht, dass du Pferde magst«, begrüßte sie Colin.

»Und wie«, sagte sie und wippte dabei auf den Zehenspitzen.

»Ich hatte auch mal ein Pferd … aber ein reinrassiges.« Mitleidig sah sie zur braunen Stute der pummeligen Reiterin. Dann wandte sie sich wieder Colin zu. »Kennst du dich hier aus? Würdest du mich rumführen?« Sie schenkte ihm einen Blick, der dem Shaktis ähnelte, wenn sie Michael ansah. Und Colin lächelte genauso breit zurück, legte ihr eine Hand auf den Rücken und die beiden verschwanden in Richtung Stall.

»So viel zu: *Ich lass dich nicht allein*«, murmelte ich und schaute den beiden fassungslos hinterher.

»Was sagst du?«, fragte Brandon.

»Ich sagte: Ihr habt frei, wie fein«, log ich schnell.

»Wie geht es denn der Bedienung aus der Mall?«, fragte Chris. Brandon runzelte fragend die Stirn.

»Na, die, die sich geschnitten hatte. Hast du noch mal was von ihr gehört?«

Jetzt lächelte er. »Ja. Sie hat mich angerufen. Ihr geht es wieder gut und sie arbeitet auch schon wieder.«

»Demnach steht ihr in Kontakt?«, bohrte Chris weiter. »Und du hast ihr deine Nummer gegeben?«

Brandon zuckte unbeteiligt mit den Schultern und wandte sich dann mir zu. »Meredith, kann ich dich mal kurz sprechen?«

Mit einem Mal hatte ich das Gefühl, als hätte jemand Propangas in meinen Kopf gepumpt. So leicht war er.

Chris gab mir einen Schubs in Brandons Richtung.

»Geh schon. Ich pass auf Shakti auf.«

»Wieso musst du auf mich aufpassen?«, hörte ich noch Shakti fragen, ehe Brandon mich am Ellbogen fasste und mit sich zog.

Ich fühlte seine warmen Finger durch meine Softshelljacke hindurch. Sein Schritt war genau wie sein Griff: sicher, nicht zu fest, aber unerschütterlich und selbstbewusst.

Er war definitiv jemand, zu dem man aufsah. Nicht nur auf Grund seiner Größe, die beinahe an Colins heranreichte, sondern auf Grund seiner Ausstrahlung. Neben ihm kam ich mir blass vor.

Das passierte mir bei Chris nie.

Brandon führte mich zur Imbissbude, die für das Turnier aufgestellt worden war.

»Hast du Hunger?«, fragte er mich.

Ich schüttelte den Kopf.

»Ich würde mich gern für die Rückfahrt während des Gewitters revanchieren. Magst du wirklich nichts?«

Als ob ich essen könnte neben ihm. Vermutlich würde ich die Schale schon in dem Moment fallen lassen, in dem die Verkäuferin sie über die Theke reichte.

»Nein. Danke. Wirklich nicht.«

»Ich bin süchtig nach Curryhähnchen mit Chips«, gestand er mir mit einem breiten Lächeln, das all seine schneeweißen, aber doch ein wenig unregelmäßigen Zähne zeigte.

Er bestellte, und während die Verkäuferin die Fritten in die Fritteuse kippte, drehte er sich wieder zu mir um. »Das war ein Gewitter, was?«

Hatte er mich etwa hierhergeschleift, um das Gewitter durchzukauen? Doch dann überraschte er mich.

»Es tut mir leid.«

»Nein. Völlig in Ordnung. Normalerweise mag ich auch Curryhähnchen, aber wir haben vorhin schon was gegessen.«

Er runzelte die Stirn.

»Das meinte ich nicht. Es tut mir leid, dass ich dich in der Mall so angepflaumt habe. Ich hätte von Anfang an dabei sein sollen. Ich habe Elizabeth unterschätzt.«

»Inwiefern?«, fragte ich überrascht.

»Sie kann sehr … energisch sein, wenn sie sich was in den Kopf gesetzt hat. Dagegen kommt man nur schwerlich an.«

Ach, er dachte wirklich, ich könnte gegen eine Elizabeth nicht ankommen? *Jetzt* war ich beleidigt.

»Ich glaube eher, du hast Chris unterschätzt«, sagte ich säuerlich.

Brandon bezahlte und nahm sein Essen entgegen.

Herzhaft füllte er sich eine Portion ein.

»Auf jeden Fall hätte ich dich nicht dafür verantwortlich machen sollen. Und ich könnte sehr wohl mit einem Chris fertig werden«, sagte er, als er den Mund wieder leer hatte.

Daran zweifelte ich keine Sekunde. Brandon diente vielen Jungs an unserem College und in unserer Gegend als Vorbild. So auch Chris. Obwohl er es nie zugeben würde.

Ich nickte und wartete ab, ob er mir noch etwas sagen wollte. Aber jetzt war Brandon erst mal mit Essen beschäftigt. Er sah sogar dann noch heiß aus, wenn er ein Curryhähnchen hinunterschlang. Die Muskeln an seinen Oberarmen kamen bei jeder

Bewegung mit der Gabel richtig zur Geltung. Sogar unter dem Langarmshirt.

»Sag mal, trainierst du eigentlich mit Gewichten?«

Er hielt mitten im Kauen inne und sah mich erstaunt an.

»Hab ich das laut gefragt?«, murmelte ich und sofort wurde mein Kopf wieder hohl und meine Wangen heiß.

Jetzt grinste er wieder und ich konnte sehen, dass sich um seine Augen und vor allem um seine Mundwinkel herum niedliche Fältchen bildeten.

»Ehe ich im Circlin' Stone angefangen habe, habe ich täglich trainiert. Jetzt übe ich mich nur noch im Bogenschießen.«

»Mit beiden Armen?«, fragte ich, weil ich immer dachte, nur ein Arm würde dabei Muskeln entwickeln.

»Du hast noch nie mit einem Bogen geschossen, stimmt's? Beide Arme werden dabei belastet.«

»Das sieht man«, sagte ich und versuchte nicht auf seine Oberarme zu starren.

Eine Durchsage erscholl und rief alle Besucher dazu auf, sich einen Platz am Parcours zu suchen.

»Wollen wir?«, fragte Brandon. Ich nickte.

Er hatte es geschafft, in Sekundenschnelle das ganze Hähnchen zu verdrücken, und warf nun die leere Schale in den Müll.

Einen winzigen Moment lang sah es so aus, als würde sie danebenfallen, aber dann streifte sie den Rand des Mülleimers und kippte vornüber hinein.

Die physikalischen Teile meines Gehirns versuchten diesen Wurf auszurechnen, aber irgendwie stimmte da was an der Gleichung nicht. Der Winkel? Die Schalenform? Die Höhe des Wurfs?

»Und du reitest nicht?«, riss mich Brandon aus meinen Gedanken.

Ich schüttelte den Kopf. »O nein. Pferde sind so … groß.«

Wir warfen beide einen Blick auf die Stute, die Elizabeth vorhin noch so mitleidig betrachtet hatte.

»So groß ist die aber nicht«, widersprach Brandon. »Ich hatte mal ein Pferd, das gut zehn Zoll größer war.«

»Ach, reiten kannst du auch?«

»Ich bin schon lange nicht mehr geritten.« Das klang bedauernd.

Wir fanden Chris und Shakti direkt an der Bande zum Parcoursplatz. Doch von Colin und Elizabeth war dort nichts zu sehen. Elizabeths rotes Haar wäre aufgefallen.

Auch Brandon sah sich suchend nach den beiden um.

»Die sind im Heu«, sagte Chris und wackelte anzüglich mit den Augenbrauen. Brandon versteifte sich. Chris grinste und fügte hinzu: »Zumindest ich wäre das mit ihr. Aber weil es Colin ist, vermute ich, dass die beiden bei irgendeinem Hund hängengeblieben sind, oder bei einer Katze.«

»Ja, da sind sie«, sagte Shakti und zeigte neben sich. Tatsächlich hatte die nun auftauchende Elizabeth ein kleines Katzenbaby auf dem Arm, das sie zärtlich an sich drückte.

»Sieh nur, Brandon, ist die nicht süß? Colin hat sie entdeckt und der Stallknecht – ach nein, der Stallbesitzer war es – hat gesagt, ich könne sie behalten. Sie stammt aus einem Wurf von sieben Kätzchen. Ich werde sie Tinker nennen.« Sie strahlte Colin an, als hätte er das Kätzchen aus einem brennenden Haus gerettet.

Er lächelte geschmeichelt.

»Du kannst es nicht behalten«, sagte Brandon verdattert. »Meine Wohnung ist zu klein für eine Katze.«

»Wieso nicht? Colin will mir zeigen, wie man ihr beibringt, einen Abort … aufs Klo zu gehen, und sie benötigt nicht viel Platz.« Elizabeth sah sehr entschlossen aus.

Abort? Ich sah Colin an, aber er mich nicht. Ich hatte das Gefühl, er würde meinen Blick meiden.

»Ist das nicht unglaublich? Katzen, die aufs Klo gehen können!«, fuhr Elizabeth aufgeregt fort.

Jetzt sah ich Colin durchdringend an. Er merkte, dass er nicht länger ausweichen konnte, und grinste schwach in meine Richtung.

»Elizabeth, darüber reden wir noch.« Brandon wurde ungehalten.

»Du kannst reden«, antwortete sie schnippisch. »Ich behalte die Katze. Nicht wahr, kleine Tinker? Du gehörst ab sofort zu mir.«

Weder sie noch die Katze schien sich an Brandons entschlossener Miene zu stören.

»Ich sehe, du bist tatsächlich viel energischer als Chris und ich«, konnte ich mir nicht verkneifen zu sagen.

Brandon sah mich düster an.

»Hört auf zu zanken. Es fängt an!«, rief uns Shakti zur Ordnung. Wir vergaßen vorübergehend die Katze und sahen den ersten Reitern zu.

Nach dem fünften Parcourslauf begann es jedoch – wie immer für uns Nichtpferdeliebhaber – langweilig zu werden und Chris machte sich mit Shakti auf den Weg zur Imbissbude.

Brandon zog derweilen Elizabeth zur Seite und wir sahen beide miteinander diskutieren. Oder sagen wir mal, Brandon diskutierte, Elizabeth hatte nur eigenwillig das Kinn vorgeschoben.

Ich schaute mir das Ganze eine Zeit lang an und boxte dann Colin in die Rippen.

»Raus mit der Sprache: Wer oder was ist sie?«

»Au! Andere Mädchen sind netter, wenn sie was von einem Jungen wollen.« Er rieb sich die Stelle, an der ich ihn getroffen hatte.

»Ich warte!«

»Was weiß denn ich? Ich habe dir alles über Elizabeth gesagt, was ich weiß.«

»*Abort*, wer sagt denn heute noch Abort?« Ob das Shakti und Chris nicht registriert hatten?

»Ich finde, sie hat einen außergewöhnlichen Humor«, sagte Chris, der mit einem Burger und einer Cola zurückkam und uns von weitem gehört zu haben schien.

»*Abort*«, kicherte Shakti. »Wir amüsieren uns schon die ganze Zeit darüber.«

Äh … ja.

»Also ich kann mich auch über andere Sachen amüsieren«, erklärte ich und hörte mit einem Ohr der Durchsage zu. »Hey, Rebecca ist jetzt dran!«

Wir stellten uns an die Bande. Shakti packte ein kleines Fähnchen aus.

»Leg das weg«, riet ich ihr. »Durch das Flattern könntest du ihr Pferd erschrecken und du weißt, was dann los wäre.«

Schnell ließ sie die Hand sinken.

»Hi Brandon!«

Die blonde Fünfzehnjährige, die vorhin noch Chris angeschmachtet hatte, stand plötzlich neben uns und strahlte zu Brandon auf. In der Hand hielt sie die Zügel ihres Pferdes. Die braune Stute, deren Mähne mit hellblauen Schleifchen eingeflochten war. Das arme Tier. Shakti und ich legten freiwillig einen Schritt mehr Abstand zu.

»Hallo«, sagte er und legte sein freundliches Kellnerlächeln auf.

»Ich bin Emily, erinnerst du dich nicht? Die, die immer den Latte mit einem Schuss Vanille trinkt. Wie kommst du hierher? Reitet deine Freundin auch mit?«, fragte sie und klimperte mit ihren ziemlich stark geschminkten Wimpern.

»Ich habe keine Freundin«, sagte Brandon irritiert.

Das Lächeln des Mädchens wurde noch strahlender.

»Ach«, sagte sie.

»Ich auch nicht«, machte Chris auf sich aufmerksam. Er sah etwas angesäuert aus.

Emily blinzelte ein wenig irritiert und wandte sich dann wieder Brandon zu. »Möchtest du mal reiten, Brandon? Meine Bella ist lammfromm.«

»*Ich* würde gern reiten«, sagte Elizabeth schnell.

Es war erstaunlich, wie schnell Emilys Lächeln an Strahlkraft verlor. »Das geht nicht. Ich bin gleich dran.«

Elizabeth musterte sie von oben herab. »Gerade hast du ihm noch angeboten zu reiten.« Sie folgte Emilys Hilfe suchendem Blick, den sie Brandon zuwarf. »Oh. Ich verstehe. Du willst ihn reiten lassen, damit *er dein* Freund wird.«

»Colin, würdest du Elizabeth zeigen, wo die Katze ihr Zuhause hat?«, sagte Brandon. Jetzt war er richtig genervt.

Colin nickte und nahm Elizabeths Hand, eine unbedachte Geste, denn beide zuckten zusammen und erstarrten.

»Da waren doch bestimmt noch mehr Katzen, oder?«, sagte ich schnell, ehe es zu offensichtlich wurde. »Shakti, magst du auch mal mitgehen?«

»Nein. Rebecca reitet gerade.«

Mit einem ein wenig schlechten Gewissen drehte ich mich zum Parcoursplatz um und sah gerade noch, wie Rebecca mit ihrem Wallach bravourös den Wassergraben nahm.

Wir applaudierten laut und Shakti vergaß vor Freude, dass sie das Fähnchen nicht schwenken sollte, und hob es hoch.

Rebeccas Pferd scheute nicht. Es war Emilys Pferd, das scheute.

Es riss ihr die Zügel aus der Hand, stieg mit den Hufen in die Luft und rannte aus dem Stegreif los.

»Das nennst du lammfromm?«, fragte Chris unnötigerweise. Emily schrie auf und machte Anstalten, ihrer Stute hinterherzurennen. Die Menschen vor uns sprangen schreiend zur Seite, was das Pferd nur noch nervöser machte. Es stieg wieder, drehte sich auf der Achse und rannte zurück auf uns zu.

Ich hatte Emily im letzten Moment zurückgehalten, denn schon war das Tier wieder bei uns. Ich konnte noch erkennen, wie Colin Elizabeth hinter sich herzerrte, Shakti kreischend zurücksprang und Brandon … Brandon blieb quasi in der Laufbahn des Pferdes stehen.

Gerade als ich rufen wollte, er solle sich gefälligst in Sicherheit bringen, machte er einen kleinen Schritt zur Seite, fasste in die albern geflochtene Mähne und schwang sich mit Leichtigkeit in den Sattel des galoppierenden Pferdes.

Nun sahen wir ihn und die Stute gemeinsam weiterrennen. Bis zum Tor am Ende der Zufahrt raste das Pferd, als wolle es gleich Tragflügel ausbreiten und abheben.

Nach diesem Sprint, kurz hinter dem Tor, wurde es langsamer und blieb endlich stehen.

Brandon wendete es – und sah dabei aus, als müsse er dafür nicht einmal die Zügel in die Hand nehmen, so folgsam drehte sich das Pferd zu uns um – und trabte gemächlich zu uns zurück.

Er saß wie ein Cowboy auf dem Pferd, gelassen und fest im Sattel, als reite er täglich. Nein, mehr noch, er wirkte nicht so leger wie ein Cowboy, er wirkte eher wie ein Zentaur. Er sah majestätisch und mit dem Pferd verwachsen aus, so als wäre er auf seinem Rücken groß geworden.

Neben mir gab Emily einen seltsamen Laut von sich. Heulte sie etwa?

»Deinem Pferd ist nichts passiert«, sagte ich beruhigend und tätschelte ihre Schulter.

»Das sehe ich. Aber sieht er nicht himmlisch aus?«

Ich sah sie an und erkannte, dass sie schmachtend seufzte. Ich ließ meine Hand sinken.

Aber zum Glück hatte sie diese Töne ausgestoßen, denn sonst wären sie mir entschlüpft. Ja, er sah himmlisch aus.

»Welcher Idiot hatte sein Pferd nicht im Griff?« Rebecca tauchte mit ihrem Salomon auf. Sie entdeckte Brandon auf Emilys Pferd und drehte sich wutentbrannt zu ihr um.

»Du kleines Miststück hast mir meinen perfekten Ritt versaut.

Wegen deiner verwöhnten Bella hat mein Salomon beim letzten Oxer gepatzt.«

»Du bist großartig geritten, Rebecca«, warf Shakti schnell ein. »Wegen der einen heruntergefallenen Stange werden sie dir doch keine Punkte abziehen.«

»Hast du eine Ahnung. Damit habe ich verloren«, und sie begann laut und ausführlich mit Emily zu schimpfen und gleichzeitig Shakti die ach so strengen Regeln vorzubeten.

Colin und ich wechselten einen Blick. Ich konnte sehen, dass er genauso gern von hier verschwinden wollte wie ich. Da Rebecca durch diesen Ausfallschritt keinen Preis erhalten würde, wäre der Rest des Tages ohnehin nur noch Quälerei. Sie mochte zwar manche Sachen schnell vergeben, aber dafür brauchte sie erst einmal Abstand. Und den hatte sie jetzt noch nicht.

Brandon schien es auch zu viel zu werden. Er schwang sich vom Pferderücken, übergab Emily die Zügel und führte Elizabeth vom Turnierplatz fort, mit einem letzten Nicken in unsere Richtung.

Die Katze behielt sie auf dem Arm.

Colin und ich schlichen uns ebenfalls fort, indem wir andeuteten, die Imbissbude aufsuchen zu wollen.

Während wir an der Imbissbude vorbei zielstrebig zum Ausgang gingen, grinsten wir uns an.

»Das«, sagte ich zu ihm, als wir endlich im Auto saßen, »war das interessanteste Reitturnier, das Rebecca uns je geboten hat.«

26. Kapitel

Als ich nach Hause kam, lag ein Zettel auf dem Küchentisch: *Musste zur Dienstbesprechung wegen dem Sachsen-Festival. Mum.*

Das hieß dann wohl, ich war den Nachmittag über allein.

Ich versuchte ein wenig für die anstehenden Prüfungen zu lernen, verlor aber nach einer halben Stunde schon die Geduld. Ich wollte bei dem schönen Wetter raus. Also schrieb ich Colin eine WhatsApp-Nachricht mit der Bitte, zur Abtei zu kommen, und machte mich vorab auf den Weg.

Das Wetter hatte umgeschlagen. Wolken zogen über den Himmel, aber die Sonne schien stärker. Ich konnte die Jacke ausziehen, mir umbinden und die Sonnenstrahlen genießen, ehe ich den schattigen Wald erreichte. Hier war es bezaubernd. Überall sah man goldene Sprenkel wie auf einem Gemälde von Renoir. Heute mehr als sonst, denn der Gewittersturm hatte ein paar Bäume umgeworfen, die Lücken ins Blätterdach brachten.

Die Bluebells waren fast ganz verblüht, stattdessen war jetzt alles grün. Sogar das Moos auf den Felsen leuchtete kräftiger als sonst und der Bach hatte mehr Wasser und plätscherte lauter. Ab und an konnte ich einen kleinen Fisch hindurchhuschen sehen.

Der Wald hier hatte etwas Magisches für mich. Er war so abwechslungsreich. Man betrat einen normalen Laubwald, durch den ein friedlicher Bach floss, und stieß mittendrin auf hohe, moosbewachsene, fast unheimliche Felsen. Der Wanderweg, dem ich folgte, führte durch zwei kleine Schluchten zwischen den meterhohen Felsen hindurch und stieß dann, ganz unerwartet, auf die große Lichtung, auf der die Abtei stand.

Der direkte Weg zur Abtei führte eigentlich am Bach entlang und nicht durch eine der Schluchten. Ich konnte aber sehen, dass das letzte Gewitter seinen Tribut gefordert hatte. Ein paar Bäume lagen entwurzelt und abgeknickt zwischen Efeu und Brombeerhecken und machten den kleinen Pfad neben dem Bach unpassierbar. Ich verließ den Wanderweg, machte einen kleinen Schlenker und stand plötzlich vor einer kleinen Ruine.

Moment mal. Eine Ruine?

Ich blieb stehen, dummerweise genau im Sonnenlicht, und musste blinzeln.

Schnell machte ich ein paar Schritte zurück und starrte angestrengt auf die Stelle, wo ich vorhin noch eine Mauer zu sehen geglaubt hatte.

An dieser Stelle drang jetzt auch die Sonne durch und tauchte alles in gleißendes Licht.

Ich wollte schon durch den Bach stapfen, um mir die Stelle aus der Nähe anzusehen, aber genau in diesem Moment schob sich eine Wolke vor die Sonne und legte alles in Schatten. Da war nichts. Nur Farn, verblühte Bluebells und Baumwurzeln.

Vorsichtshalber rieb ich mir die Augen, putzte meine Brille und sah: Da stand tatsächlich eine Hütte.

Wieso war die mir noch nie zuvor aufgefallen?

Ich suchte mir eine Stelle am Bach, wo ich trockenen Fußes hinübergehen konnte. Auf der anderen Seite des Gewässers war kein Weg zu finden, nur wild wucherndes Unkraut und – wie ich schmerzhaft feststellen musste – viele Brombeersträucher.

Es dauerte länger als gedacht, mir einen Weg durch die oft schon hüfthoch gewachsenen Hecken zu bahnen, aber ich näherte mich langsam meinem Ziel. Ja, es handelte sich eindeutig um die bröckelnden Mauern eines Hauses. Keine ganze Hütte, nur der noch erhaltene Giebel.

Wieso hatte ich das noch nie zuvor gesehen?

Ich blickte mich um und entdeckte einen großen, efeuumrankten Baum, der umgestürzt am Boden lag. An seinen Wurzeln hing noch Erde und das Wurzelloch war nicht ganz zugewachsen.

Wahrscheinlich hatte er die Sicht auf die Mauern bislang verdeckt.

Viel war jedenfalls nicht mehr übrig. Die eine Giebelwand stand nur noch halb, die andere war ganz verschwunden. Die Seitenwände lugten kaum aus den wuchernden Brombeersträuchern heraus und ich konnte an der gegenüberliegenden Seite einen Fenstersims erkennen.

Mittlerweile wunderte ich mich nicht mehr. Hier war alles so zugewuchert, dass ich mir meine Kleidung zerfranst hätte, wenn ich die Ruine einmal umrunden wollte. Und sie schien es nicht wert zu sein. Bestimmt handelte es sich um einen alten Schafstall oder Ähnliches. Aber bei Gelegenheit wollte ich einmal nachforschen, wem diese Hütte gehört hatte.

Auf dem Rückweg durch die Ranken kam die Sonne wieder durch und blendete mich für einen Moment. Das reichte, um in eine Bodenvertiefung zu treten. Ich knickte um und fiel auf die Knie.

Und nur dadurch entdeckte ich es. Es lag direkt inmitten einer Gruppe Brennnesseln, die sich durch die Brombeersträucher und Kletten gedrängt hatte, und blitzte in diesem Moment golden auf.

Musste ich jetzt wirklich da hineinfassen?

Aber meine Neugierde war stärker als mein Schmerzempfinden. Dachte ich zumindest, bis ich die Hand in das ganze Unkraut schob.

»Au. Au. Au«, schimpfte ich, legte aber entschlossen meine Hände um den Gegenstand und zog ihn unter weiteren »Aua«, »Autsch«, »Mist« heraus.

Es stach und brannte, und wenn es jetzt nur eine blöde Gürtelschnalle sein sollte, würde ich sie zerquetschen und so weit wegwerfen, dass sie bis in den Krater von Mordor flog. Auf alle Fälle betrachtete ich zuerst nur die Kratzer und roten Flecken auf meinem Arm, ehe ich das zigarettenschachtelgroße Metallteil untersuchte. Aber dann weckte es doch mein Interesse. Es war kühl und feucht und sah ein wenig aus wie ein Kompass. Nur kein runder Kompass, sondern einer mit einer auslaufenden Spitze. Außen war ein fein ziseliertes Goldband mit vielen kleinen Perlen und Ranken angebracht. Es dauerte ein wenig, ehe ich den dranklebenden Dreck entfernt hatte und erkannte, dass sich auf dem Goldband ausgestanzte Buchstaben befanden. Ich erkannte ein A und ein E, die ohne Lücke aneinanderlehnten und sich quasi einen Balken teilten. Die vorn auslaufende Spitze stellte einen Tierkopf dar. Ich konnte nicht genau erkennen, ob es ein Schwein, ein Wolf oder ein Bär sein sollte. Vielleicht war es auch ein Hirsch ohne Geweih.

Gefüllt war der Goldrand mit einem dicken, milchigen Glas,

durch das ich nicht hindurchsehen konnte. Ich betrachtete den Gegenstand staunend. So etwas hatte ich noch nie gesehen. Wie alt mochte das sein? Mindestens mittelalterlich. Wenn nicht sogar keltisch. Wozu es wohl gedient hatte?

Ich wickelte es in ein Tempo und verstaute es in meiner Hosentasche. Sollte ich noch mal fallen, würde ich es bestimmt nicht mehr aus den Brennnesseln herausholen können. Meine Hand tat jetzt richtig weh.

Und die Brombeerstachelkratzer schwollen an.

Ich kühlte die Hand im Bach. Das tat sehr gut.

»Bist du hingefallen?«, sagte hinter mir eine bekannte Stimme. Es war nicht die Colins.

Vor Schreck kippte ich vornüber und musste mich mit beiden Händen im Wasser abstützen, damit ich nicht ganz hineinflog.

»Tut mir leid, Meredith.«

Schon war Brandon neben mir, packte mich um die Taille und zog mich mit Schwung hoch.

Er war erstaunlich stark für einen Barkeeper und Kellner.

»Was hast du da gemacht? Wolltest du Fische fangen?«

»Ja, klar. Mit bloßen Händen«, sagte ich sarkastisch.

»Warum nicht?«

Ich sah ihn skeptisch an, aber da war kein spitzbübisches Funkeln in seinem Blick. Nur wieder dieses Leuchten. Er hatte das durchaus ernst gemeint,

»Du … äh … kannst mich jetzt loslassen«, sagte ich. Er ließ meine Mitte los.

»Ich glaube, es ist besser, ich führe dich vom Wasser weg. Ohne dir nahetreten zu wollen, aber du bist manchmal ein wenig …«

»Tollpatschig?«, fiel ich ihm ins Wort.

»Unbeholfen«, verbesserte er mich und betrachtete meine rechte Hand, auf der die Schrammen jetzt knallrot leuchteten.

Er hatte nicht ganz Unrecht. Ich ließ mich zurück zum Weg führen und war froh, dass das Wasser so kalt gewesen war, denn meine Hände begannen plötzlich unangenehm zu schwitzen.

Sobald wir ebenen Boden erreicht hatten, brachte ich etwas mehr Abstand zwischen uns und dabei blieb mein Blick an dem Ring hängen, den er am Zeigefinger trug. Ich kannte niemanden, der einen Ring am Zeigefinger trug.

»Was machst du eigentlich hier?«, fragte ich ihn.

»Ich wollte mich etwas bewegen.«

»Ich hätte geschworen, du gehst dafür joggen oder ins Fitnessstudio.« Mein Blick fiel wieder auf seine muskulösen Oberarme.

Sein Lächeln war etwas gequält. »Ich kann diesen Studios nichts abgewinnen. Dort werde ich noch mehr umlagert als im Circlin' Stone.«

Konnte ich gut verstehen. Allerdings hatte ich immer angenommen, es gefiele ihm, so umschwärmt zu werden.

»Das gefällt mir nur bedingt«, sagte er achselzuckend. Und als ich ihn groß anstarrte, fügte er hinzu: »Wenn ich so schwitze, möchte ich nicht von Frauen angestarrt werden. Es … schickt sich nicht.«

»Woher weißt du das?«

»Ich habe das Gefühl, nur dafür gehen viele ins Fitnessstudio. Um sich anstarren zu lassen.«

Ich blieb stehen. »Nein. Woher weißt du, was ich gedacht habe. Kannst du Gedanken lesen?«

Brandon lächelte belustigt. »Nein. Das war offensichtlich. Das denkt nämlich jeder. Und du? Was machst du hier? Anscheinend ist es ja nicht ganz ungefährlich, wenn du alleine durch den Wald gehst.«

Sofort wurden meine Wangen heiß. Kein Wunder, dass er so dachte. Ich blamierte mich ständig in seiner Gegenwart.

»Ich habe mich mit Colin verabredet«, sagte ich lahm. Unseren Lieblingsplatz – die Abtei – zu nennen fühlte sich an wie Verrat.

»Hier? Mitten im Wald? Am Bach?« Er blickte zurück zu der Stelle, wo ich beinahe im Wasser gelandet wäre.

»Na ja … wir gehen öfter diesen Weg entlang«, wich ich aus.

Daraufhin schwiegen wir eine Weile und gingen nebeneinanderher, bis sich der Weg gabelte. Der eine würde zur Abtei führen, bei dem anderen handelte es sich um den Wanderweg, über den ich hergekommen war.

»Also dann«, sagte ich und wandte mich Richtung Abtei. »Ich will dich nicht länger aufhalten. Bis bald.«

Brandon blieb ebenfalls stehen und sah mich an. »Ich weiß nicht, ob ich dich alleine lassen kann. Wer weiß, was geschieht?«

»Zumindest besteht hier keine Gefahr, von einem durchgehenden Pferd überrannt zu werden«, sagte ich schnell. »Das war übrigens unglaublich heute Morgen. Du hast ausgesehen, als seist du mit dem Pferd verwachsen.«

Er seufzte sehnsüchtig. »Ja, das Reiten fehlt mir.«

»Wieso gehst du nicht öfter reiten?«, fragte ich.

Jetzt sah er ein wenig bedrückt aus. »Mit dem Gehalt aus dem Circlin' Stone kann ich zwar meine Miete und meinen Lebensunterhalt bezahlen, aber für solche Hobbys reicht es nicht.«

Einen Augenblick lang sah er traurig und dann verzagt aus.

Ich konnte sehen, dass ihm dieser Moment der Offenheit leidtat, denn er strahlte schon wieder.

»Wenn ich darf, begleite ich dich noch ein wenig. Ich kann schließlich nicht zulassen, dass dir was geschieht.«

»Ah. Ein Ritter«, sagte ich lapidar und überlegte, wann ich denn dann mit Colin reden konnte.

»Du sagst es.« Und das klang, als würde er in diesem Moment etwas anderes noch mehr bedauern, als nicht mehr reiten zu können.

»Also gut.« Wir schlugen den Weg zur Abtei ein. Die Lichtung wurde gerade wieder in Sonnenlicht getaucht und die hellen Steine der noch stehenden Spitzbögen schienen zu leuchten.

Wir gingen in Richtung Kreuzgang.

Brandon war jetzt wieder schweigsam. Ich wagte einen Blick und bemerkte, dass er traurig aussah.

»Schade, nicht wahr?«, sagte ich leise. »Sie strahlt noch immer so viel Würde aus. Man kann sich sehr gut vorstellen, wie die Mönche hier betend umhergestreift sind.«

Brandon schnaubte abfällig. »Sie haben die Gegend ausgebeutet. Von was hätten sie sonst einen solchen Bau bezahlen können?«

Darüber hatte ich mir noch nie Gedanken gemacht. »Mir hat es immer leidgetan. Als Heinrich VIII. die Klöster auflöste, standen diese Männer vor dem Nichts und mussten mit ansehen, wie das, wofür sie gelebt hatten, zerschlagen wurde und verkam.«

Brandon zuckte unbeteiligt mit den Achseln. »Und vorher waren sie voller Hochmut und Unbekümmertheit. Die Bauern, die sie für sich schuften ließen, litten jeden Winter an Hunger. Und sie stellten unverheiratete, schwangere Mädchen bloß.«

Ich sah ihn überrascht an.

Wirklich. Sein Kinn war vorgeschoben, die Zähne fest zusammengebissen und die Lippen zu einem Strich verdünnt.

»Du klingst, als würdest du das persönlich nehmen.«

Beinahe augenblicklich ließ er die angespannte Miene fallen und zeigte wieder das charmante Lächeln, für das er weithin bekannt war.

»Wieso sollte ich? Das ist lange her.«

Mein Handy machte sich bemerkbar. Colin rief an. Ich nahm ab. »Hi! Wo bleibst du? Ich bin schon da.«

»Ich habe deine Nachricht zu spät gelesen. Ich warte bei dir zu Hause auf dich.« Colin klang kein bisschen entschuldigend.

»Oh, okay. Ich beeile mich. Du glaubst nicht, was ich …«, ich brach ab und warf einen Blick zu Brandon hinüber. Beinahe hätte ich Colin erzählt, was ich gefunden hatte. Aber irgendwie wollte ich nicht, dass Brandon davon wusste.

Also sagte ich: »Du glaubst nicht, was ich gerade erlebt habe.«

»Das kannst du mir ja gleich erzählen«, sagte Colin und ich hörte, dass es ihn irritierte. »Ich habe übrigens noch etwas über den verbrannten Kornkreis herausgefunden. Stell dir vor, es gab schon einmal so einen Kreis, vor genau fünf Jahren. Und rate mal, wer damals in Lansbury aufgetaucht ist.«

»Colin, darüber reden wir am besten später«, unterbrach ich ihn. Er war immer lauter geworden, was seine Aufregung erklärte. Ich befürchtete, Brandon könnte ihn verstehen. Ich wandte ihm den Rücken zu und ging ein paar Schritte von ihm weg.

»Sag mal, ist was mit dir?«, fragte Colin und klang etwas eingeschnappt. »Weißt du, Mere, ich verstehe dich nicht mehr. Gut, der Kuss war eine blöde Idee von mir gewesen. Das sehe ich jetzt ein, aber deswegen musst du doch nicht ständig …«

»Colin, ich lege jetzt auf und komme nach Hause. Und dann reden wir da in Ruhe miteinander, ja? Ich bin hier nicht allein.«

Jetzt endlich verstand er und lenkte sofort ein. »Warum sagst du das denn nicht gleich? Wer ist bei dir?«

»Brandon.«

Nichts. Stille. Da kam nichts mehr. Hatte er aufgelegt?

»Colin?«, fragte ich vorsichtshalber.

Seine Stimme klang gepresst. »Komm nach Hause. Ich habe eine Überraschung für dich.«

Jetzt hatte er aufgelegt.

Ich steckte das Handy in die Hosentasche und berührte dabei den goldenen Gegenstand, den ich vorhin gefunden hatte.

Schnell verstaute ich das Handy in der anderen Tasche. Brandon war schon weitergegangen und nicht mehr zu sehen.

Ich fand ihn am Grab des Abtes – Colins und meinem Lieblingsplatz. Er saß auf dem Mauervorsprung, auf dem Colin sonst immer saß, und betrachtete nachdenklich das lebensgroße Grabdenkmal.

»Ich glaube, dein Colin ist eifersüchtig«, sagte er, als er mich bemerkte.

»Er ist nicht *mein* Colin«, widersprach ich und im gleichen Moment ging mir auf, dass ich ihn selber ab und an so in Gedanken betitelte. »Zumindest nicht so. Er ist für mich wie ein Bruder. Darüber haben wir doch schon gesprochen.«

Brandon sagte nichts. Er hob nur eine Augenbraue.

»Was ist Elizabeth für dich?«, wagte ich zum wiederholten Male zu fragen und beobachtete ihn genau.

Er ließ sich nichts anmerken, sondern lächelte nur.

»Sie ist meine Cousine. Auch darüber haben wir schon gesprochen. Ich passe auf sie auf. Nicht mehr und nicht weniger.«

»Du weißt, dass man in diesen heiligen Hallen nicht lügen darf, oder?«, fragte ich.

Jetzt lächelte er aufrichtiger. »Diese ehemals heiligen Hallen beinhalteten die heuchlerischsten Bewohner, die ganz Wiltshire je gesehen hat.«

»Du hast noch keinen Politiker kennengelernt«, sagte ich trocken. »Ich muss gehen. Colin wartet zu Hause auf mich.«

Brandon sah enttäuscht aus. Oder wünschte ich mir nur, dass er enttäuscht aussah?

»Ach, du bist so leicht zu haben? Er ruft und du springst?«

»Nein, natürlich nicht«, entgegnete ich schnell, aber wie sollte ich ihm erklären, dass ich mit Colin Wichtiges zu besprechen hatte?

»Also dann. Mach's gut.« Brandon erhob sich ein wenig widerwillig, wie es mir vorkam, und ich ahnte, dass er sich bemüßigt fühlte, mich zurückzubringen.

»Du musst mich nicht begleiten«, erklärte ich eilig. »Ich komme oft hierher und ich falle dabei nicht jedes Mal in Brombeerhecken oder Brennnesseln.«

»Was wäre ich für ein Ritter, wenn ich eine Dame allein durch den Wald gehen lassen würde? Ungeschützt allen Gefahren ausgesetzt«, antwortete er mit einem schiefen Grinsen.

»Ich glaube, der letzte Drache ist schon vor Jahrhunderten erlegt worden und in den letzten fünfzig Jahren hat auch kein Eichhörnchen mehr einen Spaziergänger angefallen«, konterte ich. Ich war hin- und hergerissen. Einerseits wäre ich natürlich gern länger in seiner Gesellschaft unterwegs, andererseits war mir dabei immer etwas zittrig zu Mute und das würde sich erfahrungsgemäß erst legen, wenn er nicht mehr in meiner Nähe wäre.

»Aber es sind schon die ersten Schmetterlinge unterwegs. Was, wenn einer gegen deine Brille fliegt und dir die Sicht nimmt? Du könntest über eine Wurzel stolpern. Nein, ich denke, ich muss dich begleiten.«

Flirtete er etwa mit mir? Zumindest lächelte er mich ganz reizend an. Nicht belustigt oder mit diesem einstudierten Kellnerlächeln, das er normalerweise aufsetzte.

Ich fühlte, wie meine Hände zu zittern begannen. Gleichzeitig begann meine Brille zu rutschen und ich traute mich nicht, sie zurück auf den Nasenrücken zu schieben, aus Angst, Brandon könnte das Flattern bemerken, das mich wieder überfallen hatte.

»Lass uns gehen«, sagte ich etwas barscher als beabsichtigt. Erst als ich ihm den Rücken zugewandt hatte, schob ich meine Brille wieder hoch.

Auf dem Rückweg sprachen wir kaum miteinander, aber Brandon begleitete mich bis zur Straße, in der ich wohnte.

Ein echter Ritter.

27. Kapitel

Die Dienstbesprechung hatte anscheinend nicht lange gedauert, denn kaum dass ich ins Haus trat, kam mir Mum mit strahlenden Augen entgegen. Es wirkte fast so, als hätte sie hinter einem Fenster auf der Lauer gelegen.

»Colin ist in deinem Zimmer«, sagte sie und schob mich bereits die ersten Stufen hoch.

»Was ist los?«, fragte ich verwundert. So aufgekratzt war Mum sonst nie, wenn Colin da war.

Wenig später öffnete ich die Tür zu meinem Zimmer und sah, dass Colin auf dem Boden lag, in der Hand einen Strumpf von mir, mit dem er wild hin und her wedelte.

Und dann sah ich es. Ein kleines getigertes Kätzchen, ähnlich dem, das Elizabeth heute auf dem Arm gehalten hatte.

»Was ist das?«, fragte ich überrumpelt.

»Das«, sagte Colin und sah mich nicht an, »ist Mimmy.«

»Und was tut Mimmy hier?«, fragte ich, als er nicht weitersprach. Er sah mich immer noch nicht an, was mich langsam rasend machte.

»Sie gehört dir.«

Jetzt endlich schaute er zu mir hoch. Aber nicht mit dem liebevollen Colin-Lächeln, mit dem er mich sonst bedachte, sondern mit einem lauernden, nachdenklichen Ausdruck.

»Mir? Wieso?«

Er seufzte und setzte sich endlich auf. Das Kätzchen packte den Strumpf und begann darauf herumzukauen.

»Weil ich dachte, es würde dir gefallen.«

»Oder weil Elizabeth es nicht behalten darf?«

Colin erhob sich beleidigt.

»Dann eben nicht.« Er nahm das Kätzchen samt Socke auf den Arm. Ach herrje, so empfindlich kannte ich ihn ja gar nicht.

»Bitte, bleib«, sagte ich schnell. Ich trat näher an ihn heran.

»Das ist eine Schwester von Tinker«, sagte Colin noch immer mit frostiger Stimme. »Sieh doch. Ihr Fell hat statt der hellbraunen Färbung rötliche Töne und sie ist nicht durchgängig getigert, sondern ganz weiß am Bauch. Und hier«, er hob das linke Pfötchen, »ist ihr Fell ganz rot.«

Mein Gedächtnis war zwar sehr gut – Colin nannte es immer fotografisch –, wenn es sich um Formen, Linien und Strukturen handelte, die sich nicht bewegten. Wie zum Beispiel ein Stadtplan oder Kornkreise. Aber sobald es um Tiere ging, wurde es kompliziert. Für mich sahen, bis auf Wall-E, alle Tiere einer Gattung so gut wie gleich aus, sofern sie nicht eindeutig weiß, schwarz oder braun waren. Bei dieser Katze hätte ich nicht sagen können, ob ihr Fell anders gestreift war als das von dem Kätzchen heute Morgen oder ob sie gar eine andere Farbnuance aufwies. Dafür hatte ich kein Auge.

Die kleine Katze befreite ihr Bein aus Colins Griff und schlug nach ihm.

»Holla. Eine kleine Madame. Sie mag es nicht, wenn man sie zu viel betüttelt.«

»Madame Mim. Ich finde, das klingt besser als Mimmy«, sagte ich und streckte eine Hand aus, um dem Kätzchen über den Kopf zu streicheln.

Es schnurrte und fuhr gleichzeitig seine Krallen aus. Als ich ihnen auswich, berührte ich Colins Hand.

Er erstarrte. Aber nur für einen flüchtigen Moment, dann lächelte er.

Madame Mim schnupperte an meinen Fingern und kroch dann über Colins Arm hinweg zu mir.

»Sie mag mich«, staunte ich.

Jetzt lächelte Colin aufrichtig. »Warum auch nicht? Wall-E mag dich ja auch. Und Brandon anscheinend ebenfalls«, fügte er sarkastisch hinzu.

Ich nahm das Kätzchen an mich und fuhr durch das weiche Fell. Anscheinend hatte das Strumpffangen es ermüdet. Es rollte sich auf meinem Arm zusammen und schlief ein.

»Ich bin ihm zufällig dort begegnet. Ich wollte doch eigentlich dich an der Abtei treffen«, erinnerte ich ihn. »Brandon war dort spazieren. Das war alles.«

»Ich war auch schon quasi auf dem Weg, aber als ich losging, bekam ich den Anruf, ich könne Mimm … Madame Mim holen. Ich wollte sie nicht mit in den Wald nehmen. Aber findest du es nicht seltsam, dass Brandon auf einmal überall auftaucht, wo du bist?«

»Das war nur heute Vormittag der Fall und vorhin«, widersprach ich. »Ich finde, du reagierst über, Colin. Ich bin keine passende Besetzung für seinen Barhocker.«

Er zuckte mit den Achseln. »Sagen wir so, du bist nicht blond.«

Ich grinste. Er fand seinen Humor wieder. Das war ein gutes Zeichen.

»Danke, Colin.« Ich deutete auf das kleine Bündel, das selig in meinen Armen schlief. »Deswegen war Mum auch so aufgeregt.«

Endlich sah er mich wieder richtig an und lächelte so, wie ich es von ihm kannte. »Ja. Ich hatte sie schon vor einiger Zeit gefragt. Genau genommen, seit die Kätzchen geboren wurden und der Stallbesitzer nicht wusste, wohin mit ihnen. Rebecca hatte davon gesprochen.«

Ich beugte mich vor und gab ihm einen Kuss auf die Wange.

»Danke«, sagte ich noch einmal. »Das war echt süß von dir.«

Colin sah mich an. Er hatte plötzlich den gleichen Blick wie in der Gewitternacht, kurz bevor er mich geküsst hatte. Er bewegte sich nicht und ich bewegte mich auch nicht, aus Angst, er könne das als Aufforderung verstehen, mich wieder zu küssen.

»Oh, was ich dir noch erzählen wollte. Weißt du, was ich im Wald entdeckt habe?«, sagte ich schnell.

Ich berichtete ihm von der Ruine und dann legte ich die kleine Katze ab und griff in meine Hosentasche.

Colin hatte staunend zugehört und betrachtete nun den Kompass oder was auch immer es war aufmerksam.

»Eine Ruine? Die schau ich mir auch mal an. Und das lag in den Hecken? Du weißt, dass du das dem archäologischen Amt melden musst, oder?«

»Ich werde nichts dergleichen tun. Dann wird es weggenommen, monate-, wenn nicht sogar jahrelang untersucht, bis es in einem Museum einstaubt. Ich will erst wissen, was es ist, und wenn es mir gelingt, das herauszufinden, möchte ich auch wissen, wem es gehörte. Und erst dann werde ich es melden.«

Colin machte Anstalten, mir zu widersprechen, schwieg dann aber. Ich wusste genau, dass auch er mehr über das seltsame Teil erfahren wollte, also warfen wir meinen PC an und suchten im Internet nach einem solchen Gegenstand. Vergebens. Nach ungefähr einer Stunde gaben wir es auf und ich versteckte das goldene Teil vorsichtshalber unter ein paar alten Heften auf meinem Schreibtisch.

»Wollen wir Madame Mims Aufnahme in die Familie feiern?«, fragte ich ihn. »Du bist immerhin ihr Patenonkel.«

Colin grinste. »Und wie willst du feiern? Bestellst du einen Tisch im Savoy?«

»Wie wär's mit Chips, Schokolade und was der Kühlschrank noch so hergibt? Passend dazu empfehle ich die DVD *Der gestiefelte Kater* aus der *Shrek*-Reihe.«

Colin lachte und dann liefen wir gemeinsam die Treppe hinunter. Madame Mim musste natürlich mit und Mum war ganz entzückt.

28. Kapitel

Der Rest des Wochenendes verlief ohne weitere Vorfälle, wenn man von Madame Mim absah, die überall kleine Pfützen hinterließ und die Gardine im Wohnzimmer zerfetzte.

Colin und ich gingen am Sonntag mit Wall-E spazieren und trafen uns bei Chris zum erneuten Lernen. Von Tag zu Tag wurden alle ein wenig aufgeregter. Nicht nur wegen der bevorstehenden Prüfungen, sondern auch wegen des bevorstehenden Sachsen-Festivals.

Vor allem am College machte sich die Aufregung bemerkbar. Es war lauter als sonst und bei allen Mitschülern hatte sich eine spürbare Hektik breitgemacht.

Als ich am Montag nach Hause kam, lag wieder ein Zettel auf dem Küchentisch:

Nora ist krank. Musste einspringen.

Das bedeutete, es gab nichts zu essen, es sei denn, ich kochte.

Aber der Kühlschrank war leer. Da war nichts. Nicht einmal ein Ei. Das Gleiche galt für den Gefrierschrank, in dem nur eine einsame Tüte Tiefkühlerbsen hauste. Ohne Kartoffeln oder Fritten, die ich dazu hätte machen können. Und die Kaffeedose, in der Mum immer das Haushaltsgeld aufbewahrte, war auch leer. Ausgerechnet heute, wo Mark am Abend eine Zusatzprobe einberufen hatte.

Frustriert und mit knurrendem Magen machte ich mich auf den Weg zur Drogerie.

Ich fand meine Mutter an dem Regal für Rasierschaum, das sie neu bestückte.

»Oh, hallo Meredith!« Ihre Augen leuchteten immer, wenn sie mich sah. Das liebte ich so sehr an meiner Mutter. Ich war wirklich ihr Sonnenschein. »Nora ist krank und Fiona rief mich an, ob ich nicht einspringen könnte.«

»Nora ist oft krank«, bemerkte ich ungerührt. Jeder hier wusste, dass sie derzeitig unter Liebeskummer litt, jetzt vor dem Fernseher saß und sich zum fünfunddreißigsten Mal alle bislang ausgestrahlten Episoden von *Homeland* ansah. Nicht unbedingt eine Serie, um das Gemüt aufzuhellen. Ich selbst war mir jedoch nicht sicher, ob es wirklich Liebeskummer war oder einfach nur eine ganz besondere Art von Stalking, denn sie vergötterte Damian Lewis.

»Mum, ich würde gern was kochen. Hast du ein wenig Geld, damit ich dafür einkaufen kann?«

Mum sah betroffen aus. Das hatte ich nicht gewollt. Ich hatte ja nur Hunger.

»Natürlich, Schatz. Warte, ich muss dafür an meine Tasche.« Sie räumte schnell die letzten Dosen ins Regal und verschwand. Ich blieb stehen und betrachtete die Auslage vor mir. Wofür brauchte *Mann* so viele verschiedene Arten von Rasierschaum? Sensible Haut, Schutz, Pflege, Gel, und das von ungefähr zwanzig verschiedenen Anbietern.

Ich nahm eine der Dosen in die Hand.

»Ich habe schon immer geahnt, dass man die tiefsten Geheimnisse der Menschen in einer Drogerie ergründet«, sagte eine bekannte Stimme hinter mir. Vor Schreck ließ ich die Dose fallen. Sie rollte über den Boden und wurde von einem Fuß gestoppt.

Brandon hob die Dose auf und las den Aufdruck laut vor. »Intimrasur. Interessant.«

Ich wollte ihm die Dose aus der Hand reißen, aber er zog sie blitzschnell zurück – der Mann hatte unglaubliche Reflexe – und ich schlug mit der Faust in das Regal, so dass sämtliche Dosen mit lautem Poltern zu Boden flogen.

Warum? Warum blamierte ich mich immer? Und vor allem in seiner Gegenwart? Wie immer, wenn ich aufgeregt war, begannen meine Hände zu zittern. Ich bückte mich und hob zwei Dosen auf.

Brandon bückte sich ebenfalls und half mir.

»Tut mir leid«, sagte er. »Ich wollte dich nicht aus der Fassung bringen.« Er stellte die Dosen so ordentlich ins Regal zurück wie Mum vorhin.

»Bei Colin bist du nie so nervös«, überlegte er dann laut und grinste.

Ich stellte fest, dass ich keinen Chris brauchte, um meine Schwärmerei überall zu verbreiten, ich konnte das ganz gut allein.

Die letzte Dose, die Brandon ins Regal stellte, war die, die ich in der Hand gehalten hatte. Brandons verschmitztes Grinsen sagte genug darüber aus.

»Colin ist …«

HALT DEN MUND, Meredith, ermahnte ich mich selber. Du hast ihm schon mehrmals erklärt, dass er quasi ein Brudersatz ist. Darauf musste man nicht rumreiten – vor allem weil Colin es ja nicht so empfand.

Brandon griff nach einer Tube Rasiergel – *Die richtige Pflege für den Mann,* allerdings die billigste Tube im Regal, wie mir auffiel.

»Ich glaube, Elizabeth findet Colin ganz toll. Was ist mit dir? Gibt es denn jemanden, den du magst? Und damit meine ich nicht auf die brüderliche Art, wie bei Colin.«

Seine Augen blitzten dabei schelmisch auf und ich war mir kurzzeitig nicht sicher, ob er mich gerade auf den Arm nahm.

»Weißt du, Meredith, ich würde dich gern etwas besser kennenlernen, doch während meine Flirtversuche bei anderen Mädchen meist funktionieren, habe ich bei dir immer das Gefühl, du nimmst alles wortwörtlich.«

Ich starrte ihn an. Er wollte … *was*?

War das wieder so ein realistischer Traum wie der von letzter Woche in der Abtei? Ich wollte mich gerade unauffällig kneifen, aber mein Magen knurrte in diesem Moment so laut, dass er mich davon überzeugte, nicht zu träumen.

Brandon hatte es auch gehört.

»Du hast Hunger.« Er warf einen Blick auf die Uhr. »Darf ich dich zum Essen einladen?«

»Du hast doch kaum Geld«, antwortete ich mit Blick auf die Tube in seiner Hand.

Brandon kniff ein wenig unwirsch die Augen zusammen. Ich hatte ihn gekränkt.

»Magst du das nicht meine Sorge sein lassen?«, fragte er höflich.

Glücklicherweise kam Mum zum passenden Zeitpunkt zurück und drückte mir eine Zwanzig-Pfund-Note in die Hand.

»Hier, Schatz. Mach uns ein paar Steaks. Du kannst den Salat aus unserem Garten nehmen – und dazu vielleicht ein paar Backofen-Kartoffeln?« Als sie Brandon bemerkte, lächelte sie ihn freundlich an.

»Oh. Hallo!« Ihr Blick fiel auf den Rasierschaum in seiner Hand. »Diese Woche haben wir auch die Gillette-Klingen im Angebot.«

»Brandon, ich finde nicht, was ich suche. Die Straße weiter runter ist ein Geschäft für Leibwäsch… Nun, nichts, was man mit Männern bespricht. Ich gehe dorthin. Die führen so was bestimmt eher.«

Um die Ecke kam Elizabeth. Als sie mich und Mum sah, blieb sie stehen.

Mum lächelte sie ganz kundenfreundlich an.

»Was suchen Sie denn? Vielleicht kann ich Ihnen helfen?«

»Nein. Ich denke nicht, Ma'am.«

Ma'am. So war Mum noch nie betitelt worden. Wusste Elizabeth nicht, dass nur die Königin Ma'am genannt wurde?

»Wir haben so gut wie alles. Wir führen auch BHs, Schlüpfer und Unterhemden.«

Zu meiner Überraschung starrte Elizabeth Brandon an und wurde über und über rot.

Was war mit ihr? Sie glaubte doch wohl nicht ernsthaft, dass Brandon nicht wusste, was Frauen darunter trugen?

Brandon allerdings überraschte mich ebenfalls. Er sah aus, als würde er krampfhaft ein Lächeln unterdrücken.

»Mrs Wisdom, kann ich kurz mit Ihnen sprechen?«

Beide verließen den Gang und mein Blick fiel wieder auf Elizabeth, die noch immer mit rotem Kopf den Inhalt der Regale studierte.

Ich war mir sicher, dass sie es nur aus Verlegenheit tat, bis der Moment kam, als sie staunend die Rasierschaumdosen entdeckte.

Sie wirkte, als würde sie so etwas zum ersten Mal sehen.

In diesem Moment wünschte ich mir, Colin wäre hier. Er hatte so eine besondere Art, mit Menschen umzugehen und Geheimnisse aus ihnen herauszukitzeln. Und an Elizabeth war definitiv etwas Geheimnisvolles dran.

»Ich habe alles, was du brauchst.« Mum und Brandon kamen zurück. Brandon hielt eine Tüte hoch.

Elizabeth starrte ihn erschrocken an. Sie war sichtlich erschüttert.

Ich beobachtete, wie er sie am Ellbogen ergriff und zur Kasse führte. Von der Einladung zum Essen war keine Rede mehr. Kein Wunder, so wie ich mich aufgeführt hatte. Mir klingelten regelrecht Shaktis Worte zum Thema Verführung im Ohr: *Man hält Männern nicht ihre Fehler vor.* Und ganz bestimmt nicht, wenn es sich um fehlendes Geld handelte. Ich wusste, Brandon arbeitete hart und Mr Godfyn, der Eigentümer vom Circlin' Stone, war nicht gerade für seine Großzügigkeit bekannt. Doch dann erinnerte mich mein knurrender Magen wieder daran, weshalb ich überhaupt hierhergekommen war.

»Entschuldige, Liebes«, sagte Mum und berührte meinen Arm. »Ich hätte heute einkaufen sollen.«

»Schon in Ordnung. Ich besorge alles und stelle zur Abwechslung dir was in die Mikrowelle. Ach, und, Mum? Was hat Elizabeth gesucht, das ihr so peinlich war?«

Mum runzelte die Stirn. »Du weißt, dass ich darüber nicht sprechen darf.«

»Mum, *ich* bin's«, sagte ich, als müsse ich sie daran erinnern, wer ihre Tochter sei und wie verschwiegen die sein konnte.

Mum senkte die Stimme. »Binden.«

»Binden?«

Sie nickte. »Binden. Und Slipeinlagen und Duschgel. Toilettenartikel für Frauen halt. Und«, jetzt leuchteten ihre Augen, »Brandon hat ihr auch noch ein kleines Parfüm gekauft. Damit sie sich wohler fühle, meinte er. Er ist ein so aufmerksamer junger Mann.«

Das konnte man wohl sagen.

Was mich mehr verwirrte, war, wieso Elizabeth sich so genierte und vor Brandon nicht über ganz normale Toilettenartikel sprechen wollte.

Irgendetwas an Elizabeth war ganz und gar komisch. Und das galt nicht nur für Colins Vision von ihr in langen, wallenden Kleidern.

29. Kapitel

Ich hatte gerade das Fett in der Pfanne erhitzt und war dabei, die Kartoffeln zu schälen, als es an der Haustür schellte.

Schnell drehte ich das Gas herunter und hastete zur Tür. Das musste unser Postbote Edwin sein. Mum hatte letztens ein Ersatzteil für ihren Küchenmixer bestellt.

Natürlich klingelte er im ungünstigsten Moment. Umständlich öffnete ich die Haustür und versuchte dabei, sie nicht völlig mit Fett und Kartoffelsud zu verschmieren.

»Hallo, Edwin, leg das Päckchen einfach da ab. Ich habe schmutzige …«

Und erst jetzt sah ich, wer vor der Tür stand. Es war nicht der Postbote.

Es war Brandon.

»Hi«, sagte er und lächelte. »Da das mit der Einladung zum Essen irgendwie nicht hingehauen hat, habe ich mir überlegt, ich könnte mit dir gemeinsam kochen.«

Ich starrte ihn mit offenem Mund an.

»Ich kann ganz gut kochen«, fügte er hinzu. »Und ich habe auch noch ein paar Steaks mitgebracht.« Er hielt zur Bestätigung eine Tüte hoch.

Er wollte kochen? Hier? Bei mir? *Mit* mir?

»Darf ich reinkommen?«

Ich blinzelte und er stand trotzdem noch da. Also trat ich einfach einen Schritt zur Seite.

Er trat ein, ich schloss die Tür und starrte ihn weiter an. Mein heimlicher Schwarm stand in meinem Flur und wollte mit mir kochen.

DAS würde Rebecca, die für Ian Somerhalder schwärmte, nie passieren.

»Wo geht's zur Küche? Meredith?«

Ich legte den Kopf zur Seite. Der war ganz leicht und schummrig. Einerseits vor Verblüffung, andererseits vor Unterzuckerung.

»Da lang.«

Ich ging vor und bemerkte zu meinem Entsetzen, dass meine Hände wieder zu zittern begonnen hatten. Ich musste dringend ein Glas Cola trinken oder was anderes mit viel Zucker.

Brandon legte seine Steaks neben die meinen und sah mich an.

»Darf ich?«, fragte er. Ich konnte nur nicken.

Reiß dich zusammen, Meredith!, rief ich mich zur Ordnung und plumpste auf den nächstbesten Küchenstuhl.

Was sollte ich jetzt sagen? Wie konnte ich ein einigermaßen sinnvolles Gespräch beginnen? Ich hatte mitbekommen, dass sich Rebecca und Shakti manchmal bestimmte Situationen ausmalten, für die sie Gespräche simulierten, um so das Flirten zu üben. Das hatte ich immer als äußerst albern empfunden und war spätestens dann abgehauen, wenn das Ganze zu einem Rollenspiel mutierte.

Zu blöd. Nun wusste ich nicht, wie oder was ich sagen sollte. Colin hätte mir wahrscheinlich geraten das Erstbeste von mir zu geben, das mir einfiele. Einfach ich selbst sein.

»Wo ist Elizabeth?«, platzte ich heraus. Brandon hatte begonnen das Gewürzregal abzusuchen und meine Steaks inklusive der mitgebrachten zu würzen. Er warf mir über die Schulter hinweg einen scharfen Blick zu.

Mist. Mist. Mist.

Falsche Frage.

»Sie ist zu Hause. Sie hat in einer Stunde Dienst im Circlin' Stone.«

»Aha.«

Ich sah ihm zu, wie er gezielt nach weiteren Gewürzen suchte, an manchen roch, sie wieder wegstellte oder auf die Steaks streute.

»Wie wär's, wenn du die Kartoffeln weiter schälst. Und deine Mutter sagte etwas von Salat im Garten …«, meinte er nach ein paar Minuten.

Ich deutete auf die Tür zur Abstellkammer, durch die eine zweite Tür in den hinteren Garten führte, den Mum so liebevoll bewirtschaftete.

Kaum dass Brandon hinausgegangen war, sprang ich auf, um endlich Zucker zu mir zu nehmen und den benommenen Zustand loszuwerden. Ich wusch mir hastig die Hände und trank dann direkt aus der neben dem Kühlschrank stehenden Colaflasche, doch als ich sie wieder zuschrauben wollte, flutschte mir der Verschluss aus der Hand und verschwand irgendwo auf dem Boden.

Meine Hände zitterten immer noch zu stark.

Beruhige dich, Meredith, Brandon Grey ist hier und kocht für dich. Was ist denn dabei? Wie oft hast du schon mit Colin gekocht? Oder mit Chris!

Fakt war aber einfach, dass weder Colin noch Chris so aussahen wie Brandon – oder seine Ausstrahlung hatten. Chris war zwar sehr gut aussehend, aber im Gegensatz zu Brandon … jungenhaft.

Colin noch viel mehr als Chris.

Ich suchte immer noch nach dem Verschluss, als Schritte Brandons Rückkehr ankündigten. Hastig setzte ich mich zurück auf den Stuhl.

»Alles klar? Du hast dich doch hoffentlich nicht geschnitten, oder?«

»Nein, nein. Ich … mir …« Da lag er doch!

Ich bückte mich und griff danach, stieß meinen Kopf an der Tischkante und plumpste wieder zurück auf den Stuhl.

Brandon betrachtete mich prüfend. »Ich glaube, ich schäle die Kartoffeln besser selbst.«

Er schob sich einen Stuhl heran und schon begann er zu schnippeln. Mir blieb nichts anderes übrig, als ihm einfach dabei zuzusehen.

Mein Blick fiel auf den silbernen Ring an seinem Zeigefinger. Er hatte ein Muster. Streifen, dunkel und hell eingefärbt. Chris hatte letztes Jahr von seiner Großmutter einen ähnlichen Ring zum Geburtstag geschenkt bekommen. Aber ich hatte ihn vor letztem Samstag noch nie zuvor an Brandon gesehen. Wahrscheinlich trug er ihn nicht während der Arbeit, weil er zu kostbar war.

Es brauchte noch ein paar Minuten, ehe ich mich wieder so weit gefangen hatte, dass ich ihm helfen konnte. Dann begann ich den Salat zu waschen.

»Also, Meredith«, sagte Brandon und der Blick, den er mir jetzt zuwarf, war weder genervt noch prüfend oder desinteressiert. Es war vielmehr ein Blick, den er sonst für die Besetzung des Barhockers übrig hatte. »Normalerweise bist du nicht so wortkarg. Mit deinem Freund Colin redest du ziemlich viel.«

»Ja, nun, er ist Colin«, antwortete ich wahrheitsgemäß. »Er ist mein bester Freund und mit ihm kann ich über alles reden.«

»Worüber denn zum Beispiel?«

Zum Beispiel über Colins Visionen oder die ungewöhnlichen Vorkommnisse in letzter Zeit. Aber auch über die letzte Folge von *Skins* oder die furchtbaren Lieder, die unser Dirigent so gerne mit uns übte. Wir konnten Rebeccas letztes Reitturnier diskutieren und über Chris' neuesten Flirt. Es gab kaum etwas, das ich nicht mit Colin besprach. Eigentlich gab es nur eine Ausnahme. Und die sah mich gerade erwartungsvoll an.

»Wir haben seit der Einschulung gemeinsam Unterricht, auf dem College zwar weniger Fächer. Das gibt schon mal Unterhaltungsstoff.«

»Welche Fächer?«, fragte Brandon, während ich voller Neid zuschaute, wie schnell er die Kartoffeln in Stäbchenform schnitt.

»Zum Beispiel Schwimmen.«

»Schwimmen?« Das überraschte ihn, das konnte ich sehen. »Ich habe gehört, du wärst der Mathe- und Physik-Typ.«

»Bin ich«, sagte ich schnell. »Aber wir hätten bei den A-Levels fast nur noch die Pausen zusammen und daher haben wir uns noch was ausgesucht, das wir gemeinsam belegen können. Damit die Zeit am College erträglich wird.«

»Und Schwimmen ist erträglich?«

»Sehr.« Ich dachte an die letzte Stunde bei Mr Clarks.

»Wie viele Kurse belegst du denn? Wenn ich jetzt Schwimmen, Mathe und Physik rechne, sind das schon drei. Was sind die anderen Kurse, die Colin und du gemeinsam belegen?«

»Nur noch einer. Naturwissenschaften.«

»Dann belegst du ganze vier Fächer? Ich dachte, drei reichten auch.«

Ich zuckte mit den Schultern. »Im zweiten Jahr, das stimmt schon. Aber das ist unser erstes Collegejahr. Da probiert man gerne alles Mögliche aus. Rebecca ist noch im Dramakurs und Chris belegt Fußball. Colin hat noch Anthropologie und Anatomie. Ersteres braucht er niemals, aber das machen alle. Ich meine, ein Fach wählen, das einfach Spaß macht. Im zweiten Jahr konzentrieren wir uns auf die drei Fächer, in denen wir unsere finalen Prüfungen ablegen. Bist du denn direkt nach der Secondary School abgegangen?«, fragte ich überrascht. Er arbeitete zwar als Kellner, aber ich hatte ihn als recht geschäftstüchtig eingeschätzt.

»Könnte man so sagen«, murmelte er, stand auf und schob die Kartoffelstäbchen in den Backofen.

Er hatte unter aller Garantie die Schule abgebrochen. Genau so hörte es sich für mich an.

»Du weißt, dass man auf dem College seine A-Levels in jedem Alter belegen kann, oder? Man kann jeden Abschluss nachholen. Außerdem bieten die viele Abendkurse, um sich fortzubilden oder umzuschulen …«

Jetzt war sein Blick wieder wachsam. »Wieso sagst du das?«

»Na ja, es klang so, als ob du …«, meinte ich etwas kleinlaut. Er schüchterte mich nicht wenig ein.

»Ich will mich nicht fortbilden. Ich bin zufrieden mit meinem Job.«

Das war gelogen.

Niemand konnte mit dem Geizhals Godfyn als Chef zufrieden sein. Sogar Erica, die andere Bedienung im Circlin' Stone, ging noch in eine zweite Bar in Swindon kellnern.

»Du könntest das Circlin' Stone eines Tages übernehmen. Mit der richtigen Ausbildung und ein paar Kursen in Sachen Buchhaltung …«

»Wo ist das Geschirr?«, unterbrach er mich.

»Da oben.« Ich deutete verdattert auf den Hängeschrank über der Spüle.

Er öffnete ihn und nahm zwei Teller heraus.

»Was möchtest du denn nach den A-Levels machen?«, fragte er und stellte die Teller auf den Tisch.

Mir fiel ein, dass ein paar Servietten sich hübsch machen würden. Und eine Kerze? Lieber nicht. Das wäre zu … romantisch.

Ich suchte im Abstellraum nach den Servietten.

»Ich weiß es nicht genau. Physik liegt mir, und natürlich Mathe. Irgendwas in der Richtung.«

War das Mums Ernst? Servietten mit roten Rosen? Alternativ lagen da noch welche mit Winnie Puuh, die an irgendeinem Kindergeburtstag mal die Teller geziert hatten.

Lieber doch keine Servietten, entschied ich.

»Hast du Servietten?«, fragte Brandon hinter mir.

»Du kannst entscheiden«, sagte ich trocken und hielt beide Varianten hoch.

Er grinste breit. »Die mit den Rosen passen, finde ich.«

Mir wurde ganz heiß und ich legte die Winnie-Puuh-Servietten zitternd zurück ins Regal.

Brandon hatte bereits die Teller verteilt und das Besteck gefunden. Nun streckte er die Hand aus, um mir die Servietten abzunehmen. Unsere Finger berührten sich dabei. Wir hielten inmitten der Bewegung inne. Eingefroren, seine Hand auf der meinen, starrte er mich mit großen Augen an.

Wahrscheinlich sieht er mich jetzt, wie ich im Sterben liege, schoss es mir durch den Kopf. *Bestimmt hat er die gleiche Vision, die Colin hat.* Nein, Colin hatte sie ja nicht mehr. Aber Brandon, wie es aussah. War das etwa übertragbar? War die Fähigkeit in der Gewitternacht auf jemand anderen übergegangen, so wie sich die Seelen in dem Film *Freaky Friday* von Mutter und Tochter vertauscht hatten?

Brandon sah mich noch immer an. Ich blickte zurück in seine blauen Augen und dann geschah das Unfassbare.

Er lächelte glückselig.

Anstatt die Berührung zu unterbrechen, strichen seine Finger sanft über meine.

Und wie immer, wenn ich aufgeregt wurde, begann meine Hand zu zittern und ich entzog sie ihm schnell. Die Servietten flatterten zu Boden.

Er schien enttäuscht, aber er hatte noch immer dieses staunende Lächeln in den Augen.

»Hast du …?«, setzte ich vorsichtig an und stoppte. Konnte ich ihn fragen, ob er Visionen hatte?

Brandon bückte sich, und als er sich kurz darauf wieder aufrichtete, traute ich mich nicht mehr.

»Alles gut, Meredith«, sagte er und das Lächeln, mit dem er mich bedachte, sah zum ersten Mal aufrichtig und – ich konnte es nicht fassen! – *verliebt* aus. Noch verliebter als das, mit dem er seine Barhockerdamen bedachte.

Während wir gemeinsam zu Abend aßen, musste ich mir eingestehen, dass Brandon verdammt gut kochen konnte. Er hatte verschiedene Kräuter aus dem Garten benutzt, um die Steaks und den Salat zu würzen – zum Beispiel Sauerampfer, worauf ich nie gekommen wäre –, und es schmeckte einfach fantastisch.

Meine Hände zitterten aber leider noch immer und jeder dritte aufgespießte Essensbrocken fiel zurück auf den Teller. Es war für mich ein furchtbar peinliches und langes Essen.

Brandon war wenigstens ganz Gentleman und übersah es.

Ich hätte das Zittern vielleicht besser in den Griff bekommen, wenn er mich nicht weiterhin ab und an wie zufällig berühren würde.

Und jedes Mal wenn das geschah, lächelte er wieder selig.

Die Unterhaltung mit ihm war sehr angenehm. Er berichtete von seinem ersten Tag als Kellner und welche Missgeschicke ihm passiert waren, als es – mitten in der Erzählung von dem fallen gelassenen Tablett voller Cocktails – an der Haustür schellte.

»Ich erwarte niemanden«, sagte ich unnötigerweise und erhob mich stirnrunzelnd. Mum hatte einen Schlüssel.

Vor der Haustür stand Colin. In der Hand den Instrumentenkoffer.

»Ich dachte, ich komme dich abholen. Ich musste ein wenig früher zu Hause raus.«

Ohne mich weiter zu beachten, stand er schon im Flur, stellte den Koffer ab und schnupperte.

»Oh. Du hast gekocht? Das riecht aber sehr gut.«

Ich hörte seinen Magen grummeln. Und schon war Colin in der Küche. Ich folgte ihm, und als ich eintrat, konnte ich gerade noch den fassungslosen Gesichtsausdruck sehen, mit dem er Brandon musterte.

»Kneif mich mal, Mere. Ich hab schon wieder Visionen. Statt sterbend …«

Ich gab ihm einen nicht zu sanften Schlag auf den Hinterkopf.

»Au!« Er drehte sich empört zu mir um, rieb sich dabei die Haare und sah dann wieder zu Brandon.

Jetzt wurde Colin ein wenig blass um die Nase.

So wie ich ihn kannte, lag das nicht daran, dass er nun begriff, dass es sich nicht um eine Vision handelte, sondern weil er sich beinahe verplappert hätte.

»Hallo«, sagte Brandon. »Colin, nicht wahr?«

Colin reagierte nicht.

»Magst du was essen? Du hast doch ständig Hunger«, sagte ich und schob ihn zu einem der Stühle am Esstisch.

Ich legte einen sauberen Teller und Besteck vor ihn hin und servierte Colin den Rest von meinem Steak, Kartoffeln und Salat.

Erst als das Essen vor ihm stand, schien Colin wieder zu sich zu kommen.

»Tut mir leid, Mere, ich bin wieder weg. Das hier …« Er sah auf die Rosen-Servietten, »war nur für zwei gedacht. Ich wusste nichts …«, jetzt sah er Brandon ins Gesicht, »davon.«

Davon lächelte amüsiert. »Es war ursprünglich auch nur für Meredith und ihre Mutter gedacht. Aber es reicht auch für einen weiteren Esser. Möchtest du den Rest von meinem Steak, Meredith?«

»Nein, nein. Danke. Ich bin satt«, log ich schnell und trank etwas Cola, damit mein Magen mich nicht verriet. Zumindest konnten mir so nicht ständig die Essensbröckchen von der Gabel flutschen.

Jetzt konnten sie Colin von der Gabel flutschen.

Jener sah mich durchdringend an. Ich lächelte und setzte mich schnell auf meine zittrigen Hände.

Dann begann er langsam zu essen.

»Das schmeckt sehr gut, Meredith«, lobte er nach dem ersten Bissen Steak.

»Brandon hat gekocht.«

Colin hörte für einen Moment lang auf zu kauen.

Dann schluckte er geräuschvoll.

»Aha.«

Ein angespanntes Schweigen trat ein. Mir war gar nicht wohl zu Mute. Brandon und Colin verhielten sich wie zwei Hunde, die um einen Knochen balgten. Aber ich fühlte mich nicht wie der Knochen. Ich passte absolut nicht in das Beuteschema eines Brandon Grey, auch wenn er für mich gekocht hatte.

»Ich wusste gar nicht, dass du kochen kannst«, sagte Colin schließlich.

»Ich bin Junggeselle«, antwortete Brandon. »Noch«, ergänzte er mit einem Seitenblick auf mich und hatte auf einmal wieder dieses verträumte Lächeln um seine Mundwinkel.

Colin legte die Gabel ab. »Mere, hast du was zu trinken da? Irgendwie ist mein Hals sehr trocken.«

Ich sprang auf, um ein sauberes Glas zu holen, und stieß dabei gegen die Tischplatte. Die zwischen uns stehende Colaflasche kippte und mit Entsetzen sah ich sie einen winzigen Augenblick in der Luft schweben, ehe sie der Länge nach auf den Tisch knallte – in die Salatschüssel hinein. Die dressingbedeckten Salatblätter sprangen geradewegs auf Brandons Hose.

»Tut mir leid!«, rief ich und wäre direkt in ein bodenloses Loch gesprungen, wenn sich eines vor mir aufgetan hätte.

Jetzt hatte ich bei diesem Dinner so ziemlich jede Blamage hinbekommen, die es nur gab.

Ich griff nach einem Lappen, doch kurz bevor ich damit über Brandons Schoß wischen konnte, stoppte ich mich. Das wäre jetzt der Höhepunkt aller Peinlichkeiten geworden.

Brandon nahm mir das Tuch breit grinsend aus der Hand und wischte das Dressing von seiner Hose ab.

Ich bemerkte Colins Blick, der mich festzunageln schien.

Langsam, als rede er mit Wall-E, wenn er einen seiner hyperaktiven Zustände bekam, sagte er schließlich: »Setz dich, Mere. Ich weiß, wo die Gläser sind.«

Er stand auf und drückte mich sanft auf den Stuhl zurück. Dabei fühlte ich erstaunlicherweise seine Finger zärtlich über die Haut meines Nackens streichen.

Brandon hatte die Geste mitbekommen. Er runzelte die Stirn.

»So, Brandon, du kochst also. Gibt es noch mehr geheime Talente, von denen wir nichts wissen?«, fragte Colin, als er wieder saß. Er hatte sich vorsichtshalber selber eingeschenkt.

»Garantiert gibt es die«, sagte Brandon und jetzt war sein Lächeln überlegen. »Was hast du denn für eine besondere Gabe, von der ich nichts weiß?«

Ich hielt die Luft an, während die schwebende Wasserflasche vor meinem inneren Auge aufblitzte.

Ehe Colin irgendetwas sagen konnte, rief ich schnell: »Meine Mutter kann aus Tarotkarten die Zukunft lesen.«

»Wirklich?« Brandon sah mich milde belustigt an. »Und kannst du das auch?«

»Äh …« Erwischt. Natürlich konnte ich es nicht.

»Meredith glaubt nicht daran«, sagte Colin für mich. »Diese … Vorhersagen sind immer etwas schwammig.«

»Eben«, pflichtete ich ihm schnell bei, froh das Gespräch in eine andere Richtung lenken zu können. »So was lässt sich wissenschaftlich überhaupt nicht beweisen. Genauso wenig wie Telepathie, Gläserrücken oder Hellsehen.«

»Hellsehen«, wiederholte Brandon stirnrunzelnd.

Verdammt.

Das hätte ich besser nicht gesagt. Zumindest nicht, wo ich genau wusste, dass Colin tatsächlich über diese Gabe verfügte. Beziehungsweise verfügt hatte.

»Alles Quatsch«, sagte ich schnell.

»Ich weiß nicht.« Brandon lehnte sich bequem zurück und kreuzte die Arme vor der Brust. »Ich glaube, die Wissenschaft kann nicht alles belegen.«

»Nein. Das Geheimnis um den Heiligen Gral konnte bis heute nicht erklärt werden«, sagte Colin trocken und schob sich ein Stück Steak in den Mund.

Kurzerhand sammelte ich die Teller ein. Colin war zwar noch nicht fertig, aber mir reichte es. Das hier war ja nervenaufreibender als die Abschlussprüfung an der Secondary School.

Brandon erhob sich ebenfalls und folgte mir zum Spülbecken.

»Danke, Brandon, das hier mache ich schon. Du hast gekocht.«

»Stell dir vor, Meredith«, sagte er und stützte sich mit einer Hand an der Spüle ab. Dabei beugte er sich dicht über mich. »Ich kann auch abwaschen. Das muss man nämlich ebenfalls können als Junggeselle.«

Er nahm mir den Stapel Teller aus der Hand und streifte dabei meine Finger. Sofort erschien wieder das seltsam selige Lächeln auf seinen Lippen. Wenn meine Theorie stimmte, musste ich ja ein paar echt schöne Momente bis zu meinem Tod vor mir haben.

Es war ein Glück, dass ich die Teller nicht mehr hielt. Spätestens jetzt hätte ich sie allesamt fallen lassen.

Ich musste unbedingt Abstand gewinnen.

»Komme gleich wieder«, murmelte ich und eilte hinaus durch den Flur ins Bad. Dort schloss ich die Tür hinter mir ab und lehnte mich einen Moment von innen dagegen. Nicht nur meine Hände zitterten jetzt, sondern auch meine Knie.

Dann ging ich zum Waschbecken und ließ mir kaltes Wasser über den Puls laufen.

»Mere? Alles okay bei dir?« Colin klopfte zaghaft an die Tür.

Ich öffnete und zog ihn herein.

»Berühr ihn!«, zischte ich ihm zu.

»Was?« Er verstand nicht. Woher auch?

»Du musst ihn berühren. Mach schon.« Ich schob Colin wieder zur Tür hinaus und schloss mich wieder im Bad ein.

Ich war mir sicher, dass Brandon die gleichen Visionen hatte wie Colin. Oder zumindest ähnliche.

Ein letztes Mal ließ ich mir Wasser über die Handgelenke laufen und atmete drei Mal tief durch.

Dann stellte ich mich wieder dem Mann meiner Träume – sowie dem anderen – und kehrte in die Küche zurück, wo sich die beiden jetzt gegenüberstanden. Das Geschirr war schon gespült und Colin befragte Brandon zu Elizabeth.

Wieso bekam Colin Antworten über sie und ich nicht?

»… noch etwas naiv. Aber sie lernt recht schnell.«

Brandon sah zu mir rüber. »Das ist jetzt allerdings mein Stichwort. Ich muss los, in einer Stunde habe ich Bardienst. Kommst du nachher noch vorbei? Ich halte dir einen Platz an der Theke frei, dann können wir uns noch ein wenig unterhalten.«

Die Frage war an mich gestellt. Er wollte mir den Barhocker freihalten, der sonst nur für seine … seine … *Freundinnen* gedacht war!

»Wir haben gleich Musikprobe und die wird wahrscheinlich länger dauern«, antwortete Colin für mich. »Unser Dirigent Mark sieht es nicht gern, wenn wir kurz vor einem Auftritt früher gehen oder gar schwänzen.«

Bildete ich mir das ein oder sah Brandon tatsächlich enttäuscht aus?

»Na ja. Dann … Auf Wiedersehen, Colin.« Die beiden nickten einander kühl zu. »Meredith, begleitest du mich noch zur Haustür?«

Ich spürte, wie das Zittern mich wieder einholte. Doch als ich sah, dass Colin ebenfalls mitgehen wollte, sah ich ihn fest an und schüttelte den Kopf. Das würde ich jetzt alleine hinbekommen. Noch einmal tief durchatmend folgte ich Brandon in den Flur hinaus.

An der Haustür angekommen blieb er stehen und sah mich an.

»Das war sehr schön gewesen, Meredith.«

»Ich wette, so bist du noch nie mit einem Mädchen essen gewesen«, erwiderte ich in Gedanken an meine Blamagen.

Er grinste leicht. »Nein. Es war wirklich mal was anderes. Vielleicht können wir es bald einmal wiederholen? Dann können wir auch gerne in ein richtiges Restaurant gehen, so wären wir auch wirklich ungestört.«

Mir wurde heiß und ich spürte meine Handflächen feucht werden. O mein Gott.

»O mein Gott.«

»Brandon reicht«, sagte er und jetzt grinste er wieder breit und belustigt.

»Vielleicht kommst du mal die Tage ins Circlin' Stone, wenn du keine Musikprobe hast.«

Unwillkürlich hob er die Hand und strich mir sanft über die Wange. Als seine Finger meine Haut berührten, schlich sich wieder das entrückte Lächeln auf sein Gesicht.

»Bis bald, Meredith.«

Er öffnete die Tür und ging.

Kaum hatte er die Haustür hinter sich geschlossen, lehnte ich mich mit heftig klopfendem Herzen an die Wand hinter mir. Und vergaß dabei das Schlüsselbrett, das dort hing.

Es schlug polternd zu Boden und die Schlüssel verteilten sich klirrend auf den Fliesen.

Colin trat kauend auf den Flur hinaus, in der Hand hielt er den Rest seines Steaks.

»Kochen kann er ja«, sagte er dumpf. »Aber ansonsten ist nichts Besonderes an ihm.«

Das empfand aber nur er so.

»Was wollte er hier?«, fragte er mit vollem Mund.

»Kochen.«

Er schluckte laut hörbar und sah mich ungeduldig an. »Kann man ihn dafür buchen? Kommt er morgen zu uns nach Hause kochen?«

»Deine Mutter wäre vielleicht erfreut. Dein Vater dagegen …«, versuchte ich seine Antwort ins Lächerliche zu ziehen.

Doch dieses Mal ging Colin nicht darauf ein. Er streckte sich schon wieder zu seiner vollen Größe und stieß dabei an den Türrahmen über ihm.

»Lass uns lieber in die Küche gehen. Der Flur ist irgendwie für uns beide nicht sicher.« Ich raffte schnell alle heruntergefallenen Schlüssel auf und legte sie auf das Tischchen neben der Eingangstür. Dann folgte ich ihm in die Küche, wo wir uns zurück an den Esstisch setzten.

Madame Mim kam miauend um die Ecke.

»Wo hast du denn bis jetzt gesteckt?«, fragte ich und hob sie auf meinen Schoß. Sie drückte ihre Krallen durch meine Jeans und streckte sich. Anscheinend hatte sie tief und fest geschlafen.

Sie rollte sich auch sofort wieder auf meinem Schoß zusammen und schloss erneut die Augen. Ich sah Colin an.

»Hast du ihn …?«

»Ja. Ich habe ihm den letzten Teller zum Abtrocknen aus der

Hand genommen«, schnitt er meine Frage ab. »Und da ist nichts. Ich sag doch, es ist nichts Besonderes an ihm.« Ich sah ihn aus verengten Augen an. Er war eifersüchtig. Und nicht zu knapp. »Ehrlich. Nichts. So, wie er jetzt aussieht, nur in einer ziemlich mitgenommenen Jeans und einem schmutzigen T-Shirt und mit diesem dämlich verzückten Lächeln im Gesicht. Das ist alles.«

Dämlich verzückt. Aha.

Ich grinste.

»Was?«, fragte er wachsam.

»Weißt du, Colin, für jemanden mit außergewöhnlichen kognitiven Fähigkeiten und einem Draht zur Telepathie bist du hoffnungslos normal gestrickt.«

Jetzt verengten sich seine Augen. »Du glaubst, ich bin eifersüchtig, ja?«

»Ja.«

»Dann will ich dir mal was sagen, Miss Superschlau. Ja, ich bin eifersüchtig. Ich weiß einfach nicht, was du an ihm findest, was alle an ihm finden. Mag ja sein, dass ich ihn für uninteressant halte. Aber ganz gewiss nicht den Ring, den er trägt.«

»Was meinst du damit?«, fragte ich überrascht.

»Ich habe zufällig das Metall gestreift und kann dir versichern, dass dieser Ring etwas mit Elizabeth und der Vision mit ihr zu tun hat.« Er hatte mittlerweile aufgehört zu kauen und sah mich jetzt ernst an. »Der Ring stammt aus der Tudorzeit und ich konnte den Vorbesitzer deutlich sehen. Er sah Brandon verdammt ähnlich, trug allerdings Pluderhosen und eng anliegende Strümpfe.«

Ich starrte Colin entgeistert an. Er sah jetzt nicht mehr nur gekränkt, sondern auch besorgt aus.

»Weshalb hast du eine Vision, wenn du einen Ring berührst?«

Er zuckte mit den Achseln. »Ich weiß überhaupt nicht mehr, was ich von den ganzen Visionen halten soll, die ich habe. Oder nicht mehr habe.«

»Aber das ergibt doch keinen Sinn! Den Vorbesitzer zu sehen. Ein Ring ist doch ein toter Gegenstand.«

»Und wieso sollte ich Brandon überhaupt berühren? Was brachte dich auf den Gedanken? Wenn du mich jetzt benutzen möchtest, um künftig all deine Liebschaften auf ihre Lebensdauer hin zu überprüfen, muss ich dich noch einmal daran erinnern: Ich kann das nicht mehr sehen!«

»Ich weiß, ich weiß«, winkte ich ab und erzählte Colin dann davon, wie Brandon mich ansah, wenn er mich berührte. Ich hatte ihn ohnehin nur selten Menschen berühren sehen. Nicht einmal im Café und schon gar nicht extra. Er servierte die Getränke, indem er sie einfach abstellte, und gab nie die Hand. Nur bei den Barhockermädchen machte er Ausnahmen. Aber auch nicht oft. Zumindest war mir das nie aufgefallen.

Da stellten sich doch unwillkürlich ein paar Fragen.

Wusste Brandon von den Visionen?

Wenn ja, hatte er welche?

Wenn er sie hatte, was sah er dann?

Wenn nicht, was befürchtete er dann sonst?

Ganz spontan fielen mir noch mehr Fragen ein, aber weil Colin so düster schaute, wechselte ich das Thema und zeigte ihm stolz Madame Mim und ihr neuestes Kunststück, Gardinen zu zerbeißen.

30. Kapitel

Wir lagen alle gemeinsam auf dem Rasen vorm College und ließen unsere Gesichter von der Sonne wärmen. Die Mittwochsmittagspause war immer die beste: Sie dauerte für uns alle zwei Stunden.

»Freitag in einer Woche ist Mittsommer. Gehen wir uns wieder die Druiden anschauen?«, fragte Rebecca träge.

»Ein passendes Fest, um die A-Levels zu begießen. Außerdem will ich unbedingt wissen, was sie dieses Jahr für ein neues Kunststück abziehen. Der Sprung durchs Feuer letztes Jahr war echt cool«, nuschelte Shakti. Sie hatte sich quer über den Rasen gelegt und klang, als wäre sie kurz vorm Einschlafen.

»Meredith, ich hatte gehofft, du würdest mir noch mal bei Physik helfen«, ließ sich Chris von Rebeccas anderer Seite vernehmen.

»Kann ich.«

»Ich helfe dir dann auch wieder«, brummte es zufrieden zurück.

»Vergiss es, Chris. Alles gut.«

Ich hörte es rascheln und ein Schatten legte sich über mein Gesicht. Ich blinzelte. Chris beugte sich über mich.

»Nein, nichts ist gut. Ich weiß von dem Dinner.«

Ich schnappte empört nach Luft und drehte mich zu Colin. Doch der setzte noch einen drauf: »Nimm ruhig ein wenig Hilfe von Chris an. Nicht unbedingt für diesen bestimmten Typen, aber wenn es nützt, dass du nicht mehr so nervös bist, ist es doch nur hilfreich für … für …«

»Den Fall, dass Brandon wieder mal für mich kocht?«, vollendete ich den Satz und setzte mich auf.

Jetzt schienen Shakti und Rebecca hellwach zu werden und setzten sich auf.

»Dinner? Brandon? Was kapier ich hier nicht?«, fragte Rebecca stirnrunzelnd. Ach herrje, ich hatte mich verplappert.

»Brandon hat für unsere Meredith hier gekocht«, klärte Chris sie bereitwillig auf.

»Was?« Shakti sah mich groß an.

»Ein Dinner«, fügte er betonend hinzu.

»*Was?!*« Rebecca sah Chris ungläubig an.

»Mit allem Drum und Dran, und Meredith hat ihm den Salat über die Hose gekippt.«

»WAS?!?«, riefen Shakti und Rebecca jetzt einstimmig und beide sahen mich entrüstet an.

»Verräter«, knurrte ich, sah aber nicht zu Chris, sondern zu Colin hinüber.

Zu meinem Ärger lächelte der nur widerwärtig zufrieden und streckte sein Gesicht in die Sonne.

»Vergiss den Physikunterricht«, sagte ich und wollte aufstehen. Doch ein sanfter Griff an meinem Handgelenk hielt mich zurück.

»Sei doch nicht gleich eingeschnappt, Mere«, sagte Colin ruhig. Was mich in diesem Moment mehr zurückhielt als seine Worte, waren seine Finger auf meiner nackten Haut. Colins Berührung war noch immer etwas Ungewohntes. Ich entspannte mich wieder.

Dann sah ich Chris an und sagte: »Freitagnachmittag. Bei mir zu Hause. Physik. Ihr könnt alle mitkommen zum Lernen. Ich will keinen Unterricht im Küssen oder sonstigem Körperkontakt. Elender Verräter.«

»Nicht einmal im Tanzen?«

»Tanzen?« Shakti und Rebecca, die sich schon wieder zurücklehnen wollten, setzten sich erneut auf.

»Ich dachte, Tanzen wäre cool. Ich könnte euch was von meinen Kenntnissen weitergeben, die ich letztes Jahr auf der Hochzeit meiner Cousine in Schottland erworben habe.«

»War das nicht die Hochzeit auf dieser Burg, wo auch Prinz Harry eingeladen war?«, fragte Shakti aufgeregt.

»Genau die. Und der kann verdammt gut tanzen und hatte immer Mädchen um sich herum«, sinnierte Chris.

»Könnte aber auch daran liegen, dass er Prinz Harry ist, ein Enkel der Queen und damit in der Thronfolge die Nummer fünf samt jeder Menge Geld«, entgegnete ich.

»Ja, mit dem Spruch bekommt man jede rum«, sagte Rebecca und verstellte die Stimme. *»Hallo, meine Oma ist millionenschwer und ich bin der fünfte Anwärter auf den Thron von England.«*

Wir kicherten. Chris winkte ab. »Du glaubst doch nicht im Ernst, dass er so Frauen rumkriegt.«

»Aber klar.«

Chris schüttelte den Kopf. »Das geht ganz anders. Ich würde zum Beispiel einfach sagen: *Hallo, wenn du nachher mit zu mir kommst, zeig ich dir in einer privaten Führung die Kronjuwelen.«*

Wir kippten zurück vor Lachen. Chris sah uns verständnislos an und es dauerte noch ein paar Sekunden, ehe ihm aufging, was er da gesagt hatte, und er rot anlief.

»Ich meine, der kann doch ins Schloss. Und Frauen stehen doch auf Schmuck und Diamanten und … ach Gott, seid ihr albern.«

Zufrieden klappte ich das Physikbuch zu.

»Meredith, wieso unterrichtest du nicht? Bei dir würde ich es viel besser verstehen«, sagte Chris und lehnte sich seufzend zurück. Mein Schreibtischstuhl quietschte unter seinem Gewicht. »Mir raucht der Schädel. Wie soll ich diese dämliche Prüfung nächste Woche schaffen?«

Uns allen rauchte der Schädel. In drei Tagen begannen die ersten A-Level-Prüfungen.

Auch wenn ich nicht ganz so viel dafür tun musste wie die anderen, wurde ich von vielen um Hilfe gebeten. Die meisten Mitschüler brauchten nur einen kleinen Anstoß, den ich ihnen in den Pausen zwischen den Kursen geben konnte. Colin allerdings hatte richtig Bammel vor der Biologie-Prüfung. Genauso wie vor Naturwissenschaften, also quasi allen Fächern, auf die Dr. Adams bestanden hatte. Ich konnte nichts anderes tun als ihn abfragen.

Aber keiner hatte solche Probleme wie Chris.

Obwohl ich mir nach diesem Nachmittag recht gute Chancen für ihn ausrechnete. Mit dem jetzigen Wissen würde er zumindest nicht durchfallen. Ich stand auf und stellte das Physikbuch ins Regal.

Als ich mich umdrehte, lag auf meinem Schreibtisch ein blauer Umschlag.

»Danke«, sagte Chris.

»Was ist das?«, fragte ich neugierig, befürchtete dann jedoch, er könnte Geld enthalten. Ich würde kein Geld von Chris nehmen.

»Kein Geld«, grinste er und hielt mir den Umschlag hin. »Na los, mach schon auf.«

Ich öffnete und zog einen Gutschein hervor. »Das ist aber wie Geld. Nur in anderer Form als Noten und Münzen«, widersprach ich und hielt ihm den Schrieb vor die Nase.

»Nein, ist es nicht. Mensch, Meredith, stell dich nicht so an und sieh mal, was es ist.«

Es war ein Gutschein von fünfzig Pfund bei einem angesagten Friseur in Salisbury.

»Bist du verrückt? Das kann ich nicht annehmen.« Ich steckte den Zettel zurück in den Umschlag und hielt ihn Chris hin.

»Doch. Weshalb denn nicht?«

»Weil ich nicht weiß, wie ich nach Salisbury kommen soll«, sagte ich trocken.

»Ich fahr dich. Dann verbringst du zur Abwechslung mal einen Tag mit mir statt mit Colin. Und wenn dir das nicht recht ist, nehmen wir Colin mit. Dem täte eine andere Frisur auch gut.«

»Was habt ihr ständig an unseren Frisuren auszusetzen?«, fragte ich gereizt.

Chris sah mich ruhig an. »Meredith, das sind keine Frisuren. Ihr seid beide siebzehn und geht zu jemandem, der in den Sechzigerjahren aus dem letzten Jahrtausend seine Lehre bei einem Friseur aus den Vierzigern gemacht hat. Und genau das sieht man.«

Ich starrte Chris wütend an. Lange sagte keiner von uns beiden ein Wort. Schließlich lenkte ich ein. »Du verstehst es wirklich, einem Mädchen das Gefühl zu geben, sie sei vom Land.«

Er hob spöttisch eine Augenbraue, sagte aber noch immer nichts.

»Gut«, gab ich nach. »Ich fahre mit dir zu diesem Friseur. Aber nur unter der Bedingung, dass wir Colin mit dazuholen – wenn ich muss, muss auch er –, und ich zahle meinen Schnitt selbst.«

»Einverstanden. Ich schlage drei Kreuze, wenn wir Donnerstag alles hinter uns haben.« Chris sprang auf, nahm den Umschlag und ging mit großen Schritten zur Tür. »Ich hole dich am Freitagnachmittag ab, um nach Salisbury zu fahren. Und Colin, versteht sich. Gekniffen wird nicht, verstanden? Sonst frag ich dich nie wieder, ob du mir helfen kannst.«

Mit dieser leeren Drohung verließ er mein Zimmer.

31. Kapitel

Ich bemühte mich in den nächsten Tagen rigoros alle Gedanken an Friseur, verbrannte Kornkreise, neue Ruinen und Brandon zu verdrängen, so schwer es mir auch fiel.

Die A-Level-Prüfungen standen an. Wir hatten das ganze Wochenende mindestens so hart gelernt, wie Sportler vor den Olympischen Spielen trainierten. Jetzt saß ich an dem mir zugewiesenen Einzeltisch mit fünfzig anderen Schülern um mich herum.

Der Schulleiter Mr Rigby hatte hinter dem Pult Platz genommen wie ein Monarch auf dem Thron. Jeder andere Lehrer an unserem College hätte die Aufgabenblätter verteilt, bei Mr Rigby mussten wir sie am Pult abholen.

Dabei durchbohrte er jeden Einzelnen von uns mit einem Blick, als wolle er in unsere Seelen schauen und von vornherein diejenigen verdammen, die einen Pfuschzettel in der Tasche hatten.

Als ob sich das jemand getraut hätte.

Jeder am College hatte die Geschichte von Steven Michaels gehört, der bei einer Prüfung ein Taschentuch hatte hervorziehen wollen und deswegen von Mr Rigby am Kragen gepackt und vor die Tür gesetzt worden war.

Die Geschichte kursierte seit Jahren am College und ich war mir nicht sicher, ob sie stimmte, aber darauf anlegen wollte es niemand. Zumindest sah ich auf jedem zweiten Tisch ein Paket

Papiertaschentücher liegen. Mr Rigby war jemand, auf dessen Aufmerksamkeit man es nicht freiwillig anlegte. Seine beinahe schwarzen Augen wurden von noch dichteren, schwärzeren Augenbrauen eingefasst, was ihn richtig unheimlich machte. Rebecca schwor Stein und Bein, er stamme von einem alten Voodoo-Geschlecht ab, und gab als Beweis immer an, deswegen sei er auch nie sonntags in der Kirche.

Als endlich auch der letzte seine Prüfungsunterlagen vor sich liegen hatte, sagte Mr Rigby nur ein Wort: »Los!«, und startete dabei die große Uhr auf seinem Pult. Das Ticken setzte ein und war überdeutlich in der folgenden Stille zu hören. Ich hörte Chris vor mir stöhnen. Sofort zog er damit den durchdringenden Blick von Mr Rigby auf sich. Er senkte augenblicklich wieder den Kopf. Aus den Augenwinkeln konnte ich sehen, dass er Seite für Seite umblätterte, ohne zu schreiben.

Ich sah mir die Physikbögen an.

1. Elektrisches Gewitterfeld

Zur Beschreibung der elektrischen Vorgänge bei einem Gewitter soll eine geladene Gewitterwolke in 1,5 km Höhe zusammen mit dem Boden stark vereinfacht als »Naturplattenkondensator« mit der Fläche 15 km^2 betrachtet werden. Die Wolkenunterseite besitzt gegenüber dem Boden das Potenzial $\varphi = -3{,}0 \cdot 10^7$ V. Wegen der zunächst noch trockenen Luft kann die Kapazität wie bei einem Kondensator im Vakuum berechnet werden.

a) Ermitteln Sie die Kapazität und die Ladung dieses Kondensators sowie die elektrische Feldstärke E.

b) Welchen Betrag würde man erhalten, wenn man die im elektrischen Feld dieses Kondensators gespeicherte Energie nach dem »Erneuerbare-Energien-Gesetz« für 0,36 € pro kWh ins Stromnetz einspeisen könnte?

Ausgerechnet Gewitter. Hatten wir nicht genug Gewitter in der letzten Zeit gehabt? Musste ich das jetzt auch noch als schlechtes Omen für die Prüfung ansehen? Vielleicht hätte Mum doch noch einmal ihre Tarotkarten befragen sollen. Ich seufzte und las mir die restlichen Fragen durch. Dann seufzte ich noch mal, vor Erleichterung. Das war doch gar nicht so schwer. Das hatte ich mit Chris oft genug geübt.

Ich begann zu rechnen und hatte die Aufgabe schnell durch. Ehe ich mich der nächsten zuwandte, warf ich einen weiteren Blick zu Chris rüber.

Seine Haare standen mittlerweile in alle Richtungen ab, und obwohl ich schräg hinter ihm saß, konnte ich seine Zungenspitze im Mundwinkel sehen.

Armer Chris. Ich wollte, ich könnte ihm einen kleinen Tipp geben. Mehr brauchte er selten. Nur einen kleinen Tipp, mit dem er seine Gedanken ins Rollen brachte.

Danach lief es meistens von allein.

Denk an die Formel $E = 2{,}0 \cdot 10^4$ *V/m! Denk an die Formel der elektrischen Feldstärke!*

Als könne ich ihm so helfen! Mir ging auf, dass es nichts nutzte, wenn ich es dachte. Sogar Colin mit seinen besonderen Kräften konnte keine Gedanken lesen. Bis auf das eine Mal, versteht sich …

Obwohl das eine Gabe wäre, die ich sehr gern beherrschen würde. Was dachte wohl Mr Rigby in diesem Moment?

So finster wie er dreinblickte, wünschte er sich wahrscheinlich auch, Gedanken lesen zu können, um herauszufinden, wer hier pfuschen wollte und wer nicht gelernt hatte.

Ich wandte mich der nächsten Aufgabe zu. Die war ebenfalls einfach.

2. Das Compton-Teleskop dient zur Beobachtung von astronomischen Objekten, die Gammastrahlung mit Quantenenergien in der Größenordnung einiger MeV aussenden. In diesem Energiebereich ist der Compton-Effekt der dominierende Wechselwirkungsprozess von Photonen mit Materie.

a) Begründen Sie, warum der Compton-Effekt bei sichtbarem Licht nicht beobachtet werden kann.

Ernsthaft? So leicht? Ich schrieb: *Die Wellenlängenänderung ist bei sichtbarem Licht praktisch nicht beobachtbar.*

Ich begann zu rechnen: $r\lambda =$

Aber ich bekam nicht mehr das »Kleiner-Zeichen« über das Gleichheitszeichen geschrieben, als ich jemanden rufen hörte.

»Hexe!«

»Tötet sie!«

»Hinterher! Sie darf nicht entkommen.«

»Bleib stehen. Verdammt! Sie hat den Steinkreis erreicht.«

»Lass sie. Du weißt, was mit Menschen geschieht, die sich in dieser Nacht dort hineinwagen.«

»Aber sie ist kein richtiger Mensch.«

»Umso besser. Dann werden die Untersuchungen nach ihrem Verbleib schnell eingestellt. So oder so. Sie wird in der Hölle schmoren.«

Hämisches Gelächter erschallte. Ein Licht blitzte auf.

Erschrocken sprang ich zurück.

Der ganze Raum starrte mich an. Mein Schreibpult lag umgestoßen auf dem Boden, ich selber saß neben meinem Stuhl, meine Prüfungsbögen um mich herum verteilt.

»Miss Wisdom, ich verstehe, wenn Schüler aufgeregt sind, aber das geht zu weit.«

Mr Rigby erhob sich von seinem Platz und schob seinen massigen Körper zwischen den Reihen hindurch auf mich zu.

Mit nur einer Hand hatte er das Pult wieder aufgerichtet und schob es in seine ursprüngliche Position zurück.

»Es … tut … mir leid, Sir«, stammelte ich, noch immer perplex darüber, was ich gerade gehört hatte.

Ich hatte doch etwas gehört, oder?

Und ein Licht gesehen.

Ja, doch. Ganz sicher war da ein Licht gewesen.

Hatte das denn sonst niemand wahrgenommen? Ich suchte Colins Blick. Aber er sah nicht mich an. Er sah auf etwas, das neben mir am Boden lag. Ich folgte seinen Augen.

Mein Füller schwebte neben mir in der Luft. Ganz dicht an meiner Hose. Was für ein Glück. Für jemanden, der nichts wusste, musste es aussehen, als habe sich der Halter an meiner Hosentasche aufgehangen.

Ich nahm ihn an mich und jetzt sah Colin mir in die Augen. Er war verwirrt.

Und ich erst.

Ich rappelte mich auf und setzte mich wieder auf meinen Stuhl. Mr Rigby hatte bereits die Prüfungsunterlagen aufgehoben und betrachtete mit gerunzelter Stirn die schon ausgefüllte Seite.

Stimmte was nicht damit?

Er legte mir die Prüfungsbögen wieder hin und beugte sich zu mir herunter.

»Miss Wisdom, ich verstehe zwar, dass Sie aufgeregt sind, aber dazu besteht überhaupt kein Grund. Bis jetzt sieht alles sehr gut aus.«

Mit diesen verschwörerischen Worten ging er zurück zum Pult und ich begann peinlich berührt die Prüfungsbögen zu sortieren.

Drei Sachen schossen mir durch den Kopf, bevor ich mich wieder den Prüfungsfragen zuwandte. Erstens: Chris beugte sich gerade so fleißig über seine Blätter, dass er entweder von jemandem einen Tipp bekommen oder auf meine Bögen geschielt haben musste, als Mr Rigby durch mich abgelenkt war. Zweitens: Wer hätte gedacht, dass Mr Rigby meinen Namen kannte? Und drittens: Die Stimme, die »Hexe!« gerufen hatte, hatte Brandons verdammt ähnlich geklungen.

Colin hatte mich mal wieder in das alte Chemielabor gezogen.

»Was war da drin mit dir los? Ich dachte immer, wenn jemand gelassen in die Prüfungen gehen könnte, dann wärst du das. Es wurden sogar Wetten darauf abgeschlossen.«

Das war ein alter Brauch hier am College. Jedes Jahr wurde ein Preisgeld ausgesetzt, wer wohl am coolsten in die Prüfungen gehen würde. Ich fand diesen Brauch absolut super. Der hielt so gackernde Hühner wie Hannah Perlman davon ab, schon Wochen vorher zu hyperventilieren. Jeder wollte gelassen in die Prüfungen gehen, denn für den Coolsten gab es einen Preis, und die Chance, König oder Königin des Jahresabschlussballs im nächsten Jahr zu werden, stieg damit um Längen. Das brachte mich auf einen Gedanken.

»Mit wem gehst du eigentlich zum Ball?«, fragte ich Colin. »Ich meine, es hat zwar noch ein Jahr Zeit, aber man kann …« Ich brach ab.

Er sah mich so groß an, dass ich unwillkürlich nach meiner Brille tastete. Doch, sie saß noch auf meiner Nase, und nein, sie war nicht schmutziger als sonst auch.

»Meredith, geht es dir gut?« Jetzt schien er aufrichtig besorgt zu sein.

Ich sah, wie er seine Hände nervös öffnete und wieder schloss, und begriff, dass er mich berühren wollte und anscheinend nicht wusste, ob es mir recht war. Ich wusste es selber nicht.

»Ja. Schon. Denke ich doch. Können wir hier rausgehen? Dieser Raum verwirrt mich.«

Colin verstand es im ersten Moment nicht, das konnte ich sehen. Aber dann ging ihm ein Licht auf.

»Das zufriedene Grinsen kannst du dir sparen. Ich habe größere Probleme als Küsse im Chemielabor«, sagte ich und funkelte ihn an.

Das schien ihn nicht zu stören. Er hielt mir die Tür auf, noch immer breit lächelnd.

»Ja, Mere, die hast du«, sagte er neckend. »Dein Wunschtraum, Königin des Abschlussballs zu werden, ist heute geplatzt.«

»Haha«, machte ich. »Und du weichst meiner Frage aus, Colin Adams.«

Ehe ich in den Flur treten konnte, hatte Colin einen Arm direkt vor mir am Türrahmen abgestützt und brachte mich somit zum Stehen.

»Ich habe dich noch nicht offiziell gefragt«, sagte er ruhig und das Lächeln hatte seine Mundwinkel verlassen, »aber ich bin davon ausgegangen, du würdest mit mir hingehen.«

»Und was ist mit Elizabeth?«, konnte ich mich nicht beherrschen zu sagen.

»Eigentlich geht man nur mit einem Mädchen zum Abschlussball, aber wenn du möchtest, nehmen wir sie auch mit.«

Ich boxte Colin in die Seite. Er zuckte nicht einmal zusammen, sondern grinste nur.

»Mere, ich habe *dich* gefragt. Außerdem hat das noch ein Jahr Zeit. Ich will gar nicht wissen, warum du jetzt schon daran denkst, allerdings wüsste ich immer noch gern, was vorhin mit dir los war. Dein Verhalten war mehr als nur ungewöhnlich.«

»Sagt der, der Dinge schweben lassen kann«, murmelte ich und fühlte Hitze in meine Wangen steigen. Colin wollte mit mir zum Abschlussball gehen. Obwohl ich ihn zurückgewiesen hatte. Vielleicht sollte ich ihm doch von den Stimmen in meinem Kopf erzählen. Ich schob ihn zurück ins Labor und schloss die Tür.

»Colin, während der Prüfung habe ich jemanden ›Hexe!‹ schreien hören. Und nicht nur das. Da waren Männer hinter jemandem her. Ich glaube, Elizabeth war diejenige, die sie verfolgten. Ich konnte sie schreien hören und dann war da ein Licht und ich saß auf dem Boden und hatte alles umgeworfen.«

Colins Gesicht hatte sich von erwartungsvoll in ein nachdenkliches mit ernster Miene verwandelt.

»Colin, glaubst du, ich drehe durch? Wieso schwebte vorhin der Stift neben mir? Hattest du dich über meinen Sturz so erschrocken? Ich hatte doch früher nie solche Albträume.« Okay, das stimmte nicht. »Zumindest nicht, während ich wach war«, korrigierte ich mich schnell. »Und deine Kräfte werden auch immer stärker. Glaubst du nicht, wir sollten sie einmal trainieren? Ich helfe dir dabei. Auf alle Fälle war ich nicht wegen der A-Levels nervös. Die habe ich locker geschafft. Physik war leicht. Hoffentlich hatte Chris kein Blackout.«

Colin öffnete die Tür und schob mich zurück in den Flur.

»Auf alle Fälle hast *du* dieses Mal meine Frage nicht beantwortet«, sagte er ruhig und schloss die Tür des Labors hinter sich.

»Welche meinst du?«, fragte ich erstaunt. »Ich habe dir doch jetzt alles erzählt.«

»Und keine Antwort darauf gegeben, ob du mit mir zum Abschlussball gehst oder nicht.« Colin sah mich an. »Hoffst du etwa auf Brandon? Der muss an dem Abend arbeiten.«

»Woher weißt du das?«, fragte ich verblüfft.

»Weil ich dich kenne, Mere.«

»Nein, dass Brandon am Abend des Abschlussballs arbeiten muss.«

Die Antwort blieb er mir schuldig, denn Chris hatte mich entdeckt, lief auf uns zu und schwenkte mich eine Runde durch den Flur.

Dank meines unfreiwilligen Sturzes hatte er einen Blick auf

sein Handy werfen können, auf dem er einen Physikspickzettel abgespeichert hatte. Jetzt war er sich sicher, die A-Levels bestanden zu haben.

Wenigstens etwas, das heute gut gelaufen war.

32. Kapitel

Geschafft. Wir hatten die Prüfungen hinter uns gebracht. Es war Freitag, heute war Mittsommer, nächste Woche das Sachsen-Festival, eigentlich lagen nur noch lauter schöne Dinge vor mir, wenn da nicht der heutige Friseurtermin mit Chris wäre.

Und er war ausnahmsweise einmal pünktlich. Damit hatte ich nicht gerechnet. Ich lag noch ohne Schuhe auf meinem Bett und überprüfte die Matheformeln, bei denen ich mir während des Examens nicht hundertprozentig sicher gewesen war. Madame Mim lag auf meinem Bauch und schlief friedlich.

»Meredith? Bist du fertig?«

Colin klopfte an der Tür.

Natürlich würde er nie einfach so die Tür öffnen, um nicht in irgendeiner Weise meine Privatsphäre zu verletzen.

»Du kannst reinkommen«, rief ich. »Ihr seid so pünktlich. Wie kommt das?«

Colin trat ein und grinste. »Shakti wollte unbedingt mitkommen, hat aber nicht den ganzen Nachmittag Zeit und hat Chris eine falsche Uhrzeit genannt.«

»Das hat doch noch nie geklappt«, konterte ich, legte Madame Mim vorsichtig aufs Bett und schlüpfte in meine Chucks.

»Sie hat den Termin vereinbart und Chris hatte es nur mündlich von ihr.«

»Das nächste Mal darf sie alle Termine vereinbaren. Ich bin fertig.«

Colin lächelte. Madame Mim hatte seine Stimme erkannt und war aufgesprungen, um ihm um die Beine zu streichen. Keine Frage. Sie vergötterte ihn. Ganz so wie eine andere rothaarige Dame. Die Farbe des Fells, die Vorliebe für Colin, es gab durchaus Parallelen.

Colin nahm sie auf den Arm und streichelte sie ausgiebig.

»Na los jetzt«, drängte ich ihn zur Tür. Madame Mim wurde noch einmal verwöhnt und dann abgesetzt.

»Ich hätte sie besser Elizabeth genannt«, murmelte ich, als wir das Haus verließen. Mum war mit einem Kunden in der Küche und durfte nicht gestört werden. Ich klebte ihr eine Nachricht an die Haustür.

Kaum waren wir draußen, grinste Colin eigentümlich und setzte sich auf den Beifahrersitz. Und dann sah ich, wer neben Shakti auf der Rückbank hockte.

»Kommt denn Rebecca nicht mit?«, fragte ich verstört.

»Was will denn Rebecca beim Friseur?«, fragte Chris dagegen. Stimmte auch wieder. Mit ihren franseligen Dreadlocks hatte sie seit Jahren keinen Friseur mehr nötig.

Stattdessen saß Elizabeth dort. Deswegen auch Colins seltsames Grinsen.

Die Fahrt nach Salisbury verging wie im Flug. Was nicht wenig daran lag, dass Chris fuhr wie eine gesengte Sau. Währenddessen zeigte Shakti Elizabeth auf ihrem Handy, welche Frisur ihr vorschwebte und welche Elizabeth stehen könnte.

Ich schaute ihr über die Schulter, konnte aber keinen wirklichen Unterschied erkennen. Alle Frisuren sahen für mich gleich aus. Lange Haare mit seitlichem Pony. Aber für Shakti gab es da anscheinend riesige Unterschiede. Da waren die Haare stärker durchgestuft als dort. Die Fransen im Gesicht waren dort kürzer als bei der Frisur hier und die hatte Volumen durch Stützhaare gewonnen oder Extensions. Aha.

Während ich in den letzten Tagen für meine A-Levels sämtliche Internetseiten mit möglichen Themen für die Prüfungen raussuchte, hatte Shakti also Frisurenseiten gewälzt.

Elizabeth hingegen hörte ihr fasziniert zu, berührte von Zeit zu Zeit das Display und zog damit andere Fotos auf den Schirm. Glücklicherweise schnitt Chris kurz vor Salisbury ein anderes Thema an.

»Heute ist ja die Mittsommerfeier. Wir sollten auf jeden Fall früh genug da sein, um das große Ritual von Alex Parkins und seinen Neo-Druiden nicht zu verpassen. Jugendfrei, versteht sich. Schade, dass wir noch nicht alt genug waren, als die Polizei vor vier Jahren an diesem Beltanefest eingreifen musste. Ich hätte so gern gesehen, wie alle nackt …«

»Danke, Chris. Mein Kopfkino schaltet sich gerade ein und ehrlich gesagt will ich Alex Parkins nicht nackt sehen«, unterbrach ich ihn. Shakti nickte zustimmend. Elizabeth allerdings sah höchst interessiert aus.

»Also, Mittsommerfeier«, begann Chris wieder grinsend. »Ich schlage vor, wir besorgen uns heute Abend ein wenig Bier und Chips und machen es uns auf dem Spielplatz bequem.«

Colin und ich wechselten einen Blick im Seitenspiegel. Sowohl er als auch ich erinnerten uns an das letzte Mal, als wir Alex

Parkins und seine Anhänger vom Spielplatz aus bei einem ihrer Rituale beobachtet hatten.

»Klingt gut«, sagte Shakti, ehe einer von uns was dagegen sagen konnte. »Der Himmel soll den ganzen Tag über wolkenlos bleiben. Vielleicht sehen wir nachts schon die ersten Sternschnuppen.«

»Vielleicht sehen wir auch, wie die Druiden vom Blitz erschlagen werden«, sagte ich.

»Vielleicht bekommst du ja auch auf einmal Lust mitzutanzen, dich auszuziehen und dich auf dem Altarstein zu rekeln«, sagte Chris und lenkte auf einen Parkplatz.

»Wie gut, dass wir heil angekommen ist. Ich glaube ernsthaft, da hat jemand was geraucht, bevor er uns einsammelte.« Ich verpasste Chris eine kleine Kopfnuss und stieg dann aus.

Der Friseursalon sah nicht so hypermodern aus, wie ich gedacht hatte. Aber hier war so einiges los. Ein Mädchen Anfang zwanzig platzierte mich gleich beim Reinkommen auf einen Stuhl und fragte höflich, ob ich Vorstellungen oder Wünsche hätte. Hatte ich natürlich nicht. Nur die Pagenkopfform wollte ich beibehalten.

Dann redete sie genauso drauflos wie Shakti und ich schaltete ab, sagte irgendwann nur ja, sie soll es so machen, und schon ging es los.

Für den Schnitt musste ich meine Brille ausziehen und sah daraufhin nur noch verschwommen Haare zu Boden fallen.

Aber mehr noch als auf das achtete ich auf Elizabeth, die neben mir auf dem Stuhl saß und mit Colin redete.

Ich hörte den Namen Theodor fallen.

»… überhaupt nicht ähnlich.«

»Die meisten Leute behaupten, dass wir die gleiche Figur und die gleichen Gesichtszüge haben.«

»Nein«, hörte ich Elizabeth sagen. »Sein Gesicht ist rundlicher und seine Augen stehen enger zusammen. Außerdem verhält er sich ganz anders. Auch seine Gestik und Mimik unterscheiden sich von deinen.« Wow. Sie schien die beiden Brüder wirklich gut studiert und analysiert zu haben. »Du hast eine weiche Stimme, freundlich. Das strahlen auch deine Augen aus. Theodor ist mehr auf sich bedacht. Er hat nicht deinen fürsorglichen Blick. Und deine Hände.« Berührte sie ihn etwa? Mist. Das konnte ich ohne Brille nicht deutlich erkennen. »Deine Hände sind so zartgliedrig. Ich wette, du könntest gut Laute spielen.«

Laute?!

»Du meinst Gitarre. Das heißt Gitarre«, sagte Colin leise. »Kannst du denn … *Gitarre* spielen?«

»Siehst du, genau das meine ich. Du bist fürsorglich und hilfst jedem.« Ich konnte ihr Lächeln auch ohne Brille erahnen und jetzt war ich mir sicher, dass sie sich berührten.

»Ja, ich spiele sehr gut *Gitarre.*« Das betonte sie so sonderbar, dass ich mir vornahm Colin später darüber auszuquetschen, was das alles genau bedeuten sollte.

»Vielen Dank, dass du mich hierher eingeladen hast«, hörte ich sie jetzt sagen.

Was? Colin hatte sie eingeladen? Wieso? Er wusste doch, dass ich sehr gut auf sie verzichten konnte. Wo blieb seine Loyalität?

»Fertig, Miss, jetzt müssen wir nur noch föhnen.«

Meine Friseurin musste mich zwei Mal antippen, ehe ich zustimmend nickte. Am liebsten hätte ich gesagt, sie solle das Föhnen vergessen, um weiter dem Gespräch zuhören zu können, aber schon brummte der Föhn.

»Das war's«, sagte sie zwanzig Minuten später, nachdem sie mich mit einer großen Rundbürste ausgiebig behandelt hatte.

»Wahnsinn, Meredith! Du siehst ganz verändert aus.« Chris war neben meinem Stuhl aufgetaucht.

Ich zog die Brille auf die Nase und sah, wie er meiner Friseurin eine Zehn-Pfund-Note zusteckte.

Der Angeber.

Ich hätte ihr auch ein Trinkgeld gegeben, zwar keine zehn Pfund, aber ... ich erstarrte. Ich hatte in den Spiegel geblickt. Dieses Mal konnte ich mich in voller Schärfe sehen.

Ach du meine Güte.

Meine Mutter würde Zustände bekommen.

»Das steht dir total gut, Meredith«, sagte Chris anerkennend.

»Kann man da noch was dran ändern?«, fragte ich die Friseurin bang.

Sie machte ein enttäuschtes Gesicht. »Gefällt es Ihnen nicht?«

»Nein.« Ich überlegte fieberhaft, wie man das ändern konnte, ohne dass ich einen Bürstenschnitt erhielt.

»Meredith, du siehst gut aus. Lass das so. Du wärst verrückt, wenn du das ändern würdest.« Chris war augenscheinlich mehr um die Verfassung der Friseurin besorgt als um mich. »Und überleg doch nur, wenn Alex Parkins dich heute Abend als Silhouette sieht, erkennt er dich nicht. Ein weiterer Pluspunkt.«

»Wirklich, Mere, du siehst toll aus!« Colin war an seiner Seite aufgetaucht. »Das steht dir sehr, sehr gut. Bitte lass es so.«

»Meredith, ich weiß nicht, was du hast. Das ist klasse«, half jetzt auch Shakti, die mit noch nassen Haaren und Handtuch um den Hals neben Colin und Chris erschien.

Und zum Schluss gesellte sich auch noch Elizabeth zu ihnen. Sie sah umwerfend aus. Ihre Haare waren durchgestuft und fielen jetzt noch lockiger und zugleich frecher.

»Kurze Haare sind seltsam für ein Mädchen. Aber lass es«, war ihr Kommentar.

Von so vielen Menschen umringt, die mir alle das Gleiche sagten, wäre es zu auffällig, auf einer Änderung zu bestehen.

»Wenn ihr meint«, sagte ich zaghaft.

Während alle in Jubel ausbrachen, überlegte ich, wie ich das Mum schonend beibringen konnte.

33. Kapitel

Mum hatte mich mit großen, entsetzten Augen angesehen. Dann hatte sie geschluckt, zwei Tränen vergossen und anschließend so getan, als wäre nichts.

Aber eine halbe Stunde später saß sie über ihren ausgebreiteten Tarotkarten.

Ich wollte, ich hätte ihr helfen können. Oder mich doch zu einer anderen Frisur durchgerungen, anstatt kleinlaut allen nachzugeben. Ich stand vor dem Spiegel meines Kleiderschranks und begutachtete mich aus allen möglichen Perspektiven.

Von einem neutralen Standpunkt aus gesehen hatten meine Freunde Recht. Die Frisur stand mir sehr gut. Der durchgestufte Bob mit dem ausgefransten Nacken betonte mein ovales Gesicht vorteilhaft und sogar meine Brille wirkte nicht mehr so nerdmäßig wie sonst.

Sah ich das Ganze aus Mums Augen, zeigte sich, was ich schon in Salisbury bemerkt hatte: ein Déjà-vu.

Ein Déjà-vu, das sich dreizehn Jahre lang versteckt hatte. Versteckt hinter langweiligen schwarzen Haaren, einer schwarzen Hornbrille und dem Mathe-Physik-Junkie-Look.

Wieso war mir das nie zuvor aufgefallen?

Mein Handy machte sich bemerkbar. Ich hatte eine WhatsApp-Nachricht bekommen.

Colin.

Natürlich. Wer sonst?

Was stimmt nicht mit der Frisur?, las ich. Das konnte ich ihm nicht sagen. Darüber hatte ich noch nie gesprochen. Nicht mal mit ihm.

Wirklich sehen konnte es nur Mum. Und Dad, sofern er nächstes Wochenende nach Hause kommen sollte.

Was wäre, wenn ich es jetzt Colin gestehen würde? Er wäre mit Sicherheit sauer, weil ich ihm unser größtes Familiengeheimnis seit jeher vorenthalten hatte. Aber genau darum ging es. Es war nicht mein Geheimnis, es war das unserer Familie und ich hatte Mum schwören müssen nie jemandem davon zu erzählen.

Also kam es jetzt darauf an, wie gut ich lügen konnte, um mein Versprechen zu halten.

Haare so kurz. Das bin nicht ich, schrieb ich.

Du siehst umwerfend aus, kam postwendend zurück.

Ich schluckte. Da war es wieder. Colins Hinweis, dass er mehr für mich empfand als brüderliche Gefühle.

Versteck dich nicht, las ich als Nächstes.

Was meinte er damit? Wovor oder weshalb sollte ich mich verstecken?

Du bist allemal so hübsch wie die Blondinen, die sonst am Tresen im CS sitzen.

Ach herrje. Jetzt wurde es heikel. Glaubte er wirklich, ich würde mich minderwertig fühlen im Vergleich zu den Püppchen, die ins Circlin' Stone kamen, nur um Brandon anzuhimmeln? Und ausgerechnet Colin wollte mein Selbstbewusstsein stärken, obwohl ich ihn zurückgewiesen hatte.

Eine Welle voller Zuneigung durchspülte mich.

Ich schickte einen Lach-Smiley.

Dann sah ich ein letztes Mal in den Spiegel. Nun gut. Es war geschehen. Jetzt konnte man nur das Beste daraus machen. Zum Beispiel könnte ich mich mit dieser Frisur auch mal auf den berühmten Barhocker im Circlin' Stone setzen und die Einladung von Brandon annehmen. Allein der Gedanke verursachte ein schnelleres Herzklopfen bei mir. Ich – auf dem Barhocker.

Aus den Augenwinkeln nahm ich eine Bewegung wahr. Es war die Eichelhäherfeder, die Colin mir an der Ruine gegeben hatte und die für das Versprechen stand, dass sich seine Eifersucht nie zwischen unsere Freundschaft stellen würde.

Ich verwahrte sie seither in meiner Stiftebox. Direkt neben der rotbraunen Feder, die auf meinem Kopfkissen gelegen hatte. Aber gerade hatte sich die Eichelhäherfeder bewegt. Und lag neben der Box.

Nein. Sie *schwebte* daneben.

Durch das geöffnete Fenster meines Zimmers fegte ein Windhauch herein und trug sie mit sich. Die Tür hatte sich einen Spalt geöffnet und Madame Mim erschien. Sie sah die zu Boden schwebende Feder und sprang darauf zu.

Schnell brachte ich die Feder aus ihrer Reichweite und steckte sie wieder an ihren eigentlichen Platz in die Box. Dann schloss ich das Fenster, nahm Madame Mim auf den Schoß und kraulte sie. Sie schmiegte sich dicht an mich und begann zu schnurren.

Ich schaute noch einmal hinüber zur Stiftebox. Die Feder bewegte sich wieder. Ganz zart. Als wolle sie emporschweben. Verwundert blinzelte ich ein paarmal.

Dann knarzte die Tür und Mum steckte den Kopf herein.

»Ah, hier ist sie«, sagte sie mit einem Blick auf die Katze. Ich bemerkte, dass sie es vermied, mich anzusehen.

»Sie wollte nicht mehr unten bleiben. Sie wurde ganz unruhig und jetzt liegt sie so behaglich auf deinem Schoß.«

»Sie ist meine Katze«, sagte ich schlicht.

Mum lächelte. »Ja. Wusstest du, dass Katzen spüren, wenn es jemandem nicht gut geht? Sie legen sich dann auf die schmerzende Stelle am Körper.«

Nein, das hatte ich nicht gewusst.

»Mum, es tut mir leid …«, begann ich und jetzt sah sie mich an.

»Nicht der Rede wert, Liebling. Du siehst gut aus. Das steht dir. Übrigens hat Chris vorhin angerufen. Er hat wohl sein Handy heute verloren und wollte dir sagen, dass ihr euch um halb neun am Steinkreis trefft.«

Ich schnaubte. »Er hat sein Handy nicht verloren, er hat es dem Mädchen geschenkt, das mir die Haare gemacht hat. Damit sie ihn mit dieser Routen-App auch immer findet. Er hat das GPS seines Autos darauf gespeichert.«

Mum lachte. Chris mit seiner charmant-schrägen Art hatte sie schon immer erheitert.

»Auf jeden Fall musste ich ihm versprechen dir auszurichten, du sollst bitte die Spliffs zu Hause lassen und nur das Koks einpacken.«

Ich rollte mit den Augen. Wie gut, dass Mum Chris' Humor auch witzig fand.

34. Kapitel

Zwei Stunden später machte ich mich in warmer Kleidung und mit ein paar Chipstüten und Salzstangen bepackt auf den Weg zum Spielplatz.

Chris war bereits da und hatte vor dem Piratenschiff neben der Sandkiste eine Decke ausgebreitet, Sixpacks danebengestellt und eine kleine Kohlepfanne angezündet. Er war nicht der Einzige auf dem Spielplatz. Das Mittsommerritual hatte sich schon vor Jahren herumgesprochen und es gab immer ein paar Schaulustige – meist Touristen, die gerade zufällig hier waren. Ich konnte auf der Bank neben dem Spielplatz ein Pärchen ausmachen und ein weiteres auf den Schaukeln. Vom Spielplatz aus sah man am besten, seit sich die Druiden einen Mindestabstand erbeten hatten. Angeblich wegen des Feuers, das sie immer entzündeten und das jemanden verletzen könnte. Doch jeder in Lansbury wusste, dass ihnen vor allem daran lag, ein Gefühl von Ungestörtheit zu wahren. Immerhin waren da eine Menge illegaler »Räucherstäbchen« im Spiel.

Zeitgleich mit mir trafen Colin und Rebecca ein.

»Shakti kommt gleich. Sie bringt Michael mit«, erklärte Rebecca und lud Käse und Trauben ab. »Auch ich wäre fast zu spät gekommen. Dad ist stinksauer, weil er wegen der Neo-Druiden noch nicht mit dem Aufbau für das Sachsen-Festival nächste Woche anfangen konnte, und schimpft zu Hause vor sich hin.«

»Aber er hat doch noch nie so früh angefangen. Die brauchen doch höchstens zwei Tage dafür«, meinte Colin.

»Ich glaube, er hat Angst, die könnten ihm mit ihrem Ritual irgendwann die Zuschauer abspenstig machen. Sieh nur, es werden immer mehr.«

Zu den beiden Pärchen gesellten sich weitere kleine Gruppen und wir konnten sehen, dass noch mehr vom Dorf den Weg hierher einschlugen. Die Ungestörtheit war auf alle Fälle dahin.

»Warum lässt er das dann nicht verbieten?«, fragte ich. Immerhin regte sich Vikar Hensley seit Jahren über Alex Parkins und seine Anhänger auf.

»Weil sie dem Bürgermeister dafür einen Obolus in die Gemeindekasse zahlen. Und du weißt, der nimmt, was er kriegen kann«, erklärte Rebecca und ließ sich mit dem Blick zum Steinkreis auf der Decke nieder.

Das Pärchen auf den Schaukeln schwang jetzt hin und her, verdrehte die Ketten und kicherte vor sich hin. Die Ketten knarzten unheilvoll.

Wahrscheinlich würde ich auch nehmen, was ich kriegen könnte, wenn ich den Spielplatz ständig erneuern müsste wegen solcher Deppen.

»Habt ihr schon gesehen? Sherman's Field ist bei dem Gewitter letzte Woche verbrannt. Das muss ein Anblick gewesen sein! Das ganze Feld ist schwarz.« Shakti war nun ebenfalls eingetrudelt und an ihrer Hand hielt sie nicht Michael, sondern …

»Ethan! Hallo«, begrüßte ihn Chris so freudestrahlend, als sei es Prinz Harry.

»Gemütlich«, meinte Ethan, setzte sich, nachdem er uns alle

begrüßt hatte, auf den Rand der Decke und zog Shakti dicht neben sich. Colin, Rebecca und ich wechselten einen verblüfften Blick. Was war denn jetzt mit Michael geschehen? Und wie konnte man so abrupt seine Liebe ändern? Ich würde Shakti wohl nie verstehen. Aber immerhin lenkte das die Aufmerksamkeit vom schwarzen Kornfeld ab. Ich hatte gerade wenig Lust zu erzählen, dass ich den Brand mitverfolgt hatte.

Mittlerweile stand die Sonne schon schräg und die Druiden hatten ihre weißen Kutten übergestreift. Ich zählte sechsundzwanzig Druiden, die sich in einem Kreis inmitten des Steinrings aufstellten. Parkins war der Sechsundzwanzigste. Er stand in der Mitte und schwenkte etwas, das wieder verdächtig nach einem Weihrauchfass aussah.

Dann setzten Trommeln ein, und der Klang einer Flöte, einer Tin Whistle, schallte zu uns hinüber. Das war immer ein ganz besonderer Moment, der uns allen jedes Mal Gänsehaut verursachte, so wenig wir sonst auch von den Neo-Druiden hielten.

Von unserer Decke am Spielschiff hatten wir eine perfekte Aussicht auf die einhundertfünfzig Meter entfernten weiß gewandeten Menschen im Steinkreis.

Colin reichte mir eine Flasche Cola-Bier, nahm sich selber eine und setzte sich neben mich.

Wir konnten genau sehen, wie Alex Parkins in die Mitte der ihn umrundenden Druiden trat und wieder mit diesem unheimlichen Gesang anfing. Wenig später begannen alle zu tanzen. In der Mitte, dort, wo der Altarstein lag, loderte ein Feuer in den roten Abendhimmel. Es wurde von den sich rhythmisch bewegenden Druiden umkreist.

»Wenn jetzt einer von denen *Howgh* rufen würde wie ein Indianer, wäre es gar nicht mal so abwegig«, murmelte Chris an meiner rechten Seite.

»Bin ich zu spät?« Erstaunt sah ich hoch. Elizabeth ließ sich an Colins linker Seite nieder. Was zum Teufel …?

»Hast du nicht normalerweise jetzt Dienst im Circlin' Stone?«, erinnerte ich sie mit mehr Nachdruck, als in dieser Situation notwendig gewesen wäre.

»Erica übernimmt meine Schicht. Das hier wollte ich mir nicht entgehen lassen.« Doch statt nach vorn zu den Druiden zu schauen, sah sie Colin an.

Er lächelte warm zurück.

»Möchtest du was trinken?«

»Was ist das da?« Sie deutete auf die Flasche in seiner Hand.

»Ich weiß nicht, ob das etwas für dich ist, da ist Alko…«

Doch sie hatte ihm bereits die Flasche aus der Hand genommen und einen kräftigen Schluck getrunken.

»Schmeckt.« Und mit einem Mal fiel mir wieder der seltsame Akzent auf. Der war nicht mehr so markant wie bei unserem ersten Treffen, weswegen ich ihn schon vergessen hatte. Es hing eher davon ab, was für ein Wort sie benutzte … Sie betonte manche Wörter einfach anders. Ungewohnter.

Wenn ich es recht bedachte, klang der Singsang von Alex Parkins Aussprache nicht unähnlich.

Die Druiden waren mittlerweile stehen geblieben.

Ich wurde kurz von Elizabeth abgelenkt, die weiter aus Colins Flasche trank. Wenn sie nicht aufpasste, würde ihr das Cola-Bier gleich mächtig zu Kopf steigen.

Das Feuer prasselte fröhlich in den Nachthimmel. Die Sonne stand genau über dem breitesten der ehemals dreißig Ringsteine. Gleich würde sie dahinter untergehen und ein letztes Mal durch eins der kleinen Löcher in der Mitte des Steins einen Strahl hindurchsenden. Ich kannte das schon von den letzten Jahren her.

Die Trommeln wurden lauter und hektischer. Das Feuer bekam noch ein paar Holzscheite von Parkins verpasst und brannte innerhalb von Sekunden lodernder und höher.

Jetzt! Ich konnte von hier aus den orangen Fleck im Stein erkennen. Dort, wo die letzten Sonnenstrahlen direkt hindurchschienen. Da war er, der Moment, der, auch ohne dort zu tanzen und giftigen Qualm einzuatmen, etwas Magisches für jeden hatte, der zusah.

»Pff«, hörte ich Elizabeth abfällig schnauben und dann nuscheln: »Das ischt doch kein rischtiges Feuer.«

Was sollte das denn heißen?

Doch dann vergaß ich Elizabeth schon wieder. Flammen brandeten am Steinkreis auf. Nicht in dem Feuer auf dem Altarstein, sondern außen herum. Ein Ring aus Feuer schloss die Neo-Druiden ein. Mannshoch – so hoch wie die Megalithen – schossen die Flammen.

»Donnerwetter«, rief Chris begeistert. »Dieses Mal hat sich Parkins aber selbst überboten. Das ist megacool!«

Ethan, Shakti und Rebecca johlten zustimmend. Ethan hatte sein Handy hervorgekramt und filmte das Schauspiel. Die Touristen klatschten und filmten ebenfalls. Man konnte die Druiden nur noch als Silhouetten erkennen. Sie schienen mit einem Mal wie paralysiert zu sein.

Elizabeth flüsterte Colin etwas ins Ohr und ich sah den koketten Blick, den sie ihm schenkte, ehe sie wieder zu dem flammenden Steinkreis sah.

Der Flammenring wurde minimal größer, dann wurden die Flammen kleiner und schließlich erloschen zwischendrin einzelne Brandstellen, so dass nur noch in den Zwischenräumen der Megalithen Flammen loderten. Sie brannten gleichmäßig hoch und in einem so exakten Abstand, als hätte sie jemand mit der Wasserwaage ausgelegt.

Wieder hörte ich Elizabeths heisere Stimme Colin etwas zuflüstern.

Colin sah sie nicht an. Er sah genauso gelähmt aus wie die Weißgewandeten im Steinring.

Die Flammen begannen sich zu bewegen. Im gleichen Rhythmus, den vorhin noch die Trommeln vorgegeben hatten. Sogar die Funken darüber schienen im Gleichtakt zu tanzen.

Sie wurden größer, dann kleiner und krochen von Stein zu Stein. Die Sonne hatte das Loch im Hauptstein verlassen.

Das schien Alex Parkins wieder zur Besinnung zu bringen. Er fing erneut an zu singen und seine Anhänger stimmten mit voller Inbrunst ein. Der Qualm wurde stärker, das Feuer in der Mitte auf dem Altarstein kleiner und die Flammen umrundeten nur so lange den Steinkreis, bis die Sonne komplett untergegangen war. Dann verloschen sie. So abrupt, als wären sie mit einer unsichtbaren Decke erstickt worden.

»Das nenne ich mal einen Ritus mit Special Effects«, sagte Ethan und verstaute sein Handy. »Die Gasleitung hat er echt gut getarnt. Und wo mag er die Gasflaschen versteckt haben? Shakti und ich sind auf dem Weg hierhin am Steinkreis vorbeigegangen und haben nichts gesehen.«

»Zu schade, dass sich Alex Parkins nicht mit deinem Vater versteht, Rebecca«, sagte Chris bedauernd. »Wenn die das Sachsen-Festival auf dieses Datum legen könnten und die Druiden eine solche Show böten, käme bestimmt auch endlich die BBC und das Festival würde nicht nur achttausend, sondern sechzehntausend Besucher anlocken.«

»Es liegt weniger an Dad als vielmehr an dem Hohepriester dahinten«, erklärte Rebecca. »Seht mal, wie der sich brüstet.«

Alex Parkins stand am Altarfeuer und seine Anhänger klopften ihm anerkennend auf die Schultern. Die Lobesrufe schallten bis zu uns herüber.

Ich sah, dass Colin Elizabeth tröstend die Hand auf den Arm legte und den anderen Arm um ihre Schulter schlang. Sie hatte gerade den Mund geöffnet, um etwas zu sagen, aber jetzt schloss sie ihn und schmiegte sich glückselig an Colin.

Und mit einem Mal war mir klar, dass sie dahintersteckte. Sie hatte diesen Flammenring entfacht. Und Colin wusste es.

Die Touristen waren verschwunden und die Neo-Druiden saßen mittlerweile in Klappstühlen um das Feuer am Altarstein herum. Ihr Gelächter hallte bis zu uns herüber.

Wir machten es uns ebenfalls gemütlich. Obwohl wir zuerst mit dem Gedanken gespielt hatten, ins Circlin' Stone zu wechseln, doch Elizabeth hatte uns davon abgehalten. Dort sei sie täglich. Hier draußen sei es heute so schön, der Himmel sei voller Sterne und die Nacht lau. Ich hatte Mühe gehabt, die Augen zu verdrehen, und wäre definitiv lieber ins Circlin' Stone gegangen, aber da Elizabeth für gewöhnlich bekam, was sie wollte, blieben wir hier.

Und es war auch wirklich schön. Der Himmel war tatsächlich sehr klar und es dauerte lange, ehe er rot und dann blau wurde. Ganz dunkel wurde es nicht. Noch nicht.

Elizabeth sprühte vor Aufregung. Sie hatte eine zweite Flasche Cola-Bier getrunken und war sehr aufgekratzt.

Mir fiel auf, dass sie ständig jemanden berührte. Nicht nur Colin, sondern auch Chris, Ethan und die Mädchen. Nur mich nicht.

»Ich freue mich zwar auch auf das Sachsen-Festival, aber das hier ist doch jedes Jahr wieder was Besonderes«, seufzte Rebecca und verschränkte die Arme hinter dem Kopf.

»Das Festival ist cool. Ich mag die Schlachten und ich hoffe, nächstes Jahr lässt mich Dad mal mitkämpfen.« Chris griff in die Chipstüte.

»Das wird schwierig, Chris. Die Kämpfer sind Schauspieler, die Dad extra engagiert«, nahm ihm Rebecca die Illusion. »Du kannst dich aber als Druide bewerben. So was wie das hier fände auch Dad super. Nur aus wohlbekannten Gründen wird das nie mit Alex Parkins und seinen Anhängern über die Bühne gehen.«

»Ich will kein Druide sein«, erklärte Chris. »Das Festival mit den Schlachten gefällt mir so, wie es ist, sehr gut.«

»Aber ihm fehlt das hier. Diese Ruhe und Magie und der Zauber«, stimmte ich Rebecca zu.

»Kann man in so einer magischen Nacht auch in die Zukunft sehen?«, fragte Shakti versonnen. »Meredith, du kennst dich da doch aus.«

»Ha ha«, machte ich und sah zu den Druiden, die jetzt aussahen und sich verhielten wie Camper in weißen Kitteln.

»Ich kann die Zukunft vorhersagen«, meinte Chris und lächelte Elizabeth an. »Ich kann dir sagen, dass du in Zukunft einen netten Mann haben wirst, der dir jeden Wunsch von den Augen abliest.« Chris stützte sich mit einem Ellbogen ab und streckte die Beine aus. »Und dieser Mann ist blond.«

»Meinst du etwa Brandon?«, fragte ich scheinheilig.

»Er ist ihr Cousin«, sagte Rebecca und streckte sich ebenfalls lang auf der Decke aus. »Aber ich glaube, Cousin und Cousine dürfen auch heiraten.«

»Ich sehe mehr einen Dunkelhaarigen in meiner Zukunft«, bekannte Elizabeth offen und lächelte Colin wieder an. »Aber kannst du denn wirklich die Zukunft voraussehen?« Es war das erste Mal heute Abend, dass sie sich an mich wandte.

»Merediths Mutter liest aus Tarotkarten«, erklärte Shakti.

»Ich könnte eine Flasche drehen lassen und bestimmen, was aus demjenigen wird, auf den die Flaschenspitze zeigt«, sagte ich gelassen.

»Au ja, Flaschendrehen! Auf wen die Spitze zeigt, der muss was ausziehen oder seinen Nebenmann küssen«, rief Chris begeistert.

Sofort wechselte Ethan den Platz, brachte Rebecca zwischen sich und Chris und zog Shakti auf seine andere Seite.

»Nein, ich werde dich nicht küssen, Chris«, erklärte Rebecca rigoros. »Und ich werde mich auch nicht ausziehen. Nicht, solange die bekifften Druiden uns noch sehen können.«

»Sollen wir an den Kennet-Weiher gehen? Am Hünengrab

sind wir ungestört. Da ist um die Uhrzeit niemand«, schlug Chris lasziv vor.

Rebecca bewarf ihn mit einer Salzstange. »Wie wär's, wenn du das Hünengrab mal dieser Miranda zeigst? Als Biologieschülerin ist sie bestimmt nicht nur an menschlicher Anatomie, sondern auch noch an Fauna und Flora interessiert.«

»Miranda hat mir mein gefülltes Handschuhfach vorgeworfen. Vielen Dank auch, Meredith. Zum Ausgleich könntest du mir wenigstens verraten, welche Frau die Sterne für mich auserkoren haben. Sieh doch mal nach, ob da jemand ist wie Megan Fox. Die würde sehr gut zu mir passen. Da oben die Sternkonstellation hat schon ihre Maße.«

Er deutete an den Nachthimmel.

Sternkonstellationen! *Das* war es!

Wieso war mir das nicht schon früher aufgefallen?

Ich sprang auf und rannte zum Kornfeld.

»Was denn? Du musst es nicht tun, wenn du nicht willst!«, rief mir Chris nach und ich hörte noch Rebecca zu Elizabeth sagen: »Sie findet diesen esoterischen Kram Quatsch.«

»Eso…«, mehr verstand ich nicht, denn ich hatte Sherman's Field erreicht. Erst als ich vor der schwarzen Erde stand, begriff ich, dass nichts mehr da war. Obwohl …

Das Feld war verbrannt, aber man konnte von hier aus Stellen erkennen, die etwas flacher waren. Ich machte ein paar Schritte auf so eine Stelle zu. Tatsächlich! Wo sich die Kornkreise befunden hatten, stand nichts mehr. Nicht einmal mehr ein verbrannter Getreidestoppel. Kreisrund war alles zu Asche verfallen und es war sehr gut ersichtlich, wo die Kreise gewesen waren. Ich schritt sie erneut ab und dann sah ich zum Himmel. Genau das war es. Mich fröstelte mit einem Mal, trotz der lauen Sommernacht. Trotz meiner warmen Kleidung. Das hier war unheimlich!

»Meredith? Was ist los?«

Colin stand am Feldrand und sah zu mir herüber.

»Ich hab's!«, rief ich aufgeregt. »Ich weiß, was es bedeutet. Hier, sieh mal!«

Colin trat zu mir und ich deutete auf den Kreis und dann zum Himmel.

»Siehst du? Genau das ist es! Dabei hatten wir es schon im ersten Trimester in Physik.«

»Was, Mere? Was hattet ihr?«

»Astronomie! Das ist ein Sternbild. Die Kreise stimmen genau mit einem Sternbild überein. Genau so, wie die Sterne am Himmel stehen, sind die Kreise auf dem Boden angeordnet. Sieh nur! Hier ist Sirius, der bekannteste, dann genau ihm gegenüber Mirza.« Ich ging die gerade Linie von ›Sirius‹ weiter zum nächsten Kreis. »Und hier ein Vorbote von Sirius, einem der sogenannten *hellen Riesen*. Das ergibt alles einen Sinn. Oder auch nicht …« Ich blieb stehen. Mitten im Feld genau auf der imaginären Linie, die die Punkte verband.

»Colin?«

»Ich bin hier, Meredith«, sagte er ruhig.

»Colin, es ist das Sternbild des Großen Hundes.«

Er sagte nichts.

In der Stille tönte wieder das Gelächter der angetrunkenen Druiden zu uns herüber und dann hörten wir auch unsere Freunde lachen. Allen voran Elizabeth.

»Erklärst du mir, was für eine Bedeutung das hat?« Colin war zu mir getreten und sah mich aufmerksam an. Die Nacht war noch immer hell und ich konnte seine gerunzelte Stirn deutlich erkennen. Nur die Augenfarbe war in diesem Licht nicht auszumachen. Aber ich wusste, wie blau sie waren.

»Bei den alten Ägyptern läutete dieses Sternbild die Nilschwemme ein. Aber erst Mitte Juli.«

»Mitte Juli?«, wiederholte er.

Ich nickte. »Das ist aber nicht alles. Das Sternbild des Großen Hundes steht auch für Anubis, den Schakal, den Wächter der Unterwelt. Die alten Ägypter waren davon überzeugt, dass er eines Tages für den Untergang der Welt verantwortlich sein wird.«

Lange Zeit schwiegen wir. Meine Gedanken rasten um alle Mythen, die unser Astrophysiklehrer uns damals erzählt hatte. »Meredith, glaubst du an solche Geschichten?«, fragte Colin endlich.

»Hättest du mich vor sechs Wochen gefragt, hätte ich gesagt, nein. Aber jetzt …« Ich konnte nicht anders, ich sah zur Kifferbande mit den feiernden Druiden, wo vor kurzem noch außergewöhnliche Flammen um die Steine herumgetanzt waren, und zum Spielplatz, wo gerade Elizabeths helle Stimme zu singen begann.

Es war ein uns unbekanntes Lied über Wünsche und Pflichten einer Tochter. Sie sang mit einer klaren, geschulten Stimme und bei diesem Lied trat ihr seltsamer Akzent wieder deutlich hervor.

Es war ein schönes Lied, voller Sehnsucht und so fremdartig.

Ich sah Colin an.

»Ich weiß nicht, was, aber mit der stimmt etwas ganz und gar nicht«, sagte ich fest. »Und wirf mir bloß keine Eifersucht vor.«

Colin trat näher. Jetzt konnte ich riechen, dass er wieder ein Cola-Bier zu viel getrunken hatte.

»Nicht?«, sagte er dicht vor mir.

»Nein. Aber wenn ich an Mums Tarotkarten glauben würde, würde ich sie fragen, was es mit der rothaarigen Cousine auf sich hat.«

Colin lehnte seine Stirn an meine. »Mere?«

Ich war mir nicht sicher, was er vorhatte. Eine kleine Bewegung meinerseits, und er würde mich wieder küssen können. Und eigentlich wollte ich das nicht. Andererseits war ich aber auch froh, dass er noch immer bei mir war. Mein bester Freund. Deswegen zuckte ich nicht zurück, sondern machte nur: »Mh?«

Im Steinkreis hatte wieder eine Trommel angefangen zu schlagen. Passend zum Rhythmus von Elizabeths Lied.

»Elizabeth hat den Flammenkreis heraufbeschworen«, flüsterte Colin dicht vor meinem Gesicht.

»Ich habe es geahnt. Hat sie dir gesagt, wie sie es gemacht hat?«, flüsterte ich zurück.

»Das braucht sie mir nicht zu sagen.«

Ich verstand. Sie hatte andere Kräfte als Colin, aber irgendwie doch ähnliche.

»Hat sie dir nicht mehr gesagt?«, fragte ich und vermied es nach wie vor, den Kopf zu heben.

Er nahm seine Stirn von meiner und starrte zu den Sternen hinauf.

»Meredith, glaubst du an Vorsehung?«

Jetzt sah ich ihn wieder an.

»Colin, du wirst aber jetzt nicht so plump daherreden wie Chris von wegen, wir seien füreinander bestimmt und so?«

Er senkte den Kopf und blickte zu mir hinab. Einen Kopf größer als ich, und trotzdem fühlte ich mich nie klein bei ihm.

»Nein. Aber was, wenn das hier für einen Untergang steht?«

Er deutete auf das zu Asche zerfallene Korn unter unseren Füßen.

»Was, wenn meine Visionen nicht weg sind? Wenn sie nur was anderes zeigen?«

»Colin, wie viel Cola-Bier hast du getrunken?«, fragte ich scharf.

»Zu viel. Aber das lässt mich vielleicht klarer sehen.«

»Beim letzten Mal hast du dir nur Mut angetrunken, um mich zu küssen«, erinnerte ich ihn unwillig.

»Das würde ich immer noch gern«, seufzte er. »Darf ich?«

»Nein, du darfst mich nicht küssen.«

»Das meine ich nicht. Ich wollte deine Hand nehmen.«

»Ach so. Na dann, ja.«

Er nahm meine beiden herabhängenden Hände in seine. Ein angenehmes Gefühl.

Er hielt sie fest und strich mit den Daumen über meine Handrücken. Dabei sah er mir in die Augen.

Wenn er sich jetzt vorbeugt, werde ich ihn doch küssen, schoss es mir durch den Kopf.

Aber er beugte sich nicht vor.

»Mere, ich sehe dich, so wie du jetzt aussiehst. Und jetzt auch mit dieser Frisur.«

»Ich stehe ja auch genau vor dir.«

Er schüttelte den Kopf. »Aber vor meinem inneren Auge stehst du nicht hier. Du stehst da drüben. Es regnet und du bist durch und durch nass.«

Er deutete zur Kifferbande, wo zwei Druiden zu tanzen angefangen hatten.

»Was glaubst du, was das bedeutet?«, fragte ich leise. Wie schon gesagt, vor einigen Wochen hätte ich nach einer logischen Erklärung gesucht. Seither war vieles geschehen, was sich nicht logisch erklären ließ.

»Völlig nüchtern wäre ich nach wie vor froh darüber, dass sich meine Visionen vom Tod gewandelt haben. Aber da ich etwas angetrunken bin, denke ich, dir wird bald etwas zustoßen. Und nicht nur dir, sondern auch Mum, Dad und Theodor und jedem anderen, den ich in den letzten Wochen berührt habe.«

»Einschließlich Elizabeth?«, konnte ich mir nicht verkneifen zu sagen.

»Nein. Die sehe ich wie gehabt. In wallenden Kleidern mit weißer Halskrause und weißen Haaren.«

Ich fasste seine Hände fester und zog sie eindringlich zu mir.

»Colin, weißt du, was du da sagst?«

»Yep. Wir werden alle bald sterben.«

»ICH BRING DICH UM!«

Erschrocken machte ich einen kleinen Satz nach vorne und meine Stirn knallte gegen Colins Kinn. Wir torkelten auseinander, er sich sein Kinn reibend, ich meine Stirn.

Dann sah ich, wie Brandon drohend über jemandem am Spielplatz stand.

Elizabeth.

»Ich glaube, da hat jemand seine Schicht geschwänzt, um mit dir zusammen zu sein«, sagte ich zu Colin. Wir machten uns auf in Richtung Spielplatz. Als wir dort ankamen, schrie Brandon mittlerweile so laut, dass die Druiden aufgehört hatten zu trommeln und ebenfalls zuhörten.

»Du verschwindest einfach ohne ein Wort … HAST DU ETWA *GETRUNKEN?*«

»Und was geraucht«, hörten wir Rebecca sagen und konnten jetzt auch Zigarettenqualm und etwas Süßlicheres riechen.

»Reg disch nisch uff, Brandon«, lallte Elizabeth. »Wir schind hier gefangen und schterben in kurzer Zeit. Ein wenisch Spasch sei unsch gegönnt.«

Brandon sah aus, als wolle er sie über die Schulter werfen und nach Hause tragen.

Wenn er jetzt noch erkannte, dass Colin ebenfalls angetrunken war, würde er ihm die Schuld dafür geben und es an Colin auslassen. Ich stellte mich schützend vor meinen Freund und hielt ihn mit einer Hand hinter meinem Rücken.

»Soll ich dir helfen, sie nach Hause zu bringen?«, fragte ich so selbstsicher und ruhig wie nur möglich. Das war nicht einfach. Wie immer in Brandons Nähe war mir schwitzwarm und meine Finger wurden flatterig. Colin spürte das, denn er verschränkte seine Finger mit den meinen, um sie zu beruhigen. Um mich zu beruhigen.

Elizabeth sah das. Sie rappelte sich umständlich auf und mir fiel auf, dass Brandon ihr dabei nicht einmal half. Das war peinlich und mit Sicherheit genau so beabsichtigt.

Elizabeth allerdings war zu betrunken, um das zu verstehen. Sie sah auf Colins und meine Hand und dann mich an. Das Grinsen in ihrem Gesicht gefiel mir überhaupt nicht.

»Schag mal, Freundin von Colin, hat deine Mutter den Schock verkraftet?«

Ich versteifte mich und alle Hitze wich aus meinem Körper. Stattdessen kroch plötzlich Eis durch meine Adern. Woher wusste sie …?

»Musch für deine Mutter doch schrecklisch sein, den toten Bruder jetzt schtändig vor Augen zschu haben.«

»Wovon redest du?«, fragte Rebecca. Sie rauchte zwar gern einen kleinen Joint, aber sie trank dafür kaum Alkohol und war deswegen nicht ganz so benebelt.

Chris hingegen sah aus, als könne er heute Abend nicht mehr eins und eins zusammenzählen. Und Shakti hatte sich mit Ethan verzogen.

»Meredith hat keinen Bruder. Das ist Colin da an ihrer Seite«, sagte Rebecca und warf den Zigarettenstummel in die Kohlenpfanne, wo er kurz aufflammte und dann verlosch. Das alles nahm ich wahr und doch irgendwie nicht. Eher als stünde ich hinter einem Paravent aus Tüll.

»Doch. Hat schie. Aber der isch tot. Und er sah genauso ausch wie sie jetzet mit dieser Frisur. Is 'ne seltsame Frisur für'n Mädschen.«

»Elizabeth, du verwechselst da was«, sagte Colin. »Meredith hat keine Geschwister. Ich denke wirklich, es waren zwei Bier zu viel. Geh mit Brandon nach Hause.«

Elizabeth wankte näher. Neidvoll erkannte ich, dass sie sogar in diesem Zustand noch schön war, während andere Menschen durch alkoholbedingte Gesichtsentgleisung hässlich asymmetrisch wurden. Ihre Augen funkelten, ihre hohen Wangenknochen leuchteten weiß und ihre Lippen – nun ja, die waren zu einem hämischen Grinsen verzogen, das mir nicht gefiel.

»Hat dir deine beschte Freundin noch nie von Oliver erzählt? Der Grund, weshalb sie unn ihre Familie überhaupt hierhergezogen schind?«

»Meredith lebt hier seit ihrem fünften Lebensjahr. Sie ist schon mit uns zur Schule gegangen.« Chris hatte doch wieder etwas Verstand zusammen. Zum Glück hatten die Trommeln wieder eingesetzt und ebenso die Flöte. Die Flöte war es auch, die ich zuerst vernahm, denn ihr Klang fuhr mir mitten durchs Herz.

»Elizabeth, wir gehen jetzt.« Brandon wollte sie bei den Schultern packen, doch sie riss sich los.

»Isch will hier – hicks – bleiben. Ich will die letzten Tage auf dieser Welt – hicks – noch voll auskosten«, widersprach sie.

»Morgen wirst du dir wünschen, das Ende käme schneller herbei«, prophezeite Brandon und wollte sie erneut packen.

»Marybeth, erzähl ihnen von Oliver und wie er starb. Sag ihnen, dasch du dabei warst – hicks – und dass du erst vier Jahre alt warst.«

»Wer ist Marybeth?«, fragte Rebecca irritiert.

»Sie meint Meredith und jetzt wird es wirklich Zeit für dich.«

Brandon fackelte nicht länger, ging in die Knie, umfasste Elizabeths Beine und warf sie sich über den Rücken.

Sofort begann sie zu würgen und wurde augenblicklich wieder heruntergelassen. Doch zu spät. Brandons Rückseite hatte eine unschöne braune Farbe angenommen und Elizabeth blieb würgend am Boden liegen.

Brandon drehte sich hilflos zu mir um.

»Was mache ich nur mit ihr?«

Doch mein Mitleid hatte sie verspielt. »Du hast gesagt, du würdest mit ihr fertig werden. Dann sieh zu, wie du es schaffst.«

Ich wandte mich Colin zu. »Das hast du toll hinbekommen. Sie hat den ganzen Abend verdorben. Lad sie ruhig noch öfter ein. Aber dann werde ich nicht mehr dabei sein.«

Ich raffte meine Sachen zusammen und ging ohne ein weiteres Wort fort.

Colin folgte mir nicht. Ich kam allein zu Hause an.

Der Abend, der so friedvoll und zauberhaft begann, hatte einen furchtsamen Verlauf und ein unschönes Ende genommen.

Als ich nach der Dusche in mein Zimmer zurückkam, fiel mir die Feder des Eichelhähers, Colins Versprechen für ewige Freundschaft, ins Auge. Sie bewegte sich nicht, aber sie lag auch nicht richtig auf dem Schreibtisch auf. Hatte ich sie nicht in die Stiftebox gesteckt? Und wo war die andere Feder? Die rotbraune? Ich bückte mich und schaute unter den Schreibtisch. Nichts. Sie war verschwunden. Ob Madame Mim sie verschleppt hatte? Ich würde morgen nach ihr suchen. Jetzt sah ich noch einmal nach der blauen Feder mit den schwarzen Streifen. Nein, sie lag definitiv nicht richtig auf der Schreibtischplatte auf. Sie schwebte ein wenig.

Ich runzelte kurz die Stirn, aber heute waren so viele unerklärliche Dinge geschehen, dass mich eine schwebende Feder in der Mittsommernacht schon gar nicht mehr wunderte.

ERINNERUNGEN

Der Junge sah die Ohrfeige nicht kommen. Sie traf ihn mit voller Wucht, so dass er vornüberkippte.

»Hatte ich dir nicht gesagt, man spielt nicht mit Lebensmitteln?«

Der Junge weinte. »Aber Dad, ich mache das nicht extra. Das hat sie von ganz allein gemacht.«

»Man wirft Tomaten nicht einfach auf den Boden. Sieh nur, was du angerichtet hast! Du bereitest deiner Mutter ständig solche Arbeit. Aber mit fünf Jahren bist du alt genug, um es aufzuwischen. Also wisch es auf.«

»Aber Dad, sie ist geschwebt … ich habe …«

Wieder klatschte es und jetzt schluchzte der Junge.

»Ich habe dir verboten zu lügen. Nur schlechte Menschen lügen. Bist du ein schlechter Mensch?«

Der Junge schüttelte den Kopf. Tränen liefen ihm über die Wangen, er fühlte sie zu Boden tropfen.

»Dann wisch es weg.« Der Vater ging. Was nur gut war, denn die Tränen tropften nicht mehr bis auf den Boden. Sie verharrten in der Luft, kurz über dem Parkett. Er brauchte die Tomate nicht aufzuwischen. Er konnte sie mit dem Lappen in der Luft auffangen.

35. Kapitel

Ich wartete nicht wie üblich am Collegeeingang auf Colin. Ich war sauer. Ich hatte mein Handy seit der Mittsommernacht ausgeschaltet gehalten, hatte den ganzen Samstag über faul auf der Couch gehockt und war mit Mum am Sonntag zu unserer üblichen Verpflichtung gefahren, um alles in Ordnung zu bringen. Auf der Hinfahrt hatten wir in einem Herrenhaus aus der Tudorzeit eine Pause eingelegt, uns die freigegebenen Museumsräume angesehen und dann noch Tee und Kuchen zu uns genommen.

Auf der Rückfahrt waren wir im Kino gewesen – Mum hatte ein wenig von ihren Ersparnissen springenlassen und es war ein rundum schöner Tag gewesen. Wenngleich die Mittsommernacht schwer wie Blei auf mir lag und immer wieder hervorlugte.

Am Samstag hatte er es nicht versucht und am Sonntag waren wir so spät nach Hause gekommen, dass Colin keine Chance mehr gehabt hätte, anzurufen oder vorbeizukommen.

Colin nicht und auch sonst niemand. Was gut war.

An diesem Morgen ging ich geradewegs zum Naturwissenschaftskurs und setzte mich auf einen anderen Platz als normalerweise.

Als Colin den Raum betrat, steuerte er direkt auf mich zu. Ich legte demonstrativ meine Tasche auf den Stuhl neben mir. Aus den Augenwinkeln konnte ich sehen, dass er neben meinem Tisch stand und auf mich herabsah.

Ich reagierte nicht. Sollte er doch Elizabeth ans College holen. Dann könnte er sich neben sie setzen. Sie drängte sich ja sowieso überall dazwischen und er unterstützte es. Aber es galt nur noch diese Woche rumzukriegen. Freitag begannen die Ferien und ich konnte mir guten Gewissens Abstand zu Colin und meinen Freunden verschaffen. So lange, bis sie Elizabeths Worte vergessen hatten. Hoffentlich …

Als Mr Jones die Klasse betrat, hörte ich Colin seufzen und sich woanders hinsetzen.

Direkt nach der Stunde – ich hatte, weil ich meine Schludrigkeit kannte, schon zehn Minuten vor Ende meine Sachen zusammengepackt – stürmte ich als Erste noch vor Mr Jones aus dem Saal zum Mathekurs. Den hatte ich nur mit Chris und Rebecca und die waren in Mathematik immer abgelenkt.

Aber auch Mathe war irgendwann rum und die Mittagspause kam. Es nützte nichts. Mein Magen knurrte. Ich ging in die Mensa, kaufte mir etwas und setzte mich an einen Tisch, der etwas versteckter lag. Vielleicht sollte ich bei der Schulbehörde mal einen Antrag auf verstaubte Yuccapalmen stellen.

Aber natürlich übersahen sie mich nicht.

Shakti war die Erste, die sich zu mir setzte.

»Was ist los, Meredith?«, fragte sie mitfühlend. »Du wirst doch nicht das Geschwätz dieser Elizabeth ernst nehmen, oder?«

»Ich finde, sie hat was von einem Stalker«, sagte Rebecca und ließ sich ungefragt mir gegenüber nieder.

Colin und Chris setzten sich ebenfalls zu uns.

»Colin, wenn du nicht willst, dass sie eines Tages deine Frau ermordet und deine Kinder bedroht, solltest du sie meiden und nicht noch ständig einladen«, erklärte Chris.

»Sie wird einem regelrecht unheimlich«, stimmte Shakti ihm zu.

»Wie kommt sie überhaupt auf die abstruse Behauptung, Meredith hätte einen toten Bruder?«, überlegte Rebecca laut.

»Wahrscheinlich hat sie was verwechselt. Sie nennt sie ja auch Marybeth. Bestimmt hat diese Marybeth einen Bruder.« Chris aß ungerührt weiter.

»Hatte«, korrigierte Rebecca. »Er ist ja tot.«

Vor meinen Augen tauchte eine Szene auf. Es war dunkel und ein Blitz erhellte alles. Ich befand mich mitten in einem Steinkreis und stand vor einem dunkelhaarigen Jungen von ungefähr dreizehn, vierzehn Jahren, der einen Finger an seine Lippen legte. Ich schüttelte den Kopf, um das Bild zu vertreiben. Was war das gewesen? Hatte ich da wirklich was gesehen oder hatte mir mein Kopfkino nur was vorgegaukelt? Ich war definitiv zu oft mit Colin zusammen gewesen.

»Ich hätte nicht gedacht, dass Brandon so wütend werden kann«, sagte Shakti und riss mich zurück ins Hier und Jetzt. »Aber Mann, er sieht dann sogar noch heißer aus.«

»Obwohl die Kotze auf seinem Rücken ihm ja doch ein wenig von seinem Sexappeal nahm«, sagte Colin ungewohnt barsch.

»Fand ich nicht«, grinste Shakti und zwinkerte Rebecca und mir zu.

Mir ging es ein wenig besser. Ein wenig.

»Ich fand es echt süß und sehr männlich, als er Elizabeth so über seine Schulter warf.«

»Ich bin am Essen«, wandte Chris scharf ein, der es noch nie hatte ertragen können, die zweite Geige zu spielen.

»Nein, du bist nur wieder eifersüchtig«, erklärte Rebecca ungerührt. »Sobald das Thema Brandon aufkommt, nimmst du alles, was wir über ihn sagen, persönlich.«

»Meredith, kann ich dich bitte sprechen?«

Colin wartete nicht einmal, bis die anderen mit ihren Kabbeleien fertig waren. Er platzte einfach so damit rein.

Ich aß weiter, als hätte ich ihn nicht gehört.

Unter dem Tisch bekam ich einen sanften Fußtritt. Ich sah auf und in Shaktis mitfühlende Augen. Sie signalisierte mir, ich solle Colin nachgeben.

Rebecca war nicht ganz so feinfühlig.

»Geh schon, Meredith. Er hat es zwar verdient, aber wenn du jetzt auf stur schaltest, könnt ihr beide die nächsten Nächte nicht schlafen und lasst euren Frust an uns aus. Darauf hab ich keinen Bock.«

Damit ich auch ja folgte, zog sie mir mein Tablett mit dem restlichen Essen weg. Nicht, dass noch viel drauf gewesen wäre. Hunger hatte ich zum Glück keinen mehr. Ich schob meinen Stuhl zurück und stand auf.

»Dann lass es uns hinter uns bringen«, sagte ich und ging, ohne mich nach ihm umzudrehen, zur Mensa hinaus.

Hinter mir hörte ich Chris auf den Tisch klopfen. »Gut gemacht, Rebecca. Sie bringt es sonst fertig und zieht diese Laune bis nach dem Sachsen-Festival durch.«

Ich ging mit Colin wieder zum Chemie-Labor. Extra.

Hier hatte er mich geküsst und hier sollte er wissen, wie enttäuscht ich von ihm war. Ich stellte mich mitten in den Raum und verschränkte die Arme vor der Brust, als er die Tür hinter sich schloss.

Er sah mich an und dann seufzte er. »Es tut mir leid, Mere. Es tut mir sehr, sehr leid. Elizabeth hat sich unmöglich verhalten und ich hätte dir mehr beistehen sollen. Es ist nur …«

»Sie ist so hübsch? Sie himmelt dich an?«, fauchte ich. »Ich verstehe schon. Du genießt es, dass jemand in dich verliebt ist.«

Colin rang die Hände. »Du weißt genau, dass es so …«

»Schon klar, alles klar, Colin. Du brauchst dich nicht zu rechtfertigen. Ich versteh's. Wann wird man denn schon von so einem bildhübschen feurigen Mädchen umworben? Einem, auf das sogar Chris ganz scharf ist, und der bekommt doch sonst immer alle Frauen ab. Sie sieht nicht einmal Brandon an, nur dich. Da braucht man auf die gute alte Meredith keine Rücksicht zu nehmen. Meredith, die sowieso immer da ist, mit ihrer langweiligen Aufmachung und der Vorliebe für Mathe und Physik. Ist egal, wenn die blöde Kuh von Elizabeth sich nicht mal ihren Namen merken kann. Die arme, im Stich gelassene kleine Schönheit Elizabeth braucht Hilfe. Sie ist ja sooo verloren und sucht Anschluss. Ich bin nicht eifersüchtig, wenn du das denkst, ich bin enttäuscht. Verdammt enttäuscht, Colin.«

Ich hatte gar nicht gemerkt, dass ich immer lauter geworden war. Ich bremste mich, als hinter Colin ein Reagenzglas aus dem Regal flog und am Boden zerschellte. Blaue Flüssigkeit verteilte sich und es roch mit einem Mal scharf nach Chlor.

Colin hatte den Mund zusammengepresst.

»Du hast nicht für mich Partei ergriffen. Du hast mich nicht verteidigt. Du bist bei ihr geblieben und hast ihr das alles durchgehen lassen. Mums Tarotkarten sind doch nicht so ganz von der Hand zu weisen.«

»Was haben die Tarotkarten deiner Mutter mit Samstagabend zu tun?«, fragte er irritiert.

»Sie hat wiederholt die Karte der Sieben Schwerter für mich gezogen«, erklärte ich hitzig. »Jemand, der mir nahesteht, wird mich über den Tisch ziehen. Aber ich hätte nie gedacht, dass ausgerechnet du das sein wirst.«

Jetzt weinte ich endlich. Ich schluchzte, und weil ich mich dafür schämte, da ich doch die Oberhand behalten wollte, machte mich das nur noch wütender.

Colin war genauso aufgebracht, denn es knallten eine Phiole und ein Kolben zu Boden.

Zu dem Chlorgestank mischte sich jetzt ein Schwefel- und Eisengeruch.

Nicht wirklich gesund und sehr unangenehm.

»Mere, es tut mir so leid.« Ich hatte gar nicht gemerkt, dass er näher gekommen war. Ich wehrte mich gegen seine Umarmung, aber er war stärker als ich und irgendwann gab ich einfach nach und krallte mich an ihm fest. Das war so vertraut, dass ich mich gleichzeitig noch schlechter fühlte. Zu der Enttäuschung mischte sich das schlechte Gewissen.

»Es tut mir leid. Wirklich, Mere. Es tut mir sehr, sehr leid.«

Ich merkte, wie meine Nase tropfte, und wischte sie sehr unladylike mit dem Handrücken ab.

»Ich habe Kopfschmerzen«, schniefte ich.

Colin reichte mir ein Taschentuch. Natürlich ein gebügeltes aus Stoff.

Ich schnäuzte mich.

»Soll ich dir eine Tablette besorgen?«, fragte er mitfühlend.

»Ich gehe nach Hause. Ich möchte nicht so verheult vor den anderen erscheinen.«

»Ich gehe mit dir«, sagte Colin. Vermutlich sah ich wirklich sehr mitgenommen aus. »Die anderen werden uns entschuldigen. Wenn deine Schmerzen einigermaßen erträglich sind, würde ich vorschlagen, dass wir in den Wald gehen. Ich möchte noch was mit dir besprechen. Und vielleicht wäre das jetzt auch ganz gut für dich.«

Ich nickte. Mit einer Tablette würde es mir hoffentlich bald wieder gut gehen. Bewegung war allemal besser, als zu sitzen oder zu liegen, wenn man Kopfschmerzen hatte.

Wir nahmen unsere Taschen und gingen durch die mittlerweile schon leeren Flure hinaus.

Ich spülte direkt zwei Tabletten mit etwas Wasser hinunter und dann schlugen wir automatisch den Weg zur Abtei ein. Vor allem auch deshalb, weil er nicht so oft begangen wurde und die Gefahr, Dr. Adams würde von Colins Schwänzen erfahren, sich damit verringerte.

»Geht es wieder?«, fragte er, als wir den Wald erreicht hatten.

Meine Kopfschmerzen waren noch da, aber erträglich geworden und mein Frust war auch besser. Ich nickte.

»Was wolltest du mit mir besprechen?«

»Ich habe ein wenig nachgeforscht«, begann er. »Du hast mir

doch den Gegenstand gezeigt, den du bei der Ruine entdeckt hast. Diese seltsame Lupe, die nicht wirklich vergrößert und aussieht, als wäre sie mittelalterlich. Ich habe Dad nach der Ruine gefragt. Er kannte sie aber nicht. Auch nicht von der Zeit her, als er klein war. Das fand ich recht merkwürdig, weil er ja Lansbury in- und auswendig kennt.«

Dr. Adams war hier geboren und aufgewachsen und hatte – bis auf die Zeit seines Studiums – immer hier gelebt. Dadurch, dass er der einzige Arzt in Lansbury war, kannte er zudem jeden Einzelnen hier und wusste über alles Bescheid. Wenn also jemand schon mal etwas von der Ruine gehört hatte, dann doch wohl er.

»Dahinten ist sie schon. Ich finde es extrem ungewöhnlich, dass sie bislang nicht zu sehen gewesen war. Nur durch den einen umgestürzten Baum verdeckt …«

Ich folgte Colins Blick – und stolperte.

Colin fing mich auf, ehe ich hinfiel. Wir waren stehen geblieben und ehrlich gesagt hätte ich mich gern gesetzt, denn meine Knie waren weich und mein Magen hohl.

Ich rechnete nach. Neun Tage war es her, dass ich die Ruine gefunden hatte. Da war nicht mehr gewesen als ein paar kleine Mauern aus Bruchsteinen und ein wie durch ein Wunder erhaltener Giebel.

Nie im Leben konnte jemand in dieser kurzen Zeit das geleistet haben, was sich mir jetzt bot.

Dort stand ein richtiges Haus mit Dach. Nicht nur seine Umrisse und bröckelnden Mauern, sondern ein richtiges Haus.

Zwar hatte das Haus nur Fensterhöhlen und wirkte immer

noch baufällig, aber es hatte rundum durchgehende Wände und ein Dach. Ein Dach mit Loch, aber dennoch.

»Colin …« Meine Stimme klang matt und heiser.

»Oje. Die Kopfschmerzen. Ich bringe dich nach Hause.«

Er stützte meinen Arm, aber ich befreite mich.

»Colin, da war *nichts*.«

»Was meinst du mit *nichts*?«, fragte er besorgt.

»Da waren nur Mauern. Und ein Giebel, aber sonst waren da nur bröckelnde Mauern …«

»Meredith, da *sind nur* bröckelnde Mauern«, sagte Colin und jetzt sah er richtig besorgt aus.

Ich riss meinen Blick vom Haus los und sah ihn an.

»Was siehst du?«, fragte ich verblüfft.

»Mauerreste. Was siehst du?«

»Ein Haus. Mit Dach, das ein großes Loch aufweist, und das Haus hat nur Fensterhöhlen, zwei genau genommen, und eine Tür an der langen Seite, aber sonst … ein Haus. Komplett.«

Colin sah mich an, dann das Haus, dann mich, dann wieder das Haus.

»Das werden wir jetzt überprüfen«, meinte er entschlossen.

Ich folgte ihm. Er nahm den gleichen Weg durch den Bach, den ich auch beim letzten Mal gegangen war. Ich bemühte mich dieselben Steine zu erwischen, aber prompt rutschte ich aus und fiel ins Wasser. Es war eiskalt und meine Hose war inklusive Unterwäsche sofort durchtränkt.

»Ach herrje, Meredith.« Colin klang nicht ungehalten, sondern besorgt. »Na komm schon. Wir müssen dich nach Hause bringen. Das hier läuft uns nicht weg.«

Ich wollte schon ablehnen und sagen, das sei jetzt nebensächlich, aber mir war plötzlich dermaßen schwindelig, als er mir aufhelfen musste, damit ich hochkam. Ich klammerte mich an ihn, um nicht schon wieder umzukippen. Kalter Schweiß tropfte in meinen Nacken und ich musste mich unbändig konzentrieren, um nicht wieder zusammenzusacken. Der Rückweg war bitter. Es war kalt, und so wie ich mich in den nassen Hosen fortbewegte, sah ich sicherlich aus wie der unheimliche Hulk.

Es nutzte nichts. Ich musste mich hinlegen. Vorsichtig, ein Bein vor das andere stellend, erreichte ich das Ufer. Ich warf auch keinen Blick mehr zurück. Jede Kopfbewegung schmerzte.

Zu Hause kam mir der Gedanke, dass mein Fall nicht nur äußerst unangenehm, sondern auch megapeinlich ausgesehen haben musste. Wie gut, dass mir das nicht vor Brandon passiert war, sondern vor Colin. Und sogar vor ihm schämte ich mich ein wenig.

36. Kapitel

Zwei Tage hatte ich im Bett bleiben müssen. Meine Kopfschmerzen waren dieses Mal stärker als sonst und dauerten ungewöhnlich lange. Sogar Dad hatte aus Ungarn angerufen und sich mitfühlend gezeigt. Ich verpasste eine Probe mit der Brassband, was unserem Dirigenten überhaupt nicht gefiel.

Donnerstag, am vorletzten Schultag, ging es mir wieder einigermaßen gut und ich konnte den Unterricht besuchen. Nach dem College verabredeten wir uns im Circlin' Stone. Nicht unbedingt meine Wahl, aber ich wurde überstimmt.

Keiner von uns hatte Elizabeth seit letztem Freitag gesehen. Na ja, bei Colin war ich mir da nicht so sicher. Wenn, dann hatte er es mir verschwiegen, was ich im Verdacht hatte.

Ich mied den Blick zur Theke. Beim Reinkommen hatte ich nur einen blonden Lockenkopf mit langen nackten Armen und noch längeren nackten Beinen auf dem berüchtigten Barhocker sitzen sehen.

Daraufhin hatte ich mich mit dem Rücken zur Bar gesetzt.

Chris hatte mir einen wissenden Blick zugeworfen, aber nichts gesagt.

Wir vermieden das Thema Mittsommer und machten das, was am naheliegendsten war und was uns am Freitagabend nicht in den Sinn gekommen wäre: Wir tauschten uns untereinander über die Prüfungsfragen aus. Shakti wurde noch einmal ganz nervös, weil sie glaubte, manche Gesetze falsch wiedergegeben zu haben.

Erfahrungsgemäß würde sich am Ende herausstellen, dass das nicht der Fall gewesen war. Sie hatte sich schon früher immer über mögliche Fehler aufgeregt, die dann keine gewesen waren. Dafür machte sie meistens dort Fehler, wo sie glaubte richtigzuliegen.

Chris unterbrach schließlich ihre Ausführung über die verschiedenen Varianten des Käuferschutzgesetzes: »Ich habe die Prüfungen hinter mir und ganz gewiss nicht vor, sie den restlichen Tag über noch einmal durchzukauen. Ab jetzt will ich kein Wort mehr über Gesetze, Klausuren oder überhaupt das Wort ›College‹ hören. Derjenige, der irgendwas in der Richtung sagt, muss mir ein Eis ausgeben. Einen Monsterbananensplit.«

»Monsterbananensplit?«, fragte ich und griff nach der Menükarte.

»Ich bestelle mir einen doppelten. Das ergibt das Monster«, sagte Chris grinsend.

»Was kann ich für euch tun?«, fragte in diesem Moment eine Stimme hinter mir. Eine Stimme, die das E ein wenig seltsam betonte. Ich musste mich nicht umdrehen, um zu wissen, wer das war.

»Ich nehme einen Kakao und einen Eisbecher«, machte Colin den Anfang und bestätigte damit meinen Verdacht. Er sprach so aufmunternd und freundlich, dass ich schlagartig wusste, er hatte seit letztem Freitag noch einmal Kontakt zu ihr aufgenommen.

Auch die anderen gaben ihre Bestellung auf. Nur ich nicht. Ich weigerte mich mit ihr zu sprechen.

»Meredith?«, fragte sie prompt.

»Ich geh mal auf die Toilette«, sagte ich und stand mit gesenktem Blick auf.

Kurze Zeit später hielt ich meine Handgelenke unter fließend kaltes Wasser, um mich zu beruhigen. Meine Hände hatten mal wieder zu zittern angefangen. Wer hätte gedacht, dass Elizabeth in mir eine solche Wut auslösen konnte?

»Meredith?«

Erschrocken knallte ich meine Handgelenke gegen den Wasserhahn.

»Brandon! Das ist das Mädchenklo!«, quiekte ich ungewollt. Er stand in der Tür und sah mich an.

»Ich weiß. Ich weiß auch immer genau, wie viele Mädchen hier drin sind und wie viele nicht. Du bist im Moment alleine hier und ich wollte die Gelegenheit nutzen. Die Frisur steht dir.«

»Und deswegen verfolgst du mich bis aufs Klo?«

»Nein, aber ich habe dich seit fast einer Woche nicht mehr gesehen.« Er steckte beide Hände tief in seine Jeanstaschen. Ein Zeichen von Verlegenheit? Merkwürdigerweise gab mir das Mut.

»Warum wohl nicht?«, fragte ich pampig.

»Das habe ich mich auch gefragt. Früher kamst du öfter.«

Anscheinend war Sarkasmus nicht seine Stärke.

»Ich konnte mir keinen Kaffee leisten. Es geht aufs Monatsende zu«, fuhr ich im gleichen Tonfall fort.

»Meredith, es tut mir leid«, sagte er unerwartet.

»Was tut dir leid? Und wieso dir? Wieso nimmst du sie in Schutz? Dir muss nichts leidtun. Sie ist diejenige, der es leidtun sollte. Aber weißt du was? Das spielt keine Rolle mehr. Mir tut es leid, dass wir hierhergekommen sind. Ich gehe jetzt nach Hause.«

Ich wollte mich an ihm vorbeidrängen, doch er hielt mich an meinen Oberarmen fest. Ich konnte wieder sein Aftershave riechen und direkt in seine blauen Augen mit den grauen Sprenkeln blicken. Er stand so dicht vor mir, dass ich sogar die Körperwärme spüren konnte, die von seinem breiten, muskelbepackten Brustkorb ausging. Er hielt mich fest, als wolle er mich gleich küssen. Aber das tat er nicht. Stattdessen sah er mir eindringlich in die Augen und sagte: »Verhalte dich nicht wie ein bockiges Kind, sondern hör mir zu. Ich werde dir jetzt verraten, weshalb Elizabeth nichts dafür kann und weshalb sie meine Hilfe braucht. Elizabeth ist …«

»Mere, ist alles in Ordnung?«

Hinter Brandon tauchte Rebecca auf. Er ließ mich sofort los und trat einen Schritt zur Seite.

»Nein, ich habe Kopfschmerzen«, antwortete ich.

»Hier. Ich habe vorsichtshalber eine Tablette eingepackt. Ich kenne dich doch.«

Rebecca mochte zwar manchmal etwas derber und direkter sein, aber sie war dennoch wesentlich feinfühliger als Shakti.

Es blieb mir nichts anderes übrig, als ihr die Tablette abzunehmen und mit ein wenig Leitungswasser hinunterzuspülen. Brandon hatte sich mit einem letzten, bedauernden Blick in meine Richtung entfernt. Rebecca schloss die Tür.

»Was läuft denn hier?«, fragte sie neugierig.

»Er wollte sich für Elizabeth entschuldigen«, antwortete ich und wischte das Wasser von meinem Mund.

»Oh.« Sie klang enttäuscht. »Pass mal auf, Meredith. Du bist doch sonst so stark. Du gehst jetzt da raus und gibst dir keine

Blöße. Du wirst dich zusammenreißen, mit uns lachen, dummes Zeug erzählen und morgen zum Sachsen-Festival gehen. Du wirst keinesfalls wie ein geprügelter Hund abziehen und dieser Elizabeth das Feld überlassen.«

»Ich fühle mich nicht wie ein geprügelter Hund«, entgegnete ich entrüstet.

»Du verhältst dich aber so und versteckst es hinter Bockigkeit. Ich kenne das. Ich bin Meister darin. Geh raus, ignorier sie und tu, was ich dir sage.«

Wir grinsten uns an.

»Willst du einen Cappuccino?«, fragte sie mich, ehe wir die Toilette verließen. Als ich nickte, ging sie zur Theke und bestellte bei Brandon. Ich wartete, bis sie zu mir zurückkam, und ging dann gemeinsam mit ihr zu unserem Tisch. Plötzlich packte Rebecca entsetzt meine Hand.

»Okay. Ich gebe zu, jetzt ist mir auch nach Davonlaufen.«

Auf meinem Platz saß Theodor, betont lässig die Beine übereinandergeschlagen, und führte einen Monolog in Richtung Chris. Das wunderte mich nicht. Chris hatte als Sohn des reichsten Manns von Lansbury schon immer in Theodors besonderer Gunst gestanden. Die war aber ziemlich einseitig, denn Chris gähnte jetzt ohne Hemmungen.

»Der Typ ist ätzend. Und er sieht dich immer so seltsam an.« Rebecca schüttelte sich. »Ich bin mir nicht sicher, ob er dich mag oder dich zum Frühstück verspeisen will. Er guckt genauso wie ein Krokodil, das seine Beute ins Visier nimmt.«

Ein nicht ganz unpassender Vergleich wie ich fand.

»Hallo Meredith«, wurde ich von Colins Bruder begrüßt.

»Hallo, Theodor«, antwortete ich. »Du sitzt auf meinem Platz.«

Er lächelte nur und zog, ohne zu fragen, einen Stuhl vom Nachbartisch neben sich. Die Schüler, die dort saßen, blickten ein wenig befremdet drein.

Ich setzte mich und sah ihn direkt an. »Was machst du hier?«

»Immer die gleiche Frage, Meredith«, sagte er und beäugte mich aus blaugrünen, eng stehenden Augen.

»Weil ich immer davon ausgehe, dass du dein ach so tolles Leben in Oxford genießt, das du mir bei jedem Treffen unter die Nase reibst. Ich wundere mich jedes Mal aufs Neue, weshalb du noch so oft hier bist, wo es doch in Oxford den besseren Kaffee gibt, die besseren Sandwiches und die besseren Leute.«

»Vielleicht will ich dich überreden, dort zu studieren statt in Bath.«

Chris machte ein Würgegeräusch und verbarg es sofort mehr schlecht als recht hinter einem Husten. »Was in den falschen Hals bekommen«, keuchte er heiser, als wir ihn fragend ansahen. Aber seine Augen blitzten spitzbübisch.

Und als ob der unangenehmen Gesellschaft noch nicht genug wäre, erschien nun auch Elizabeth mit einem vollen Tablett in der Hand und stellte Theodor wortlos einen Latte Macchiato und ein Sandwich hin. Ich sah zu Rebecca, die mir ermutigend zuzwinkerte. Colins Blick mied ich.

»Da fehlt der Keks«, meinte Theodor zu ihr. Jetzt sah ich doch zu ihr hin.

Elizabeth nahm wortlos den von meinem Cappuccino, der noch auf dem Tablett stand, und legte ihn an den Latte.

Dann sah sie ihn herausfordernd an.

»Na bitte. Es geht doch«, sagte Theodor.

Und dann nahm Elizabeth *meine* Tasse Cappuccino von ihrem Tablett und kippte sie Theodor über die Hose.

Er sprang auf und schlug ihr wütend das Tablett aus der Hand. Es ging mit lautem Scheppern zu Boden.

»Du dumme Gans! Sieh dir nur die Schweinerei an«, schrie er empört und deutete auf seinen nassen Schritt.

»Dein Bruder war sympathischer, Meredith. Schade, dass er tot ist«, sagte Elizabeth und wandte sich zum Gehen.

Jetzt reichte es. Damit war sie endgültig zu weit gegangen. Ich sprang auf und packte sie am Handgelenk. In diesem Moment war es mir verflucht noch mal egal, was sie sehen konnte, wenn sich unsere Haut berührte. Vor Wut kochend zerrte ich sie in Richtung Hinterausgang, an den Toiletten vorbei.

Gerade als wir die Tür erreichten, sagte jemand: »Wer hat denn so plötzlich alle Kerzen angezündet?« Aber ich drehte mich nicht mehr um.

Ich zog Elizabeth mit so viel Schwung in den Hinterhof, dass sie mit dem Rücken gegen die Mülltonnen prallte. Auch das war mir egal. Drohend packte ich sie am Shirt.

»Endgültig und ein für alle Mal«, sagte ich gepresst. »Ich habe keinen Bruder. Und wenn du ihn noch ein einziges Mal vor meinen Freunden oder überhaupt irgendwo erwähnst, werde ich dafür sorgen, dass dein kleines Geheimnis keines mehr ist.«

Leider hatte ich nicht mit Elizabeths Halsstarrigkeit gerechnet. Sie war nicht im Mindesten eingeschüchtert. Sie schlug meine Hände von ihrem Shirt und fauchte zurück.

»Tu's doch. Sag es allen. Es ist mir gleich. Ich bin eine Hexe.

Hier und auch in meiner Zeit. Aber dann bin ich lieber hier eine Hexe, denn hier werde ich nicht dafür verbrannt oder gefoltert. Hier kann man damit sogar berühmt werden. Ja, geh nur, mach es bekannt. Dann komme ich endlich raus aus diesem Loch. Und Colin werde ich mitnehmen. Er wird mich unterstützen und mir helfen und du kannst weiter versauern, deinen toten Bruder anbeten und Brandon aus der Ferne anhimmeln. Du wirst nie was erreichen, weil du nichts *unternimmst.*«

Ich verabreichte ihr eine Ohrfeige. Eine von der laut klatschenden Sorte. Elizabeth starrte mich mit offenem Mund an. Sogar ich selbst war erschrocken.

Und mit einem Mal begann die Papiermülltonne neben mir in lichterlohen Flammen zu brennen.

Ich schenkte dem nur einen kurzen Blick.

»Hör auf damit«, sagte ich zu Elizabeth. »Lösch das Feuer. Sofort. Mag sein, dass man in dieser Zeit nicht mehr der Inquisition übergeben wird, aber dafür gibt es auch hier etwas Vergleichbares. Sanatorien für Irre, wo man mit Medikamenten ruhiggestellt wird und aus denen man nie mehr rauskommt. Verlass dich drauf.« Ich trat wieder einen Schritt näher. »Ich *kann* was unternehmen, wenn ich will. Und was glaubst du, wem die Behörden eher Glauben schenken werden? Mir, die ich seit Jahren hier lebe und die jeder kennt, oder dir, die du gerade mal kurz aus dem Nichts aufgetaucht bist, ohne Ausweispapiere und nur mit einem Eintrag in einem uralten Kirchenregister, das vermutlich verbrannt wurde, als Heinrich VIII. alle Kloster auflöste.«

»Die waren bereits aufgelöst, als ich 1540 geboren wurde«, entgegnete sie und hielt sich ihre Wange. Zufrieden musterte ich den erschrockenen Ausdruck in ihrem Gesicht. Ihre Aussage ließ mich allerdings ebenfalls schlucken. 1540!? Um Fassung bemüht zischte ich: »Du löschst jetzt das Feuer und dann sagst du mir, wie du hierhergekommen bist.«

Doch der Schreckmoment war vorüber. Elizabeth hatte sich wieder unter Kontrolle und jetzt war sie wütend.

»Lösch es doch selbst. Ich bin die Tochter des Earls of Ashton. Ich lasse mir von dir nicht sagen, was ich zu tun habe. Nicht von einer … *Metze*!«

Metze?

»Das reicht jetzt, Elizabeth«, sagte hinter uns Brandons Stimme.

Sie verstummte, funkelte mich aber weiterhin an.

»Lösch die Flammen, wenn du nicht willst, dass hier gleich die Polizei samt der Feuerwehr auftaucht«, sagte Brandon und trat dicht hinter sie. »Wir wollen kein Aufsehen erregen. Du gehst jetzt wieder rein, machst einen neuen Cappuccino und bietest dem Hochnäsigen auch noch ein Stück Kuchen als Entschädigung an. Wenn Mr Godfyn von dem Vorfall erfährt, könntest du gefeuert werden. Und was dann?«

Elizabeth sah einen Moment lang noch so aus, als wolle sie sich weigern. Dann presste sie die Lippen aufeinander, funkelte mich ein letztes Mal an und verschwand im Café.

»Es tut mir leid, Meredith«, begann Brandon. »Sie war außer sich und wusste nicht, was sie da von sich gab.«

»Ach, hör doch auf«, schnauzte ich ihn an. Meine sonstige Aufregung in seiner Gegenwart war jetzt definitiv verflogen. All diese Lügen, dachte er wirklich, ich wäre so hohl und würde ihre offensichtlichen Fähigkeiten übersehen?

»Du brauchst sie nicht in Schutz zu nehmen für ihr unmögliches Verhalten. Dafür ist sie allein verantwortlich und alt genug, die Konsequenzen zu tragen. Dieses verwöhnte kleine Miststück. Und wenn sie eine Enkelin der Queen wäre, hätte ich ihr heute genauso die Meinung gegeigt.«

Er sah mich durchdringend an. »Wirst du sie Mr Godfyn gegenüber anschwärzen?«

Ich sah ihn an.

»Ist das deine einzige Sorge?«, fragte ich durch zusammengebissene Zähne.

»Nein. Meine größte Sorge ist es, Elizabeth beizubringen, wie man sich Gästen gegenüber höflich verhält. Sie ist in einem … sie ist anders erzogen worden, wurde immer bedient und musste nur Anweisungen geben. Hier ist alles neu für sie. Wirklich alles. Aber damit sie lernt hier zu leben, muss sie ihren Job behalten.«

Ich atmete ein paarmal tief ein und aus. Dann sagte ich: »Natürlich werde ich nichts sagen. Aber sie soll aufpassen, wie sie mich behandelt und was sie vor meinen Freunden von sich gibt. Sonst überlege ich mir das anders. Ich gehe jetzt und, nein, ich will keinen neuen Cappuccino. Womöglich bekomme ich den übergekippt.«

Brandon hielt mich fest, als ich an ihm vorbeistürmen wollte.

»Bitte nicht. Setz dich zu deinen Freunden. *Ich* werde euren Tisch ab sofort bedienen.« Er war einen Kopf größer als ich, fast so groß wie Colin, wie mir wieder einmal auffiel, und sah mich nun aus gesenkten Lidern bittend an. »Elizabeth wird dich künftig in Ruhe lassen. Ich rede mit ihr.«

Ich kniff ein wenig meine Augen zusammen. »Weißt du, Brandon. Das sollte sie selber erkennen. Du bist nicht ihr Vormund.«

»Doch. Irgendwie schon. Sie hat außer mir niemanden hier.«

»Ihr Cousin, ja?«, warf ich ihm höhnisch seine Lüge vor.

»Gut. Das war gelogen«, gestand er nicht im Mindesten zerknirscht. Ha! Ich hatte es von Anfang an gewusst. »Was hätte ich denn sonst sagen sollen?«, verteidigte er sich. »Sie muss sich immer noch zurechtfinden und sie braucht Hilfe dabei. Ich weiß, dass es unfair ist, aber ich appelliere an dein Verantwortungsgefühl. Bedenke immer, dass sie erst seit sechs Wochen hier lebt, fern ihrer Familie.«

Ich sah in seine Augen, diese sagenhaft blauen Augen, die jedes weibliche Herz im Umkreis von fünfzig Meilen zum Schmelzen brachten. Und sie sahen mich bittend an. Sein Daumen an meinem Arm begann zu streicheln und ein leichter Schauer lief über meinen Rücken. Ich löste sanft seine Hand von meinem Arm und hielt sie kurz fest, nur um wieder diesen sehnsüchtigen Blick zu erhaschen, den eine Berührung meiner Haut bei ihm auslöste, dann ließ ich sie los.

»Weißt du, Brandon, das verstehe ich alles und ich werde mich bemühen daran zu denken. Aber wenn sie das nächste Mal anfängt mich von oben herab zu behandeln, breche ich ihr die Nase.«

Jetzt lächelte er aufrichtig. »Danke.« Und ehe ich mich's versah, hatte er sich zu mir heruntergebeugt und mir einen Kuss auf die Wange gehaucht.

Schlagartig setzte mein Herzflattern wieder ein und ich spürte, wie mir heiß wurde.

Ich musste alle Kraft der Welt aufwenden, um mich umzudrehen und zurück ins Café zu gehen.

Brandon hielt sein Versprechen. Er bediente uns die restliche Stunde über allein und mir wurde jedes Mal warm ums Herz, wenn er an unseren Tisch trat.

Unsere Gruppe trennte sich erst, als es Zeit für die Musikprobe wurde – unsere Generalprobe, die Colin und ich keinesfalls verpassen durften, weil das Konzert schon morgen Abend stattfinden und das Sachsen-Festival beginnen lassen würde.

Erst nach der Probe hatte ich die Gelegenheit, Colin von Elizabeths Geständnis zu erzählen. Er war nicht überrascht.

»Du wusstest es schon«, warf ich ihm vor.

Er zuckte mit einer Schulter. »Ich habe es geahnt.«

»Seit wann? Schon vor Mittsommer?«

»Nein, erst seit Dienstag. Ich wollte nach ihr sehen und bin ins Circlin' Stone mit Wall-E. Sie hatte keinen Dienst und ich bin in Brandons kleiner Wohnung mit ihr gewesen. Wir haben eine Weile geplaudert und dabei hat sie eine Bemerkung fallenlassen über die Scheiterhaufen von Smithfield. Ich habe nachgebohrt und sie hat ganz bereitwillig Auskunft darüber gegeben. *Sie war dabei, Mere!* Stell dir nur vor: Sie hat die Scheiterhaufen mit eigenen Augen brennen sehen. Aber ich hatte keine Gelegenheit, dir davon zu erzählen. Du warst ja die letzten zwei Tage nicht ansprechbar.«

Das stimmte. Trotzdem nahm ich es ihm übel. Er hätte mir ja mal eine WhatsApp-Nachricht schicken können. Obwohl mir gleichzeitig eine leise Stimme sagte, dass das keine gute Idee gewesen wäre. WhatsApp war zu unsicher für so eine Mitteilung. Hätte ich sie überhaupt ernst genommen? Wohl eher nicht.

»Also gut«, lenkte ich schließlich ein.

Aber Colin war noch nicht fertig.

»1540 geboren?«, fragte er jetzt bewundernd. »Wahnsinn. Dann hat sie ja Heinrich VIII. erlebt.«

»Und leider überlebt«, sagte ich seufzend. »Aber wenn sie mich noch ein wenig mehr ärgert, wird sie Meredith Wisdom NICHT überleben.«

Colin grinste und mit diesen Worten trennten wir uns.

37. Kapitel

»Bist du nervös, Liebes?«

Mum ordnete ein letztes Mal die Falten meines Schleiers.

»Nein«, antwortete ich wahrheitsgemäß. Musik war so logisch wie Mathematik, deswegen machte es mir nichts aus, die Noten so zu spielen, wie sie auf dem Blatt standen. Mark, unser Dirigent, hatte mir mehrmals schon vorgeworfen, ich hätte eine hervorragende Technik, aber kein Gefühl. Aber wofür denn? Ich spielte immer fehlerfrei. Ich beachtete – im Gegensatz zu den meisten – sogar das Forte und das Piano.

Colin hatte heute Abend ein Solo zu spielen und ich wusste, dass er wiederum megaaufgeregt war. Mark bat ihn oft, die Soli zu übernehmen, denn Colin spielte hervorragend. Sowohl von der Technik als auch vom Gefühl her, hatte ich mir sagen lassen.

Mum zupfte an meinem Kleid und entdeckte dann meine Kette.

»Das ist aber hübsch. Eine hervorragende Idee.«

Sie berührte die Eichelhäherfeder, die ich an einem Lederband befestigt hatte. Normalerweise hätte ich nie ein grünes Kleid mit etwas Blauem kombiniert, aber die Feder ließ es erstaunlicherweise noch mehr leuchten.

»Du siehst wieder wunderhübsch aus.«

»Das Wort ›wunderhübsch‹ gibt es nicht, aber danke«, sagte

ich und schnitt über ihren Kopf hinweg eine Grimasse in den Spiegel. Ich hasste mein Kostüm. Wenn Mum nicht so viel daran gelegen wäre, hätte ich das Kleid schon längst in die nächstbeste Tonne geworfen. Es war so auffällig und alle glotzten mich darin an.

»Schafft Dad es schon heute nach Hause? Am Telefon meinte er, er könnte es schaffen.«

Mums Blick begegnete meinem im Spiegel und ich sah die Traurigkeit in ihren Augen.

»Ich weiß es nicht, Liebes. Aber mach dir darum keinen Kopf. Auch wenn er aufgehalten wird, möchte er trotzdem alles wissen: wie das Konzert war und das Fest, und ich soll ihm ein Foto von dir schicken.«

»Das wirst du nicht tun«, sagte ich streng. »Du wirst ihm weder erzählen, was los war, noch ein Foto schicken. Er soll herkommen, wenn er das wissen möchte.«

Mum strich mir zärtlich über die Wange, so wie sie es immer gemacht hatte, als ich noch klein war.

»Liebes, man kann sich nicht immer aussuchen, wo man sein möchte.«

Ich sah sie lange an. »Und wo wärst du jetzt gern, Mum?«

Sie lächelte. »Mein Platz ist hier bei dir.«

»Und wenn ich nächstes Jahr nach Bath gehe? Wo willst du dann sein?«

»Das entscheiden wir nächstes Jahr«, sagte sie, überprüfte noch einmal meine Erscheinung und drückte mir den Flügelhornkoffer in die Hand.

»Ich bin sehr gespannt auf euer Konzert. Wir sehen uns um

acht. Ich bin dann die, die im Publikum mit einem weißen Taschentuch winkt. Viel Spaß, ja? Blas sie alle um.«

Ich grinste. Das mochte ich so an Mum. Ihren kleinen, feinen Humor im unerwartetsten Augenblick.

Colin wartete an der Straßenecke auf mich, wo wir uns auch immer trafen, wenn wir zur Abtei wollten. Ihm klappte der Mund auf und seine Augen weiteten sich zur Größe von Mokkatassen, als er mich sah.

»Mach den Mund zu, es ist so warm, die Wespen suchen überall Flüssigkeit«, sagte ich grinsend, genoss allerdings ein klein wenig seine Bewunderung.

»Meredith, ich behaupte jetzt mal, du siehst in diesem Kleid jedes Jahr besser aus.«

»Dafür sind deine Hosen etwas zu kurz«, sagte ich. »Na ja, nicht unbedingt das Schlechteste bei dieser Hitze.«

Er schielte auf seine blanken Knöchel. »Das kannst du laut sagen. Leider fiel es mir erst gestern Abend auf, als ich das Kostüm vom Dachboden holte. Da war es schon zu spät, um Mum noch darum zu bitten, etwas Stoff kaufen zu gehen.«

»Wieso? Sie hätte doch die scheußlichen Vorhänge aus eurem Esszimmer holen können.«

Colin grinste.

»Ich denke, ich bin schon Mann genug, um keine apfelgrünen Beinlinge mehr zu tragen.«

Das war er. Er hatte sich auf jeden Fall auch noch frisch rasiert, denn ich roch sein Aftershave, das man sonst nur morgens im College wahrnahm.

Auch sonst sah er recht männlich in diesen Klamotten aus, wenn man von den zu kurzen Hosen absah. Nicht mal während des Schwimmunterrichts war mir aufgefallen, dass sein Brustkorb mittlerweile wesentlich breiter geworden war. Und seine Oberarme füllten die Ärmel der Tunika besser aus als noch letztes Jahr.

»Ist bei dir alles klar oder möchtest du dir Mut antrinken vor dem Solo?«, fragte ich, um mich abzulenken.

Er zog eine Grimasse. »Jetzt hast du es vergeigt. Ich habe es bis gerade eben geschafft, nicht an meinen Auftritt zu denken, um nicht unnötig nervös zu werden.«

Zerknirscht schob ich meine verrutschte Brille wieder hoch. »Entschuldige.«

Wir machten uns auf den Weg in Richtung Steinkreis zum Festgelände.

Direkt hinter Lansbury war alles abgesperrt. Die Straßenränder waren überfüllt von parkenden Autos und am Spielplatz mussten alle nicht aus Lansbury Stammenden Eintritt bezahlen. Colin und ich winkten den beiden Kassierern zu und passierten.

Ich war jedes Mal wieder überrascht, wenn ich das Gelände des Festivals betrat.

Das ruhige Fleckchen um den Steinkreis herum hatte sich für das Wochenende in ein buntes Zeltlager verwandelt. Und die acht- bis zehntausend Besucher jedes Jahr rechtfertigten den Aufwand.

Wir drängten uns durch das Getümmel der schon jetzt zahlreichen Gäste. Morgen und übermorgen würde man zwischen den Zelten und Buden kaum noch durchkommen können.

Ein paar der Musiker unserer Band waren schon dabei, ihre Notenständer auf der Bühne aufzubauen. Colin nahm seinen Platz in der letzten, ich meinen in der ersten Reihe ein.

Während ich den Ständer aufstellte, trafen auch die restlichen Musiker ein. Alle waren superpünktlich und Mark wirkte sehr zufrieden, obwohl er das nie zugegeben hätte. Seine dichten Augenbrauen waren kein buschiger Strich, wie sonst, wenn jemand etwas knapp dran war.

Aber das schien noch nicht alles zu sein, was seine gute Laune rechtfertigte.

»Wir haben heute Abend eine Überraschung«, sagte Mark, als wir alle saßen. »Es hat sich ein Ehrengast angekündigt. Ein Sponsor, der uns ein neues Schlagzeug und eine Bassposaune stiften möchte. Er wird uns den Scheck nach dem zweiten Stück übergeben. Nach deinem Einsatz, Colin. Also streng dich an.«

Er hätte nichts Falscheres sagen können.

»Wer ist es?«, wollte ich wissen.

»Gut, dass du fragst, Meredith.« Mark wandte sich mir zu. »Er möchte nämlich dir den Scheck überreichen. Als Erster Dame des Festivals sozusagen.«

Ein anzügliches »Huuu« ertönte von einigen Musikern der Band. Von den männlichen Musikern genau genommen.

Nur Anne Walker am Horn blickte finster.

»Äh, Mark, wieso überreicht er ihn nicht dir oder Vikar Hensley?«, fragte ich wenig begeistert.

»Spielt das eine Rolle?«, fragte er ungehalten. Jetzt merkte man wieder, dass er doch nervös war. »Nimm ihn einfach, bedank dich im Namen der Brassband und setz dich wieder. Ist doch nicht so schwer, oder? Also, wir haben noch zehn Minuten. Lasst uns stimmen.«

Er begann mit mir und dann nacheinander mit jedem anderen.

Ich ließ meinen Blick über die sich versammelnde Menschenmenge gleiten. In der ersten Reihe waren sieben reservierte und noch nicht besetzte Plätze. Die anderen zwanzig Stuhlreihen hatten sich schon gut gefüllt. Chris, Rebecca und Shakti winkten mir euphorisch aus der fünften Reihe zu.

Aha, da kam der Bürgermeister mit dem Alfred-Darsteller.

Bürgermeister Bentley warf einen suchenden Blick in Richtung Bühne. Dann entdeckte er mich und winkte mir zu. Er schob den diesjährigen Alfred durch die Reihen hindurch bis vor die Bühne.

»Hallo Meredith, schön, dass du uns wieder hilfst. Du siehst bezaubernd aus. Darf ich dir deinen Begleiter für die nächsten zwei Tage vorstellen? Alfred der Große. Dabei ist er kleiner als derjenige letztes Jahr. Haha.« Er lachte ausgiebig über seinen eigenen Witz. Typisch Politiker. »Nichts für ungut, mein Lieber. Das ist unsere reizende Elswyth. Sag Hallo, Elswyth.«

Auch das war typisch für den Bürgermeister. Er schrieb anderen gern vor, was sie zu tun hatten, und behauptete dann, es geschähe zum Wohle der Nation.

Alfred trug das von Vikar Hensley gestiftete Kostüm sowie einen Goldreif in seinen braunen Haaren. Hatte Rebecca nicht von einer Perücke gesprochen? Sie wirkten schon sehr dicht für Männerhaar. Zudem hatte er sich einen üppigen Bart wachsen lassen, der nach der neuesten Mode zurechtgestutzt war. Eine Mode, die ich persönlich sehr absonderlich fand, denn sie machte junge Männer schlagartig zehn Jahre älter. Ein Grund, warum ich nicht das Alter meines Drei-Tage-Gefährten einschätzen konnte.

Er musterte mich mit einem nichtssagenden Lächeln und seine braunen Augen blieben an meiner Brille hängen.

»Gott zum Gruße, Mylady.«

O Gott. Ein Schwafeler. Ich fand's ja okay, wenn die Schausteller so mit den Gästen sprachen, aber wir würden drei Tage miteinander verbringen und ich war niemand, der sich drei Tage lang so verstellen konnte.

Als mich der Vikar für diese Rolle bekniete, hatte ich mit der Forderung eingewilligt, nicht öffentlich sprechen zu müssen. Wenn dieser Alfred hier schon so anfing, würde ich für die nächsten drei Tage ein Schweigegelübde ablegen.

Dem Bürgermeister entging meine frostige Stimmung nicht. »Meredith, hatten wir nicht besprochen, dass die Brille gegen Kontaktlinsen ausgetauscht werden sollte?«, versuchte er mit der ihm üblichen Feinfühligkeit eines Traktors zu vermitteln.

»Doch, Sir, nur leider vertrage ich keine«, antwortete ich und bemühte mich um einen besonders bedauerlichen Tonfall.

Der Bürgermeister verengte seine Augen beinahe unmerklich und ich wusste, dass er wusste, dass ich log. Aber auch in dieser Hinsicht war er Politiker: Er konnte in jeder Situation lächeln.

»Wie schade. Dabei hatten wir doch extra welche bestellt.«

Ja, er hatte hinter meinem Rücken Mum nach meiner Sehstärke ausgequetscht und mit dem feinen Hinweis, ich solle sie auf dem Festival tragen, da sich Lansbury doch im besten Licht präsentieren wolle, Kontaktlinsen liefern lassen.

Schon allein bei dem Gedanken daran kochte ich vor Wut. Wie gesagt, die Feinfühligkeit eines Traktors.

Alfred hatte derweilen Augenkontakt mit Anne, der Hornistin, aufgenommen und lächelte ihr nun äußerst charmant zu.

Das Sachsen-Festival gefiel mir von Jahr zu Jahr weniger.

Dann betrat der Bürgermeister die Bühne und hielt eine langweilige Rede. Ich hörte nicht wirklich zu, denn ich suchte das Publikum nach bekannten Gesichtern ab. Chris, Rebecca und Shakti hatte ich ja schon entdeckt, Mum saß in einer der hinteren Reihen und strahlte mich an. Die Stühle des Vikars und des Sponsors waren nach wie vor unbesetzt. Dad war nirgends zu sehen.

Dann klopfte Mark mit dem Taktstock an sein Stehpult und riss mich aus meinen Träumen.

Wir machten uns einsatzbereit. Ich zwinkerte Colin ein letztes Mal aufmunternd zu und schon ging es los.

Colin spielte sein Solo perfekt. Ich hatte ja die leise Ahnung, dass er dieses *Gefühl* nur mit der nötigen Aufregung hinbekam.

Er bekam tosenden Applaus und von Chris, Rebecca und Shakti Standing Ovations.

Währenddessen tauchte der Vikar auf, kam den Mittelgang herunter direkt zu uns auf die Bühne und nahm das Mikrofon in die Hand. Zu unser aller Überraschung teilte er uns mit, dass unser Sponsor nicht hatte kommen können, und überreichte an seiner statt den Scheck direkt an Mark.

Ich atmete erleichtert auf.

38. Kapitel

Als ich am nächsten Tag um neun Uhr vormittags das Festgelände betrat, waren noch keine Besucher da, aber alles arbeitete fieberhaft auf elf Uhr hin, den Zeitpunkt, an dem das Festival seine Pforten öffnete.

Die kostümierten Schausteller, meist Privatpersonen, die ihre Freizeit in dieser Kluft auf sämtlichen Festen wie diesem in ganz England verbrachten, waren schon Donnerstagnachmittag angereist und würden das ganze Wochenende in Zelten schlafen und das angelsächsische Leben voll ausleben. Na ja, nicht selten schnitten sie mit einer Motorsäge das Holz für ihr allabendliches Lagerfeuer, aber immerhin zündeten sie es mit Zunder und Feuerstein an.

Der Abend nach dem Konzert hatte sich noch als sehr vergnüglich erwiesen. Alfred hatte sich zwar an meine Seite begeben, aber an seiner anderen Seite saß Anne, so dass er abgelenkt gewesen war. Er hatte wirklich etwas von Ricky Gervais an sich. Tatsächlich war es mittlerweile weniger sein Aussehen als vielmehr sein Humor. Anne schien auf alle Fälle Ricky-Gervais-Fan zu sein, denn sie kicherte den ganzen Abend über seine dämlichen Witze.

Der Freitagabend vom Sachsen-Festival war immer locker und so war nach dem gestrigen Konzert Lagerfeuerromantik und Gaukleratmosphäre angesagt gewesen. Die Musiker dieses Jahr waren extrem gut. Sie hatten mit Lauten, Harfen und Dudelsäcken eine ganz besondere Stimmung in die warme Sommernacht hineingezaubert. Sogar Shelby hatte ich mit einer ihrer Schwestern in der Menge gesehen. Sie hatte gelacht und entspannt ausgesehen. Wenngleich sie es nicht mit der Tradition gehalten und wieder ein Outfit getragen hatte, das in jeder Gruftiedisco passender gewesen wäre.

An diesem Morgen glaubte ich noch immer, die Klänge der Dudelsäcke über dem Festgelände schweben zu hören.

»Gott zum Gruße, werte Gemahlin.« Ach ja, das Geschwafel hatte sich leider noch nicht verzogen.

Mit wallendem Mantel kam Alfred auf mich zu, den Goldreif in der einen Hand, die andere am Knauf seines Schwerts abstützend.

»Schon fit?«, fragte ich spitz, denn er hatte gestern ganz schön viel Met verdrückt. Und schauerlich dabei gesungen.

Er machte eine einladende Geste und lächelte.

Ich seufzte, legte meine Hand in seine Armbeuge und nahm mir fest vor, nächstes Jahr am Wochenende des Sachsen-Festivals wegzufahren.

»Du weißt schon, dass ich jetzt noch helfen muss, den Stand des Pfarrgemeinderats aufzubauen?«, fragte ich und hoffte, Rebecca wäre schon da.

»Ich geleite Euch zu Eurem Dienst«, sagte er galant und machte eine kleine Verbeugung. Wirklich, Schauspieler waren andere Menschen. Sie identifizierten sich mit einer Charakterrolle, ohne dass es Sinn ergab. Zumindest nicht, wenn wir beide allein waren.

»Wie heißt du eigentlich richtig?«, wollte ich wissen. »Alfred wird ja nicht dein echter Name sein.«

»Im Hier und Jetzt ist er es, Mylady. Ab Montag bin ich wieder Julian.«

Höflichkeitshalber fragte ich noch, wo er sonst so arbeitete, und bekam wie erwartet einen Monolog über die bereits gespielten Rollen auf diversen Bühnen und beim Fernsehen zu hören.

Das Einzige, was mich dabei beeindrucken konnte, war seine Minirolle in *Dr. Who*.

Wir gingen zwischen den Zelten umher und genau wie Alfred an meiner Seite kamen die uns begegnenden Schausteller auch nicht aus ihrer Rolle heraus. Sie grüßten höflich und verbeugten sich vor uns und ich überlegte dabei, ob sich Queen Elizabeth auch so komisch fühlte, wenn sie einen Ort besuchte.

Zu meiner Freude befand sich Colin ebenfalls am Stand des Pfarrgemeinderates und half seiner Mutter. Mrs Adams trug wie jedes Jahr ihr Kostüm aus bordeauxrotem Samt. Es erinnerte zwar mehr an eine Burgfrau aus dem vierzehnten Jahrhundert, aber immerhin arbeitete sie fleißig mit.

Nur Rebecca konnte ich nirgends entdecken.

»Du bist über Nacht ja immer noch nicht geschrumpft«, sagte ich mit Blick auf Colins nackte Waden.

Er grinste. »Dafür siehst du aus, als hättest du mit einer Zitrone im Mund geschlafen.«

»Der treibt mich in den Wahnsinn«, gestand ich leise, nachdem ich mich höflich von König Alfred verabschiedet hatte und ihn davongehen sah. »Er wollte gestern sogar, dass ich in seinem Zelt schlafe.«

Colins Grinsen erlosch. »Sag mir Bescheid, wenn er zu aufdringlich wird.«

Ich lächelte böse. »Keine Sorge. Mit dem werde ich noch fertig. Er ist ja schließlich kein Sachse.«

Wir sahen beide einem Wikinger-Darsteller nach, der mit Fellen behangen, nackten muskelbepackten Armen, Glatze und auf den Rücken geschnallter Axt an uns vorbeigegangen war.

»Die sehen aus, als würden sie auf Motorrädern anreisen«, sagte Colin nachdenklich. »Da fällt mir was ein. Komm, ich zeig dir, was ich gestern an einem Stand entdeckt habe.«

Er nahm meinen Arm und wollte mich mit sich ziehen.

»Ah, Meredith!«, sagte da eine bekannte Stimme. Mrs Hensley, Rebeccas Mutter, hatte mich entdeckt. »Du siehst zauberhaft aus. Der Schleier ist umwerfend. Und dein Kleid erst. Wirklich sehr hübsch. Vielen Dank, dass du uns wieder hilfst, und das, obwohl du für die ganzen drei Tage eingespannt bist.«

»Mach ich gerne, Mrs Hensley«, log ich so überzeugend, wie ich konnte. Und dann fiel mein Blick auf ihre Tasche. Eine blaue Handtasche mit einer Stoffgiraffe am Reißverschluss.

Wer hätte gedacht, dass die Frau des Vikars auf die Tarotkarten meiner Mutter schwor? Jetzt war mir auch klar, weshalb Mum es geheim hielt.

Mrs Hensley zwinkerte mir vergnügt zu. »Du hast ja einen sehr netten Begleiter dieses Jahr. Wir haben viel Glück, dass wir Julian Boyens gewinnen konnten. Er ist so großartig. Du wirst heute Nachmittag sehen, was ich meine. Wenn die Schlacht anfängt.«

»Ich freue mich schon drauf«, sagte ich und dachte, dass Alfred der Große bis jetzt noch nichts Großartiges geleistet hatte, außer eine Unmenge Met zu verdrücken.

»Warum ist eigentlich Rebecca noch nicht hier?«, lenkte Colin ab.

»Sie ist mit mir hergekommen und wohl am Lederstand hängengeblieben.«

»Wir gehen sie suchen«, sagte Colin schnell und zog mich mit sich.

»Die Frau des Vikars belügen.« Ich schnalzte missbilligend mit der Zunge, als wir weit genug vom Pfarrgemeinderatsstand entfernt waren.

»Das hier ist wichtiger«, erklärte er ungerührt und führte mich zu einer Auslage, auf der Kunstgegenstände aus Glas und Metall angeboten wurden. Die Verkäuferin war noch dabei, alles hübsch auf schwarzem Samt zu arrangieren.

»Sieh mal da.« Colin deutete auf einen durchsichtigen, geschliffenen Halbedelstein. Er war rund und ein wenig milchig, aber ganz glatt geschliffen, und hatte eine Wölbung wie bei einer Linse.

Ich wollte soeben fragen, was das sein sollte, als die Verkäuferin sich einmischte.

»Der junge Master hat einen exzellenten Geschmack, Mylady. Müde Augen werden durch die Kraft des Bergkristalls wieder erfrischt. Nehmt ihn in die Hand und spürt seine Wirkung. Lasst seine Energie ganz in Euch aufgehen.«

Sie nahm den Stein und legte ihn mir in die Handfläche.

Ich spürte nichts.

»Und was heilt er genau?«, fragte ich so unbefangen wie möglich. Meine Mutter mochte an solche Dinge glauben und etwas dabei spüren. Ich spürte es nicht.

»Er beschwert auch Briefe«, sagte die Frau augenzwinkernd. Das machte sie mir direkt sympathisch und ich wollte den Stein schon wieder zurücklegen, als sie hinzufügte: »Früher wurde so etwas allerdings als Vergrößerungsglas genutzt. Im frühen Mittelalter, in der Sachsenzeit also. Glas war damals kaum im Umlauf und Bergkristalle in dieser Größe äußerst selten. Aber es gab sie und sie waren sehr wertvoll.«

»Also dienten sie tatsächlich als Lupe und Sehhilfe.« Ich hielt den runden Kristall an den Samt und konnte ein paar Fussel sehr deutlich erkennen.

»Es gibt auch Bergkristalle aus der Zeit, die mit Gold eingefasst und in die Hologramme eingeritzt worden waren. Solche besaßen sogar schon die Azteken und Maya. Die nutzten sie allerdings als Orakelsteine, sie sahen in ihnen eine Art Videobotschaft der Götter, wenn man die Sonne hindurchscheinen ließ«, fuhr die Frau fort.

Der Kristall auf meinem Schreibtisch hatte den gleichen Schliff und war auch mit Gold eingefasst, somit war ich mir jetzt ziemlich sicher, dass es sich ebenfalls um eine Lesehilfe handelte. Allerdings hatte der Ruinen-Kristall, wie ich ihn gedanklich getauft hatte, eine goldene, flache Spitze.

Ich wollte den geschliffenen Kristall soeben zurücklegen, als Colin meinen Arm packte.

»Da!«, sagte er und deutete die Zeltgasse hinunter.

Erschrocken ließ ich den Kristall fallen.

»Mist«, murmelte ich, bückte mich und sah entsetzt, dass er auf einen Stein geprallt und ein Teil seiner eben noch glatten Oberfläche verschrammt war.

Die Frau schaute jetzt nicht mehr so freundlich.

»Colin!«, sagte ich und zeigte ihm den Kristall vorwurfsvoll. »Wegen dir hab ich ihn fallen lassen.«

»Das ist mir jetzt egal«, sagte Colin und starrte weiter die Zelte entlang. »Was kostet er? Ich bezahle ihn.«

»Zehn Pfund«, sagte die Frau, wieder versöhnt.

Colin griff, ohne zu zögern, an den Beutel an seinem Gürtel und zog eine Zehn-Pfund-Note heraus.

Die Frau nahm sie und begann den Kristall gerade einzupacken, doch Colin riss ihn an sich, drückte ihn mir in die Hand und zog mich mit sich.

»Tu ihn in deine Tasche. Wir müssen ihm folgen.«

»Wem folgen?«, fragte ich, während ich an meiner Tasche herumnestelte. In diesem Tempo bekam ich die Schnur nicht geöffnet.

»Dem Mann mit der Kapuze«, lautete die unbefriedigende Antwort.

»Was ist mit ihm?«, fragte ich und kam bereits ins Schwitzen. Colin nutzte die gesamte Spanne seiner langen Beine.

»Er hat dich gestern beobachtet. Während des gesamten Konzerts stand er halb verborgen ganz links vor der Bühne, also quasi direkt vor mir, und ich konnte sehen, dass er nur dich anstarrte.«

»Mich?« Das war ungewöhnlich. Obwohl, in diesem Kostüm …

»Ja, aber das hatte nichts mit deiner Rolle als Elswyth zu tun oder so. Ich habe deutlich gespürt, dass da was war. Er strahlte das gewisse Etwas aus, das ich manchmal fühle, wenn ich Sachen bewusst schweben lasse. Da vorn ist er.«

Jetzt konnte ich einen Blick auf die Kapuze erhaschen.

»Colin, den habe ich auch schon mal gesehen«, sagte ich und mir wurde ganz sonderbar zu Mute.

Irgendetwas ging hier vor. Etwas, das so ungewöhnlich war wie die abgestorbenen Kornkreise und die plötzlich auferstandene Ruine. Ich begann zu laufen, um mit Colin weiter Schritt zu halten. Wir folgten der Kapuze durch sämtliche Zeltgassen, quer über das ganze Gelände hinweg. Es schien, als wolle er uns in eine bestimmte Richtung führen. Und immer dann, wenn wir ihm näher kamen, verschwand er hinter einem Stand oder einem Zelt.

Mittlerweile lag der Steinkreis, das Zentrum des Festivals, weit hinter uns. Wir hatten beinahe den Wald erreicht, der sich zwischen uns und der Abtei befand, als ich abrupt festgehalten und zurückgerissen wurde.

»Wo lauft Ihr hin, Elswyth?«, fragte Julian alias Alfred und hielt mich fest.

Colin war noch ein paar Meter weitergelaufen. Sobald er merkte, dass ich nicht mehr unmittelbar hinter ihm war, blieb er stehen und kam zurück.

»Was ist los?«, fragte er und sah Alfred ungehalten an.

»Der Vikar sucht uns. Der Ehrengast ist da und möchte uns beide sehen«, erklärte jener. Er klang etwas sauer. »Ich suche dich schon seit zwanzig Minuten.«

Er war sauer. Er benutzte nicht einmal mehr das ständige »Ihr« und »Euch«.

Ich blickte hilflos in die Richtung, in der die Kapuze im Wald verschwunden war. Sie tauchte nicht wieder auf.

»Es hat ohnehin keinen Sinn mehr. Er ist weg«, murmelte Colin enttäuscht. »Lass uns den Ehrengast treffen.«

»Wir können direkt zum Steinkreis gehen. Die Eröffnung ist jeden Moment«, sagte Alfred, wandte sich um und ging schnellen Schrittes voraus.

Wir brauchten ganze fünfzehn Minuten zurück und ich konnte sehen, wie Alfred mit jeder Sekunde ungeduldiger wurde. Aber dann kam der Steinkreis endlich wieder in Sicht. Zwischenzeitlich hatten sich auch schon viele Menschen eingefunden. Je näher wir dem Kreis kamen, desto dichter wurde die Menge.

Alfred blieb schließlich stehen und nahm meine Hand in die seine, um wie ein König durch die platzschaffende Menge hindurchzuschreiten.

»Dein Schleier ist verrutscht«, murmelte er.

Ich nahm ihn kurzerhand ab. Ich würde ihn gleich richtig aufsetzen.

»Da sind wir auch schon. Und der Ehrengast steht dahinten.«

Der Ehrengast war niemand anderes als Stuart Cromwell. Und als er mich erblickte, wurden seine Augen riesig.

39. Kapitel

»Da ist sie ja endlich«, rief Vikar Hensley, der sich in seinem aufwendigen Kostüm aus grünem Tuch und blauem Umhang und dem zehn Zentimeter großen Holzkreuz auf der Brust überaus wohlzufühlen schien. Rebecca hatte uns erzählt, dass er dieses Kostüm ab und an auch zu Hause trage, wenn er seine Predigten vorbereitete.

»Mr Cromwell war gestern noch überraschend in die Downing Street eingeladen worden. Wenn es jemand Geringerer als der Premierminister gewesen wäre, der Sie von hier weggehalten hätte, wären wir ja enttäuscht, Mr Cromwell, aber so fühlen wir uns geehrt, dass Sie überhaupt Zeit für uns finden. Das ist Meredith Wisdom, unsere Elswyth.« Er legte mir jovial eine Hand auf den Rücken. »Soll ich dir bei deinem Schleier behilflich sein?«, fragte er dann leiser.

»Ja, bitte. Guten Tag, Mr Cromwell.«

»Sehr erfreut Sie wiederzusehen, Miss Wisdom«, sagte Stuart Cromwell, streckte die Hand aus, zog sie aber gleich wieder zurück, weil ich gerade den Schleier über meine Haare legte und selbst keine Hand mehr frei hatte. Stattdessen versuchte ich ihn anzulächeln und wurde sofort wieder in den Bann seiner Persönlichkeit gezogen, als er freundlich zurücklächelte. Stuart Cromwell hatte wesentlich mehr Ausstrahlung als der Schauspieler neben mir.

Auf den überraschten Blick von Vikar Hensley hin, der unsere Vertrautheit mitbekommen hatte, erklärte Mr Cromwell lächelnd: »Miss Wisdom war vor kurzem mit ihrer Klasse in unserer Firma. Ich hatte ihr sogar eine Stelle angeboten. Miss Wisdom, wieso haben Sie die nicht angenommen?«

Ja, wieso eigentlich nicht?, überlegte ich fieberhaft. Stuart Cromwell hatte mir persönlich einen Job angeboten. Wie kam ich dazu, ein solches Angebot abzulehnen? Es wäre doch großartig gewesen, in seiner Firma zu arbeiten und Teil dieses herausragenden Konzerns zu sein.

»Ich vermute, Diana hat das nicht richtig mitbekommen und Ihnen etwas Falsches vermittelt?«, half er mir auf die Sprünge. »Vielleicht können wir uns gleich noch einmal darüber unterhalten. Wenn die Eröffnungsnummer vorbei ist. Dann darf ich Ihnen Ihre Elswyth doch bestimmt für ein paar Minuten entführen, oder?«

Der letzte Satz war an den Vikar gerichtet. Der nickte beflissen.

»Aber natürlich. Wir können auch sofort loslegen. Eine kleine Ansprache, die Gauklernummer und in einer Stunde folgt schon die erste Schlacht. Alfred, bist du bereit die Dänen in die Flucht zu schlagen?«

»Kein Wikinger wird je über England herrschen«, tönte Julian alias Alfred großspurig.

»Sehr gut, sehr gut. Dann wollen wir beginnen.« Der Vikar nahm von einem herbeieilenden Tontechniker ein Mikrofon entgegen.

Vikar Hensley hüstelte und begrüßte dann die Masse an Zuschauern, die sich bereits eingefunden hatte. Erfahrungsgemäß würde sie sich im Laufe des Tages noch mindestens verdreifachen. Ich bemerkte, dass Alfred neben mir zu drängeln begann. Anscheinend wollte er neben Cromwell stehen. Als ich keinen Schritt zurückwich, warf er mir einen sehr ungehaltenen Blick zu.

Pech gehabt. Ich wollte ebenfalls neben Cromwell stehen. Der Mann war einfach faszinierend.

Im Gegensatz zu uns allen trug er kein mittelalterliches Kostüm, sondern einen ähnlichen Anzug wie den, den er auch bei unserem ersten Treffen angehabt hatte. Dennoch sah er nicht fehl am Platz aus.

Die Menschen jubelten ihm lauthals zu, als der Vikar ihn begrüßte.

Er bekam eine Plakette verliehen, die Alfred ihm anstecken durfte. Als er sich daraufhin neben ihn stellen wollte, sorgte Cromwell dafür, dass ich wieder neben ihm stand. Ich war geschmeichelt und schenkte Alfred ein überlegenes Lächeln.

Nach der Begrüßung und offiziellen Eröffnungsrede sollten wir uns auf die kleine Tribüne neben dem Steinkreis setzen. Cromwell setzte sich wieder neben mich und plauderte dabei unbefangen über das Wetter und darüber, wie hübsch mein Kleid sei. Ich lächelte erfreut.

Die Gaukler erschienen und begannen zu mittelalterlich anmutenden Klängen ihre Kunststücke aufzuführen. Sie jonglierten mit Bällen, Kisten, Eiern und Diabolos. Ich klatschte genauso begeistert Beifall wie Cromwell neben mir. Sagenhaft, welche Geschicklichkeit sie bewiesen. Ich überlegte, ob ich mit ein wenig Übung auch so etwas hinbekommen könnte. Dann fiel mir ein, dass ich zwei linke Hände besaß und nicht einmal meine Schultasche richtig gepackt bekam. Dafür brauchte ich immer Mum oder Colin. Der Gedanke an Colin brachte auch Shelby und ihre Heulerei beziehungsweise Vision bei Cromwell Logistics in Erinnerung. Ich entdeckte Colin, der rechts neben der Tribüne stand.

Und schlagartig fiel mir wieder das dämliche Vorsprechen bei Cromwell Logistics ein, wo man mich an ein Fließband hatte stellen wollen. Plötzlich war mir Cromwells Nähe nicht ganz so lieb.

In diesem Moment betraten die Feuergaukler zusammen mit Elizabeth den Steinkreis.

Elizabeth?!

Elizabeth war unter ihnen?

Ohne Zweifel. Wusste Brandon davon? Wahrscheinlich nicht. Ich sah zu Colin, der genauso entsetzt dreinblickte, wie ich mich fühlte. Aufgeregt versuchte ich seine Aufmerksamkeit zu erlangen, aber er war völlig auf Elizabeth konzentriert.

Die dumme Nuss! Sie würde sich verraten. Und eventuell auch noch Colin, wenn sie wieder ihr loses Mundwerk nicht halten konnte.

Wo um alles in der Welt war Brandon und wieso hielt er sie nicht zurück?

So viel wieder einmal dazu, er hätte sie im Griff.

Elizabeth sah bezaubernd aus. Sie trug ein Kostüm, das es in Sachen farbenfroh mit jedem Kleid aus Shaktis Schrank aufgenommen hätte. Apfelgrün mochte Colin nicht stehen, aber es war definitiv Elizabeths Farbe. Die roten Locken fielen ihr offen auf den Rücken und ein kleiner silberner Reif schmückte ihre Stirn. Was ihre grünen Augen nur noch mehr betonte. Sie leuchteten sogar auf die Entfernung wie eine Frühlingswiese.

Die drei Männer um sie herum begannen mit brennenden Fackeln zu jonglieren und einen Feuerreifen durch die Luft zu wirbeln. Einer blies Feuerfontänen in die Luft, so hoch, dass sie über dem gesamten Festgelände zu sehen sein mussten.

Elizabeth erhob ihre Hände wie eine Priesterin und in ihren Handflächen züngelten Flammen, die größer wurden und größer, bis sie schließlich einen Kreis ergaben.

Die drei Gaukler, die sich in den ersten Minuten noch bemüht hatten, die Aufmerksamkeit der Zuschauer auf sich zu ziehen, gaben nach und nach auf und überließen Elizabeth das Feld.

Sie ließ den Flammenkreis in ihren Händen wirbeln, tanzen, sich wie einen Hula-Hoop-Reifen drehen, um ihren Kopf, um ihre Taille. Dann pustete sie, das Feuer erlosch, nur um sofort wieder in Form von einzelnen kleinen Flämmchen vor ihr aufzuflackern. Jene begannen sich zu langen Spiralen zu formen. Kleine Funken stoben von ihnen fort wie ein Feuerwerk, passend zu der immer schneller werdenden Musik, die endlich in einem fulminanten Crescendo endete, mit dem die Flammen verpufften.

Tosender Applaus brandete auf und Elizabeth versank in eine sehr elegante Reverenz.

Ich blickte zu meinen Sitznachbarn hinüber. König Alfred jubelte lauthals und schrie »Zugabe!«, was von der Menge sofort aufgegriffen wurde. Stuart Cromwell sah wiederum so verblüfft aus, dass ich mich unwillkürlich fragte, ob er je zuvor Feuer gesehen hatte.

Sein Händeklatschen glich einer Hypnose. Seine gesamte Aura schien auf einmal dahin zu sein. Er war nur noch ein eleganter Firmenchef, der plötzlich völlig fehl am Platz wirkte und einfach nur beeindruckt schien. Als er meinen Blick bemerkte, lächelte er etwas steif und beugte sich zu mir.

»Das war wirklich beeindruckend, finden Sie nicht, Miss Wisdom?«

Prompt fühlte ich mich wieder geschmeichelt, dass er so vertraulich mit mir sprach. Dann nickte ich verlegen und wandte den Blick ab. Meine Augen blieben an Colin hängen, der stirnrunzelnd und überhaupt nicht beeindruckt halb hinter einem der Megalithen stand und zu uns herübersah. Nein, genau genommen starrte er nur Cromwell an. Das Misstrauen war ihm deutlich ins Gesicht geschrieben.

Ich sah zu Elizabeth, die ihrerseits Colin anlächelte. Auch Cromwell neben mir hatte den Blick von Elizabeth zu Colin schweifen lassen und wandte sich jetzt wieder mir zu.

»Kennen Sie den jungen Mann dort drüben, Miss Wisdom?«, fragte er. Ich wollte soeben anmerken, dass er ihm auch schon begegnet war, als mir einfiel, dass Colin an dem Tag Cromwell nicht gesehen hatte. Er war mit Shelby verschwunden gewesen.

»Das ist Colin Adams, der Sohn von Dr. Adams«, erklärte ich. Dr. Adams war normalerweise auch den Bewohnern von Swindon ein Begriff.

»Ah ja«, Mr Cromwell nickte wissend. »Ich glaube, er ist eifersüchtig. Fragt sich nur, ob auf mich oder auf König Alfred.« Colin eifersüchtig? Wieso? Er wusste doch, dass ich Mr Cromwell …

nein, Brandon … oder doch Mr Cromwell? Ich schüttelte leicht benommen den Kopf und wollte gerade etwas darauf erwidern, aber Cromwell hatte sich schon wieder abgewandt und dem Vikar zugedreht. »Wer ist die kleine Feuerteufelin, Vikar Hensley? Ganz zauberhaft.«

Daraufhin sprang der Vikar aufgeregt auf, hielt das Mikrofon vor seinen Mund und lud das Publikum zum Verweilen, Essen und Trinken auf dem Festgelände ein. Außerdem erinnerte er alle an die Schlacht, die in einer Stunde wieder hier stattfinden würde. Damit war die offizielle Begrüßung für diesen Tag vorüber und der Vikar konnte zu der noch immer mitten im Steinkreis stehenden Elizabeth eilen, ihre Hände ergreifen und sie darum bitten, zur Tribüne zu kommen. Sein Tempo war echt beeindruckend.

Ich beobachtete Elizabeths Gesichtsausdruck, als sie die Haut des Vikars berührte. Sie lächelte flüchtig und setzte sich dann in Bewegung.

»Elizabeth Ashton, Mr Cromwell. Sie arbeitet im Circlin' Stone. Sie ist erst seit kurzem Bürgerin in unserem kleinen Lansbury«, stellte Vikar Hensley sie laut vor und führte Elizabeth zu uns. Wieder versank Elizabeth in dieser eleganten Reverenz. Wahrscheinlich hatte sie die schon als Kind erlernen müssen, um vor Heinrich VIII. anständig knicksen zu können. Aber ich musste zugeben, es verfehlte seine Wirkung nicht.

Cromwell stand auf und küsste ihre Hand. In diesem Augenblick hatte er nur noch Augen für Elizabeth, wie ich ein klein wenig eifersüchtig feststellte.

Sie ihrerseits zuckte kurz zusammen, als er das tat, doch dann lächelte sie ihn genauso freundlich an, wie sie es sonst nur Colin gegenüber tat.

Ehe die beiden anfangen konnten, sich gegenseitig mit Komplimenten zu beschleimen, schnappte ich mir König Alfred und zerrte ihn von der Tribüne herunter.

»Ich wollte aber noch …«, begann er zu protestieren, doch ich schnitt ihm das Wort ab. »Du wirst dafür bezahlt, dass du die Leute unterhältst. Das fängt jetzt erst richtig an. Wir müssen uns überall blicken lassen.«

Noch bis eben war mir überhaupt nicht danach zu Mute gewesen, aber nun wollte ich so schnell wie möglich fort aus dem Dunstkreis von Stuart Cromwell und vor allem fort von dieser Schnepfe Elizabeth.

40. Kapitel

Ich kochte innerlich vor Wut. Zumindest die ersten zwanzig Minuten lang. Dann war ich genügend abgelenkt, um freundlich und höflich auf das Spiel einzugehen und als Elswyth zu glänzen.

Letztendlich war es ja auch nicht allzu schwer. Ich musste nur nett lächelnd an der Seite von Julian zwischen den Zelten und Ständen hindurchgehen. Die Stunde verflog im Nu, während wir uns mit den Schaustellern unterhielten und uns von den Besuchern fotografieren ließen. Das machte sogar ein wenig Spaß, denn alle waren gut gelaunt und wollten sich amüsieren. Die darauffolgende Schlacht dauerte eine halbe Stunde und endete mit tosendem Applaus.

Colin sah ich nicht mehr wieder. Ich konnte nur ahnen, wer ihn in Beschlag nahm – falls sie den Logistics-Unternehmer von der Leine gelassen hatte. Dafür trafen wir auf Brandon.

Rebecca hatte Recht im Unrecht gehabt. Brandon trug nämlich doch ein Kostüm, aber er sah darin tatsächlich wesentlich besser aus als der vorgegebene König Alfred an meiner Seite. Die Tunika mit den Beinlingen stand ihm genauso gut wie Jeans und Hemd. Das Schwert an seinem Gürtel machte ihn sogar noch männlicher. Brandon war eine Augenweide.

Das schien König Alfred ebenfalls zu finden. Er zog eine Schnute und wollte weiter, aber ich blieb einfach stehen.

»Meredith!« Brandon klang erleichtert. »Hast du Elizabeth gesehen?«

Wenn ein winziges Fünkchen Hoffnung in mir aufgekeimt war, er könne meine Aufmachung bemerken und mir dazu ein Kompliment machen, erlosch sie schneller als Elizabeths Flammenkreis.

»Gut, dass du mich darauf ansprichst«, sagte ich. »Julian, ich muss mal schnell was erledigen.«

»Du kannst doch nicht einfach mit einem fremden Ritter fortgehen und deinen König stehenlassen«, protestierte dieser. »Das hier ist doch nicht die Artus-Saga.«

Brandon runzelte die Stirn.

»Schade eigentlich«, murmelte ich, während ich Brandon hinter ein paar Zelte zog. »Dann würde ich Lady Morganas Rolle annehmen und dem Spuk schnell ein Ende setzen. Und nicht so dilettantisch wie in der BBC-Serie.«

Jetzt lächelte Brandon. »Ich finde es recht schmeichelhaft, als Lancelot bezeichnet zu werden.«

»Kann ich mir denken. Aber gleich wird dir das Grinsen vergehen.« Ich berichtete ihm von Elizabeths Auftritt.

Brandon wurde blass.

»Sie hat *WAS*?«

»Das muss ich nicht ernsthaft wiederholen, oder?«

Entsetzt fuhr er sich mit beiden Händen durch die Haare.

Die waren anscheinend mit Gel in ihre nette Form gebracht worden, denn daraufhin blieben sie wild verwuschelt stehen. Das sah sogar noch verwegener aus als sonst.

»Vor allen Zuschauern?«, wiederholte er fassungslos.

Ich nickte und zählte an den Fingern ab. »Inklusive dem Vikar, Alfred dem Großen, dem Bürgermeister, Stuart Cromwell, der gesamten Presse aus Wiltshire und einem Fernsehteam.«

Als ich ihm wieder ins Gesicht blickte, war er noch bleicher als zuvor.

Er war nicht nur bleich. Er war jetzt aschfahl.

»Ist mit dir alles in Ordnung?«, fragte ich vorsichtig.

Es war offensichtlich nicht alles mit ihm in Ordnung. Er lehnte sich gegen einen Zeltpfosten. Seine Hände zitterten.

»Wir müssen sie finden«, nuschelte er und strich sich wieder fahrig durch die Haare. »Wir müssen sie unbedingt finden.«

In diesem Moment tauchte Colin zwischen den Zelten auf.

Er war genauso bleich im Gesicht wie Brandon und hielt sich am Hinterkopf fest.

»Brandon! Gut, dass ich dich finde.« Er sprach auch ein wenig undeutlich. »Elizabeth. Sie wurde entführt.«

41. Kapitel

Brandon fasste sich als Erster. Er stieß sich von der Stange ab, packte Colin am Kragen und schüttelte ihn.

»Wo ist sie?« Es sah aus, als wolle er Colin, obwohl der größer war als er, hochheben. »WO IST SIE?«

Ich konnte von hier aus sehen, dass ihm dabei Spucketröpfchen entwichen, und es war Colin groß anzurechnen, dass er sie nicht augenblicklich abwischte.

»Man hat sie von mir weggerissen. Als ich sie beschützen wollte, hat mir jemand was über den Kopf gehauen. Es wäre toll, wenn du mich nicht so arg schütteln würdest. Das tut weh.«

»*Wehtun?* Es SOLL dir wehtun! Sie ist *fort*! Entführt! Weißt du überhaupt, was jetzt mit ihr geschehen wird?!«

»Weißt du es etwa?«, traute ich mich endlich zu sagen.

Brandon warf mir einen Blick zu, der mich einen Schritt rückwärtstaumeln ließ. Andererseits wollte ich aber auch nicht, dass er Colin noch mehr wehtat. Der sah nämlich aus, als habe er eine Gehirnerschütterung.

Schließlich ließ Brandon ihn los. Er hatte die Hände zu Fäusten geballt und jeder Muskel an seinem Körper war angespannt, einschließlich derer in seinem Gesicht. Es machte mir Angst, weil ich nicht sicher war, ob er diese Mischung aus Wut und Sorge kontrollieren konnte.

»Sie ist in Lebensgefahr. Wir müssen sie finden, ehe sie das Festgelände verlässt. Sobald man sie von etwaigen Zeugen entfernt hat, wird man sie umbringen.«

Ich brauchte Colin keinen Blick zuzuwerfen, um zu spüren, dass er genauso viel Angst um Elizabeth hatte wie Brandon.

»Ich meine das ernst«, sagte Brandon und sah mir in die Augen. »Das ist real. Er wird sie umbringen. Er bringt sie alle um.«

»Er?«, hakte ich wachsam nach. »Vorhin war noch die Rede von *man*. Es klingt ganz so, als wüsstest du genau, wer sie entführt hat und warum.«

Brandons Fäuste öffneten und ballten sich, als ringe er mit der Antwort. Endlich sagte er: »Ich weiß es. Zumindest glaube ich es zu wissen.«

Er sah wieder Colin an. »Ich wundere mich, dass er dich gehen ließ. Du wärst nicht der Erste, der ihm in die Quere kommt und den er umbringt.«

»Brandon, wovon um Himmels willen sprichst du?«, fragte Colin jetzt noch weißer im Gesicht als sowieso schon.

»Stuart Cromwell. Er ist ein Platonid.«

»Stuart Cromwell?!«, rief ich überrascht. »Reden wir von *dem* Stuart Cromwell, dem Logistics-Magnaten?«

»Ebendem.«

Colin und ich sahen uns an und dann wieder Brandon.

»Warum?«, fragte ich noch immer baff. »Weswegen entführt er Elizabeth? Weshalb sollte er sie töten wollen? Und was ist ein Plato-Dingsbums?«

Doch ehe Brandon antworten konnte, sackte Colin zusammen.

Mit einem Satz war ich bei ihm.

Er lag wie leblos am Boden. Ich fingerte nach meinem Handy, aber meine Hände zitterten so stark, ich bekam den Beutel an meinem Gürtel nicht geöffnet.

Brandon war schneller. Trotz Verkleidung hatte er sekundenschnell ein Mobiltelefon gezückt und wählte die Notrufnummer.

Ich kniete mich hin, überprüfte Colins Puls, atmete kurz auf, als ich ihn fand, und tätschelte ihm dann wenig sanft die Wangen. »Colin! Colin!«

Er rührte sich nicht. Nicht ein Muskel zuckte. Wo er doch mit diesen verdrehten Beinen ziemlich unbequem liegen musste. Wenigstens war er nicht auf Asphalt oder ähnlich harten Untergrund gefallen, sondern ins weiche Gras. Was sollte ich tun? Ich war hilflos. Was war aus meinen Kenntnissen vom Erste-Hilfe-Kurs geworden, den ich für den Führerschein absolviert hatte? Stabile Seitenlage, fiel mir ein. Stabile Seitenlage? Wie ging die noch? Welches Bein, welcher Arm wohin?

»Ein Notarzt ist unterwegs.« Brandon kniete jetzt an Colins anderer Seite. Er streckte ihm die Beine, legte die Arme gerade neben den Körper und dann hob er seinen Kopf an.

»Nimm dein Schultertuch und leg es darunter«, befahl er mir. Ich folgte.

»Er ist so blass.« Ich erkannte meine weinerliche Stimme selbst nicht mehr wieder.

»Kein Wunder.« Brandon nahm seine Hände vom Hinterkopf und zeigte sie mir. Die Innenflächen waren blutverschmiert.

»Er wird zusätzlich noch eine Gehirnerschütterung haben. Jetzt tut es mir leid, dass ich ihn geschüttelt habe. Aber ich mache mir schreckliche Sorgen um Elizabeth. Mit jedem Moment, den wir hier bei ihm sind, wird die Gefahr größer.«

Jetzt sah ich einen Tropfen auf Colins Wange landen. Es war eine Träne von mir. Schnell setzte ich mich zurück und wischte sie weg.

»Wo bleibt der Arzt?«, fragte ich tonlos.

»Da kommt er«, antwortete Brandon und erhob sich.

Ich sah auf. O nein! Auch das noch.

Dr. Adams kam auf uns zu. Als er erkannte, wer vor mir lag, lief er die letzten paar Meter.

Er kniete sich neben seinen Sohn, hob die Augenlider und wandte sich, mich komplett ignorierend, an Brandon: »Was ist passiert? Seit wann liegt er schon so hier?«

»Gerade erst. Vor zwei Minuten hat er noch gestanden und mit uns gesprochen. Er hat eine blutende Wunde am Hinterkopf.«

Dr. Adams hob Colins Kopf und betrachtete sie.

»Die hat er sich nicht durch einen Sturz beigebracht«, schlussfolgerte er und jetzt sah er mich an und ich wünschte, er täte es nicht. Sein Blick war voller Verachtung und Zorn.

»Jemand hat ihn niedergeschlagen«, sagte ich leise.

»Wer?«

Ich zuckte die Achseln.

»Wer, zum Teufel noch mal?«, schrie Dr. Adams und jetzt bekam ich Spucketröpfchen ab. Ich war nicht so beherrscht wie Colin. Ich wischte sie mit meinem Ärmel ab.

»Ich weiß es nicht. Ich war nicht dabei.«

Dr. Adams glaubte mir nicht. »Ihr seid unzertrennlich, seit du hierhergezogen bist. Erzähl mir nicht, du wüsstest nicht, was mit ihm geschehen ist. Wegen dir schleicht er sich nachts aus dem Haus und kommt seinen Pflichten nicht nach.«

Er packte meinen Oberarm und schüttelte mich schmerzhaft.

»Das reicht jetzt«, sagte Brandon und stellte sich an meine Seite.

»Sie kann nichts dafür, Dr. Adams. Es war meine Schuld.«

In diesem Moment trafen die Rotkreuzhelfer ein. Dr. Adams half ihnen, Colin auf eine Trage zu legen.

Dann ließ er die Sanitäter ein wenig vorausgehen und wandte sich noch einmal zu mir um.

»Ich verbiete dir von jetzt an den Umgang mit meinem Sohn. Du bist bei uns nicht mehr willkommen.«

Daraufhin drehte er sich um, folgte den Sanitätern und verschwand aus unserem Sichtfeld. Ich sog scharf die Luft ein.

»Was hast du ihm bloß angetan?«, fragte Brandon irritiert und wischte sich die Hände mit einem Taschentuch ab.

»Lass uns Elizabeth suchen«, erwiderte ich tonlos.

Das ließ sich Brandon nicht zweimal sagen.

Wir eilten zwischen den Zelten umher.

»Vielleicht finden wir sie eher, wenn wir uns trennen«, schlug ich vor. Hier waren ganze Menschenmassen unterwegs. Das schöne Wetter hatte noch mehr Besucher angelockt als vergangenes Jahr. Vikar Hensley würde bei der nächsten Predigt ausflippen vor Freude, doch mir war eher elend zu Mute. Die Sorge um Colin und Elizabeth und Dr. Adams hasserfülltes Gesicht hatten zu einem Klumpen im Magen geführt, der mindestens so schwer wog wie einer der Megalithen.

»Nein«, sagte Brandon entschieden. »Was willst du denn tun, wenn du sie zuerst findest?«

Er mochte zwar Recht haben, aber ins Gesicht gesagt zu bekommen, ich sei nutzlos, kratzte an dem bisschen Selbstbewusstsein, das mir geblieben war.

»Woher kommst du eigentlich?«, fragte ich, um diesen Gedanken zu verdrängen, und folgte ihm dicht auf den Fersen.

»Aus dem Norden«, antwortete er mit seiner üblichen Lüge.

»Ach, erzähl mir nichts. Du bist genauso wenig aus dem Norden, wie Elizabeth deine Cousine ist.« So langsam wurde ich wütend. Wollten mich alle für dumm verkaufen? Dr. Adams, weil ich für seinen Sohn kein Umgang war, und jetzt auch noch Brandon, der dachte, ich tauge zu nichts.

Brandon reagierte nicht. Er lief einfach weiter.

»Dass Elizabeth aus der Vergangenheit stammt, wissen wir«, sagte ich daraufhin.

»Was erzählst du da für einen Quatsch?«

Ich konnte sehen, wie sich sein Rückgrat etwas versteifte. Aha. Die Botschaft war angekommen und er wurde wachsam.

»Wir wissen, dass sie in der Tudorzeit geboren und hier irgendwie hinkatapultiert wurde. Lady Elizabeth Ashton, die Feuer mit ihrem Willen entfachen …«

Jetzt reagierte er. Er blieb stehen, umfasste meine Oberarme – sehr schmerzhaft – und schüttelte mich. Weshalb schüttelten mich heute alle? Brandon tat es zwar nicht ganz so fest wie Dr. Adams, aber es tat trotzdem weh.

»Sei still. Sei ja still. Was, wenn dich jemand hört?«

Er sah sich aber nicht um, sondern mich weiterhin an. Ziemlich aufgebracht sogar. So, als wäre ich an allem schuld. Jetzt reichte es.

»Ich mag ja ziemlich unbeholfen sein, was Erste Hilfe angeht, aber rechnen kann ich. Und meine Gleichung sagt, dass du entweder auch aus der Vergangenheit stammst oder der *Norden* im gleichen Zeitalter liegt, in dem Elizabeth geboren wurde.«

Brandon ließ meine Oberarme frei.

»Vergiss es. Deine Gleichung ist falsch. Doch nicht so schlau, Miss Neunmalklug.« Er drehte sich um und stürmte weiter.

Ich presste die Lippen zusammen und folgte ihm. Wieder einmal wusste ich, dass er log, und das ärgerte mich maßlos.

Über Lautsprecher wurden jetzt alle Besucher dazu aufgefordert, sich einen Tribünenplatz zu suchen, um der Vorstellung einer weiteren Schlacht (diesmal der Angeln gegen die Sachsen) beizuwohnen. Das Zeltlager leerte sich rapide. Alle strömten in Richtung Steinkreis.

Ich blieb stur. »Bist du auch aus der Tudorzeit? Dann macht der Name Grey einen Sinn, wenn auch einen sehr unliebsamen. Lady Jane Grey. Ist das Verwandtschaft von dir? Dann kannst du froh sein, wenn du jetzt hier bist. Ihre Neun-Tage-Herrschaft hat sie einen Kopf kürzer werden lassen.«

Brandon funkelte mich böse an.

»Sprich nicht so. Wenn Stuart Cromwell dich hört, sind wir beide dran. Lass uns Elizabeth finden und dann erzähle ich dir alles.« Er packte mich beim Laufen grob am Arm und zog mich mit sich. »Nicht, dass es da was zu erzählen gäbe«, fügte er noch schnell hinzu. So schnell, dass er und ich wussten, dass es ohne diesen Satz glaubwürdiger gewesen wäre. Doch bevor ich ihm das unter die Nase reiben konnte, richtete etwas anderes meine Aufmerksamkeit auf sich.

»Da ist sie.«

Ich hatte eine Strähne roter Haare hinter einem Zelt verschwinden sehen.

Brandon begann zu rennen, ich hechtete hinterher. Er war schnell und man merkte, dass er regelmäßig joggte. Er brachte mit ein paar Schritten einen großen Abstand zwischen uns und verschwand dann aus meinem Blickfeld.

Ich legte einen Zahn zu, und als ich das Zelt umrundete, hatte ich ihn eingeholt.

Er hielt ein Mädchen am Arm, das Elizabeths Haare hatte, das aber nicht Elizabeth war.

»Entschuldige«, sagte er und ließ sie los.

Sie lächelte ihn kokett an. »Keine Ursache. Von jemandem wie dir lasse ich mich gern festhalten.«

Ich sah Brandon lächeln.

»Hör auf zu flirten. Wir haben keine Zeit dafür«, zischte ich und zog ihn ungestüm an seiner Tunika mit mir mit.

Er stolperte, fasste sich sofort wieder und übernahm die Führung.

»Sucht ihr das Mädchen, das die gleichen Haare hat wie ich? Nur, dass ihre echt sind?«, rief uns die Rothaarige nach.

Brandon blieb so abrupt stehen, dass er eine Narbe im Gras hinterließ.

»Weißt du, wo sie ist?«, fragte er.

Sie lächelte und zwirbelte eine Locke zwischen ihren Fingern.

»Sie war in Begleitung. Sie hat es geschafft, Stuart Cromwell, *den* Stuart Cromwell, auf sich aufmerksam zu machen. Dabei ist er verheiratet.«

»Wo sind sie hin?«, wollte ich wissen.

Sie ignorierte mich.

Hatten das Rothaarige so an sich?

Stattdessen zeigte sie ihre geraden, weißen Zähne Brandon. »Ich hätte Zeit für einen Met. Wie sieht es aus, edler Kämpfer, spendierst du mir einen Krug?«

»Wo sind sie hin?«, wiederholte ich lauter.

»Nichts für ungut, aber ich glaube, Mr Cromwell steht nicht auf Dunkelhaarige.«

Das war doch zum Verrücktwerden. Ich verschränkte kurzerhand meine Finger mit Brandons und sagte: »Aber dafür er. Also?«

Wie erwartet leuchteten Brandons Augen bei meiner Berührung auf.

Ich hatte also richtiggelegen. Er konnte etwas sehen.

Das Mädchen allerdings interpretierte es so, wie ich es beabsichtigt hatte. Mit enttäuschter Stimme deutete sie in eine Richtung.

»Da lang. Ich habe was von einer weiteren prähistorischen Stätte mitbekommen, die er ihr zeigen wollte.«

Das »Danke« sparte ich mir und zog Brandon weiter. Kaum waren wir außer Sichtweite, ließ ich ihn los.

»Was siehst du?«, fragte ich und hastete voraus.

»Zelte.«

Ich rollte die Augen.

»Wenn ich dich berühre. Ich weiß, dass du etwas siehst. Was

ist es? Es kann nichts Schlimmes sein, denn deine Augen leuchten jedes Mal auf … Also? Was ist es? Meine Geburt? Meinen Hochzeitstag?«

Ich wurde so abrupt angehalten, dass ich befürchtete, er hätte mir meinen Arm ausgerenkt. Dieses ständige Laufen, Anhalten, Laufen machte mir langsam ziemlich zu schaffen.

»Woher weißt du davon?« Er taxierte mich mit einem durchdringenden Blick.

»O nein! Erst bist du dran.« Ich musterte ihn eindringlich. »Ich weiß davon, okay? Genauso wie ich weiß, dass du nicht aus der heutigen Zeit stammst.«

»Was siehst denn *du*, wenn du jemanden berührst?«, stellte er die Gegenfrage.

»Ich? Nichts«, antwortete ich wahrheitsgemäß. Ich würde Colin nicht verraten.

Brandon schnaubte und warf einen zweifelnden Blick hinter sich.

»Ist schon irgendwie seltsam, findest du nicht?«, überlegte ich weiter. »Dass ausgerechnet ihr beide am gleichen Ort und zu gleicher Zeit hier seid. Du und Elizabeth.«

»Daran ist nichts seltsam und jetzt sei still. Du verrätst uns noch.«

Ich musste lächeln. Er hatte es nicht abgestritten. Er war aus der Vergangenheit.

»Aus welchem Jahr, Brandon? Sag mir, wann du geboren wurdest.«

Er stöhnte auf.

»Herrgott, hör endlich auf damit«, fauchte er. »Wir müssen

Elizabeth finden und danach erzähl ich dir alles, wenn du willst. Falls du das dann noch willst. Die Wahrheit ist nämlich nicht schön.«

Wir funkelten uns an. Seine blauen Augen waren verengt und seine Kieferpartie trat scharf hervor.

Er konnte durchaus Furcht einflößend sein. Ich schluckte.

»Das Mädchen sagte, Cromwell habe von einer prähistorischen Stätte gesprochen«, erinnerte ich ihn.

Er sah mich weiterhin durchdringend an.

»Den Steinkreis kann er bei diesem Gewimmel nicht meinen.«

»Nein. Er ist aber auch nicht die einzige vorchristliche Stätte, die es in Wiltshire gibt. Angefangen bei Stonehenge über Old Sarum bis zum Silbury Hill. Das ist es!« Ich packte ihn am Arm.

»Silbury Hill? Das ist mindestens fünfzig Meilen entfernt.«

»Nein. Aber beim Silbury Hill ist dieses Tomb, diese Grabstätte. Wir haben so was Ähnliches hier. Ein Hünengrab am Kennet-Weiher.«

Er sagte nichts, sondern ergriff meine Hand und zog mich mit sich. Ich musste laufen, um mit ihm Schritt zu halten.

»Was hast du vor? Wie willst du dahin kommen?«, keuchte ich und krallte mich fester an seine Hand.

»Wir klauen ein Auto und fahren dahin. Cromwell hat schon viel zu viel Vorsprung. Du bist doch das Physik-Genie. Du kannst doch bestimmt ein Auto kurzschließen.«

Mir blieb keine Zeit zum entsetzten Luftschnappen, denn er zerrte mich unerbittlich in Richtung der Wiese, die als Parkplatz diente.

»Hör auf, Brandon. Das ist …«

»Ich weiß, dass es illegal ist, aber wir müssen Elizabeth finden.«

Der Typ hatte Kräfte wie ein Bär, ich konnte ihn nicht aufhalten. »Ich wollte sagen, das ist der falsche Weg.«

»Wie meinst du das?«

»Zum Hünengrab müssen wir da lang. Durch den Wald hindurch sind wir schneller da als Cromwell mit dem Auto.«

»Hoffen wir, dass er sie auch dahin bringt«, murmelte Brandon, änderte die Richtung und zog mich weiter hinter sich her.

Und genau bei diesem Richtungswechsel sah ich wieder eine Kapuze hinter einem Zelt verschwinden. Eine braune Kapuze – genau so eine, die auch Colin gestern aufgefallen war. Ich wusste nicht, warum, aber ich wusste genau, das hatte etwas zu bedeuten. Und plötzlich war ich mir sicher, dass wir auf der richtigen Spur waren.

»Da entlang!«, sagte ich und Brandon änderte entsprechend die Richtung.

42. Kapitel

Ich war schweißgebadet, als wir dem Weiher näher kamen. Die Kapuze war nur noch einmal in der Ferne aufgetaucht, dann hatte ich sie nicht mehr gesehen. Ich hatte auch Brandon nicht danach fragen wollen, weil ich nicht wusste, wie ich das hätte begründen sollen. *Ach, übrigens, hast du auch den Kapuzenmann gesehen? Der hat mich mal aus dem Spiegel angeschaut.*

Ich hatte nicht einmal mehr Luft, um weiter in Brandon zu dringen und ihn auszufragen. Ich konzentrierte mich einfach auf meine Atmung und betete, dass es Colin wieder besser ging.

Er war so blass gewesen.

»Da lang«, sagte ich, als wir die Abtei hinter uns gelassen hatten. Von hier aus war es höchstens noch eine halbe Meile.

Brandon eilte mit Siebenmeilenstiefeln voraus. »Kannst du nicht ein bisschen schneller?«

»Nein. Aber wir sind gleich da. Er kann nicht mit dem Wagen bis ganz an den Weiher fahren. Wenn wir Glück haben …«

O Gott. Ich wagte nicht, den Satz zu Ende zu bringen. Wie viel Zeit war bereits vergangen, seit Elizabeth in seine Gewalt geraten war?

Viel zu viel, egal wie oft ich nachrechnete.

Hoffentlich hatten wir uns nicht vertan. Hoffentlich war es das richtige Grab. Was, wenn er doch zum Tomb fünfzig Meilen entfernt unterwegs war? Dann wären wir zu spät. Dann wäre Elizabeth … Wir hätten doch besser ein Auto geklaut.

Schließlich blieb Brandon stehen und hielt einen Finger an seine Lippen. Wir waren da. Die Lichtung, auf der das Hünengrab stand, lag direkt vor uns, nur durch ein paar Sträucher verdeckt.

Ich nickte, um Brandon zu signalisieren, dass ich verstanden hatte. Er bedeutete mir stehen zu bleiben und schlich langsam vorwärts.

Schritt für Schritt, als stünde er auf einem Feld voller Tretminen.

Ich wartete.

Durch die Äste konnte ich nichts von der Lichtung erkennen. Nicht einmal das Wasser des Weihers.

Der Weiher! Ich hatte vergessen Brandon gegenüber zu erwähnen, dass eine Seite in Sumpf überging. Und zwar die Seite, auf der wir standen.

Darauf bedacht, auf keinen trockenen Ast zu treten – das typische Klischee in Horrorfilmen –, schlich ich mich ebenfalls Schritt für Schritt vorwärts, schob vorsichtig die Äste vor mir zur Seite … um erschrocken zusammenzuzucken.

»Niemand da«, sagte Brandon zu mir.

Er stand aufrecht auf der Lichtung.

Vor uns lag der Weiher und das Wasser glitzerte friedlich in der Sonne. Das Hünengrab lag im Schatten dahinter. Sein Eingang führte ins Stockfinstere. Unheimlich.

»Hier ist Moor. Wir müssen es umgehen«, erklärte ich ihm.

»Hast du nicht gehört?«, pflaumte er mich an. »Sie sind nicht hier. Wir sind zu spät.«

Er sah verzweifelt aus. Mit beiden Händen strich er sich durch seine Haare. Seine Hände zitterten extrem.

Wir hatten versagt. Nein. *Ich* hatte versagt.

Ich hatte ihn zu der falschen Stätte geführt. Wir hatten kein Auto, um vielleicht doch noch eine andere Stätte aufsuchen zu können. Wir saßen im Wald fest.

Ohne Hoffnung.

In diesem Moment knackte es auf der anderen Seite des Weihers.

43. Kapitel

Ich lag schneller im Gebüsch, als dass ich hätte »Wer da?« schreien können. Und auch das war mir verwehrt, denn Brandon hielt mir den Mund zu.

Er lag der Länge nach auf mir drauf, sein Gesicht dicht an meinem und sein Rasierwasser, das er immer so großzügig verteilte, kitzelte mir in der Nase.

Als ich das ausschaltete, konnte ich etwas anderes wahrnehmen: Schritte und ein unterdrücktes Stöhnen. Die Schritte hatten harte Sohlen, denn man hörte sie überdeutlich auf dem Waldboden.

Stoff raschelte, etwas schleifte, das Stöhnen wurde energischer. Einen kleinen Moment, einen winzig kleinen Moment lang glaubte ich, wir hätten ein Liebespärchen erwischt, das sich gerade aufheizte. Aber dann hörte ich den Mann etwas sagen und sofort war jeder Zweifel aus der Welt.

Das war Stuart Cromwell.

Auch wenn ich nicht verstand, was er sagte, sein markantes Timbre war unverwechselbar.

Ich hatte die Augen in Richtung des Waldweges gerichtet gehabt, aber jetzt hob ich sie und blickte direkt in Brandons Augen. Sie waren noch blauer als die von Colin.

Colin. Der Gedanke an ihn machte mir ein wenig Mut. Er

hatte versucht Elizabeth zu retten. Er hatte sich mutig gegen einen Stuart Cromwell gestellt. Und wenn Colin das konnte – ausgerechnet Colin, der noch nicht einmal seinem Vater Widerworte zu geben wagte –, dann sollte ich das auch hinbekommen.

Ich sah Brandon an und nickte wieder.

Er nahm die Hand von meinem Mund und kroch ganz langsam, um kein Geräusch zu verursachen, von mir herunter. Jetzt wusste ich auch, was der Spruch ›Das Herz klopft einem bis zum Hals‹ bedeutete. Ich hatte das Gefühl, dass wenn ich jetzt den Mund öffnete, mein Pulsschlag über den Weiher hinweg zu hören sein würde, nicht leiser als die Trommel gestern vom Lagerfeuer.

Ich stützte mich ebenso langsam auf meinen Arm und ging in die Hocke. Niemals zuvor hatte ich mein Sachsenkleid mehr gehasst als in diesem Moment. Prompt verhedderte ich mich im langen Rock und kippte zu Seite.

»Kommen Sie aus dem Gebüsch raus.«

Stuart Cromwells Stimme war überdeutlich zu hören. Brandon sah mich finster an.

»Entschuldige«, murmelte ich.

Brandon und ich traten aus dem Gebüsch und sahen Cromwell, der Elizabeth einen Arm auf den Rücken drehte. Ihr Mund war geknebelt, ihre Augen blitzten vor Schmerz und Zorn.

»Das Rasierwasser weht einem schon mehrere Meter entgegen.«

Jetzt warf ich einen hämischen Blick in Brandons Richtung. Ha! Nicht ich hatte uns verraten. Aber … wir waren aufgeflogen. Da spielte es keine Rolle mehr, durch wen.

Wir saßen in der Patsche.

Alle drei.

Ich sah wieder zu Cromwell. Er hatte Elizabeths Arm noch höher gezerrt. In ihren Augen schimmerten Tränen. So wie es aussah, brauchte es nur noch wenige Zentimeter und der Arm wäre ausgekugelt.

Das schien auch Brandon zu denken, denn er ging auf Cromwell zu.

Und machte sofort wieder einen Schritt zurück. Er war in Wasser getreten.

Gut getarnt durch wachsendes Gras und Blumen lag das Moor zwischen uns und Cromwell.

»Hier lang«, sagte ich und betrat den mir wohlbekannten Pfad um das Moor herum.

»Was wollen Sie von Elizabeth?«, rief Brandon. »Sie hat weder Familie noch Vermögen. Außerdem haben Sie doch mehr als genug Geld, oder etwa nicht?« Ich kapierte, dass er Zeit schinden wollte, damit Cromwell ihr während unseres Weges nichts antat. »Ich wüsste nichts, was wir Ihnen bieten könnten.«

Cromwells süffisantes Lächeln konnten wir bis hierher erkennen. Er zeigte mit dem Finger auf mich.

»Ach nein? Frag doch deine kleine Freundin. Sie müsste es wissen.«

Ich blieb überrascht stehen. »Ich? Wieso ich?«

Elizabeth schrie vor Schmerz auf. Zumindest hätte es ein Schrei sein können, wenn sie nicht geknebelt gewesen wäre. So klang es nur wie ein ersticktes Aufatmen.

»Kommt hierher. Alle beide.« Cromwells Anweisung war nicht misszuverstehen.

Ich beeilte mich und stolperte prompt wieder über den langen Rock. Verdammtes Kleid. Brandons hilfreiche Hand rettete mich vor einem Sturz.

»W-was meinten Sie damit, ich wüsste, weshalb Sie Elizabeth entführt haben?«, fragte ich. Die Aufregung hatte mich wieder eingeholt. Ich zitterte.

»Weißt du, weshalb ich so erfolgreich bin?«, fragte Cromwell. Er klang genervt. »Weil ich mich nicht veräppeln lasse. Ich halte mich an klare, einfache Regeln, und wenn jemand meint, er könne mit mir spielen, wird er schnell eines Besseren belehrt. Meine Geschäftspartner haben das erkannt. Die, die mich am Anfang über den Tisch ziehen wollten, katzbuckeln heute, denn ich habe sie alle restlos aus dem Weg geräumt. Verstehen wir uns?«

Wir hatten ihn und Elizabeth erreicht und ich sah ihm in die Augen. Graue Augen, die mich eiskalt musterten.

»Ich habe Sie verstanden, aber ich weiß wirklich nicht, was Sie meinen«, antwortete ich und sah ihn weiterhin starr an.

Er warf mir einen prüfenden Blick zu, dann hob er überrascht die Augenbrauen.

»Du weißt es nicht mehr«, stellte er fest. »Du weißt nicht, dass wir uns bereits kennen.«

Ich stutzte. »Sie meinen vor unserem Schulbesuch bei Cromwell Logistics?«

»Natürlich. Allerdings hatte ich gedacht, ich … Nein. Das warst nicht du.« Er musterte mich wieder prüfend. Dafür kam er sogar einen Schritt näher. Elizabeth wimmerte, als er sie dabei unsanft nach vorne schob.

»Aber du siehst genauso aus …«

Wie wer? Was meinte er?

»Was meinen Sie? Wem sieht sie ähnlich?«, fragte Brandon, der noch irritierter schien als ich.

»Vor Jahren, bei meiner Ankunft, war da ein Kind. Sie sieht genauso aus wie dieses Kind.« Cromwell starrte mich noch immer an. Mittlerweile musste er wissen, wie viele Haare meine Augenbrauen zählten, so intensiv war sein Blick.

»Ihrer Ankunft?«, wiederholte ich perplex, trotz der verqueren Situation bemüht mehr zu erfahren. »Sind Sie etwa auch aus der Vergangenheit?«

Im selben Moment erkannte ich, dass ich einen Fehler begangen hatte. Cromwell riss Elizabeths Arm hoch und jetzt war ihr Schrei trotz Knebel deutlich hörbar. Als sie in die Knie ging, holte er einen Dolch hervor, beugte sich über sie und stach ihr direkt in den Bauch.

Brandon reagierte blitzschnell. Er zog sein Schwert und warf sich auf ihn. Doch Cromwell war auf den Angriff vorbereitet. Er wich geschickt aus und stach zu. Dabei verfehlte er Brandon nur knapp. Der Kampf, der daraufhin entbrannte, ließ sämtliche meiner Nackenhaare sich aufstellen. Brandon schlug mit dem Schwert auf ihn ein. Ich wusste nicht, wie, aber Cromwell hatte auf einmal einen zweiten Dolch gezückt.

Elizabeth lag am Boden, noch immer geknebelt, ihr Arm schrecklich verdreht. Mit dem anderen hielt sie sich den Bauch. Zwischen ihren Fingern strömte Blut heraus. Ein Blick auf die Kämpfenden sagte mir, dass sie noch eine Zeit lang beschäftigt sein würden, denn Brandon war recht gewandt und setzte Cromwell ganz schön zu, was meine Chance war.

Ich eilte zu Elizabeth und überlegte fieberhaft, was ich tun sollte.

»Schalt dein Gehirn ein, Meredith. Denk nach. *Denk nach!*«, sagte ich laut und dann entfernte ich zuallererst den Knebel. Was keine gute Idee war, denn Elizabeth begann augenblicklich zu schreien.

»Ruhig, ganz ruhig. Das kriegen wir schon hin«, murmelte ich panisch mit Blick auf das immer mehr werdende Blut an ihrer Hand.

Ich griff nach meinem Beutel und verfluchte dabei wieder einmal meine zitternden Finger. Ein wenig umständlich bekam ich ihn endlich geöffnet. Doch die Papiertaschentücher, die ich herausholte und auf die Wunde drückte, waren sofort blutdurchtränkt. Sie nutzten nichts. *Nichts!* Kurzerhand zog ich meinen Schleier vom Kopf und presste ihn mit beiden Händen auf Elizabeths Bauch.

Dabei zog ich ihre Hand vorsichtig hinter dem Rücken hervor. Sie schrie vor Schmerzen auf.

»Ganz ruhig. Nicht schreien«, murmelte ich um Fassung ringend.

Ich fühlte die warme Flüssigkeit durch den geknüllten Stoff über meine Finger rinnen. Sollte Blut nicht dickflüssig sein? Es floss zwar nicht schnell, aber mit der Konsistenz von Wasser. Mein Schleier färbte sich blutrot. Ich drückte fester zu. Zum Glück war doch ein wenig vom Erste-Hilfe-Kurs hängengeblieben. Druckverband. Pressen und Hilfe holen.

»Ihr ahnt nicht, was geschieht, wenn sie ebenfalls hier in dieser Zeit bleibt«, hörte ich Cromwell zischen.

Ich wandte mich an das wimmernde Mädchen vor mir.

»Elizabeth, ich muss nach meinem Handy greifen. Du musst jetzt wach bleiben und darfst nicht schreien, ja? Sieh mich an!«

Ich drückte noch fester auf die Wunde.

Mit der anderen Hand suchte ich in dem Beutel nach meinem Handy. Hoffentlich hatte ich hier Empfang.

Ich fand es und meine Finger rutschten zwei Mal vom Display ab, weil sie so glitschig waren.

Hinter mir erklang das Geräusch von Metall, das auf Metall schlägt. Die Männer atmeten schwer. Ich hörte Schritte im Gras, tanzende Schritte.

Es blutete ununterbrochen gleichmäßig weiter. Sollte es nicht so langsam aufhören? Ich drückte noch fester zu, verlagerte mein ganzes Gewicht darauf. Elizabeth schrie. Ihr ausgerenkter Arm machte es schmerzhafter.

Endlich hatte ich die Notrufnummer gefunden. Das Freizeichen tönte.

»Elizabeth, bitte, sei einen Moment ruhig. Sonst …«

Sie biss sich fest auf die Lippe und eine Stimme meldete sich an meinem Ohr: »Hallo?«

»Hallo!«, schrie ich erleichtert in das Mobiltelefon. »Ich brauche dringend einen Notarzt. Jemand wurde verletzt. Sie blutet …«

Das Handy wurde mir aus der Hand geschlagen, meine Wange brannte und ich schmeckte etwas Blut im Mundwinkel. Aber das war mir im Moment egal.

»Rühren Sie sie nicht an!«, fauchte Brandon.

Hektisch sah ich mich um. Cromwell und Brandon rangen jetzt unmittelbar neben uns. »Bleib weg von ihnen!« Brandon versuchte Cromwell wieder von uns fortzudrängen. Wo war das Handy? Wo? Ich musste doch nur noch sagen, wo wir uns befanden …

»Hallo! Kommen Sie zum Kennet-Weiher!«, brüllte ich verzweifelt, in der Hoffnung, dass das Handy durch den Schlag nicht kaputtgegangen war. »Wir sind am Kennet-Weiher! Sie verblutet! SCHNELL! Stichwunde im Bauch!!«

Ich bekam einen Schlag gegen den Kopf.

44. Kapitel

Aha.

So sahen also diese Sterne aus, die man vor Schmerzen sah. Aber eigentlich sah ich mehr Schwärze und dazwischen weiße Blitze vor den Augen.

Ich durfte nicht ohnmächtig werden. Ich durfte einfach nicht ohnmächtig werden. Brandon brauchte Hilfe. Elizabeth brauchte noch mehr Hilfe.

Ich versuchte zu blinzeln. War das anstrengend. Und es tat höllisch weh.

Mit aller Kraft öffnete ich die Augen. Nein, ich war nicht ohnmächtig. Ich hielt immer noch meinen Schleier, den wunderschönen Schleier, den meine Mutter so liebevoll genäht hatte, auf eine blutende Wunde und er war nicht länger weiß, sondern rot.

»Marybe…« Das war ein Krächzen. Elizabeth. Ich musste mich sehr konzentrieren, um ihr Gesicht deutlich zu sehen.

»Marybeth … hilf … Cromwell.«

Cromwell helfen. Ja. Er brauchte Hilfe. Wobei noch mal?

Hinter mir hörte ich ein Klirren. Metall, das aufeinanderschlug. Ach ja. Der Kampf. Cromwell kämpfte gegen Brandon. Aber müsste ich nicht eher Brandon helfen?

»Halt das mal«, nuschelte ich und legte Elizabeths Hand auf den Schleier.

Umständlich rappelte ich mich auf, trat dabei auf den Saum meines langen Kleides, schob es ungeduldig zur Seite und sah mich nach den Kämpfern um.

Brandon und Cromwell standen jetzt direkt unterhalb der Grabanlage, wenige Meter von uns entfernt.

Brandon sah seltsam aus. Die blonden Haare klebten verschwitzt auf seiner Stirn, aber das war es nicht, was ihn sonderbar aussehen ließ. Er wirkte, als wolle er aufgeben.

Schon ließ er das Schwert sinken und Cromwell hob einen seiner beiden Dolche an.

»NEIN!«, kreischte ich und begann zu rennen.

Auf meinen Schrei hin duckte sich Brandon und der Stich ging ins Leere. Gleichzeitig schnellte ein dicker Ast herunter und traf Cromwell mit voller Wucht im Gesicht.

Er taumelte zurück und die Dolche fielen zu Boden, als er sich mit beiden Händen das Gesicht hielt.

Blitzschnell hatte Brandon wieder das Schwert hochgehoben und wollte damit zuschlagen, als es sich ihm aus der Hand riss, durch die Luft wirbelte und auf dem quer liegenden Megalithen vor dem Hünengrab liegen blieb.

In diesem Moment war deutlich eine Sirene zu vernehmen. Sie war ganz in der Nähe. Schon hörte man Autos durch den Wald auf uns zukommen.

Cromwell fluchte und einen Augenblick lang sah es so aus, als wolle er flüchten. Doch dann straffte er sich, und als Sekunden später der Rettungswagen auf die Lichtung holperte, stand er aufrecht, trotz der gebrochenen Nase und dem Blut, das auf sein hellblaues Hemd und die Seidenkrawatte triefte.

»Dahinten liegt sie«, sagte er zu den Sanitätern und dem Notarzt, die aus dem Auto sprangen.

»Sie ist in eine Klinge gestürzt und hat sich den Arm ausgekugelt. Man sollte Mädchen nicht klettern lassen. Ich wollte sie zurückhalten, aber sie wollte nicht auf mich hören.«

Wie bitte? Ich hörte wohl nicht recht. Dieser Mistkerl behauptete doch nicht im Ernst, Elizabeth habe auf das Grab klettern wollen und sei dabei abgestürzt? Mitten auf eine sich *zufällig* dort befindende Klinge?

Und anstatt dass der Notarzt zu Elizabeth lief, die sich blutüberströmt am Boden krümmte, begutachtete er eingehend Cromwells Nase.

»Wir müssen Sie ins Krankenhaus bringen, dort können wir die Nase richten und Sie werden …«

»Verdammt noch mal, würden Sie sich jetzt endlich um Elizabeth kümmern?!«, schrie ich empört.

Ich zitterte wieder. Aber dieses Mal vor Zorn.

Der Notarzt sah mich an wie ein quengeliges Kleinkind.

»DAHINTEN. LIEGT. JEMAND. IM. STERBEN!«

Ich zerrte ihn am Arm von Cromwell fort – was gar nicht so einfach war, denn er sträubte sich.

Ich musste ihn ganze zwei Meter weit ziehen, als er endlich an mir vorbeirannte und neben Elizabeth niederkniete.

Er entfernte den blutigen Schleier, dann schrie er nach den Sanitätern, die noch immer neben Cromwell standen und ihm Mulltücher reichten.

Sie gehorchten nur widerwillig, brachten aber den Notarztkoffer zum Arzt.

Erst an Elizabeths Seite wurden sie rege.

»Scheiße«, hörte ich einen der Sanitäter murmeln.

»Meredith.« Brandon stand neben mir und sah mich mit großen Augen an. Er war bleich. »Du blutest.«

Ich fasste mir an die Wange, die noch immer brannte.

Das war der Moment, in dem ich schließlich doch ohnmächtig wurde.

45. Kapitel

»Uff, das war knapp.«

Ich blinzelte. Die Stimme kam mir bekannt vor. Allerdings eher aus meinen Träumen als aus der Wirklichkeit.

Und tatsächlich saß der Mann meiner Träume an meinem Bett und lächelte mich aufmunternd an. Hoffentlich würde ich nicht so bald aufwachen.

»Wieso bist du schon wieder angezogen?«, fragte ich schläfrig. »Zieh deine Ritterrüstung aus und leg dich noch ein Weilchen zu mir.«

Jetzt sah Brandon ein wenig bestürzt aus. Nein, nicht nur ein wenig. Das Lächeln war verblasst und ein Mundwinkel verzog sich zu einem halb belustigten, halb achtsamen Ausdruck. Er rutschte mit seinem Stuhl etwas zurück. Ganz und gar nicht wie in meinen Träumen. Und eine Ritterrüstung trug er auch nicht. Das Quietschen des Stuhls brachte mich zur Besinnung.

»Äh …«, machte er und ich machte: »AAAH!«

Jetzt kippte er erschrocken nach hinten.

»Was tust du hier?«

Ich zog mir die Bettdecke bis zum Kinn und legte damit meine Füße frei.

Die Tür flog auf und Mum eilte ins Zimmer.

»Was ist? Hat sie Schmerzen? Braucht sie noch ein wenig von

den Tropfen?« Sie hielt eine Medikamentenflasche samt Löffel bereit.

»Ach, Liebes, du bist ja endlich wach. Tut es weh? Ich habe was, damit es sofort aufhört.« Sie beugte sich über mich und verdeckte damit die Sicht auf Brandon.

Ich schielte an ihr vorbei. Tatsächlich! Es war Brandon! Hier in meinem Zimmer, an meinem Bett. Aber auf dem Boden.

»Was tust du hier? Mum, was tut er hier?«

»Er kam vorhin und wollte nach dir sehen. Rebecca, Shakti und Chris haben auch schon angerufen und sich nach dir erkundigt.«

Nach mir sehen? Das brachte etwas anderes in Erinnerung.

»Elizabeth«, sagte ich laut.

Brandon rappelte sich vom Boden auf. »Es geht ihr gut. Sie hat zwar viel Blut verloren, aber es wurden keine Organe verletzt, man hat ihr Blut transfundiert und in ein paar Tagen darf sie wieder nach Hause.«

»Ha ha«, machte ich, wohl wissend, dass Elizabeths Zuhause unerreichbar fern lag.

»Zu mir«, korrigierte er sich.

»Ach, Kind.« Meine Mum betastete mitfühlend meinen Kopf. »Ich habe davon gehört. Wie schrecklich. Junge Menschen sollten einfach nicht so viel Alkohol trinken oder, noch besser, überhaupt keinen Alkohol trinken.« Sie schüttelte bedauernd den Kopf.

Ich sah sie groß an, dann fragend zu Brandon. Auch der schüttelte den Kopf, aber so, dass Mum es nicht mitbekam, und eher als Mahnung an mich. Ich sollte den Mund halten.

Zumindest war ich wieder hellwach und konnte denken. Das brachte eine Menge Fragen auf.

»Mum, kannst du uns allein lassen? Ach, eine Frage noch: Wie geht es Colin?«

Mum sah mich überrascht an. »Colin? War er etwa auch dabei?«

Sie wusste nichts von Colin. Hatte Dr. Adams es absichtlich geheim gehalten? Bestimmt, um niemanden wissen zu lassen, dass sein Sohn ohnmächtig geworden war. Ohnmacht war ein Zeichen von Schwäche. Ein Adams war schließlich nicht schwach.

Den Satz hatte ich Colin und Theodor oft wiederholen hören.

»Colin war nicht dabei, aber er hat was auf den Hinterkopf bekommen und musste nach Hause«, erklärte ich ausweichend.

»Du hast dein Handy im Wald verloren«, sagte Mum bedauernd. »Ich vermute, Colin wird schon versucht haben dich zu erreichen.«

»Wie lange war ich bewusstlos?«, fragte ich vorsichtig. Meinen steifen Knochen nach zu urteilen mindestens eine Woche.

»Ungefähr drei Stunden«, antwortete Brandon. »Die haben dir auch ein Betäubungsmittel verabreicht, damit du ganz ruhig bleibst. Wie fühlst du dich jetzt?«

»Zumindest besser als vor drei Stunden«, sagte ich und zog meine Füße wieder unter die Decke.

Mum ging zur Tür. »Na, dann lasse ich euch beide allein. Ich mache dir was zu essen in der Zwischenzeit, ja? Porridge mit Pflaumenmus?«

Als Kind mein absolutes Lieblingsessen. Mum war seit jeher davon überzeugt, Porridge heile alle Wunden. Also nickte ich lächelnd und sie verließ den Raum.

»Porridge mit Pflaumenmus?«, fragte Brandon und zog wieder den Stuhl an mein Bett.

»Vergiss es. Erzähl mir, was in der Zwischenzeit passiert ist.«

Und Brandon berichtete. Von Stuart Cromwell, der dem Notarzt, den Sanitätern und den auftauchenden Polizeibeamten glaubhaft hatte versichern können, dass Elizabeth unter Drogeneinfluss stand, als sie auf das hohe Hünengrab kletterte. Sie habe den Halt verloren, sich durch den Sturz den Arm ausgekugelt und sei dabei auch noch in ein Messer gefallen, das vermutlich Neo-Druiden dort liegengelassen hatten. Ich sei bei dem Versuch, ihr zu helfen, ebenfalls verletzt worden.

»Und so eine an den Haaren herbeigezogene Geschichte haben die ihm abgekauft?«, fragte ich fassungslos.

»Genau das ist es, was mich stutzig macht. Natürlich könnte es passiert sein, aber niemand hat Elizabeths Blut auf Drogen kontrolliert – aus dem angeblichen Joint wurde kurze Zeit später Alkohol und aus Stuart Cromwell der strahlende Held, der versucht hat ein Mädchen zu retten. Niemand zweifelte an seiner Aussage. Absolut niemand. Und das ist so … so …«

Er fand kein Wort dafür.

»Absurd«, half ich weiter.

»Genau. Mehr als absurd. Es ist äußerst seltsam. Elizabeth geht es gut, sie bekommt auf Grund von Cromwells Einfluss nicht mal eine Anzeige. Im Moment ist sie im Krankenhaus relativ sicher, aber ich muss gleich wieder zu ihr. Ich wollte nur kurz nach dir sehen.«

Wie … äh … nett.

Er lächelte mich verlegen an. »Ich habe aber auch noch eine Bitte an dich. Cromwell wird wieder einen Weg suchen, um Elizabeth umzubringen. Ich muss erfahren, warum. Ich weiß nur, dass sie nicht die Erste ist, und ich habe die Befürchtung, dass du durch den Vorfall heute ebenfalls auf seine Liste gerutscht bist.«

»Du etwa nicht?«

»Nein. Ich agierte nur als dein *ritterlicher* Freund, schon vergessen?«

Prompt fiel mir ein, was ich vorhin im Dämmerzustand gesagt hatte, und ich fühlte Hitze in mein Gesicht steigen.

Ich schüttelte den Kopf.

»Im Gegensatz zu dir beherrsche ich meine Kräfte. Du musst es noch lernen, aber ziemlich bald.«

Kräfte beherrschen? Was redete er da?

»Ich bin nicht aus der Vergangenheit. Du kannst meine Mum fragen! Dahinten im Regal findest du auch eine Menge Babyfotos von mir«, erklärte ich schnell.

Brandon lächelte leicht. »Das glaube ich dir. Unsereins gibt es zu jeder Zeit. Doch ich meine nicht die Zeitüberbrückung. Ich meine deine Fähigkeit, Gegenstände rein mit den Gedanken zu bewegen. Telekinese.«

Jetzt wurde mir noch heißer. Er glaubte, dass *ich* Dinge bewegen konnte. Nicht Colin. *Ich!*

»Ich glaube, du bist da auf dem falschen Dampfer …«, sagte ich zögernd. Ich wollte und würde Colin noch immer nicht verraten.

»Du brauchst es vor mir nicht geheim zu halten. Ich habe in der Nacht des Gewitters auf einer Party gesehen, wie die Colaflasche in der Luft schwebte. Du standst genau daneben und hast sie aus der Luft gegriffen, damit es niemandem auffiel.«

Ach herrje. Ich erinnerte mich gut. Das war die Nacht gewesen, in der Colin mich geküsst hatte. Wir hatten beide etwas getrunken und seine Kräfte waren etwas außer Kontrolle geraten.

»Ich habe dich gesehen und ich habe auch gesehen, dass du und dein Freund Colin euch nicht berührt. Darauf habe ich fortan geachtet. Ihr berührt euch fast nie. Du meidest Berührungen. Du musst dich mir gegenüber nicht mehr verstellen. Ich weiß, wie schwierig es ist, aber ab sofort müssen wir aufpassen und ich muss dir beibringen, wie man seine Kräfte gezielt einsetzt.«

Ich starrte ihn an. Er hatte Kräfte? Solche Kräfte wie Colin?

Er lächelte aufmunternd. »Keine Sorge. Das schaffen wir schon. Wichtig ist, dass du es bald lernst und wir dich vor Cromwell schützen. Jetzt gilt es noch herauszufinden, welches Element das deine ist. Ich tippe ja auf Wasser.«

»Was meinst du mit Element?«

Er seufzte. »Du hast so gar keine Ahnung, was? Das war zu meiner Zeit anders. Da gab es wenigstens noch ein paar Alchemisten, die von den Platoniden gehört hatten. Aber heute unterliegt ja alles der *Wissenschaft*.«

Das letzte Wort sprach er verächtlich aus.

»Platoniden?«

Ich verstand gar nichts mehr.

»So werden wir genannt. Wir können immer nur ein Element bewegen. Bei dir ist es vermutlich das Wasser. Alles, was mit Wasser zu tun hat und worin Wasser enthalten ist, kannst du steuern.«

Ich riet ins Blaue hinein. »Und dein Element? Du hast doch bestimmt auch ein Element.« Meine Stimme krächzte, weil mein Hals furchtbar trocken war. Brandons Eröffnung war beängstigend und faszinierend zugleich.

»Erde. Ich kann die Konsistenz von Erde beeinflussen. Wusstest du, dass das auch auf Mineralien zutrifft? Hier, sieh mal dein Wasserglas.«

Er deutete auf das leere Glas auf meinem Nachttisch, das schon seit einer Woche da stand. Peinlicherweise mittlerweile mit weißem Kranz am Boden und Kalkflecken am Rand.

Den Bruchteil einer Sekunde später zerfiel das Glas in einen Haufen kleiner Scherben, fein wie Sand. Es war einfach zerbröckelt.

»Das war die eine Sache. Jetzt die andere«, sagte Brandon. Er redete, als sei er nicht wenig stolz auf diese Gabe, und fixierte das Häufchen Glas. Es dauerte wieder nur eine Sekunde, dann lag dort ein kleiner Klumpen, fest wie ein Kiesel und durchsichtig wie ein Kristall.

Als wäre das Glas geschmolzen und erkaltet.

Ich starrte auf den Klumpen, dann auf Brandon.

»Beeindruckend, ich weiß.«

Ja, er bildete sich ganz offensichtlich was darauf ein. Selbstgefällig lächelte er mich mit einem schiefen Mundwinkel an. »Wenn ich das an der Theke im Circlin' Stone vorführen könnte, liefe der Laden noch besser.«

»Du meinst, die Frauen würden dir noch mehr verfallen.«

Glücklicherweise antwortete er nicht. Stattdessen grinste er dämlich – überheblich dämlich.

Dann sah er auf meinen Radiowecker. »Ich möchte zurück zu Elizabeth. Mal sehen, ob sie jetzt ansprechbar ist. Willst du mitkommen? Ich könnte dir noch mehr erzählen.«

Wollte ich? Eigentlich mochte ich lieber hier eingekuschelt

liegen bleiben und gleich den warmen Porridge mit Pflaumenmus genießen.

Andererseits wollte ich auch sehr gern hören, was Elizabeth uns zu sagen hatte. Also seufzte ich und bat Brandon, bei Mum zu warten, während ich mich anzog. Er wollte schon die Tür schließen, als mir noch was einfiel.

»Ach so, wenn du sagst, jedem sei ein Element zugeordnet, gehe ich davon aus, dass Elizabeths Element das Feuer ist?«

»Richtig. Sie kann Flammen entstehen und verlöschen lassen.«

Offensichtlich. Und es passte gut zu ihren Haaren und ihrem Temperament.

46. Kapitel

Mum wollte mich nicht gehen lassen. Ich konnte sie nur davon abhalten, mich zu Hause festzubinden, indem ich sagte, ich müsse wissen, wie es Colin ginge.

Da ich in meinem Zustand kein Auto fahren durfte und Brandon weder Wagen noch Führerschein besaß, fuhren wir mit dem Taxi. Er zahlte.

Ihm war es eindeutig wichtig, sobald wie möglich wieder an Elizabeths Seite zu kommen. Kein Wunder nach den jüngsten Vorfällen.

Während der Fahrt dachte ich darüber nach, auf welche Weise Cromwell die Polizei und die Sanitäter von seiner absurden Geschichte hatte überzeugen können. Bestimmt waren da Schmiergelder geflossen.

Brandon sprach nicht während der Fahrt. Ich konnte sehen, dass er sich Sorgen machte und den nächsten Schritt überlegte. Gar nicht so einfach. Wir standen einem Stuart Cromwell gegenüber, der gestern noch beim Premierminister zu Gast gewesen war. Kein Wunder, dass Brandon mit zusammengepresstem Kiefer in den noch hellen Abendhimmel starrte. Ich lieh mir sein Handy und sandte unterwegs eine SMS an Colin. Zu meiner Erleichterung antwortete er beinahe umgehend. Tatsächlich hatte er schon elf WhatsApp-Nachrichten auf meinem Handy hinterlassen, um zu hören, wie es mir ginge, ob Elizabeth gerettet worden und was alles geschehen sei. Chris, Shakti und Rebecca hatten ihm von dem weiteren Vorfall – und Cromwells Version davon – erzählt. Das hatte anscheinend schneller die Runde auf dem Festival gemacht als der ausgeschenkte Met. Colin schrieb weiter, er habe eine Gehirnerschütterung und müsse die nächsten drei Tage im Bett bleiben. Ich antwortete, ich würde ihn nachher anrufen, wenn ich alle Fakten beieinanderhätte. Er schickte einen Smiley mit hängenden Mundwinkeln zurück.

Elizabeth lag im Bett und hatte die Augen geschlossen, als wir eintraten.

Brandon berührte sie zaghaft an dem Arm, der nicht in einer Schlinge steckte, und ich bemerkte, dass er dabei einen direkten Hautkontakt bewusst vermied.

Sie öffnete die Augen und erkannte ihn.

»Hi.« Brandon zog einen Stuhl neben sie, so dass sie ihn bequem anschauen konnte. »Die Schwestern sagen, du seist ein kleines Wunderkind und deine Wunde werde ohne große Narbe verheilen.«

Sie lächelte, dann erblickte sie mich. »Wo ist Colin?«, fragte sie.

»Er hat bei dem Versuch, dich zu retten, was abgekriegt. Aber er ist schon wieder okay«, antwortete ich zögernd. War ja klar, dass sie nach Colin fragen würde und nicht nach Brandon oder mir.

»Du bist erst einmal oberste Priorität«, sagte Brandon sanft.

»Mir geht's gut. Ich bin nur müde«, meinte sie mit einer ungewohnt schwachen Stimme. »Stell dir vor, Brandon, man hat mir eine Nadel in den Arm gesteckt und dann bin ich eingeschlafen. Als ich aufwachte, war mein Arm schon bandagiert und ich fühle keine Schmerzen mehr. Ist das Zauberei?«

»Das ist moderne Medizin«, erklärte er lächelnd. Seine Hand lag noch immer auf ihrem hemdchenbedeckten Unterarm.

»Musste man das in eurem Zeitalter noch mit Laudanum regeln?«, fragte ich leise.

»Laudanum?«, wiederholte Elizabeth verwirrt.

»Laudanum gab es in der Tudorzeit noch nicht«, sagte Brandon. »Du musstest die Schmerzen aushalten und konntest nur hoffen, dass sich die offenen Wunden nicht entzündeten.«

»Wie oft hast du dir beim Schwertkampf den Arm ausgekugelt?«, fragte Elizabeth schläfrig.

Schwertkampf? Oha! Deswegen hatte er sich so gut gegen Cromwell behaupten können.

Brandon warf mir einen schnellen Blick zu. »Zwei Mal. Elizabeth, du darfst gleich weiterschlafen, aber zuerst musst du uns noch ein paar Fragen beantworten.«

»Mhm.«

»Hat dir Cromwell irgendetwas erzählt, als er dich gefangen genommen hat? Auf dem Weg zum Hünengrab? Hat er irgendwas gesagt, warum er ausgerechnet dorthin wollte?«

Elizabeth schlug die Augen wieder auf und sah Brandon an.

»Er meinte, es seien zu viele Elementträger hier. Er wisse, was ich sei, und zwei seien schon zu gefährlich.«

»Gefährlich? Inwiefern?«, fragte ich.

Wieso sollte Elizabeth gefährlich sein? Mal abgesehen davon, dass sie alles abfackeln konnte. Und was meinte er mit *zwei*? Zwei *Platonaden* oder wie Brandon das genannt hatte? Ein skrupelloser Möchtegern-Mörder und eine aufgeblasene Schönheit? Nicht die beste Mischung, dem musste ich zustimmen.

Ich unterdrückte ein Lächeln und das Zucken meiner Mundwinkel ließ meine Wange schmerzen. Sinn für Humor war jetzt absolut fehl am Platz.

»Was meinte er damit: *Zwei* seien zu gefährlich? Wobei?«, fragte ich laut.

»Das habe ich nicht ganz verstanden. Irgendwas mit Schwerkraft und Magnetismus. Die Erde würde aus dem Gleichgewicht geraten oder so ähnlich. Halt nein! Sie würde stehenbleiben. Die Erde bleibt stehen, wenn zu viele Elementträger sich in der gleichen Zeit aufhalten.«

»Aber Cromwell weiß nur von dir, richtig? Weißt du, welches Element er befähigt?«

Moment mal. Cromwell war eins der Elemente?

»Luft.« Man konnte Elizabeth ansehen, wie anstrengend die Unterhaltung für sie war. Wenn sie in gesundem Zustand nicht so eine Zimtzicke wäre, hätte ich sie jetzt aufrichtig für ihre Selbstbeherrschung bewundert.

»Er kann über die Luft Menschen beeinflussen und ihnen so seine Gedanken und Wünsche übermitteln.«

Brandon und ich wechselten einen Blick. Wir dachten beide das Gleiche.

Von wegen Schmiergelder! So hatte er die Sanitäter und die Polizei von einer betrunkenen Elizabeth überzeugen können. Mit Manipulation. Wie praktisch. Und vor allem wie sparsam.

»Von Colin weiß er nichts«, sagte Elizabeth müde.

»Colin?«, wiederholte Brandon verblüfft und sah mich eindringlich an.

»Ich glaube, er kann Wasser beeinflussen und alles, was Wasser beinhaltet. Sei es ein nasses Blatt oder ein nicht ausgetrockneter Holzspan. Er hat sehr starke Kräfte. Stärker als meine Feuerkräfte.«

Jetzt schloss sie wieder die Augen.

»Nur eine letzte Frage, Kleines, dann lasse ich dich schlafen.« Brandon strich ihr sanft über den Arm. »Weshalb wollte er dich an diesem Hünengrab umbringen? Hatte das eine besondere Bewandtnis?«

Elizabeth nickte schwach. »Ja. Hier in Lansbury gibt es eine besondere Kraft. Normalerweise muss ein Elementträger im Steinkreis verschwinden, dort, wo wir auch ankamen. Das ging heute nicht wegen des Fests. Aber in Lansbury gibt es zum Glück eine weitere heilige Stätte. Oh!« Sie schlug die Augen auf und hob den Kopf.

Erschrocken setzten Brandon und ich uns auf.

»Was ist? Hast du Schmerzen? Sollen wir dir jemanden rufen, der dir was dagegen gibt?«, fragte Brandon schnell.

»Nein. Was ist aus meinem Kleid geworden? Es fühlte sich so gut an. Nicht so steif wie die, die meine Stiefmutter mir immer nähen ließ.«

Ich rollte die Augen und stieß hörbar Luft aus.

Elizabeth war wirklich ein typisches Mädchen. Ihr Kleid war ihr wichtiger als die Tatsache, dass sie beinahe ermordet worden wäre. Eigentlich müsste sie sich gut mit Shakti verstehen.

»Ich fürchte, dein Kleid musste dran glauben. Es hatte einen Riss und war voller Blut«, sagte ich etwas ungehalten.

Genauso wie mein wunderschöner Schleier. Wusste Mum schon von dem Verlust?

Elizabeth sah richtig geknickt aus. Sie legte sich wieder zurück und schloss die Augen. Brandon warf mir einen mahnenden Blick zu und wandte sich dann wieder Elizabeth zu.

»Du kannst jetzt schlafen. Ich bleibe hier bei dir und passe auf dich auf.«

Das war wohl mein Stichwort zu gehen.

»Mach's gut. Ich komme morgen wieder her.« Ich grub in meinen Taschen nach meinem Mobiltelefon. Es war nicht da. Mir fiel ein, dass Mum gesagt hatte, ich hätte es am Kennet-Weiher verloren.

»Kann ich noch mal mit deinem Handy telefonieren?«, fragte ich Brandon. Er reichte es mir und hatte ebenfalls eine Bitte. Eine ungewöhnliche.

»Würdest du mein Handy behalten? Falls sie was braucht, könnte ich dich darüber erreichen.«

Na super. Und die tausend Mädchen abwimmeln, die ihn in der Zwischenzeit zu erreichen versuchten? Trotzdem nickte ich und nahm es an mich.

Ich war schon an der Tür, als Elizabeth mich zurückrief. »Meredith?«

»Ja?«

»Sag Colin, dass es mir leidtut, dass er meinetwegen geschlagen wurde. Er war bestimmt tapfer. Ein wahrer Held. Colin ist großartig.«

Ihre Augen leuchteten dabei und ich fühlte mich seltsam hohl.

Als ich mich zur Tür wandte, stand Brandon auf. »Ich begleite Meredith noch bis zum Fahrstuhl«, sagte er zu Elizabeth.

Mein Magen machte einen kleinen Hüpfer. Genau so, als stünde ich schon im Fahrstuhl und würde das Zielstockwerk erreichen.

Er wollte noch einen Moment lang mit mir allein sein. Am liebsten hätte ich den Gang zum Fahrstuhl noch verzögert. Leider waren es nur zehn Meter.

Brandon drückte für mich den Knopf nach unten, und während wir auf der Anzeige den kommenden Lift verfolgten, drehte er mich unerwartet zu sich um.

»Danke, Meredith«, sagte er ernsthaft. »Elizabeth wäre ohne dich gestorben. Du hast dich sehr heroisch verhalten.«

Ich fühlte, wie mir Blut ins Gesicht schoss. »Nicht wirklich. Du dagegen warst ein echter Held. Ich bezweifle, dass auch nur einer der Sachsen-Darsteller das Schwert so führen kann wie du.«

»Ich auch«, grinste er unbescheiden. »Ich habe immerhin seit meinem achten Lebensjahr Übung darin. Zugegeben, nicht mehr so sehr in den letzten fünf Jahren, aber manches verlernt man dann doch nicht.«

Der Aufzug bingte und die Tür öffnete sich. Er war leer.

»Also dann«, sagte ich und lächelte Brandon ein wenig verlegen an. Wie sollte ich mich verhalten? Jemandem, der Visionen bei der Berührung von nackter Haut hat, die Hand zu reichen erschien mir nicht richtig. Ich winkte also nur kurz und wollte gerade in den Fahrstuhl hineingehen, als mich Brandon am Oberarm zurückhielt. Er umfasste ihn ganz sanft. Ich spürte zwar die

Druckstelle, die noch von Dr. Adams' Schütteln übrig geblieben war, aber Brandon umschloss meinen Arm ein wenig tiefer und sehr vorsichtig.

Er zog mich sachte zu sich.

»Ich meine es ernst. Du bist eine Heldin. Danke für alles, Meredith. Ich weiß, dass es nicht einfach ist. Dass Elizabeth nicht einfach ist. Deswegen finde ich deine Reaktion noch heldenhafter. Komm gut nach Hause. Ich melde mich morgen bei dir.«

Er beugte sich zu mir vor. Seine Augen waren halb geschlossen. Ich streckte ihm mein Gesicht entgegen. Mein Herz pochte wieder. Aber dieses Mal angenehm schnell, und in meinem Magen flatterten Schmetterlinge.

Nur, um wie Raupen zu Boden zu fallen, denn die Fahrstuhltür begann sich geräuschvoll zu schließen und Brandon zog sich zurück. Er streckte die Hand aus, um die Lichtschranke zu aktivieren. Der Moment war vorbei. Ich biss mir auf meine Unterlippe und stieg in den Lift.

Brandon lächelte zu mir herein. Wenn auch ein wenig bedauernd, wie ich mir einbildete.

»Bis morgen, Meredith«, sagte er und die Türen begannen sich zu schließen. Das Letzte, was ich sah, war, wie er mir noch einmal durch den Spalt zuzwinkerte. Dann waren die Türen zu.

Unten angekommen ging ich zum Westausgang, vor dem sich die Bushaltestelle befand. Ich war mit Brandon im Taxi hergekommen, hatte aber keinen Gedanken an meinen Rückweg verschwendet. Ich hatte kaum Geld und musste dann wohl mit dem Bus heimfahren.

Die Bushaltestelle war an Wochenenden immer verwaist. Ein Blick auf den Fahrplan besagte, dass ich zum Glück nur zehn Minuten warten musste.

Eine gute Gelegenheit, um Colin anzurufen.

Ich wählte seine Nummer. Er ging nicht ran. Ich ließ es klingeln, bis die Mailbox ansprang, dann legte ich auf und wählte noch einmal.

In diesem Augenblick hielt direkt vor mir ein Auto.

Ein schwarzer Mercedes mit getönten Scheiben.

Die Tür schwang auf und Stuart Cromwell saß auf dem Rücksitz.

»Meredith Wisdom. Jetzt weiß ich wieder genau, wieso du mir bekannt vorkamst. Du siehst deinem Bruder sehr ähnlich. Vor allem mit deiner neuen Frisur.«

Meine Hände hatten wieder einmal unkontrolliert zu zittern begonnen. Schnell steckte ich das Handy in die Hosentasche.

»Steig ein«, sagte Cromwell. »Dann erzähle ich dir, woher ich deinen Bruder kenne.«

Mir blieb keine andere Wahl. Stuart Cromwells Ton war zwar höflich, doch er richtete für alle Fälle auch eine Pistole auf mich.

Mit wackligen Beinen folgte ich seiner Anweisung. Cromwell beobachtete mich aus finsteren Augen. Die Tür fiel ins Schloss.

»Also gut. Dann will ich dir mal erklären, warum dein Bruder sterben musste.«

Ende von Band 1